H.G. Wells

Wenn der Schläfer erwacht

Bibliografische Information der Deutschen Nationalbibliothek:
Die Deutsche Nationalbibliothek verzeichnet diese Publikation in der Deutschen Nationalbibliografie; detaillierte bibliografische Daten sind im Internet über http://dnb.dnb.de abrufbar.

Herstellung und Verlag: BoD – Books on Demand, Norderstedt

ISBN: 978-3-7460-3386-0

Inhaltsverzeichnis

1.
Schlaflosigkeit

Eines Nachmittags ging Mr. Isbister, ein junger Künstler, der in Boscastle wohnte, zur Ebbezeit von diesem Ort nach der malerischen Bucht von Pentargen, weil er die Höhlen dort zu untersuchen wünschte. Halbwegs den steilen Pfad zum Strand von Pentargen hinunter traf er plötzlich auf einen Menschen, der in der Stellung tiefen Grames unter einer vorspringenden Felsmasse saß. Die Hände hingen diesem jungen Mann schlaff herab, seine Augen waren rot, er starrte vor sich hin, und sein Gesicht war von Tränen naß.

Bei dem Geräusch von Isbisters Schritten blickte er sich um. Beide Männer waren aus der Fassung gebracht, Isbister am meisten, und um die Verlegenheit seiner unwillkürlichen Pause zu überwinden, bemerkte er mit einer Miene reifer Überzeugung, das Wetter sei heiß für die Jahreszeit.

»Sehr,« antwortete der Fremde kurz, zögerte eine Sekunde und fügte in farblosem Tone hinzu: »Ich kann nicht schlafen.«

Isbister blieb abrupt stehen. »Nein?« war alles, was er sagte, aber seine Haltung verriet seinen hilfreichen Impuls.

»Es mag unglaublich klingen,« sagte der Fremde, indem er müde Augen auf Isbisters Gesicht wandte und seinen Worten mit einer schlaffen Hand Nachdruck lieh, »aber ich habe keinen Schlaf, überhaupt keinen Schlaf, schon seit sechs Nächten.«

»Rat eingeholt?«

»Ja. Schlechten Rat zum größten Teil. Medizinen. Mein Nervensystem ... Sie sind für die meisten Leute ja recht schön und gut. Es ist schwer zu erklären. Ich wage nicht ... genügend starke Dosen zu nehmen.«

»Das macht es schwierig,« sagte Isbister.

Er stand hilflos auf dem engen Pfad, in Verlegenheit, was er tun sollte. Offenbar wollte der Fremde reden. Ein unter den Umständen ziemlich natürlicher Gedanke trieb ihn, das

Gespräch in Gang zu halten. »Ich selber habe nie unter Schlaflosigkeit gelitten,« sagte er im Ton der Alltagsplauderei, »aber in den Fällen, die ich gekannt habe, haben die Leute gewöhnlich etwas gefunden —«

»Ich wage nicht zu experimentieren.«

Er sprach müde. Er machte eine Geste der Abweisung, und eine Zeitlang waren beide Männer still.

»Bewegung?« regte Isbister ohne Vertrauen an, indem er von des anderen elendem Gesicht auf den Touristenanzug blickte, den er trug.

»Das habe ich versucht. Unklugerweise, vielleicht. Ich bin Tag für Tag der Küste gefolgt – von New Quai her. Das hat zu der geistigen Ermüdung nur die der Muskeln hinzugefügt. Die Ursache dieser Unrast war Überarbeitung – Aufregung. Ich hatte etwas —«

Er hielt wie vor bloßer Ermüdung inne. Er rieb sich mit einer hageren Hand die Stirn. Er begann wieder zu sprechen, wie einer, der mit sich selber redet.

»Ich bin ein einzelner Wolf, ein einsamer Mensch, der durch eine Welt wandert, an der er keinen Teil hat. Ich habe keine Frau – kein Kind – wer spricht doch noch von den Kinderlosen als den toten Zweigen auf dem Baum des Lebens? Ich habe keine Frau, kein Kind – ich konnte keine Aufgabe finden, die ich zu erfüllen hatte. Nicht einmal einen Wunsch in meinem Herzen. Eins nahm ich mir schließlich vor.

»Ich sagte, ich *will* dies tun, und um es zu tun, um die Trägheit dieses stumpfen Körpers zu überwinden, nahm ich meine Zuflucht zu Arzneien! Ich weiß nicht, ob *Sie* fühlen, wie schwer und unbequem der Körper ist, wie seine Forderung der Zeit vom Geist – der Zeit – des Lebens erbittert! Leben! Wir leben nur stoßweise. Wir müssen essen, und dann kommt die stumpfe Selbstgefälligkeit der Verdauung – oder ihre Gereiztheit. Wir müssen Luft schöpfen, oder unsere Gedanken werden träg, stupid, sie laufen in Abgründe und blinde Gassen. Tausend Ablenkungen steigen drinnen und draußen auf, und dann kommt die Schläfrigkeit und der Schlaf. Die Menschen scheinen für den Schlaf zu leben. Wie wenig vom Tag des Menschen gehört ihm – selbst im besten Falle! Und dann kommen diese falschen Freunde, diese Taghelfer, die Alkaloide, die die natürliche Ermattung ersticken und die Ruhe töten – schwarzer Kaffee, Kokain –«

»Ich verstehe,« sagte Isbister.

»Ich habe meine Arbeit getan,« sagte der schlaflose Mann mit klagendem Tonfall.

»Und dies ist der Preis?«

»Ja.«

Eine kleine Zeitlang verharrten die beiden schweigend.

»Sie können sich das Verlangen nach Ruhe, das ich fühle, nicht vorstellen – einen Hunger und Durst. Seit sechs langen Tagen, seit meine Arbeit getan war, ist mein Geist ein Wirbel gewesen, rasch, unaufhörlich, ohne von der Stelle zu rücken, ein Gießbach von Gedanken, der nirgends hinführt, der sich schnell und stetig herumwirbelt –«

Er machte eine Pause. »Auf den Abgrund zu.«

»Sie müssen schlafen,« sagte Isbister entschieden und mit der Miene, als habe er ein Mittel entdeckt. »Auf jeden Fall müssen Sie schlafen.«

»Mein Geist ist vollkommen klar. Er ist nie klarer gewesen. Aber ich weiß, ich schieße auf den Wirbel zu. Plötzlich –«

»Ja?«

»Sie haben Dinge einen Wirbel hinunterschießen sehen? Aus dem Licht des Tages, aus dieser frischen Welt der Gesundheit – hinunter –«

»Aber,« protestierte Isbister.

Der Fremde streckte eine Hand gegen ihn aus, und seine Augen waren wild, und seine Stimme plötzlich stark. »Ich werde mich töten. Wenn auf keine andere Art – am Fuße des dunklen Abhangs da, wo die grünen Wellen sind, und wo sich die weiße Brandung hebt und senkt, und der kleine Wasserfaden hinabzittert. Da ist auf jeden Fall … Schlaf.«

»Das ist unvernünftig,« sagte Isbister, erschreckt durch den hysterischen Gefühlsausbruch des Menschen. »Da sind Arzneien immer noch besser.«

»Auf jeden Fall gibt es mir Schlaf,« wiederholte der Fremde, ohne auf ihn zu achten.

Isbister blickte ihn an und fragte sich flüchtig, ob wohl wirklich irgendeine komplizierte Vorsehung sie an diesem Nachmittag zusammengeführt habe. »Das ist nicht so sicher, wissen Sie,« bemerkte er. »In Lulworth Cove steht eine ähnliche Klippe – auf jeden Fall ebenso hoch – und da ist ein kleines Mädchen von oben bis unten hinuntergefallen. Und lebt heute noch – gesund und munter.«

»Aber diese Felsen?«

»Da könnte man eine kalte Nacht hindurch ziemlich unangenehm liegen, wenn einem die zerbrochenen Knochen knirschen, sobald man fröstelt, und kaltes Wasser über einen spritzt. Eh?«

Ihre Augen begegneten sich. »Tut mir leid, Ihre Ideale zu zerstören,« sagte Isbister mit einem Gefühl kecken Glanzes. »Aber ein Selbstmord über die Klippe da (oder über irgendeine Klippe) – wahrhaftig – als Künstler –« Er lachte. »Es ist so verdammt dilettantisch.«

»Aber das andere,« sagte der Schlaflose gereizt, »das andere. Kein Mensch kann gesund bleiben, wenn er Nacht für Nacht –«

»Sind Sie diese Küste entlang gewandert?«

»Ja.«

»Das törichteste, was man tun kann. Entschuldigen Sie, daß ich das sage. Allein! Wie Sie sagen: Körpermüdung ist kein Mittel gegen Gehirnermüdung. Wer hat Ihnen das geraten? Kein Wunder; Gehen! Und diese Sonne auf dem Kopf, Hitze, Anstrengung, Einsamkeit, den ganzen Tag lang, und dann, denk ich mir, gehn Sie zu Bett und geben sich rechte Mühe – eh?«

Isbister hielt inne und blickte zweifelhaft auf den Leidenden.

»Sehn Sie diese Felsen an!« rief der Sitzende mit einer plötzlichen Kraft der Geste. »Sehn Sie die See an, die da seit ewig geglänzt und gezittert hat! Sehn Sie den weißen Schaum da unter der großen Klippe ins Dunkel stürzen. Und dies blaue Gewölbe, aus dessen Kuppel die blendende Sonne hinunterstrahlt. Sie nehmen das hin. Sie freuen sich darüber. Es wärmt und stützt und ergötzt Sie. Und für mich –«

Er wandte den Kopf und zeigte ein gespenstisches Gesicht, blutunterlaufene, bleiche Augen und blutlose Lippen. Er sprach fast flüsternd. »Das ist das Kleid meines Elends. Die ganze Welt ... ist das Kleid meines Elends.«

Isbister blickte auf die ganze wilde Schönheit der sonnenbeleuchteten Klippen rings und zurück auf jenes Gesicht der Verzweiflung. Einen Moment schwieg er.

Er fuhr zusammen und machte eine Geste ungeduldiger Abwehr. »Sie sollen eine Nacht schlafen,« sagte er, »und da sehn Sie hier draußen nicht mehr viel Elend. Nehmen Sie mein Wort drauf.«

Er war jetzt ganz sicher, daß dies eine Begegnung der Vorsehung war. Noch vor einer halben Stunde hatte er sich furchtbar gelangweilt gefühlt. Hier war Beschäftigung, an die nur zu denken, aufrichtiger Selbstbeifall war. Er ergriff alsbald Besitz. Ihm schien, das erste Bedürfnis dieses erschöpften Wesens war Gesellschaft. Er warf sich auf die steil abfallende Wiese neben der reglos sitzenden Gestalt hin und entfaltete alsbald eine scharmützelnde Linie von Geplauder.

Sein Zuhörer schien wieder in Apathie versunken zu sein; er starrte finster aufs Meer und sprach nur, wenn er Isbister auf direkte Fragen antwortete – und auch da nicht bei allen. Aber er gab kein Zeichen des Protestes gegen diese wohlwollende Unterbrechung seiner Verzweiflung von sich.

Auf eine hilflose Art schien er sogar dankbar, und als dann Isbister, der fühlte, daß sein Gespräch ohne die Hilfe des andern an Kraft verlor, vorschlug, den Abhang wieder hinaufzusteigen und nach Boscastle zurückzukehren, indem er die Aussicht nach Blackapit rühmte, fügte er sich ruhig. Halbwegs hinauf, begann er mit sich selbst zu reden und wandte seinem Helfer unvermutet ein gespenstisches Gesicht zu. »Was kann nur los sein?« fragte er, während seine hagere Hand illustrierte, »was kann nur los sein? Spinn, spinn, spinn, spinn. Es geht rund und rund, immerfort rund und rund.«

Er stand still und beschrieb mit der Hand Kreise.

»Alles in Ordnung, alter Junge,« sagte Isbister mit der Miene eines alten Freundes. »Plagen Sie sich nicht. Vertrauen Sie mir.«

Der Fremde ließ den Kopf sinken und drehte sich wieder um. Sie gingen hintereinander den Kamm entlang, und dann zu der Landzunge hinter Penally, und immer gestikulierte der Schlaflose von Zeit zu Zeit und sagte fragmentarische Dinge über sein wirbelndes Gehirn. Auf dem Vorgebirge standen sie eine Zeitlang neben der Bank, von der man in die schwarzen Geheimnisse von Blackapit hinabblickt, und dann setzte er sich. Isbister hatte sein Gespräch wieder aufgenommen, so oft der Pfad breit genug gewesen war, daß sie nebeneinander gehen konnten. Er erging sich darüber, wie schwierig es sei, Boscastle Hafen bei schlechtem Wetter zu nehmen, als sein Gefährte ihn plötzlich und ganz unvermittelt von neuem unterbrach.

»Mein Kopf ist nicht, wie er war,« sagte er und gestikulierte aus Mangel an ausdrucksvollen Worten. »Er ist nicht mehr, wie er war. Ich fühle eine Art von Druck, ein Gewicht. Nein – keine Schläfrigkeit, wollte Gott, das wäre es! Es ist wie ein Schatten, ein tiefer Schatten, der plötzlich und schnell über etwas Geschäftiges fällt. Es spinnt und spinnt ins Dunkel. Der Tumult der Gedanken, der Wirrwarr, der Wirbel und Wirbel! Ich kann es nicht ausdrücken. Ich kann kaum den Geist darauf konzentrieren – nicht stetig genug, um es Ihnen zu sagen.«

Er hielt vor Schwäche inne.

»Keine Angst, alter Junge,« sagte Isbister. »Ich glaube, ich kann es verstehen. Auf jeden Fall kommt es vorläufig nicht sehr darauf an, ob Sie's mir sagen können.«

Der Schlaflose drückte sich die Finger in die Augen und rieb sie. Isbister redete eine Weile, während dieses Reiben fortdauerte, und dann hatte er einen neuen Gedanken. »Kommen Sie in mein Zimmer hinunter und versuchen Sie eine Pfeife. Ich kann Ihnen ein paar Skizzen von diesem Blackapit zeigen. Wenn Sie mögen?«

Der andere stand gehorsam auf und folgte ihm den Abhang hinunter.

Mehrere Male hörte Isbister ihn stolpern, als sie hinunterstiegen, und seine Bewegungen waren langsam und zögernd. »Kommen Sie mit hinein,« sagte Isbister, »und probieren Sie ein paar Zigaretten und die gesegnete Gabe des Alkohols. Wenn Sie Alkohol trinken?«

Der Fremde zögerte an der Gartenpforte. Er schien sich seiner Handlungen nicht mehr klar bewußt zu sein. »Ich trinke nicht,« sagte er langsam, als er den Gartenpfad entlang ging, und nach einer momentanen Pause wiederholte er geistesabwesend: »Nein – ich trinke nicht. Es geht herum. Spinn, geht es – spinn –«

Er stolperte auf der Schwelle und trat in der Haltung eines Menschen, der nichts sieht, ins Zimmer.

Dann setzte er sich plötzlich und schwer in den Lehnstuhl, schien fast hineinzufallen. Er lehnte sich mit der Stirn in den Händen nach vorn und wurde regungslos.

Dann gab er ein leichtes Geräusch in der Kehle von sich. Isbister ging mit der Nervosität eines unerfahrenen Gastgebers im Zimmer umher und ließ kleine Bemerkungen fallen, die kaum einer Antwort bedurften. Er ging durchs Zimmer zu seiner Mappe, legte sie auf den Tisch und sah auf die Kaminuhr.

»Ich weiß nicht, ob Sie bei mir zu Nacht essen mögen,« sagte er mit einer noch nicht angezündeten Zigarette in der Hand – sein Geist brütete unruhig über dem Plan, dem Fremden heimlich Chloral beizubringen. »Nur kalter Hammel, wissen Sie, aber wundervoll frisch. Aus Wales. Und eine Pastete, glaube ich.« Er wiederholte dies nach einem kurzen Schweigen.

Der Sitzende gab keine Antwort. Isbister unterbrach sich mit dem Streichholz in der Hand und sah ihn an.

Die Stille dauerte fort. Das Streichholz erlosch, die Zigarette wurde unangezündet hingelegt. Der Fremde war auf jeden Fall sehr still. Isbister nahm die Mappe auf, öffnete sie, legte sie wieder hin, zögerte, schien sprechen zu wollen. »Vielleicht,« flüsterte er zweifelnd. Er blickte auf die Tür und wieder auf die Gestalt zurück. Dann stahl er sich auf den Zehenspitzen aus dem Zimmer, indem er bei jedem vorsichtigen Schritt auf seinen Gefährten blickte.

Er schloß die Tür geräuschlos. Die Haustür stand offen, und er trat hinaus und blieb da stehen, wo an der Ecke des

Gartenbeetes der Eisenhut stand. Von diesem Punkt aus konnte er durch das offene Fenster den Fremden sehen, der still und dunkel, mit dem Kopf auf der Hand, dasaß. Er hatte sich nicht gerührt.

Eine Anzahl Kinder, die die Straße entlang gingen, blieben stehen und sahen den Künstler neugierig an. Ein Bootsmann tauschte Höflichkeiten mit ihm aus. Er empfand, diese umsichtige Stellung und Haltung mochte eigentümlich und unerklärlich erscheinen. Wenn er rauchte, würde es vielleicht natürlicher erscheinen. Er zog die Pfeife und den Tabaksbeutel aus der Tasche und füllte die Pfeife langsam.

»Ich möchte wissen« ... sagte er mit einer kaum merklichen Einbuße an Selbstgefälligkeit. »Auf jeden Fall muß man ihm eine Möglichkeit geben.« Er zündete sich an der Fußsohle ein Streichholz und mit ihm seine Pfeife an.

Plötzlich hörte er seine Wirtin hinter sich, die mit seiner brennenden Lampe aus der Küche kam. Er drehte sich um und gestikulierte mit der Pfeife und brachte sie an der Tür seines Wohnzimmers zum Stehen. Er hatte einige Mühe, die Situation im Flüstern auseinanderzusetzen, denn sie wußte nicht, daß er Besuch hatte. Sie zog sich mit der Lampe zurück, immer noch, nach ihrem Wesen zu urteilen, ein wenig mystifiziert, und er trat wieder in die Tür, leicht erregt und weniger unbefangen.

Lange, nachdem er seine Pfeife ausgeraucht hatte, und als schon die Fledermäuse herumflogen, besiegte seine Neugier all die komplizierten Bedenken, und er stahl sich in sein dunkles Wohnzimmer zurück. Er blieb in der Tür stehen. Der Fremde saß noch in derselben Haltung dunkel vorm Fenster. Abgesehen davon, daß ein paar Seeleute an Bord der kleinen Schiefertransportschiffe im Hafen sangen, war der Abend sehr still. Draußen standen die Spitzen des Eisenhuts und Delphiniums reglos und aufrecht vor dem Schatten des Hügels. Irgend etwas blitzte in Isbisters Geist auf; er fuhr zusammen, lehnte sich über den Tisch und lauschte. Ein unangenehmer Verdacht wurde stärker, wurde Überzeugung. Erstaunen faßte ihn und wurde zur – Angst!

Die sitzende Gestalt gab kein Geräusch des Atmens von sich.

Er schlich langsam und geräuschlos um den Tisch und hielt zweimal inne, um zu lauschen. Schließlich konnte er die Hand auf den Rücken des Lehnstuhls legen. Er bückte sich, bis die beiden Köpfe mit den Ohren nebeneinander standen.

Dann bückte er sich noch tiefer, um von unten her in das Gesicht seines Besuchers zu blicken. Er fuhr heftig zusammen und stieß einen Ausruf aus. Die Augen waren leere weiße Flecken.

Er blickte noch einmal hin und sah, daß sie offen, und daß die Pupillen unter das Lid hinaufgerollt waren. Er fürchtete sich plötzlich. Von der Unheimlichkeit der Lage des Mannes überwältigt, faßte er ihn an der Schulter und schüttelte ihn. »Schlafen Sie?« sagte er, und seine Stimme schnappte über; und nochmals: »Schlafen Sie?«

Seinen Geist ergriff die Überzeugung, daß der Mann tot war. Er wurde plötzlich beweglich und geräuschvoll, ging durchs Zimmer und schellte.

»Bitte, bringen Sie sofort Licht,« sagte er im Gang. »Mit meinem Freund ist etwas nicht in Ordnung.«

Dann kehrte er zu der reglosen, sitzenden Gestalt zurück, faßte die Schulter, schüttelte sie und schrie. Das Zimmer wurde von gelbem Licht überflutet, als seine erstaunte Wirtin mit der Lampe eintrat. Sein Gesicht war weiß, als er sich ihr blinzelnd zuwandte. »Ich muß sofort einen Doktor holen,« sagte er. »Es ist entweder der Tod oder ein Anfall. Gibt es einen Doktor im Dorf? Wo ist ein Doktor zu finden?«

2.
Scheintod

Der Zustand kataleptischer Starrsucht, in den dieser Fremde verfallen war, dauerte eine noch nie dagewesene Zeit, und dann ging er langsam in den schlaffen Zustand über, in eine lose Haltung, die an tiefe Ruhe erinnerte. Da erst konnte man ihm die Augen schließen.

Aus dem Hotel wurde er in das Hospital von Boscastle geschafft, und aus dem Hospital einige Wochen darauf nach London. Aber noch widerstand er jedem Versuch der Wiederbelebung. Nach einiger Zeit wurden diese Versuche aus Gründen, die sich später zeigen werden, nicht mehr fortgesetzt. Lange lag er in jenem seltsamen Zustand, reglos und still – weder tot noch lebendig, sondern gleichsam in der Schwebe, aufgehängt zwischen dem Nichts und dem Dasein. Sein Dunkel war durch keinen Strahl des Gedankens oder der Empfindung gebrochen, es war eine traumlose Leere, ein ungeheurer Raum des Friedens. Der Tumult seines Geistes war zu einer unvermittelten Klimax des Schweigens geschwellt und gestiegen. Wo war der Mann? Wo ist der Mensch, wenn die Besinnungslosigkeit ihn faßt?

»Es ist, als sei es gestern gewesen,« sagte Isbister. »Ich weiß noch alles, wie wenn es gestern gewesen wäre – klarer vielleicht, als wenn es gestern gewesen wäre.«

Es war der Isbister des letzten Kapitels. Aber er war kein junger Mann mehr. Das Haar, das braun und ein wenig länger gewesen war, als die elegante Mode erforderte, war eisengrau und kurz geschoren, und das Gesicht, das rosa und weiß gewesen war, war lederbraun und rot. Er trug einen spitzen und graugesprenkelten Bart. Er sprach mit einem ältlichen Herrn, der einen Sommeranzug aus Drillich anhatte (der Sommer dieses Jahres war ungewöhnlich heiß). Das war Warming, ein Londoner Anwalt und der nächste Verwandte Grahams, des Fremden, der in den Starrkrampf gefallen war. Und die beiden Männer standen Seite an Seite in einem Hause in London und blickten auf seine liegende Gestalt.

Es war eine gelbe Gestalt, die lose auf einem Wasserbett lag und ein langes Hemd trug, eine Gestalt mit verrunzeltem Gesicht und langem Stoppelbart, mit hageren Gliedern und langen Nägeln, und ihn umgab ein Gehäuse aus dünnem Glas. Dieses Glas schien den Schläfer von der Realität des Lebens um ihn abzutrennen, er war ein Ding für sich, eine seltsame, isolierte Anormalität. Die beiden Männer standen nah am Glas und spähten hinein.

»Die Sache gab mir einen Stoß,« sagte Isbister. »Ich spüre noch jetzt ein sonderbares überraschtes Grauen, wenn ich an seine weißen Augen denke. Sie waren ganz weiß, wissen Sie, nach oben gedreht. Jetzt, da ich hier vor ihm stehe, kommt mir all das ins Gedächtnis zurück.«

»Haben Sie ihn seit der Zeit nie gesehen?« fragte Warming.

»Wollte oft kommen,« sagte Isbister; »aber das Geschäft ist heutzutage eine zu ernsthafte Sache, als daß es viel Ferien zu machen erlaubte. Ich bin die meiste Zeit in Amerika gewesen.«

»Wenn ich mich recht erinnere,« sagte Warming, »waren Sie Künstler.«

»War. Und dann wurde ich Ehemann. Ich sah sehr bald, daß es mit der Schwarz- und Weißkunst aus war – wenigstens für einen mittelmäßigen Künstler, und ging mit dem Fortschritt weiter. Die Plakate auf den Klippen bei Dover sind von meinen Leuten.«

»Gute Plakate,« gab der Anwalt zu, »obgleich es mir leid tat, sie da zu sehen.«

»Halten so lange wie die Klippen, wenn's sein muß,« rief Isbister mit Genugtuung aus. »Die Welt ändert sich. Als er vor zwanzig Jahren einschlief, saß ich da unten in Boscastle mit einem Kasten voll Wasserfarben und einem edlen, altmodischen Ehrgeiz. Ich erwartete nicht, daß meine Pigmente noch einmal die ganze englische Küste von Lands End herum bis wieder zum Lizard schmücken würden. Das Glück kommt oft zum Menschen, wenn er nicht daran denkt.«

Warming schien zu zweifeln, ob dies ein Glück war. »Ich verfehlte Sie nur gerade, wenn ich mich recht erinnere.«

»Sie kamen mit dem Wagen zurück, der mich zum Camelford-Bahnhof gebracht hatte. Es war kurz vor dem Jubiläum, Viktorias Jubiläum, denn ich erinnere mich der Tribünen und Fahnen in Westminster und des Streits mit dem Kutscher in Chelsea.«

»Das Diamantjubiläum war es,« sagte Warming; »das zweite.«

»Ah ja! bei dem eigentlichen Jubiläum – der Fünfzig Jahrs-Geschichte – war ich unten in Wookey – als Junge. All das hab' ich versäumt... Was für eine Aufregung wir mit ihm hatten! Meine Wirtin wollte ihn nicht haben – wollte ihn nicht bleiben lassen – er sah so wunderlich aus, als er starr war. Wir mußten ihn auf einem Stuhl ins Hotel hinauftragen. Und der Doktor in Boscastle – es war nicht der jetzige Bursch', sondern der vor ihm – war bis fast zwei Uhr an der Arbeit, und ich und der Wirt hielten ihm die Lampen und so weiter.«

»Es war erst eine kataleptische Starrsucht, nicht wahr?«

»Steif! – wie man ihn auch bog, so blieb er. Man hätte ihn auf den Kopf stellen können, und er wäre da geblieben. Solche Steifheit hab ich nie wiedergesehen. Natürlich ist dies« – er zeigte mit einer Bewegung des Kopfes auf die liegende Gestalt – »ganz anders. Und natürlich hatte der kleine Doktor – wie hieß er gleich?«

»Smithers?«

»Ganz recht, Smithers – nach allen Berichten vollständig unrecht, als er versuchte, ihn so schnell wie möglich zu wecken. Was er alles anfing! Noch jetzt fühl ich mich ganz – uh! Senf, Schnupftabak, Nadeln. Und eins von den scheußlichen kleinen Dingen – nicht Dynamos –«

»Induktionsapparaten.«

»Ja. Man konnte seine Muskeln zucken und springen sehen, und er wand sich umher. Wir hatten gerade zwei flackernde Kerzen, und all die Schatten zitterten, der kleine Doktor war nervös und aufgeregt, und *er* – wand sich auf die unnatürlichsten Arten, trotz seiner Starrheit. Ah, ich habe noch lange davon geträumt.«

Pause.

»Es ist ein unheimlicher Zustand,« sagte Warming.

»Es ist eine Art vollständiger Abwesenheit,« sagte Isbister. »Hier ist der Körper, leer. Tot keine Spur und doch nicht lebendig. Er ist wie ein leerer Stuhl, auf dem ›belegt‹ steht. Kein Gefühl, keine Verdauung, kein Herzschlag, keine Zuckung. *Das* gibt mir nicht das Gefühl, wie wenn ein Mensch anwesend wäre. In gewissem Sinn ist er vollständiger tot als der Tod selber, denn die Doktoren sagen mir, selbst das Haar habe zu wachsen aufgehört. Aber bei den richtigen Toten wächst das Haar weiter fort —«

»Ich weiß,« sagte Warming mit einem Blitz des Schmerzes in seinem Ausdruck.

Sie blickten wieder durch das Glas. Graham war freilich in einem seltsamen Zustand, er lag in der schlaffen Phase eines Starrkrampfs da, aber eines in der Geschichte der Medizin unerhörten Starrkrampfs. Starrkrämpfe hatten wohl schon bis zu einem Jahr gedauert – aber nach der Zeit war entweder das Erwachen oder der Tod eingetreten; bisweilen erst das eine und dann das andere. Isbister sah die Stellen, wo der Arzt die Nahrung injiziert hatte, denn um die Entkräftung hinauszuschieben, hatte man zu diesem Ausweg gegriffen; er zeigte sie Warming, der versucht hatte, sie nicht zu sehen.

»Und während er hier gelegen hat,« sagte Isbister mit dem Wohlgefühl eines frei verbrachten Lebens, »habe ich meine Lebenspläne geändert, geheiratet, eine Familie gegründet, mein ältester Junge – damals hatte ich noch nicht angefangen, an Söhne zu denken – ist amerikanischer Bürger und soll demnächst Harvard verlassen. In meinem Haar ist eine Spur von Grau. Und dieser Mensch, keinen Tag älter oder klüger (tatsächlich), als ich in meinen Flaumtagen war. Es ist ein wunderlicher Gedanke.«

Warming drehte sich um. »Und ich bin auch alt geworden. Ich habe mit ihm Kricket gespielt, als ich ein Bursch war. Und er sieht trotzdem jung aus. Gelb vielleicht. Aber er *ist* trotzdem ein junger Mensch.«

»Und dann liegt der Krieg dazwischen,« sagte Isbister.

»Von Anfang bis zu Ende.«

»Und diese Leute vom Mars.«

»Ich habe gehört,« sagte Isbister nach einer Pause, »er hatte selber ein bescheidenes Vermögen?«

»Das ist richtig,« sagte Warming. Er hustete gezwungen. »Zufällig habe ich die Verwaltung.«

»Ah!« Isbister dachte nach, zögerte und sprach: »Ohne Zweifel – sein Unterhalt hier ist nicht sehr teuer – ohne Zweifel wird es sich aufbessern – sich vermehren?«

»Das tut es. Wenn er aufwacht – *wenn* er eben aufwacht – wird er sich viel besser stehen, als zur Zeit seines Einschlafens.«

»Als Geschäftsmann«, sagte Isbister, »hat mich der Gedanke natürlich beschäftigt. Ich habe sogar bisweilen gemeint, natürlich kommerziell gesprochen, dieser Schlaf könne für ihn eine sehr gute Sache sein. Er wird wissen, woran er ist, sozusagen, daß er so lange besinnungslos bleibt. Wenn er ruhig weiter gelebt hätte –«

»Ich zweifle, ob er sich das überlegt hätte,« sagte Warming. »Er war kein weitsichtiger Mann. Kurz –«

»Ja?«

»Wir waren da verschiedener Ansicht. Ich vertrat ihm gegenüber ein wenig die Stelle des Vormunds. Sie haben wahrscheinlich genug von der Welt gesehen, um anzuerkennen, daß gelegentlich eine gewisse Reibung – Aber selbst wenn das der Fall wäre, so ist es zweifelhaft, ob er je erwachen wird. Dieser Schlaf erschöpft langsam, aber er erschöpft. Offenbar gleitet er langsam, sehr langsam und lässig einen langen Hang hinunter, wenn Sie mich verstehen?«

»Es wäre schade, wenn man um seine Überraschung käme. In diesen zwanzig Jahren hat sich eine Menge verändert. Es wäre, als würde das Märchen von Rip Van Winkle zur Wirklichkeit.«

»Es wäre Bellamy,« sagte Warming. »Sicherlich hat sich eine Menge verändert. Und unter anderem habe ich mich verändert. Ich bin ein alter Mann.«

Isbister zögerte und spielte dann ein nachträgliches Erstaunen. »Das hätte ich nicht gedacht.«

»Ich war dreiundvierzig, als sein Bankier – Sie wissen, Sie telegraphierten an seinen Bankier – zu mir schickte.«

»Ich fand seine Adresse in dem Scheckbuch in seiner Tasche,« sagte Isbister.

»Nun, die Addition ist nicht schwierig,« sagte Warming.

Es folgte wieder eine Pause, und dann gab Isbister einer unvermeidlichen Neugier nach. »Er kann noch Jahre so liegen bleiben,« sagte er und zögerte einen Moment. »Das haben wir zu bedenken. Sie wissen, seine Angelegenheiten können eines Tages in die Hände von – von jemand anders fallen, wissen Sie.«

»Das, wenn Sie mir glauben wollen, Mr. Isbister, ist eins von den Problemen, die mir beständig vor Augen stehen. Wir sind – tatsächlich existieren keine sehr vertrauenswürdigen Verwandten von uns mehr. Es ist eine groteske und unerhörte Lage.«

»Das ist es,« sagte Isbister. »Es ist wirklich ein Fall für einen öffentlichen Betrauten, wenn wir nur einen solchen Beamten hätten.«

»Mir scheint, es ist ein Fall für eine öffentliche Körperschaft, für einen praktisch unsterblichen Verwalter. Wenn er wirklich weiterleben sollte – wie die Doktoren, einige von ihnen, glauben. Ich bin auch tatsächlich schon damit an ein oder zwei Leute der Öffentlichkeit herangetreten. Aber bislang ist nichts geschehen.«

»Es wäre kein schlechter Gedanke, ihn einer öffentlichen Körperschaft zu übergeben – der Verwaltung des Britischen Museums oder dem königlichen Ärztekollegium. Klingt natürlich etwas wunderlich, aber der ganze Fall ist wunderlich.«

»Die Schwierigkeit ist die, sie zu veranlassen, daß sie ihn nehmen.«

»Beamtenzopf, vermutlich?«

»Zum Teil.«

Pause. »Es ist auf jeden Fall eine sonderbare Geschichte,« sagte Isbister. »Und Zinseszinsen haben eine Art, in die Höhe zu laufen!«

»Ja,« sagte Warming. »Und jetzt, wo die Goldzufuhr ausgeht, ist die Tendenz steigend ... Preiserhöhung.«

»Das hab ich fühlen müssen,« sagte Isbister mit einer Grimasse. »Aber für *ihn* wird es dadurch nur besser.«

» *Wenn* er erwacht.«

»Wenn er erwacht,« echote Isbister. »Sehen Sie, wie eingekniffen seine Nase aussieht, und wie sonderbar seine Augenlider zugefallen sind?«

Warming blickte eine Zeitlang hin und sann. »Ich zweifle, ob er aufwachen wird,« sagte er schließlich.

»Ich habe nie recht verstanden,« sagte Isbister, »welche Ursache dies eigentlich herbeigeführt hat. Er sagte mir etwas von Überarbeitung. Ich habe mich oft gewundert.«

»Er war ein Mensch von bedeutenden Gaben, aber nervös, von Gefühlen abhängig. Er hatte schweren, häuslichen Kummer, ließ sich von seiner Frau scheiden, und ich glaube, um sich davon zu erholen, begann er Politik von der wildesten Art zu treiben. Er war ein fanatischer Radikaler – Sozialist – oder, wie sie sich zu nennen pflegten, ein typischer Liberaler von der Fortschrittsschule. Energisch – phantastisch – undiszipliniert. Überarbeitung in einer Streitsache hatte diese Folgen. Ich erinnere mich seiner Broschüre noch – eine merkwürdige Produktion. Wildes, wirbelndes Zeug. Ein oder zwei Prophezeiungen standen drin. Einiges davon ist schon explodiert, anderes ist anerkannte Tatsache. Aber meist, wenn man solche Sätze liest, fühlt man, wie voll die Welt von ungeahnten Dingen ist. Er wird viel zu lernen haben, wenn er erwacht, viel zu verlernen. Wenn ein Erwachen jemals kommt.«

»Ich würde alles darum geben, wenn ich dabei sein könnte,« sagte Isbister, »nur um zu hören, was er zu all dem sagen würde.«

»Ich auch,« sagte Warming. »Ah ja, ich auch,« mit der plötzlichen Wendung des alten Mannes zum Selbstmitleid. »Aber ich werde ihn nie erwachen sehen.«

Er stand da und blickte nachdenklich auf die wächserne Gestalt. »Er wird nie erwachen,« sagte er schließlich. Er seufzte. »Er wird nie wieder aufwachen.«

3.
Das Erwachen

Aber darin hatte Warming unrecht. Es kam ein Erwachen.

Was für ein wunderbar kompliziertes Wesen! Diese einfach scheinende Einheit – das Selbst! Wer kann seine Nachbildung verfolgen, wie wir Morgen für Morgen erwachen, den Fluß und Zusammenstrom seiner zahllosen Faktoren, die sich verschlingen und wieder aufbauen, die dunklen, ersten Regungen der Seele, das Wachstum und die Synthese des Unbewußten zum Unterbewußten, des Unterbewußten zur dämmernden Bewußtheit, bis wir uns schließlich selber wiedererkennen. Und wie es den meisten von uns nach dem Schlaf der Nacht geht, so war es mit Graham am Schluß seines ungeheuren Schlafes. Eine dunkle Wolke der Empfindung, die Gestalt annahm, eine wolkige Öde, und er fühlte sich unbestimmt irgendwo, wo er lag, schwach, aber lebendig.

Die Pilgerfahrt zu einem persönlichen Sein schien durch ungeheure Abgründe zu gehen, Epochen zu dauern. Gigantische Träume, die zu der Zeit furchtbare Wirklichkeiten waren, hinterließen unbestimmte, verwirrende Erinnerungen seltsamer Geschöpfe, seltsamer Landschaft, wie von einem andern Planeten. Auch ein deutlicher Eindruck von einer gewichtigen Unterhaltung war vorhanden, von einem Namen – er konnte nicht sagen, von welchem Namen – der später wieder auftauchen sollte, von einer wunderlichen, lang vergessenen Empfindung der Adern und Muskeln, von einem Gefühl riesiger, hoffnungsloser Anstrengung, der Anstrengung eines Menschen, der im Dunkeln nahezu ertrinkt. Dann kam ein Panorama von blendenden, unstabilen, verschwimmenden Szenen.

Graham merkte, daß seine Augen offen waren und etwas Ungewohntes ansahen.

Es war etwas Weißes, irgendein Rand, ein Holzrahmen. Er bewegte den Kopf ein wenig, indem er dem Umriß dieses Gegenstandes folgte. Er ging über den Bereich seiner Augen hinaus. Er versuchte nachzudenken, wo er sein mochte. Kam es darauf an, wo er so elend war? Die Farbe seiner Gedanken war die düsterer Depression. Er fühlte das ausdruckslose

Elend dessen, der gegen die Stunde der Dämmerung aufwacht. Er hatte die unbestimmte Empfindung, daß Geflüster
und Schritte sich rasch entfernten.

Die Bewegung seines Kopfes deutete auf das Bewußtsein
äußerer physischer Schwäche. Er nahm an, er liege im Bett
des Hotels in dem Ort im Tal – aber er konnte sich nicht auf
den weißen Rand besinnen. Er mußte geschlafen haben. Er
erinnerte sich jetzt, daß er hatte schlafen wollen. Er entsann
sich wieder der Klippe und des Wasserfalls, und dann besann
er sich auf etwas wie ein Gespräch mit einem Vorübergehenden ...

Wie lange hatte er geschlafen? Was war das für ein Geräusch von klappernden Füßen? Und dies Steigen und Fallen,
wie das Murmeln brechender Wellen und Kiesel? Er streckte
seine matte Hand aus, um seine Uhr von dem Stuhl zu nehmen, auf den es seine Gewohnheit gewesen war, sie zu legen,
und er berührte eine glatte harte Oberfläche, etwas wie Glas.
Das war so unerwartet, daß es ihn außerordentlich erschreck-
te. Ganz plötzlich wälzte er sich herum, starrte einen Moment
um sich und arbeitete sich dann in eine sitzende Stellung
empor. Die Anstrengung war unerwartet schwer, und er war
schwindlig und schwach – und verblüfft.

Er rieb sich die Augen. Das Rätsel seiner Umgebung war
verwirrend, aber sein Geist war ganz klar – offenbar hatte sein
Schlaf ihm wohlgetan. Er lag überhaupt in keinem Bett, wie er
das Wort verstand, sondern er lag nackt auf einer sehr weichen und nachgiebigen Matratze in einer Mulde aus dunklem
Glas. Die Matratze war zum Teil durchsichtig, eine Tatsache,
die er mit einem seltsamen Gefühl der Unsicherheit beobachtete, und darunter lag ein Spiegel, der ihn grau zurückwarf.
Um seinen Arm – und er sah mit einem Schreck, daß seine
Haut seltsam trocken und gelb war – war ein merkwürdiger
Gummiapparat gebunden, so kunstvoll gebunden, daß er
oben und unten in die Haut überzugehen schien. Und dieses
seltsame Bett lag in einem Gehäuse aus grünlich gefärbtem
Glas (wie ihm schien), zu dessen weißem Rahmenwerk die
Leiste gehörte, die zuerst seine Aufmerksamkeit gefesselt
hatte. Im Winkel des Gehäuses stand ein Ständer mit glit-

zernden und fein gearbeiteten Apparaten, zum größten Teil ihm ganz fremdartigen Erfindungen, obgleich er ein Maximal- und Minimalthermometer erkannte.

Der leicht grünliche Ton der glasartigen Substanz, die ihn auf allen Seiten umgab, verdunkelte, was dahinter lag, aber er sah, daß es ein riesiges Gemach von prachtvoller Architektur war, das ihm gegenüber einen sehr großen und einfachen weißen Bogendurchgang zeigte. Nah an den Wänden seines Käfigs standen Einrichtungsgegenstände, ein mit einem silbrigen Tuch gedeckter Tisch – silbrig wie die Seite eines Fisches, ein Paar anmutiger Stühle, und auf dem Tisch eine Anzahl von Schüsseln, auf denen allerlei lag, eine Flasche und zwei Gläser. Er wurde sich bewußt, daß er intensiven Hunger hatte.

Er konnte kein menschliches Wesen sehen, und nach einer Zeit des Zögerns kletterte er von der durchscheinenden Matratze herunter und versuchte auf dem sauberen, weißen Boden seines kleinen Gemaches zu stehen. Er hatte sich jedoch mit seiner Kraft verrechnet, stolperte und streckte die Hand nach einer glasartigen Scheibe aus, um sich zu stützen. Einen Moment widerstand sie seiner Hand, indem sie sich wie eine aufgeblasene Blase nach außen bog, dann zerbrach sie mit einem leisen Knall und verschwand – wie eine angestochene Seifenblase. Er taumelte in den Raum der Halle hinaus. Er war sehr erstaunt. Er griff nach dem Tisch, um sich zu halten und warf dabei eins der Gläser zu Boden – es klang, zerbrach aber nicht. Dann setzte er sich in einen der Sessel.

Als er sich ein wenig erholt hatte, füllte er das andere Glas aus der Flasche und trank – es war eine farblose Flüssigkeit, aber kein Wasser – von angenehmem, leichtem Aroma und Geschmack und unmittelbar kräftigend und anregend. Er setzte das Gefäß hin und blickte sich um.

Das Gemach verlor nichts an Größe und Pracht, jetzt, wo der grüne, durchscheinende Stoff, der dazwischen gelegen hatte, beseitigt war. Der Bogen, den er sah, führte zu einer Treppenflucht, die ohne trennende Tür zu einem geräumigen Quergang hinabführte. Dieser Gang lief zwischen polierten Pfeilern aus einer weißgeäderten, tief ultramarinblauen Substanz hin und von dort drang der Schall menschlicher Bewegungen und Stimmen, und ein tiefer, unablässiger, summender Ton herauf. Er saß jetzt völlig wach da und lauschte aufmerksam; er vergaß in seiner Spannung die Speisen.

Dann besann er sich mit einem Schreck, daß er nackt war, und als er sich nach einer Bedeckung umblickte, sah er ein langes, schwarzes Gewand, das auf einen der Stühle neben ihm geworfen war. Das hüllte er um sich und setzte sich zitternd wieder nieder.

Sein Geist war noch immer eine wogende Verwirrung. Offenbar hatte er geschlafen und war in seinem Schlaf anderswohin gebracht worden. Aber wohin? Und wer waren diese Menschen, die ferne Menge hinter den tiefblauen Pfeilern? Boscastle? Er schenkte sich ein zweites Glas von der farblosen Flüssigkeit ein und trank es halb aus.

Was für ein Ort war dies? Dieser Ort, der seinen Sinnen so fein wie ein lebendig Ding zu beben schien? Er blickte um sich auf die saubere und schöne Form des Gemachs, das durch keinen Zierat befleckt wurde, und sah, daß das Dach an einer Stelle von einem kreisrunden Schacht voller Licht durchbrochen wurde, und während er hinsah, kam ein stetiger, fliegender Schatten und löschte es aus und verschwand, und kam wieder und verschwand wieder. »Schlag, Schlag;« dieser Schatten hatte in dem gedämpften Tumult, der die Luft erfüllte, einen eigenen Ton.

Er wollte rufen, aber seiner Kehle entrang sich nur ein leiser Ton. Dann stand er auf, und mit den unsicheren Schritten eines Betrunkenen ging er auf das Bogentor zu. Er stolperte die Stufen hinunter, trat auf einen der Zipfel des schwarzen Mantels, den er um sich geschlungen hatte, und hielt sich aufrecht, indem er nach einem der blauen Pfeiler griff.

Der Gang lief an einer kühlen Halle aus Blau und Purpur hin und endete fern in einem wie ein Balkon umfriedigten Raum, der hell erleuchtet war und in einen Raum des Nebels vorsprang, einen Raum, der dem Inneren eines gigantischen Baues glich. Dahinter und in der Ferne sah er riesige und unbestimmte Architekturformen. Der Tumult der Stimmen stieg jetzt laut und klar herauf, und auf dem Balkon standen,

den Rücken ihm zugekehrt, gestikulierend und offenbar in lebhafter Unterhaltung, drei reich in lose und leichte Gewänder von hellen, weichen Farben gekleidete Gestalten. Der Lärm einer großen Volksmenge strömte über den Balkon herauf, und einmal schien es, als ziehe die Spitze eines Banners vorüber und einmal blitzte ein hellfarbener Gegenstand, vielleicht eine in die Luft geworfene blaßblaue Mütze oder ein Gewand quer über den offenen Raum und fiel wieder nieder. Die Rufe klangen wie Englisch: das Wort »Erwache!« kam häufig vor. Er hörte einen undeutlichen schrillen Schrei, und plötzlich begannen diese drei Männer zu lachen.

»Ha, ha, ha!« lachte einer – ein rothaariger Mensch in einem kurzen Purpurgewand. »Wenn der Schläfer erwacht – *Wenn!*«

Er wandte die Augen lachend den Gang entlang. Sein Gesicht verwandelte sich, der ganze Mensch verwandelte sich, wurde starr. Die beiden anderen wandten sich auf seinen Ausruf rasch um und standen reglos da. Ihre Gesichter nahmen den Ausdruck der Bestürzung an, einen Ausdruck, der sich bis zur Scheu vertiefte.

Plötzlich knickten Grahams Knie unter ihm zusammen, sein gegen den Pfeiler gelehnter Arm sank schlaff herab, er taumelte vorwärts und fiel aufs Gesicht.

4.
Der Lärm eines Aufruhr

Grahams letzter Eindruck, ehe er ohnmächtig wurde, war der eines lärmenden Glockenläutens. Er erfuhr später, daß er den größeren Teil einer Stunde besinnungslos zwischen Tod und Leben hing. Als er zu Sinnen kam, lag er wieder auf seinem durchscheinenden Lager, und er fühlte in Herz und Kehle eine belebende Wärme. Der dunkle Apparat an seinem Arm war, wie er sah, abgenommen und durch einen Verband ersetzt. Das weiße Rahmenwerk umgab ihn noch, aber die grünliche, durchsichtige Substanz, die es gefüllt hatte, war fort. Ein Mann in einem tief violetten Gewand, einer von denen, die auf dem Balkon gestanden hatten, blickte ihm scharf ins Gesicht.

Fern aber beharrlich hörte er ein Glockenläuten und wirre Töne, die in seinem Geist das Bild einer großen Anzahl durcheinanderschreiender Leute weckten. Irgend etwas schien sich über diesen Aufruhr zu senken, eine Tür schloß sich plötzlich.

Graham bewegte den Kopf. »Was bedeutet dies alles?« sagte er langsam. »Wo bin ich?«

Er sah den rothaarigen Menschen, der ihn zuerst entdeckt hatte. Es schien, als fragte eine Stimme, was er gesagt habe, und dann wurde sie plötzlich zum Schweigen gebracht.

Der Mann in Violett antwortete, indem er das Englische mit einem leichten ausländischen Akzent sprach – oder wenigstens schien es den Ohren des Schläfers so –: »Sie sind ganz sicher. Sie sind von da aus, wo Sie einschliefen, hierhergebracht. Sie sind ganz sicher. Sie haben einige Zeit hier gelegen – geschlafen. In einem Starrkrampf.«

Er sagte noch etwas, was Graham nicht hören konnte, und ihm wurde eine kleine Phiole gereicht. Graham fühlte kühlende Tropfen, ein duftiger Nebel spielte ihm einen Moment über die Stirn, und das Gefühl der Erfrischung wuchs. Er schloß befriedigt die Augen.

Besser?« fragte der Mann in Violett, als Graham die Augen wieder aufschlug. Es war ein Mann von dreißig Jahren, mit heiterem Gesicht, spitzem Flachsbart und einer goldenen Schnalle am Hals seines violetten Gewandes.

»Ja,« sagte Graham.

»Sie haben einige Zeit geschlafen. In einem kataleptischen Starrkrampf. Sie haben davon gehört? Katalepsis? Es mag Ihnen zuerst seltsam erscheinen, aber ich kann Sie versichern, daß alles gut ist.«

Graham antwortete nicht, aber diese Worte erfüllten ihren beruhigenden Zweck. Seine Augen schweiften von Gesicht zu Gesicht über die drei Männer, die ihn umgaben. Sie sahen ihn sonderbar an. Er wußte, er sollte irgendwo in Cornwall sein, aber er konnte all dies nicht damit in Einklang bringen.

Etwas, was ihm während seiner letzten wachen Momente in Boscastle im Sinn gelegen hatte, fiel ihm wieder ein, etwas, was er beschlossen aber irgendwie vernachlässigt hatte. Er räusperte sich.

»Haben Sie meinem Vetter gedrahtet?« fragte er. »E. Warming, 27, Chancery Lane.«

Sie mühten sich alle, ihn zu verstehen. Aber er mußte es wiederholen. »Was für ein komisches Ziehen in seinem Akzent!« flüsterte der Rothaarige. »Gedrahtet, Herr?« fragte der junge Mann mit dem Flachsbart in offenbarer Verlegenheit.

»Er meint, ein elektrisches Telegramm geschickt,« erklärte der dritte, ein angenehmer Jüngling von neunzehn oder zwanzig. Der Flachsbärtige stieß einen Ruf des Verstehens aus. »Wie stupid von mir! Sie können sicher sein, daß alles geschehen soll, Sir,« sagte er zu Graham. »Ich fürchte, es wäre schwierig, Ihrem Vetter zu – *drahten*. Er ist nicht mehr in London. Aber machen Sie sich noch keinerlei Sorge um irgendwelche Arrangements; Sie haben sehr lange geschlafen, und die Hauptsache ist, *darüber* fortzukommen, Sir.« (Graham sagte sich, er müsse »Sir« gesagt haben, aber dieser Mann sprach das Wort wie *»Sire«* aus.)

»O!« sagte Graham und verstummte.

Es war alles sehr rätselhaft, aber offenbar wußten diese Leute in der ungewohnten Kleidung, woran sie waren. Aber sehr sonderbar waren sie, und auch der Raum war sonderbar. Es schien, er war in einem neu errichteten Gebäude. Ihm blitzte ein plötzlicher Argwohn auf. Dies war doch nicht etwa eine öffentliche Ausstellungshalle? Wenn ja, wollte er Warming einmal seine Meinung sagen. Aber danach sah sie kaum aus. Und an einem öffentlichen Ausstellungsort hätte er nicht nackt gelegen.

Dann plötzlich, ganz unvermittelt, wurde ihm klar, was geschehen war. Er machte keinen merklichen Übergang des Argwohns durch, keine Dämmerung bis zu diesem Wissen. Plötzlich wußte er, daß dieser Starrkrampf eine ungeheure Zeit gedauert hatte; als hätte er durch geheime Prozesse des Gedankenlesens die Ehrfurcht in den Gesichtern gedeutet, die ihm in seines blickten. Er blickte sie seltsam, voll intensiver Erregung an. Es schien, sie lasen in seinen Augen. Er bewegte die Lippen zum Sprechen und konnte nicht. Ein wunderlicher Impuls, sein Wissen zu verbergen, trat fast im Moment seiner Entdeckung in seinen Geist. Er blickte auf seine nackten Füße und sah sie schweigend an. Sein Verlangen zu reden ging vorüber. Er zitterte stark.

Sie gaben ihm eine rosige Flüssigkeit mit grünlicher Fluoreszenz und von Fleischgeschmack, und die Gewißheit zurückkehrender Kraft wuchs.

»Das – das macht mir besser,« sagte er heiser, und er hörte Gemurmel respektvollen Beifalls. Jetzt wußte er es ganz klar. Er mühte sich noch einmal, zu sprechen, und wieder konnte er nicht.

Er drückte sich die Kehle und versuchte ein drittes Mal. »Wie lange?« fragte er mit ruhiger Stimme. »Wie lange habe ich geschlafen?«

»Eine beträchtliche Zeit,« sagte der Flachsbärtige und warf einen raschen Blick auf die anderen.

»Wie lange?«

»Eine sehr lange Zeit.«

»Ja – ja,« sagte Graham plötzlich eigensinnig. »Aber ich will – sind es – sind es – ein paar Jahre? Viele Jahre? Da war etwas – ich weiß nicht mehr. Ich fühle mich – wirr. Aber Sie – « Er schluchzte. »Sie brauchen nicht mit mir fechten. Wie lange –?«

Er hielt unregelmäßig atmend inne. Er preßte die Augen mit den Fingern und saß und wartete auf eine Antwort.

Sie sprachen im Flüsterton.

»Fünf oder sechs?« fragte er schwach. »Mehr?«

»Sehr viel mehr als das.«

»Mehr?«

»Mehr.«

Er sah sie an, und es war, als zuckten Fäden in seinen Gesichtsmuskeln. Er blickte seine Frage.

»Viele Jahre,« sagte der Mann mit dem roten Bart.

Graham arbeitete sich in sitzende Stellung empor. Er wischte sich mit einer hageren Hand eine nasse Träne aus dem Gesicht. »Viele Jahre!« wiederholte er. Er schloß die Augen fest, öffnete sie wieder und saß da und blickte von einem ungewohnten Ding aufs andere.

»Wie viele Jahre?«

»Sie müssen auf eine Überraschung gefaßt sein.«

»Ja?«

»Mehr als ein Gros Jahre.«

Ihn reizte das fremde Wort. »Mehr als ein *was*?«

Zwei von ihnen sprachen miteinander. Einige schnelle Bemerkungen, die über das »Dezimalsystem« gemacht wurden, verstand er nicht.

»Wie lange, sagten Sie?« fragte Graham. »Wie lange? Blicken Sie nicht so. Sagen Sie es mir!«

Unter den Bemerkungen im Flüsterton fing sein Ohr fünf Worte auf: »Mehr als ein Paar Jahrhunderte.«

» *Was?*« rief er und wandte sich dem Jüngling zu, der, wie er meinte, gesprochen hatte. »Wer sagt –? Was war das? Ein Paar *Jahrhunderte?*«

»Ja,« sagte der Rotbärtige. »Zweihundert Jahre.«

Graham wiederholte die Worte. Er war darauf gefaßt gewesen, von einer sehr langen Ruhe zu hören, und doch entnervten ihn diese konkreten Jahrhunderte.

»Zweihundert Jahre,« sagte er noch einmal, und in seinem Geist öffnete sich sehr langsam das Bild eines großen Abgrunds; und dann: »O, aber –!«

Sie sagten nichts.

»Sie – sagten Sie –?«

»Zweihundert Jahre. Zwei Jahrhunderte,« sagte der Mann mit dem roten Bart.

Es folgte eine Pause. Graham blickte auf ihre Gesichter und sah, daß das, was er gehört hatte, wirklich wahr sei.

»Aber es ist unmöglich,« sagte er klagend. »Ich träume. Starrkrämpfe. Starrkrämpfe dauern nicht. Das ist nicht recht – dies ist ein Scherz, den Sie mit mir treiben! Sagen Sie mir – – noch vor vielleicht ein paar Tagen ging ich an der Küste von Cornwall entlang –«

Ihm versagte die Stimme.

Der Mann mit dem Flachsbart zögerte. »Die Geschichte ist nicht meine starke Seite,« sagte er leise und blickte auf die anderen.

»Ganz richtig, Sir,« sagte der Jüngling. »Boscastle im alten Herzogtum Cornwall – es liegt im Südwesten, hinter den Milchweiden. Es steht noch heute ein Haus. Ich bin dagewesen.«

»Boscastle!« Graham wandte seine Augen auf den jungen Mann. »So hieß es – Boscastle. Das kleine Boscastle. Irgendwo da herum – bin ich eingeschlafen. Ich weiß nicht mehr genau.«

Er drückte sich die Stirn und flüsterte: »Mehr als *zweihundert Jahre!*«

Er begann rasch und mit zuckendem Gesicht zu sprechen, aber das Herz in ihm war kalt. »Aber wenn es zweihundert Jahre her *ist,* so muß jede Seele, die ich kenne, jedes menschliche Wesen, das ich je gesehen oder gesprochen habe, ehe ich einschlief, tot sein.«

Sie antworteten ihm nicht.

»Die Königin und die königliche Familie, ihre Minister, die Kirche und der Staat. Hoch und niedrig, reich und arm, einer wie der andere –«

»Existiert England noch?«

»Das ist ein Trost! Und London?«

»Dies *ist* London, eh? Und Sie sind mein Kustodenassistent; Kustodenassistent. Und diese –? Eh? Auch Kustodenassistenten?«

Er saß mit entsetztem Starren da. »Aber warum bin ich hier? Nein! Reden Sie nicht. Sein Sie still. Lassen Sie mich —«

Er verstummte, rieb sich die Augen und fand, als er sie wieder aufschlug, daß man ihm wieder ein kleines Glas voll rosiger Flüssigkeit hinhielt. Er nahm die Dosis. Sie stärkte fast unmittelbar. Sowie er sie genommen hatte, begann er natürlich und erfrischend zu weinen.

Dann blickte er ihnen ins Gesicht und lachte plötzlich durch seine Tränen, ein wenig töricht. »Aber zwei — hun — dert Jahre!« sagte er. Er schnitt hysterische Grimassen und verbarg das Gesicht von neuem.

Nach einiger Zeit wurde er ruhig. Er setzte sich auf, und seine Hände hingen ihm fast genau in derselben Haltung über die Knie, in der Isbister ihn auf der Klippe von Pentargen gefunden hatte. Seine Aufmerksamkeit wurde von einer schweren, gebietenden Stimme und den Schritten einer sich nähernden Person gefesselt. »Was tun Sie? Warum bin ich nicht benachrichtigt worden? Sicher haben Sie es voraus gewußt? Dafür wird jemand zu büßen haben. Der Mann muß ruhig gehalten werden. Sind die Türen geschlossen? Alle Türen? Er muß völlig ruhig gehalten werden. Er darf nichts erfahren. Hat man ihm schon etwas gesagt?«

Der Mann mit dem blonden Bart machte eine unhörbare Bemerkung, und Graham sah, als er über die Schulter blickte, einen sehr kurzen, dicken, untersetzten und bartlosen Mann mit Adlernase und schwerem Hals und Kinn herbeikommen. Sehr dichte, schwarze und leicht abfallende Augenbrauen, die über der Nase fast zusammentrafen und tiefe, graue Augen überhingen, gaben seinem Gesicht einen wunderlich furchtbaren Ausdruck. Er warf einen kurzen, finsteren Blick auf Graham und wandte sich dann wieder dem Mann mit dem Flachsbart zu. »Diese anderen —« sagte er mit einer Stimme äußerster Gereiztheit. »Sie gingen besser.«

»Gingen?« sagte der Rotbärtige.

»Gewiß — gehn Sie jetzt. Aber achten Sie darauf, daß die Türen geschlossen werden, wenn Sie gehen.«

Die beiden Angeredeten machten nach einem widerstrebenden Blick auf Graham gehorsam kehrt, und statt durch den Bogen zu gehen, wie er erwartete, schritten sie geradewegs auf die feste Wand des Raumes, dem Bogen gegenüber, zu. Und dann kam etwas Seltsames. Ein langer Streif dieser scheinbar festen Mauer rollte schnappend auf, hing über den zwei schwindenden Männern und fiel wieder nieder; Graham war mit dem neu angekommenen und dem purpurgewandeten Mann mit dem Flachsbart allein.

Eine Zeitlang nahm der Untersetzte von Graham nicht die geringste Notiz, sondern fragte den andern – offenbar seinen Untergebenen – weiter über die Behandlung ihres Schutzbefohlenen aus. Er sprach deutlich, aber in Phrasen, die Graham nur teilweise verständlich waren. Das Erwachen schien ihn nicht nur zu überraschen, sondern auch bestürzt zu machen und zu ärgern. Er war offenbar sehr aufgeregt.

»Sie müssen ihm nicht den Geist verwirren, indem Sie ihm alles mögliche erzählen,« wiederholte er immer von neuem. »Sie müssen ihm nicht den Geist verwirren.«

Als seine Fragen beantwortet waren, drehte er sich rasch um und sah den Erwachten mit zweifelhaftem Ausdruck an.

»Fühlen sich wunderlich?« fragte er.

»Sehr.«

»Die Welt, was Sie von ihr sehen, erscheint Ihnen seltsam?«

»Ich vermute, ich werde in ihr leben müssen, so seltsam sie auch scheint.«

»Ich vermute, jetzt.«

»Zunächst, könnte ich nicht Kleider bekommen?«

»Sie –« sagte der Untersetzte und unterbrach sich, und der Flachsbärtige begegnete seinem Blick und ging weg. »Sie werden sehr bald Kleider haben,« sagte der Untersetzte.

»Ist es wirklich wahr, daß ich zweihundert Jahre geschlafen habe –?« fragte Graham.

»Das haben sie Ihnen gesagt, wie? Zweihundert und drei, genau.«

Graham nahm das Unbestreitbare jetzt mit hochgezogenen Augenbrauen und herabgekniffenem Mund hin. Er saß einen Moment schweigend da und fragte dann: »Ist eine Mühle oder eine Dynamomaschine hier in der Nähe?« Eine Antwort wartete er nicht ab. »Die Dinge haben sich wohl furchtbar verändert?« sagte er.

»Was ist das für ein Rufen?« fragte er unvermittelt.

»Nichts,« sagte der Untersetzte ungeduldig. »Das sind Leute. Sie werden das später besser verstehen – vielleicht. Wie Sie sagen, die Dinge haben sich verändert.« Er sprach kurz, seine Stirn war gerunzelt, und er blickte sich wie ein Mann um, der sich in einer Lage zu entscheiden versucht. »Wir müssen auf jeden Fall Kleider schaffen, und so weiter. Besser, hier warten, bis welche kommen können. Hier wird Ihnen niemand nahe kommen. Sie haben das Rasieren nötig.«

Graham rieb sich das Kinn.

Der Mann mit dem Flachsbart kam zu ihnen zurück, drehte sich plötzlich um, lauschte einen Moment, hob die Augenbrauen gegen den älteren Mann hin und eilte durch den Bogen auf den Balkon zu davon. Der Lärm der Rufe wurde lauter, und der Untersetzte drehte sich gleichfalls um und lauschte. Er fluchte plötzlich leise vor sich hin und wandte die Augen mit unfreundlichem Blick auf Graham. Es war eine Brandung von vielen Stimmen, die stiegen und sanken, riefen und kreischten, und einmal klang ein Ton wie Schläge und scharfes Schreien hinein, und dann ein Schnappen wie das Brechen trockener Zweige. Graham strengte die Ohren an, um einen einzigen Klangfaden aus dem verwebten Aufruhr zu ziehen.

Dann unterschied er, wieder und wieder wiederholt, eine bestimmte Formel. Eine Zeitlang traute er seinen Ohren nicht. Aber sicherlich waren dies die Worte: »Zeigt uns den Schläfer! Zeigt uns den Schläfer!«

Der Untersetzte stürzte plötzlich zum Bogentor.

»Wild!« rief er. »Woher wissen sie –? Wissen sie? Oder vermuten sie nur?«

Vielleicht kam eine Antwort.

»Ich kann nicht kommen,« sagte der Untersetzte; »ich habe für *ihn* zu sorgen. Aber rufen Sie vom Balkon hinunter.«

Es kam eine unhörbare Antwort.

»Sagen Sie, er ist nicht wach. Irgend etwas! Ich überlasse es Ihnen.«

Er kam zu Graham zurückgeeilt. »Sie müssen sofort Kleider bekommen,« sagte er. »Sie können nicht hier bleiben – und es wird unmöglich sein –«

Er stürzte weg, während Graham ihm unbeantwortete Fragen nachrief. In einem Moment war er zurück:

»Ich kann Ihnen nicht erzählen, was vorgeht. Es ist zu kompliziert, um es zu erklären. In einem Moment sollen Sie Ihre Kleider gemacht haben. Ja – in einem Moment. Und dann kann ich Sie von hier fortnehmen. Sie werden unsere Unruhen bald genug begreifen.«

»Aber diese Stimmen! Sie riefen –?«

»Etwas von dem Schläfer – das sind Sie. Sie haben eine verschrobene Idee. Ich weiß nicht, welche. Ich weiß von nichts.«

Eine schrille Glocke durchschnitt dies undeutliche Gemisch ferner Geräusche, und dieser brüske Mensch sprang zu einer kleinen Gruppe von Vorrichtungen in der Ecke des Zimmers. Er lauschte einen Moment, indem er eine Kristallkugel ansah, nickte und sagte ein paar undeutliche Worte; dann ging er zu der Wand, durch die die beiden Männer verschwunden waren. Sie rollte wieder wie ein Vorhang auf, und er blieb stehen und wartete.

Graham hob den Arm und merkte mit Staunen, welche Kraft ihm die Stärkungsmittel gegeben hatten. Er warf erst ein Bein über den Rand des Lagers, und dann das andere. Der Kopf schwamm ihm nicht mehr. Er konnte kaum an seine rasche Wiederherstellung glauben. Er blieb sitzen und befühlte sich die Glieder.

Der Mann mit dem Flachsbart trat vom Bogen her wieder ein, und als er das tat, kam vor dem Untersetzten ein Liftkasten herabgeglitten, und ein hagerer, graubärtiger Mann, der eine Rolle trug und ein eng anschließendes, dunkelgrünes Kostüm anhatte, erschien darin.

»Das ist der Schneider,« sagte der Untersetzte mit einer vorstellenden Bewegung. »Es geht nicht, daß Sie das Schwarz da tragen. Ich begreife nicht, wie es hierher gekommen ist. Aber ich werde. Ich werde. Sie werden sich nach Kräften beeilen?« fragte er den Schneider.

Der Mann in Grün verneigte sich, trat vor und setzte sich neben Graham aufs Bett. Sein Wesen war ruhig, aber seine Augen waren voll Neugier. »Sie werden die Moden verändert finden, Sire,« sagte er. Er blickte unter den Brauen her auf den Untersetzten.

Mit einer raschen Bewegung öffnete er die Rolle, und ein Wirrwarr glänzender Gewebe floß über seine Knie herab. »Sie, Sire, lebten in einer wesentlich zylindrischen Periode – der Viktorianischen. Mit einer Neigung zur Halbkugel in den Hüten. Stets runde Kurven. Jetzt —« Er zog einen kleinen Apparat von der Größe und dem Aussehen einer schlüssellosen Uhr heraus, wirbelte den Knopf herum, und siehe – auf dem Zifferblatt erschien nach Art eines Kinetoskops eine kleine Gestalt in Weiß, die umherging und sich drehte. Der Schneider hob eine Probe von bläulich weißem Satin auf. »So etwa denke ich mir Ihre vorläufige Ausstattung,« sagte er.

Der Untersetzte kam herbei und trat an Grahams Schulter.

»Wir haben sehr wenig Zeit,« sagte er.

»Verlassen Sie sich auf mich,« sagte der Schneider. »Meine Maschine folgt mir. Was sagen Sie hierzu?«

»Was ist das?« fragte der Mann aus dem neunzehnten Jahrhundert.

»In Ihren Tagen zeigte man Ihnen ein Modeblatt,« sagte der Schneider, »aber dies ist unsere moderne Erfindung. Sehen Sie!« Die kleine Gestalt wiederholte ihre Bewegungen, aber in anderem Kostüm. »Oder dies,« und mit einem Klinken erschien eine andere kleine Gestalt in einem umfangreicheren Kleidertypus auf dem Zifferblatt. Der Schneider war in seinen Bewegungen sehr rasch, und er blickte zweimal zum Lift, während er diese Dinge tat.

Es rollte wieder und ein kurzhaariger, anämischer Bursche mit Zügen vom chinesischen Typus, gekleidet in grobe, blaßblaue Leinwand, erschien mit einer komplizierten Maschine, die er auf kleinen Rollen geräuschlos ins Zimmer schob. Sofort fiel das kleine Kinetoskop, Graham wurde ersucht, vor die Maschine zu treten, und der Schneider murmelte dem kurzhaarigen Burschen einige Instruktionen zu, die er in Gutturaltönen und mit Worten beantwortete, die Graham nicht verstand. Der Junge ging dann in den Winkel, um einen unverständlichen Monolog zu halten, und der Schneider zog eine Anzahl von mit Kerben versehenen Armen heraus, die in kleinen Scheiben endigten; er zog sie aus, bis die Scheiben flach gegen Grahams Körper lagen, eine an jedem Schulterblatt, eine an den Ellbogen, eine am Hals und so weiter, bis er deren zuletzt vielleicht vierzig auf Körper und Gliedern liegen hatte. Zugleich betrat hinter Graham eine weitere Person das Zimmer durch den Lift. Der Schneider setzte einen Mechanismus in Bewegung, der eine leicht klingende, rhythmische Bewegung von Teilen in der Maschine einleitete, und einen Moment darauf schlug er die Hebel zurück, und Graham war befreit. Der Schneider legte ihm den schwarzen Mantel wieder um, und der Flachsbärtige hielt ihm ein kleines Glas mit einer erfrischenden Flüssigkeit hin. Graham sah über dem Gewand einen blassen jungen Mann, der ihn mit sonderbarer Starrheit ansah.

Der Untersetzte war ungeduldig durchs Zimmer gegangen und drehte sich jetzt um und ging durch den Bogen auf den Balkon zu, von dem aus noch immer der Lärm einer Volksmenge in Stößen und Kadenzen heraufklang. Der kurzhaarige Bursche reichte dem Schneider eine Rolle von dem bläulichen Satin, und die beiden begannen, sie auf eine Art in dem Mechanismus zu befestigen, die an eine Papierrolle in der Druckmaschine des neunzehnten Jahrhunderts erinnerte. Dann rollten sie das Ganze auf seinen leichten, geräuschlosen Rollen quer durchs Zimmer in einen fernen Winkel, wo ein gewundenes Kabel ziemlich anmutig aus der Mauer herabhing. Sie stellten eine Verbindung her, und die Maschine ging kräftig und rasch.

»Was bedeutet das da?« fragte Graham, indem er mit dem leeren Glas auf die geschäftigen Gestalten zeigte und versuchte, die forschenden Blicke des Neugekommenen zu ignorieren. »Ist das – eine Art aufgespeicherte Kraft?«

»Ja,« sagte der Mann mit dem Flachsbart.

»Wer ist *das*?« Er deutete auf den Bogen hinter sich.

Der Mann in Purpur strich sich den kleinen Bart, zögerte und antwortete flüsternd: »Das ist Howard, Ihr Hauptkurator. Sie sehen, Sire – es ist etwas schwierig zu erklären. Der Rat ernennt einen Kuratoren und seine Assistenten. Diese Halle ist unter gewissen Einschränkungen öffentlich gewesen. Damit das Volk sich genugtun konnte. Wir haben die Türen zum erstenmal gesperrt. Aber ich denke – wenn Sie nichts dagegen haben, ich überlasse es ihm, zu erklären.«

»Sonderbar,« sagte Graham. »Kurator? Rat?« Dann wandte er dem Neugekommenen den Rücken zu und fragte flüsternd: »Warum *starrt* dieser Mensch mich an? Ist er ein Mesmerist?«

»Mesmerist? Er ist Kapillotom.«

»Kapillotom?«

»Ja – einer der ersten. Sein Jahresgehalt beträgt sechsdut Löwen.«

Es klang wie der reine Unsinn. Graham griff mit unsicherem Geist nach den letzten Worten. »Sechsdut Löwen?« sagte er.

»Hatten Sie noch keine Löwen? Vermutlich nicht. Sie hatten die alten Pfunde? Es sind unsere Münzeinheiten.«

»Aber was sagten Sie – sechsdut?«

»Ja. Sechs Dutzend, Sire. Natürlich haben sich die Dinge, selbst diese kleinen Dinge, verändert. Sie lebten zur Zeit des Dezimalsystems, des arabischen Systems – der Zehner, der kleinen Hunderter und der Tausender. Wir haben jetzt elf Ziffern. Wir haben sowohl für zehn wie für elf einzelne Ziffern, zwei Ziffern für zwölf, und ein dutzend Dutzend geben ein Gros, ein großes Hundert, wissen Sie, ein Dutzend Gros ein Dutzand, und ein dutzand Dutzand eine Myriade. Sehr einfach?«

Der Mann mit dem Flachsbart blickte über die Schulter. »Hier sind ihre Kleider!« sagte er. Graham drehte sich scharf um und sah den Schneider lächelnd hinter sich stehen und ihm ein Paar greifbar neue Gewänder über dem Arm hinhalten. Der kurzhaarige Bursche schob die komplizierte Maschine mittelst eines Fingers auf den Lift zu, mit dem er gekommen war. Graham starrte den fertigen Anzug an. »Sie wollen doch nicht sagen –!«

»Eben gemacht,« sagte der Schneider. Er ließ Graham die Kleider zu Füßen fallen, trat zu dem Bett, auf dem Graham vorher gelegen hatte, warf die durchscheinende Matratze hinaus und richtete den Spiegel auf. Während er das tat, rief eine wütende Glocke den Untersetzten in den Winkel. Der Mann mit dem Flachsbart stürzte zu ihm hinüber und eilte dann durch den Bogen hinaus.

Der Schneider half Graham gerade in ein dunkelpurpurnes Unterkleid – Strümpfe, Jacke und Hosen aus einem Stück – als der Untersetzte aus der Ecke zurückkam und dem Flachsbärtigen entgegenging, der vom Balkon herbeigeeilt kam. Sie begannen rasch miteinander zu flüstern, ihr Gebaren zeigte unverkennbare Zeichen der Besorgnis. Über das purpurne Unterkleid kam ein kompliziertes aber anmutiges Gewand aus bläulichem Weiß, und Graham war noch einmal wieder nach der Mode gekleidet und sah sich noch bleich, unrasiert und langhaarig, aber wenigstens nicht mehr nackt, und auf eine undefinierbare, unerhörte Art anmutig im Spiegel vor sich.

»Ich muß mich rasieren,« sagte er, indem er sich im Glas ansah.

»Einen Moment,« sagte Howard.

Das beharrliche Starren hörte auf. Der junge Mann schloß die Augen und ging auf Graham zu, indem er eine hagere Hand ausstreckte. Dann blieb er stehen, seine Hand gestikulierte langsam, und er blickte sich um.

»Einen Stuhl,« sagte Howard ungeduldig, und im Moment hatte der Flachsbärtige einen Stuhl hinter Graham gestellt. »Setzen Sie sich, bitte,« sagte Howard.

Graham zögerte, und in der anderen Hand des wildäugigen Menschen sah er das Glitzern des Stahls.

»Verstehen Sie nicht, Sire?« rief der Flachsbärtige mit eiliger Höflichkeit. »Er will Ihnen das Haar schneiden.«

»O!« rief Graham aufgeklärt. »Aber Sie nannten ihn —«

»Einen Kapillotomen – ganz recht! Er ist einer der ersten Künstler der Welt.«

Graham setzte sich plötzlich nieder. Der Flachsbärtige verschwand. Der Kapillotom kam mit anmutigen Gesten herbei, sah sich Grahams Ohren an, überblickte ihn, befühlte ihm den Hinterkopf und hätte sich noch einmal gesetzt, um ihn zu betrachten, wäre nicht Howards Ungeduld hörbar gewesen. Alsbald rasierte er Graham mit raschen Bewegungen und einer Folge von geschickt gehandhabten Instrumenten das Kinn, stutzte ihm den Schnurrbart, schnitt und arrangierte ihm das Haar. All dies tat er ohne eine Wort, etwa mit der verzückten Miene eines inspirierten Dichters. Und sobald er fertig war, wurden Graham ein Paar Schuhe gereicht.

Plötzlich rief eine laute Stimme – es schien, von einem Stück Maschinerie im Winkel her: – »Sofort – sofort. Das Volk weiß es in der ganzen Stadt. Die Arbeit wird eingestellt. Die Arbeit wird eingestellt. Auf nichts mehr warten, sondern kommen.«

Dieser Ruf schien Howard außerordentlich aufzuregen. Nach seinen Gesten schien es Graham, als zögere er zwischen zwei Richtungen. Plötzlich ging er auf den Winkel zu, wo um die kleine Kristallkugel die Apparate standen. Als er das tat, erhob sich das aufrührerische Rufen vom Bogentor her, das während all dieser Vorgänge fortgedauert hatte, zu einem gewaltigen Schall, brüllte, als ob es vorüberfegte, und sank wieder, als wiche es schnell zurück. Es zog Graham mit unwiderstehlichem Reiz dorthin. Er warf einen Blick auf den untersetzten Menschen und gehorchte dann seinem Impuls. In zwei Sätzen war er die Stufen hinunter und in dem Gang, und in einem Dutzend stand er draußen auf dem Balkon, auf dem die drei Männer gestanden hatten.

5.
Die gleitenden Straßen

Er trat an das Gitter des Balkons und starrte nach oben. Ein Ausruf der Überraschung und der Lärm einer großen Zahl von Menschen scholl bei seinem Erscheinen aus dem geräumigen Bereich von unten herauf.

Sein erster Eindruck war der einer überwältigenden Architektur. Der Raum, in den er blickte, war ein titanischer Gebäudeflügel, der sich in allen Richtungen geräumig fortschweifte. Zu Häupten sprangen über der riesigen Spannweite gewaltige Sparrenköpfe heraus, und ein Maßwerk aus durchleuchtendem Material schloß den Himmel aus. Gigantische Kugeln kühlen weißen Lichtes beschämten die blassen Sonnenstrahlen, die durch die Bindebalken und Rippen herunterfilterten. Hier und dort flog eine Spinnwebhängebrücke, die mit Fußgängern besetzt war, über den Abgrund, und in der Luft hing ein Gewebe schlanker Kabel. Über ihm, merkte er, als er nach oben blickte, hing eine Gebäudeklippe, und die gegenüberliegende Fassade war grau und dunkel und durchbrochen von großen Bogen, kreisrunden Öffnungen, Balkonen, Strebepfeilern, Turmvorsprüngen, Myriaden von weiten Fenstern und einem verschlungenen Schema architektonischen Reliefs. Darüber hinweg liefen horizontale und schräge Inschriften in unbekannter Schrift. Hier und dort waren nahe am Dach Kabel von besonderer Stärke befestigt, die in steiler Kurve zu kreisrunden Öffnungen auf der gegenüberliegenden Seite des Raumes niederhingen, und während Graham diese noch ansah, fesselte die ferne und winzige Gestalt eines Menschen in blaßblauem Anzug seine Aufmerksamkeit. Diese kleine Gestalt stand quer über dem Raum weit zu Häupten neben der Befestigung eines dieser Kabel; sie hing von einem kleinen Mauerrand vornüber und handhabte einige nahezu unsichtbare Taue, die von dem Kabel herabhingen. Dann plötzlich war dieser Mensch mit einem Schwung, bei dem Graham das Herz in den Mund sprang, die Kurve heruntergestürzt und durch eine runde Öffnung diesseits der Straße verschwunden. Graham hatte nach oben gesehen, als er auf den Balkon hinaustrat, und was er oben und gegenüber sah, hatte seine Aufmerksamkeit zuerst so in Anspruch genommen, daß er sonst nichts sah. Dann entdeckte er plötzlich die Straße! Es war gar keine Straße, nicht das, was Graham unter einer Straße verstand, denn im neunzehnten Jahrhundert bestanden die einzigen Chausseen und Straßen aus gestampften Streifen bewegungsloser Erde, sich drängenden Strömen von Fuhrwerken zwischen engen Fußpfaden. Aber diese Straße war dreihundert Fuß breit, und sie bewegte sich. Sie bewegte sich außer der Mitte, der tiefsten Stelle. Einen Moment blendete ihm die Bewegung den Geist. Dann verstand er.

Unter dem Balkon lief diese außerordentliche Straße rasch nach rechts, ein endloser Strom, der so schnell dahinschoß wie ein Expreßzug des neunzehnten Jahrhunderts, eine endlose Plattform von schmalen, übereinandergreifenden Querplatten mit kleinen Zwischenräumen, die ihr erlaubten, den Biegungen der Straße zu folgen. Darauf standen Bänke und hier und dort kleine Kioske, aber sie fegten zu rasch vorbei, als daß Graham hätte sehen können, was darin war. Von dieser nächsten und schnellsten Plattform aus stiegen eine Reihe von anderen bis zur Mitte hinunter. Alle bewegten sich nach rechts, jede merklich langsamer als die nächst höhere, aber der Unterschied in der Geschwindigkeit war gering genug, um jedermann zu gestatten, daß er von jeder Plattform auf die anstoßende trat und so ununterbrochen von der schnellsten bis zur bewegungslosen mittleren ging. Jenseits dieses mittleren Weges stürzte eine zweite Reihe endloser Plattformen mit abgestufter Geschwindigkeit von Graham aus nach links. Und eine unzählige und wunderbar abwechslungsreiche Volksmenge saß in Haufen auf den zwei breitesten und schnellsten Plattformen oder trat die Stufen hinunter von einer auf die andere oder schwärmte über den mittleren Raum.

»Hier dürfen Sie nicht bleiben,« rief plötzlich Howard an seiner Seite. »Sie müssen sofort mitkommen.«

Graham gab keine Antwort. Er hörte, ohne zu hören. Die Plattformen liefen brüllend hin, und das Volk schrie. Er bemerkte Frauen und Mädchen mit fliegendem Haar, in wundervollen Gewändern, mit zwischen den Brüsten gekreuzten Binden. Sie traten zuerst aus dem Wirrwarr heraus. Dann fiel ihm auf, daß die herrschende Note in diesem Kaleidoskop von Kostümen das Blaßblau war, das der Schneiderjunge getragen hatte. Er wurde sich bewußt, daß man rief:»Der Schläfer. Was ist mit dem Schläfer geschehen?« und es war, als seien die fliegenden Plattformen vor ihm plötzlich mit dem blassen Gelb menschlicher Gesichter gesprenkelt, und dann noch dichter. Er sah gehobene Finger. Er bemerkte, daß das bewegungslose Mittelgebiet dieses riesigen Bogenganges genau dem Balkon gegenüber dicht gedrängt voll blau gekleideten Volkes stand. Die Leute schienen die laufenden Plattformen auf beiden Seiten hinaufgedrängt und gegen ihren Willen fortgetragen zu werden. Sie sprangen ab, sobald sie über das Gedränge des Wirrwarrs hinaus waren und liefen zu dem Tumult zurück.

»Es ist der Schläfer. Wahrhaftig, es ist der Schläfer,« riefen Stimmen. »Das ist niemals der Schläfer,« riefen andere. Mehr und mehr Gesichter wandten sich ihm zu. In den Zwischenräumen dieses Zentralwegs sah Graham Öffnungen, Löcher, offenbar die Köpfe von Treppen, die hinunterführten, und es stiegen Leute aus ihnen herauf und in sie hinunter. Der scheinbare Kampf konzentrierte sich um das ihm nächste dieser Löcher. Das Volk lief die gleitenden Plattformen dahin hinab, indem man geschickt von Plattform zu Plattform sprang. Die auf den höheren Plattformen gedrängten Leute schienen ihr Interesse zwischen diesem Punkt und dem Balkon zu teilen. Eine Anzahl kräftiger, kleiner Gestalten, die eine Uniform aus hellem Rot trugen und methodisch zusammenarbeiteten, schienen damit beschäftigt, den Zutritt zu dieser nach unten führenden Treppe abzusperren. Um sie sammelte sich rasch eine Volksmenge. Ihre glänzende Farbe kontrastierte lebhaft gegen das weißliche Blau ihrer Gegner, denn der Kampf war nicht zu verkennen.

Er sah all das, während Howard ihm ins Ohr schrie und ihm den Arm schüttelte. Und dann war Howard plötzlich fort, und er stand allein.

Er merkte, daß die Rufe: »Der Schläfer!« an Umfang zunahmen, und daß das Volk auf der näheren Plattform aufstand. Die nähere, schnellere Plattform, sah er, war nach rechts hin leer, und fern drüben in dem Raum war die Plattform, die in entgegengesetzer Richtung lief und gedrängt voll ankam, leer, wo sie nach links hin wegglitt. Mit unglaublicher Geschwindigkeit hatte sich auf dem Mittelraum vor seinen Augen eine ungeheure Menge gesammelt; eine dichte schwankende Volksmasse; und die Rufe wurden aus einem stoßweisen Schreien zu einem umfangreichen, kontinuierlichen Toben: »Der Schläfer! der Schläfer!« und zu einem Gellen und Jubeln und Schwenken von Kleidern, und viele Stimmen riefen: »Die Straßen halten lassen!« Sie riefen auch noch einen andern, Graham fremden Namen. Es klang wie »Ostrog«. Die langsameren Plattformen waren bald mit geschäftigem Volk besetzt, das gegen die Bewegung anlief, um ihm gegenüber zu bleiben.

»Die Straßen halten lassen!« schrien sie. Bewegliche Gestalten liefen schnell vom Zentrum aus zu dem ihm nächsten schnellen Weg herauf und wurden rapid an ihm vorbeigetragen, während sie seltsame, unverständliche Dinge riefen, und dann liefen sie schräg zum Mittelweg zurück. Eins unterschied er: »Es ist wirklich der Schläfer. Es ist wirklich der Schläfer,« bezeugten sie.

Eine Zeitlang stand Graham regungslos. Dann wurde ihm lebhaft bewußt, daß all dies sich um ihn drehte. Ihm gefiel seine wunderbare Popularität, er verbeugte sich, und da er nach einer Geste von weiterem Wirkungskreis suchte, schwenkte er seinen Arm. Er war erstaunt über die Gewalt des Aufruhrs, den das hervorrief. Der Tumult um die hinabführende Treppe stieg zu wütender Heftigkeit. Er sah volle Balkone, Menschen, die Kabel herabglitten, Menschen, die in trapezartigen Sitzen quer durch den Raum fegten. Er hörte Stimmen hinter sich, eine Anzahl von Leuten, die durch den Bogen die Stufen herabstiegen; er merkte plötzlich, daß sein Kurator Howard wieder da war, ihn schmerzhaft am Arm packte, und ihm unhörbar ins Ohr schrie.

Er drehte sich um, und Howards Gesicht war weiß. »Kommen Sie zurück,« hörte er. »Sie werden die Straßen zum Halten bringen. Die ganze Stadt wird in Verwirrung geraten.«

Er sah eine Anzahl von Leuten hinter Howard den blauen Pfeilergang entlang geeilt kommen, den Rothaarigen, den Mann mit dem Flachsbart, einen großen Mann in lebhaftem Scharlach, eine Menge von anderen in Rot, die Stäbe trugen, und all diese Leute zeigten ängstliche, eifrige Gesichter.

»Bringen Sie ihn fort,« rief Howard.

»Aber warum?« sagte Graham. »Ich sehe nicht ein —«

»Sie müssen mitkommen!« sagte der Mann in Rot mit entschlossener Stimme. Sein Gesicht und seine Augen waren gleichfalls entschlossen. Grahams Blicke gingen von Gesicht zu Gesicht, und er lernte plötzlich jenen unangenehmsten Geschmack im Leben kennen, den Zwang. Irgend jemand faßte ihn am Arm ... Er wurde fortgezogen. Es war, als würden aus dem Aufruhr plötzlich zwei, als wäre die Hälfte der Rufe, die von dieser wunderbaren Straße heraufgeströmt waren, plötzlich in die Gänge des großen Gebäudes hinter ihm gesprungen. Verwundert und verwirrt, mit dem ohnmächtigen Wunsch, zu widerstehen, wurde Graham den blauen Pfeilergang entlang geführt und halb gestoßen, und plötzlich sah er sich mit Howard allein in einem Lift, der rasch nach oben stieg.

6.
Die Halle des Atlas

Von dem Moment an, als der Schneider seine Abschieds-
verbeugung gemacht hatte, bis zu dem Moment, als Graham
sich im Lift sah, waren im Ganzen kaum fünf Minuten vergangen. Und noch hing der Nebel dieser ungeheuren Zeit des
Schlafes um ihn, noch überzog die anfängliche Fremdheit, das
Sonderbare, daß er überhaupt in dieser fernen Zeit lebendig
war, alles mit Staunen, mit einem Gefühl des Irrationellen, mit
etwas von der Natur eines realistischen Traums. Er war noch
losgelöst, ein erstaunter Zuschauer, noch erst halb selber ins
Leben hineingezogen. Was er gesehen hatte, und besonders
der letzte Tumult der Massen im Rahmen der Balkonfassung,
hatte einen Hauch vom Schauspiel, wie etwas, was man von
einer Theaterloge aus sieht. »Ich verstehe nicht,« sagte er.
»Was war das für eine Unruhe? Mir wirbelt der Geist. Warum
riefen sie? Worin liegt die Gefahr?«

»Wir haben unsere Unruhen,« sagte Howard. Seine Augen
mieden Grahams fragenden Blick. »Dies ist eine unruhige
Zeit. Und Ihr Erscheinen, wissen Sie, daß Sie gerade jetzt
erwachten, das steht in einer Art Zusammenhang —«

Er sprach ruckweise, wie jemand, der seines Atems nicht
ganz sicher ist. Er hielt plötzlich inne.

»Ich verstehe nicht —« sagte Graham.

»Es wird Ihnen später klar werden,« sagte Howard.

Er blickte unruhig nach oben, als finde er die Bewegung
des Lifts zu langsam.

»Ich werde es ohne Zweifel besser verstehen, wenn ich
mich ein wenig umgesehen habe,« sagte Graham verwirrt. »Es
wird – es muß ja einfach verblüffend sein. Vorläufig ist alles
so seltsam. Alles scheint möglich. Alles. Selbst in den Details.
Ihre Zahlen, höre ich, sind anders.«

Der Lift hielt an, und sie traten in einen engen, aber sehr
langen Gang zwischen hohen Wänden hinaus, die eine außerordentliche Anzahl von Röhren und dicken Kabeln entlang
lief.

»Was für ein riesiges Gebäude dies ist!« sagte Graham. »Ist es alles ein einziges Gebäude? Was ist es?«

»Dies ist einer der Stadtwege für verschiedene öffentliche Dienste. Licht und so weiter.«

»War das eine soziale Unruhe – auf dem großen Straßenplatz da? Wie werden Sie regiert? Haben Sie noch eine Polizei?«

»Mehrere,« sagte Howard.

»Mehrere?«

»Etwa vierzehn.«

»Ich verstehe nicht.«

»Sehr wahrscheinlich nicht. Unsere soziale Ordnung wird Ihnen wahrscheinlich sehr kompliziert erscheinen. Um Ihnen die Wahrheit zu sagen, ich verstehe sie selber nicht allzu genau. Das tut niemand. Sie werden es vielleicht – später. Wir müssen zum Rat gehn.«

Grahams Aufmerksamkeit war zwischen der großen Dringlichkeit seiner Fragen und den Leuten in den Gängen und Hallen geteilt, durch die sie kamen. Einen Moment lang konzentrierte sich sein Geist auf Howard und die zögernden Antworten, die er gab, und dann verlor er den Faden, indem er auf einen lebhaften, unerwarteten Eindruck reagierte. Die Gänge entlang und in den Hallen schienen die Hälfte der Leute Männer in der roten Uniform zu sein. Die blaßblaue Leinwand, die auf dem Platz mit der gleitenden Straße so häufig gewesen war, erschien nicht. Unabänderlich sahen diese Leute ihn an und grüßten ihn und Howard, wenn sie vorübergingen.

Er hatte die klare Vision, daß sie in einen langen Korridor traten, und dort saßen eine Anzahl Mädchen wie in einer Klasse auf niedrigen Sitzen. Er sah keinen Lehrer, sondern nur einen neuen Apparat, aus dem, wie ihm schien, eine Stimme hervordrang. Die Mädchen sahen ihn und seinen Führer an, er meinte, mit Neugier und Staunen. Aber er wurde weitergezogen, ehe er eine klare Vorstellung von der Versammlung gewonnen hatte. Er schloß, sie würden Howard kennen, ihn aber nicht, und wunderten sich, wer er sein mochte. Dieser Howard, schien es, war ein Mensch von Bedeutung. Aber schließlich war auch er nur Grahams Kurator. Das war wunderlich.

Es folgte ein Gang im Zwielicht und in diesen Gang hing ein Fußweg in der Weise hinein, daß er die Füße und Knöchel darauf hin und her gehender Leute sehen konnte, aber nicht mehr von ihnen. Dann folgten unbestimmte Eindrücke von Galerien und von zufälligen, erstaunten Passanten, die sich umdrehten, um den beiden mit ihrer rotgekleideten Wache nachzustarren.

Der Anreiz der Stärkungsmittel, die er zu sich genommen hatte, war nur vorübergehend. Diese übermäßige Eile ermüdete ihn bald. Er bat Howard, seinen Schritt zu verlangsamen. Dann war er in einem Lift, der nach dem großen Straßenplatz zu ein Fenster hatte, aber er war mit Scheiben versehen und ließ sich nicht öffnen, und sie befanden sich zu hoch, als daß er die gleitenden Plattformen unten hätte sehen können. Aber er sah Leute, die an Kabeln hin und her flogen und über seltsame, gebrechlich aussehende Brücken gingen.

Und von da aus gingen sie in schwindliger Höhe quer über die Straße. Sie gingen auf einer schmalen Brücke, die mit Glas eingeschlossen war, so klar, daß es ihm schwindlig wurde, wenn er nur daran dachte. Auch ihr Boden war aus Glas. Nach seiner Erinnerung von den Klippen zwischen New Quai und Boscastle, die der Zeit nach so fern, dem Erlebnis nach so nah war, schien ihm, sie mußten sich nahezu vierhundert Fuß über der Gleitstraße befinden. Er blieb stehen und blickte zwischen seinen Beinen auf die schwärmenden blauen und roten Massen hinab, die winzig und verkürzt noch immer auf den kleinen Balkon weit unten zudrangen und gestikulierten – einen kleinen Spielzeugbalkon, so schien es – wo er noch vor so kurzer Zeit gestanden hatte. Ein dünner Nebel und der Glanz der mächtigen Lichtkugeln verdunkelte alles. Ein Mensch, der in einer kleinen Wiege von durchbrochener Arbeit saß, schoß von einem noch höheren Punkt aus, als die schmale Brücke war, vorbei, indem er an einem Kabel fast so schnell, als fiele er, hinabglitt. Graham blieb unwillkürlich stehen, um diesen seltsamen Passagier in einer kreisrunden Öffnung unten verschwinden zu sehen, und dann schweiften seine Augen auf den aufrührerischen Kampf zurück.

Einen der schnelleren Wege entlang flog eine dichte Menge roter Flecken. Der brach in Einzelwesen auseinander, als er sich dem Balkon näherte, und strömte dann die langsameren Wege hinunter auf die dichte, ringende Menge der Mittelfläche zu. Diese Leute in Rot schienen mit Stöcken oder Knütteln bewaffnet zu sein; sie schienen zu schlagen und zu stoßen. Ein großes Geschrei, Wutgebrüll und Gekreisch brach aus und klang dünn und schwach zu Graham herauf. »Weiter!« rief Howard und legte Hand an ihn.

Wieder stürzte jemand an einem Kabel herab. Graham blickte plötzlich nach oben, woher er käme, und sah durch das Glasdach und das Netzwerk von Kabeln und Trägern dunkle, rhythmisch vorbeifliegende Formen, Windmühlenflügeln ähnlich, und zwischen ihnen Stücke eines fernen und bleichen Himmels. Dann hatte Howard ihn über die Brücke vorwärts geschoben, und er war in einem kleinen, schmalen Gang, der mit geometrischen Mustern geschmückt war.

»Ich will mehr davon sehen,« sagte Graham und leistete ihm Widerstand.

»Nein, nein,« rief Howard, der noch immer seinen Arm gepackt hielt. »Hierher. Hier müssen Sie gehen.« Und die Leute in Rot, die ihnen folgten, schienen bereit, seinen Befehlen Gehorsam zu erzwingen.

Ein paar Neger in einer merkwürdigen wespenartigen Uniform aus Schwarz und Gelb erschienen am Ende des Ganges, und einer eilte, eine gleitende Klappe hinaufzuschieben, die Graham für eine Tür gehalten hatte, und führte hindurch. Graham sah sich in einer Galerie, die das Ende eines großen Zimmers überhing. Der Diener in Gelb und Schwarz ging hindurch, schob eine zweite Gleitklappe auf und blieb wartend stehen.

Dieser Raum sah aus wie ein Vorzimmer. Er sah in der Mitte eine Anzahl Menschen, und am gegenüberliegenden Ende ein großes und imposantes Tor am Kopf einer Treppenflucht; es war schwer verhangen, ließ aber doch eine noch größere Halle dahinter sehen. Er sah weiße Männer und noch weitere Neger in Gelb und Schwarz steif an diesen Portalen stehen.

Als sie durch die Galerie gingen, hörte er von unten heraus ein Flüstern: »Der Schläfer,« und er merkte, daß man die Köpfe drehte, und hörte ein Summen der Beobachtung. Sie traten durch die Wand dieses Vorzimmers in einen weiteren kleinen Gang, und dann sah er sich auf einer Galerie aus Metall mit eisernen Gittern, die um die große Halle herumlief, die er schon durch die Vorhänge gesehen hatte. Er betrat sie von einer Ecke aus, so daß er den vollsten Eindruck von ihren riesenhaften Proportionen erhielt. Der Schwarze in der Wespenuniform stand wie ein gut erzogener Diener zur Seite und schloß die Tür hinter ihm.

Im Vergleich mit all den Räumen, die Graham bislang gesehen hatte, schien dieser zweite Saal außerordentlich reich dekoriert. Auf einem Piedestal am entfernteren Ende und glänzender erleuchtet als irgend etwas sonst, stand eine gigantische weiße Figur des Atlas, stark und wacker, den Erdball auf den gebogenen Schultern. Sie war das erste, was ihm auffiel, sie war so riesig, so geduldig und schmerzlich-real, so weiß und einfach. Abgesehen von dieser Figur und einer Estrade in der Mitte, war der Boden der Halle eine glänzende Leere. Die Estrade stand fern auf der Riesenfläche; sie hätte wie eine bloße Metallplatte ausgesehen, wäre nicht die Gruppe von sieben Männern gewesen, die um einen Tisch darauf standen und eine Ahnung von ihren Proportionen gaben. Sie waren alle in weiße Gewänder gekleidet, sie schienen in dem Moment von ihren Sitzen aufgestanden zu sein und sahen Graham fest an. Am Ende des Tisches bemerkte er das Glitzern einiger mechanischer Vorrichtungen.

Howard führte ihn die Galerie entlang, bis sie der gewaltigen, sich mühenden Gestalt gegenüber waren. Dann blieb er stehen. Die zwei Männer in Rot, die ihnen in die Galerie gefolgt waren, kamen und stellten sich Graham zu beiden Seiten.

»Sie müssen hier bleiben,« murmelte Howard, »nur auf ein paar Momente,« und ohne eine Antwort abzuwarten, eilte er die Galerie entlang.

»Aber, *warum* –?« begann Graham.

Er machte eine Bewegung, als wolle er Howard folgen, und sah sich von einem der Leute in Rot den Weg vertreten.

»Sie haben hier zu warten, Sire,« sagte der Mann in Rot.

»*Warum?*«

»Befehle, Sire!«

»Wessen Befehle?«

»Unsere Befehle, Sire.«

Graham legte all seine Erbitterung in seinen Blick.

»Was ist dies für ein Saal?« sagte er dann. »Wer sind diese Leute?«

»Es sind die Herren vom Rat, Sire.«

»Von welchem Rat?«

»Von *dem* Rat.«

»O!« sagte Graham und nach einem gleich wirkungslosen Versuch bei dem andern trat er an das Gitter und starrte auf die fernen Leute in Weiß, die da standen, ihn beobachteten und miteinander flüsterten.

Der Rat? Er sah, jetzt waren es acht, obgleich er nicht bemerkt hatte, wie der achte hinzugekommen war. Sie machten keine Gesten der Begrüßung; sie standen da und sahen ihn an, wie im neunzehnten Jahrhundert eine Gruppe von Menschen hätte auf der Straße stehen und einen fernen Ballon ansehen können, der plötzlich in ihr Gesichtsfeld geflogen wäre. Was für ein Rat konnte es sein, der sich dort versammelt hatte, jene kleine Schar von Menschen unter dem bedeutungsvollen weißen Atlas, abgeschlossen gegen jeden Lauscher in dieser eindrucksvollen Geräumigkeit? Und warum wurde er zu ihnen gebracht und so seltsam angeblickt und unhörbar erörtert? Howard erschien unten und ging rasch über den glänzenden Boden auf sie zu. Als er ihnen nahe kam, verbeugte er sich und vollführte gewisse eigentümliche Bewegungen, offenbar zeremonieller Art. Dann stieg er die Stufen der Estrade hinauf und blieb bei dem Apparat am Ende des Tisches stehen.

Graham beobachtete dieses kleine, unhörbare Gespräch. Gelegentlich warf einer der Weißgekleideten einen Blick auf ihn. Er strengte seine Ohren vergebens an. Die Gesten zweier der Sprecher wurden lebhaft. Er blickte von ihnen auf die passiven Gesichter seiner Begleiter ... Als er wieder hinblickte, streckte Howard wie jemand, der protestiert, die Arme aus und bewegte den Kopf. Er wurde, so schien es, von einem der Weißgekleideten, der auf den Tisch klopfte, unterbrochen.

Das Gespräch dauerte für Grahams Empfindung eine endlose Zeit. Seine Augen hoben sich auf den stillen Riesen, zu dessen Füßen der Rat saß. Von da aus wanderten sie schließlich auf die Wände des Saals. Er war mit langen, gemalten Paneelen von einem quasi-japanischen Typus verziert, von denen viele sehr schön waren. Diese Paneele waren in ein großes und kunstvolles Rahmenwerk aus dunklem Metall eingelassen, das in die metallenen Karyatiden der Galerien und die großen Strukturlinien des Inneren überging. Die leichte Anmut dieser Paneele erhöhte noch die gewaltige weiße Anstrengung, die sich im Zentrum der Anlage mühte. Grahams Augen wanderten auf den Rat zurück, und Howard stieg die Stufen herab. Als er näher kam, ließen sich seine Züge unterscheiden, und Graham sah, daß er erregt war und seine Backen aufblies. Sein Ausdruck war noch verstört, als er gleich darauf wieder auf der Galerie erschien.

»Hier entlang,« sagte er konzis, und sie gingen schweigend zu einer Tür weiter, die sich bei ihrem Nahen auftat. Die beiden Leute in Rot blieben zu beiden Seiten dieser Tür stehen. Howard und Graham gingen hinein, und als Graham zurückblickte, sah er den weißgewandeten Rat noch in einer engen Gruppe stehen und ihm nachsehen. Dann schloß sich die Tür mit einem schweren Stoß hinter ihm, und zum erstenmal seit seinem Erwachen befand er sich in Stille. Sogar der Boden blieb unter seinen Füßen geräuschlos.

Howard öffnete eine weitere Türe und sie standen im ersten von zwei anstoßenden Zimmern; die in Weiß und Grün ausgestattet waren. »Was war das für ein Rat?« begann Graham. »Worüber berieten sie? Was haben sie mit mir zu tun?« Howard schloß die Tür sorgfältig, seufzte tief auf und sagte etwas im Flüsterton. Er ging schräg durchs Zimmer und drehte sich um, indem er wieder die Backen aufblies. »Uh!« grunzte er erleichtert.

Graham stand da und sah ihn an.

»Sie müssen verstehen,« begann Howard unvermittelt, indem er Grahams Auge mied, »daß unsere Gesellschaftsordnung sehr kompliziert ist. Eine halbe Erklärung, eine nackte, ungeschickte Darstellung würde Ihnen falsche Eindrücke geben. Um es kurz zu sagen – es ist zum Teil eine Sache von Zinseszinsen – Ihr kleines Vermögen und das Vermögen Ihres Vetters Warming, das Ihnen hinterblieb – und gewisse andere Anfänge – sind sehr beträchtlich geworden. Und auch noch auf andere Arten, die Sie nur sehr schwer verstehen werden, sind Sie eine Person von Bedeutung geworden – von sehr beträchtlicher Bedeutung – in die Angelegenheiten der Welt verwickelt.«

Er hielt inne.

»Ja?« sagte Graham.

»Wir haben große soziale Unruhen.«

»Ja?«

»Es ist dahin gekommen, daß es, kurz, daß es rätlich ist, Sie hier abzuschließen.«

»Mich gefangen zu halten!« rief Graham aus.

»Nun – Sie zu bitten, sich abgeschlossen zu halten.«

Graham wandte sich ihm zu. »Dies ist seltsam!« sagte er.

»Ihnen wird nichts zuleid getan werden.«

»Zuleid!«

»Aber Sie müssen hier gehalten werden –«

»Solange ich lerne, welches meine Stellung ist, vermutlich.«

»Ganz recht.«

»Gut also. Beginnen Sie. Warum *zuleid?*«

»Nicht jetzt.«

»Warum nicht?«

»Es ist eine zu lange Geschichte, Sire.«

»Um so mehr Grund, sie sofort zu beginnen. Sie sagen, ich bin eine Person von Bedeutung. Was war das für ein Rufen, das ich hörte? Warum schreit eine große Menge und regt sich auf, weil mein Starrkrampf vorüber ist, und wer sind die Leute in Weiß in dem riesigen Ratszimmer?«

»Alles zu seiner Zeit, Sire,« sagte Howard. »Aber nicht unüberlegt, nicht unüberlegt. Dies ist eine jener wilden Zeiten, wo niemand einen klaren Geist hat. Ihr Erwachen. Niemand hatte Ihr Erwachen erwartet. Der Rat berät sich.«

»Welcher Rat?«

»Der Rat, den Sie gesehen haben.«

Graham machte eine eigensinnige Bewegung. »Dies ist nicht recht,« sagte er. »Man sollte mir sagen, was vorgeht.«

»Sie müssen warten. Wirklich, Sie müssen warten.«

Graham setzte sich hin. »Ich glaube, da ich solange gewartet habe, ehe ich das Leben neu begann,« sagte er, »so muß ich noch ein wenig länger warten.«

»Das ist besser,« sagte Howard. »Ja, das ist viel besser. Und ich muß Sie allein lassen. Eine Zeitlang. Solange ich der Diskussion im Rat beiwohne ... Es tut mir leid.«

Er ging auf die geräuschlose Tür zu, zögerte und verschwand.

Graham ging auch zur Tür, versuchte sie, fand sie auf eine Weise, die er nie begreifen sollte, gesperrt, drehte sich um, ging rastlos im Zimmer umher und setzte sich. Er blieb eine Zeitlang mit gekreuzten Armen und gerunzelter Stirn sitzen, indem er sich die Fingernägel biß und versuchte, die kaleidoskopischen Eindrücke dieser ersten Stunde des erwachten Lebens zusammenzustücken; die ungeheuren mechanischen Räume, die endlosen Reihen von Zimmern und Gängen, den großen Kampf, der auf diesen seltsamen Straßen brüllte und wogte, die kleine Gruppe ferner, teilnahmsloser Männer unter dem kolossalen Atlas, Howards geheimnisvolles Benehmen. Er ahnte schon etwas von einem ungeheuren Erbe – einem ungeheuren, vielleicht falsch angewendeten Erbe – von nie erhörter Bedeutung und Gelegenheit. Was hatte er zu tun? Und die abgeschlossene Stille dieses Zimmers sprach beredt von Gefangenschaft.

Es drängte sich Graham mit unwiderstehlicher Überzeugung auf, daß diese Reihe großartiger Eindrücke ein Traum war. Er versuchte die Augen zu schließen und es gelang, aber dieser uralte Kunstgriff führte zu keinem Erwachen.

Dann begann er all die unbekannten Einrichtungen der beiden kleinen Zimmer, in denen er sich befand, zu berühren und zu untersuchen.

In einem langen, ovalen Spiegelpaneel erblickte er sich und blieb erstaunt stehen. Er war in ein anmutiges Kostüm aus Purpur und einem bläulichen Weiß gekleidet, trug einen kleinen, spitz zugeschnittenen, graugesprenkelten Bart, und sein Haar, dessen Schwarz jetzt von grauen Strichen gestreift war, war über der Stirn auf eine ungewohnte aber anmutige Art geordnet. Er schien ein Mann von vielleicht fünfundvierzig. Einen Moment merkte er nicht, daß er es selber war.

Mit dem Erkennen blitzte ein Lachen über ihn. »So bei dem alten Warming zu erscheinen!« rief er aus, »und mich von ihm zum Lunch ausführen zu lassen!«

Dann dachte er daran, wie er erst einen und dann den andern der wenigen vertrauten Bekannten seiner frühen Mannheit wiedersehen würde und mitten in dieser Unterhaltung wurde ihm klar, daß jede Seele, mit der er scherzen könnte, schon viele Dutzende von Jahren tot war. Der Gedanke traf ihn unvermittelt und scharf; er hielt inne, der Ausdruck seines Gesichtes verwandelte sich in weiße Bestürzung.

Die wirre Erinnerung an die gleitenden Plattformen und die riesige Fassade jener wundervollen Straße machte sich wieder geltend. Die rufenden Massen kamen ihm klar und lebhaft zurück, und dann jene fernen, unhörbaren, unfreundlichen Räte in Weiß. Er empfand sich als kleine Gestalt, sehr klein und machtlos, erbarmungswert auffällig. Und rings um ihn, die Welt war – *fremd*.

7.
In den stillen Zimmern

Dann nahm Graham die Untersuchung seiner Zimmer wieder auf. Die Neugier hielt ihn trotz seiner Ermüdung in Bewegung. Das innere Zimmer, sah er, war hoch, und seine Decke kuppelförmig, mit einer länglichen Öffnung in der Mitte, die in einen Schacht ging, in dem ein Rad breiter Fächer zu rotieren schien, die offenbar die Luft in den Schacht hinauftrieben. Der leise, summende Ton dieser leichten Bewegung war der einzige deutliche Schall an diesem stillen Ort. Da diese Fächer einer nach dem anderen hochsprangen, konnte Graham flüchtig Stücke des Himmels sehen. Er war erstaunt, einen Stern zu sehen.

Das zog seine Aufmerksamkeit auf die Tatsache, daß die helle Beleuchtung dieser Zimmer durch eine Menge sehr schwacher Glühlampen erzielt wurde, die unter das Gesims gesetzt waren. Fenster waren nicht vorhanden. Und er begann sich darauf zu besinnen, daß er in all den ungeheuren Gemächern und Gängen, durch die er mit Howard gekommen war, überhaupt keine Fenster bemerkt hatte. Waren Fenster dagewesen? Freilich gingen Fenster auf die Straße, aber waren sie fürs Licht? Oder war die ganze Stadt ewig, Tag und Nacht erleuchtet, so daß es keine Nacht gab?

Und noch etwas dämmerte ihm auf. In keinem Zimmer war ein Kamin. War es Sommer, und waren dies nur Sommerwohnungen, oder wurde die ganze Stadt gleichmäßig geheizt oder gekühlt? Er begann, sich für diese Fragen zu interessieren, fing an, die glatte Struktur der Wände zu prüfen, das einfach konstruierte Bett, die sinnreichen Einrichtungen, durch die die Mühe des Schlafzimmerdienstes praktisch abgeschafft war. Und über allem lag eine seltsame Abwesenheit gewollter Ornamentik, eine nackte Anmut der Form und Farbe, die er fürs Auge sehr angenehm fand. Er hatte mehrere sehr bequeme Stühle und einen leichten Tisch auf geräuschlosen Rollen, der mehrere Flaschen mit Flüssigkeiten und Gläsern und zwei Teller mit einer klaren, geleeartigen Substanz trug. Dann fiel ihm auf, daß keine Bücher, keine Zeitungen, kein Schreibmaterial vorhanden war. »Die Welt hat sich freilich verändert,« sagte er.

Er sah, daß eine ganze Seite des äußeren Zimmers mit Reihen eigenartiger Doppelzylinder besetzt war, die Inschriften mit grüner Schrift auf Weiß trugen, wie es mit dem dekorativen Grundzug des Zimmers stimmte, und in der Mitte dieser Seite sprang ein kleiner Apparat etwa einen Quadratmeter vor; er zeigte nach dem Zimmer zu eine glatte, weiße Fläche. Davor stand ein Stuhl. Er hatte einen flüchtigen Gedanken, diese Zylinder könnten Bücher oder ein moderner Ersatz für Bücher sein, aber erst schien es nicht so.

Die Schrift auf den Zylindern machte ihm zu schaffen. Erst sah sie wie Russisch aus. Dann bemerkte er eine Spur von verstümmeltem Englisch in gewissen Worten.

»'i Man huwdbi Ki',«

drängte sich ihm auf als *»The Man, who would be King«* (»Der Mann, der gern König sein wollte«). »Phonetische Schrift,« sagte er. Er entsann sich, daß er eine Geschichte des Titels gelesen hatte, dann fiel ihm die Geschichte lebhaft ein, eine der besten Geschichten von der Welt. Aber dieses Ding da vor ihm war kein Buch, wie er es verstand. Er klügelte die Titel zweier benachbarter Zylinder heraus. »Das dunkle Herz«, davon hatte er noch nie gehört, auch nicht von der »Madonna der Zukunft« – ohne Zweifel waren sie, wenn es wirklich Geschichten waren, von nachviktorianischen Autoren.

Über diesen einen Zylinder zerbrach er sich einige Zeit den Kopf, dann stellte er ihn zurück. Darauf wandte er sich zu dem viereckigen Apparat und untersuchte ihn. Er öffnete eine Art Deckel und fand einen der Doppelzylinder darin, und am oberen Rand einen kleinen Knopf, ähnlich dem Knopf einer elektrischen Schelle. Er drückte darauf, und ein rasches Klinken begann und hörte wieder auf. Er hörte Stimmen und Musik und bemerkte ein Farbenspiel auf der glatten Vorderfläche. Plötzlich wurde ihm klar, was dies sein mochte, und er trat zurück, um sie anzusehen.

Auf der ebenen Fläche lag jetzt ein kleines Bild von sehr lebhaften Farben, und in diesem Bild bewegten sich Gestalten. Nicht nur bewegten sie sich, sondern sie sprachen auch mit klaren leisen Stimmen. Es war genau wie die Wirklichkeit, gesehen durch ein umgekehrtes Opernglas. Sein Interesse war sofort durch die Situation gefesselt, die einen jungen Mann darstellte, der auf und ab schritt und einer hübschen aber übermütigen Frau zornige Worte zuschrie. Beide waren in dem malerischen Kostüm, das Graham so fremd erschien. »Ich habe gearbeitet,« sagte der Mann, »aber was hast du getan?«

»Ah!« sagte Graham. Er vergaß alles andere und setzte sich in den Stuhl. Ehe fünf Minuten vergangen waren, hörte er sich nennen, hörte er den Satz »wenn der Schläfer erwacht« scherzhaft als ein Sprichwort für fernen Aufschub gebrauchen und sich selber als etwas Fernes und Unglaubliches abtun. Aber in kurzer Zeit kannte er diese beiden Leute wie intime Freunde.

Schließlich war das Miniaturdrama zu Ende, und die viereckige Fassade des Apparates war wieder leer.

Es war eine seltsame Welt, in die er hatte blicken dürfen, unbedenklich, genußsüchtig, energisch, scharfsinnig, eine Welt auch furchtbaren, wirtschaftlichen Kampfes; er hörte Anspielungen, die er nicht verstand, Ereignisse, die von veränderten moralischen Ideen sprachen, Blitze zweifelhafter Aufklärung. Die blaue Leinwand, die in seinem ersten Eindruck von den Straßen der Stadt einen so großen Raum einnahm, erschien immer wieder als das Kostüm des gewöhnlichen Volkes. Er zweifelte nicht, daß die Geschichte zeitgenössisch war, und ihr intensiver Realismus war unbestreitbar. Und der Schluß war eine Tragödie gewesen, die ihn bedrückte. Er saß da und starrte auf die weiße Fläche.

Er fuhr zusammen und rieb sich die Augen. Er war so in den modernen Ersatz des Romans versunken gewesen, daß er zu dem grün und weißen Zimmer mit mehr als einer Spur der Überraschung seines ersten Erwachens erwacht war.

Er stand auf, und plötzlich war er wieder in seinem eigenen Wunderland. Die Klarheit des Kinetoskopdramas schwand, und der Kampf auf dem ungeheuren Straßenplatz, der zweifelhafte Rat, die schnellen Phasen seiner wachen

Stunden kehrten wieder. Diese Leute hatten vom Rat mit Andeutungen einer unbestimmten Allgemeinheit der Macht gesprochen. Und sie hatten vom Schläfer gesprochen; es war ihm im Moment nicht wirklich lebendig klar gewesen, daß er der Schläfer war. Er mußte sich genau zurückrufen, was sie gesagt hatten ...

Er ging in das Schlafzimmer und spähte durch die schnellen Intervalle des rotierenden Fächers empor. Wie der Fächer herumfegte, klang in rhythmischen Wirbel ein dunkler Tumult gleich dem Lärm von Maschinen herab. Sonst war alles Schweigen. Obgleich der dauernde Tag seine Zimmer noch immer durchstrahlte, sah er, daß das kleine intermittierende Stück des Himmels jetzt tiefblau war – fast schwarz, mit einem Staub kleiner Sterne besät ...

Er begann seine Untersuchung der Zimmer von neuem. Er konnte keinen Weg finden, die gepolsterte Tür zu öffnen, keine Glocke und kein anderes Mittel, um nach Bedienung zu rufen. Sein Gefühl des Staunens war unvermindert, aber er war neugierig, neugierig auf Auskunft. Er wollte genau wissen, wie er zu diesen Dingen stand. Er versuchte, sich zu fassen, bis jemand zu ihm kommen würde. Plötzlich wurde er rastlos und ungeduldig neugierig auf Auskunft, Zerstreuung, frische Sensationen.

Er ging zu dem Apparat im andern Zimmer zurück und hatte bald die Methode ausgeklügelt, wie man die Zylinder durch andere ersetzte. Als er es tat, fiel ihm ein, diese kleinen Erfindungen müßten das sein, was die Sprache so fixiert hatte, daß sie noch nach zweihundert Jahren klar und verständlich war. Die Zylinder, die er aufs Geratewohl einschaltete, brachten eine musikalische Phantasie. Erst war sie schön, dann wurde sie sinnlich. Bald erkannte er, was ihm eine veränderte Vision der Geschichte Tannhäusers zu sein schien. Die Musik war ungewohnt. Aber die Darstellung war realistisch, mit einer zeitgenössischen Änderung. Tannhäuser ging nicht in den Venusberg, sondern in eine Freudenstadt. Was war eine Freudenstadt? Sicherlich ein Traum, die Erfindung eines phantastischen, wollüstigen Dichters.

Er wurde interessiert, neugierig. Die Geschichte entwickelte sich mit einem Beigeschmack seltsam verschlungener Sentimentalität. Plötzlich mochte er sie nicht mehr. Je weiter sie kam, um so weniger gefiel sie ihm.

Seine Gefühle empörten sich. Dies waren keine Bilder, keine Idealisationen, sondern photographische Wirklichkeiten. Er wollte nichts mehr vom Venusberg des zweiundzwanzigsten Jahrhunderts hören. Er vergaß die Rolle, die das Modell in der Kunst des neunzehnten Jahrhunderts gespielt hatte, und gab sich archaischer Entrüstung hin. Er stand zornig und halb beschämt auf, daß er dem selbst in der Einsamkeit zusah. Er zog den Apparat nach vorn und suchte mit einiger Gewalt nach einem Mittel, seine Tätigkeit zu unterbrechen. Irgend etwas schnappte. Ein violetter Funke stach und krampfte ihm den Arm, und die Maschine war still. Als er am nächsten Tag versuchte, die Tannhäuser-Zylinder durch ein anderes Paar zu ersetzen, fand er den Apparat zerbrochen ...

Er schlug einen Weg schräg durchs Zimmer ein und schritt hin und her, während er mit unerträglich riesenhaften Eindrücken rang. Die Dinge, die er den Zylindern entnommen hatte, und die Dinge, die er gesehen hatte, kämpften, verwirrten ihn. Ihm erschien es als das Erstaunlichste von allem, daß er in seinen dreißig Jahren nie versucht hatte, sich von diesen kommenden Zeiten ein Bild zu machen. »Wir schufen die Zukunft,« sagte er, »und kaum jemand von uns gab sich die Mühe, darüber nachzudenken, was für eine Zukunft wir schufen. Und hier ist sie!«

»Wohin sind sie gekommen? Was ist vollbracht? Wie komme ich da mitten hinein?« Auf das Riesige der Straße und des Hauses war er gefaßt, auf die Volksmassen auch. Aber Kämpfe auf den Straßen der Stadt? Und die systematisierte Sinnlichkeit einer Klasse reicher Leute!

Er dachte an Bellamy, an die Helden seiner sozialistischen Utopie, der dieses gegenwärtige Erlebnis so sonderbar vorweggenommen hatte. Aber dies war keine Utopie, kein sozialistischer Staat. Er hatte schon genug gesehen, um sich darüber klar zu sein, daß der alte Gegensatz des Luxus, der Verschwendung und Sinnlichkeit einerseits und der verworfenen

Armut andererseits noch immer herrschte. Er wußte genug von den wesentlichen Faktoren des Lebens, um diese Wechselbeziehung zu verstehen. Und nicht nur waren die Gebäude der Stadt gigantisch und die Massen auf der Straße gigantisch, sondern die Stimmen, die er auf den Wegen gehört hatte, Howards Unruhe, die ganze Atmosphäre – alles sprach von gigantischer Unzufriedenheit. In was für einem Lande war er. Noch schien es England und doch seltsam »unenglisch«. Sein Geist warf einen Blick auf den Rest der Welt, und er sah nur einen Rätselschleier.

Er lief in seinem Zimmer umher und prüfte alles, wie ein gefangenes Tier es tun könnte. Er fühlte sich sehr müde, fühlte jene fieberische Erschöpfung, die keine Ruhe zuläßt. Er lauschte lange Minuten unter dem Ventilator, um irgend ein fernes Echo des Tumults aufzufangen, der, wie er fühlte, in der Stadt herrschen mußte.

Er begann mit sich selber zu reden. »Zweihundert und drei Jahre!« sagte er immer wieder vor sich hin, indem er sinnlos lachte. »Also bin ich zweihundertdreiunddreißig Jahre alt! Der älteste Mensch. Sie werden doch nicht die Tendenz unserer Zeit umgekehrt haben und zu der Herrschaft der Ältesten zurückgekehrt sein? Meine Ansprüche wären unbestreitbar. Schrumm, schrumm. Ich erinnere mich der Bulgarischen Ungeheuerlichkeiten, als wäre es gestern gewesen. Es ist ein Alter! Haha!« Erst war er erstaunt, sich lachen zu hören, und dann lachte er von neuem mit Absicht und lauter. »Ruhig,« sagte er. »Ruhig!«

Sein Schritt wurde regelmäßiger. »Diese neue Welt,« sagte er. »Ich verstehe es nicht. *Warum?* ... Aber alles heißt *warum!*»

Ich denke mir, sie können fliegen und alles mögliche. Ich will versuchen und mich besinnen, wie es noch eigentlich anfing.«

Er fand mit Erstaunen, wie unbestimmt die Erinnerungen aus seinen ersten dreißig Jahren gewesen waren. Er besann sich auf Fragmente, zumeist auf triviale Momente, auf Dinge ohne große Bedeutung, die er beobachtet hatte. Seine Knabenzeit schien zunächst die zugänglichste, er entsann sich der Schulbücher und gewisser Lektionen im Vermessen. Dann erweckte er die springendsten Züge seines Lebens, Erinnerungen an seine längst tote Frau, an ihren magischen Einfluß, der jetzt über die Korruption hinaus war, an seine Rivalen und Freunde und Verräter, an die schnelle Entscheidung dieser Sache und jener, und dann an seine letzten Jahre des Elends, an schwankende Entschlüsse und zuletzt an seine emsigen Studien. Nach kurzer Zeit sah er, daß er alles wieder hatte; dunkel vielleicht, wie lange bei Seite gelegtes Metall, aber keineswegs mangelhaft oder beschädigt, der Neupolitur noch fähig. Und die Farbe war ein immer tiefer werdendes Elend. War es die Neupolitur noch wert? Durch ein Wunder war er aus einem Leben gehoben worden, das unerträglich geworden war ...

Er kam auf seine gegenwärtige Lage zurück. Er rang vergebens mit den Tatsachen. Es wurde ein unentwirrbarer Wirrwarr. Er sah den Himmel durch den Ventilator vom Sonnenaufgang gerötet. Eine alte Überzeugung kam aus den dunklen Schlupfwinkeln seines Gedächtnisses hervor. »Ich muß schlafen,« sagte er. Das erschien als eine köstliche Befreiung aus dieser geistigen Not und aus dem wachsenden Schmerz und der Schwere seiner Glieder. Er ging zu dem seltsamen, kleinen Bett, legte sich hin und schlief sofort ein ...

Er sollte freilich mit diesen Zimmern sehr vertraut werden, ehe er sie verließ, denn er blieb drei Tage lang gefangen. Während dieser Zeit betrat außer Howard niemand sein Gefängnis. Das Wunder seines Schicksals mischte sich mit dem Wunder seines Erwachens und äffte es auf irgendeine Weise nach. Er war zur Menschheit nur erwacht, so schien es, um in diese unerklärliche Einsamkeit hinweggerafft zu werden. Howard kam regelmäßig mit feinen stärkenden und nährenden Flüssigkeiten und mit leichten und angenehmen Nahrungsmitteln, die Graham ganz fremd waren. Er schloß, wenn er eintrat, stets mit großer Sorgfalt die Tür. In Dingen des Details wurde er immer liebenswürdiger, aber Grahams Verhältnis zu den großen Dingen, die offenbar jenseits der schalldichten Wände, die ihn einschlossen, so eifrig erörtert wurden, wollte er nicht aufklären. Er wich jeder Frage über den Stand der Dinge in der Außenwelt so höflich wie möglich aus.

Und in diesen drei Tagen schweiften Grahams unaufhörliche Gedanken weit und breit umher. Alles, was er gesehen hatte, all diese umständlichen Vorkehrungen, ihn am Sehen zu hindern, arbeiteten ihm im Kopf herum. Fast jede mögliche Interpretation seiner Lage erwog er — sogar, wie es sich traf, die richtige Interpretation. Dinge, die ihm bald begegnen sollten, wurden ihm zuletzt kraft seiner Abschließung glaublich. Als dann der Moment seiner Befreiung kam, fand er ihn gerüstet ...

Howards Gebaren trug viel dazu bei, Grahams Eindruck von seiner eigenen sonderbaren Bedeutung zu vertiefen, die Tür schien zwischen ihrem Auf- und Zuschlagen mit ihm einen Hauch gewichtigen Geschehens einzulassen. Seine Fragen wurden bestimmter und forschender. Howard zog sich hinter Proteste und Schwierigkeiten zurück. Das Erwachen war unvorhergesehen, wiederholte er; es sei zufällig mit dem Strom einer sozialen Umwälzung zusammengefallen. »Um das zu erklären, müßte ich Ihnen die Geschichte von anderthalb Gros Jahren erzählen,« protestierte Howard.

»Die Sache ist die,« sagte Graham, »Sie fürchten sich vor etwas, was ich tun werde. Irgendwie bin ich ein Gewalthaber — könnte ich ein Gewalthaber sein.«

»Es ist nicht das. Aber Sie haben — ich kann Ihnen soviel sagen — das automatische Anwachsen ihres Besitzes legt Ihnen große Möglichkeiten der Störung in die Hand. Und noch auf gewisse andere Arten haben Sie mit Ihren Begriffen aus dem achtzehnten Jahrhundert Einfluß.«

»Dem neunzehnten Jahrhundert,« verbesserte Graham.

»Mit Ihren Begriffen aus der alten Welt, auf jeden Fall, da Sie keinen einzigen Zug unseres Staates kennen.«

»Bin ich denn ein Narr?«

»Sicherlich nicht.«

»Scheine ich der Mann dazu zu sein, übereilt zu handeln?«

»Es war nie erwartet, daß Sie überhaupt handeln würden. Niemand rechnete auf Ihr Erwachen. Niemand träumte davon, daß Sie je erwachen würden. Der Rat hatte Sie mit antiseptischen Vorrichtungen umgeben. Wir hielten Sie für tatsächlich tot – glaubten, es sei nichts als ein Aufhalten des Verfalls. Und – aber es ist zu kompliziert. Wir dürfen nicht plötzlich – während Sie erst halb wach sind ...«

»So geht es nicht,« sagte Graham. »Angenommen, es ist, wie Sie sagen, warum werden mir nicht Tag und Nacht Tatsachen und die ganze Weisheit der Zeit eingepaukt, um mich für meine Verantwortung vorzubereiten? Bin ich jetzt klüger, als ich vor zwei Tagen war, wenn es zwei Tage her ist, daß ich erwachte?«

Howard zog sich an der Lippe.

»Ich beginne, eine Empfindung komplizierten Versteckens zu haben, in der Sie der springende Punkt sind – habe sie mit jeder Stunde klarer. Heckt dieser Rat oder dies Komitee, oder was es ist, die Abrechnung über meinen Besitz erst aus? Ist es das?«

»Dieser Ton des Argwohns« – sagte Howard.

»Uh!« machte Graham. »Nun hören Sie auf meine Worte, es wird denen, die mich hierhergebracht haben, schlecht gehen. Es wird ihnen schlecht gehen. Ich lebe. Zweifeln Sie nicht daran, ich lebe. Mit jedem Tag wird mein Puls kräftiger, mein Geist klarer und stärker. Keine Ruhe mehr. Ich bin ein Mensch, der ins Leben zurückgekommen ist. Und ich will *leben* –«

» Leben!«

Howards Gesicht leuchtete von einem Gedanken auf. Er ging auf Graham zu und sprach in leichtem, vertraulichem Ton.

»Der Rat schließt Sie hier zu Ihrem Wohle ab. Sie sind rastlos. Von Natur – ein energischer Mann! Sie finden es hier langweilig. Aber wir werden dafür sorgen, daß alles, was Sie wünschen mögen – jeder Wunsch – jede Art von Wunsch ... Vielleicht finden Sie etwas. Irgendwelche Gesellschaft?«

Er hielt bedeutsam inne.

»Ja,« sagte Graham nachdenklich. »Ich habe etwas.«

»Ah! *Jetzt!* Wir haben Sie nachlässig behandelt.«

»Die Massen in jener Straße.«

»Das«, sagte Howard, »fürchte ich – Aber –«

Graham begann im Zimmer auf und ab zu gehen. Howard stand nah an der Tür und beobachtete ihn. Was Howards Andeutung meinte, war Graham nur halb klar. Gesellschaft? Wie, wenn er den Vorschlag annahm und irgendwelche *Gesellschaft* verlangte? Würde es möglich sein, der Unterhaltung dieser Person eine unbestimmte Ahnung von dem Kampf zu entnehmen, der so lebhaft ausgebrochen war, als er erwachte? Er sann wieder nach, und der Vorschlag nahm Farbe an. Er wandte sich plötzlich an Howard.

»Was meinen Sie mit Gesellschaft?«

Howard hob die Augen und zuckte die Schultern. »Menschliche Wesen,« sagte er mit einem merkwürdigen Lächeln auf dem schweren Gesicht.

»Unsere sozialen Ideen«, sagte er, »sind vielleicht im Vergleich mit Ihren Zeiten von einer gesteigerten Liberalität. Wenn sich ein Mann eine Langeweile wie diese – zum Beispiel durch weibliche Gesellschaft vertreiben will, so halten wir das für keinen Skandal. Wir haben die Formeln aus unserm Geist verbannt. In unserer Stadt existiert eine Klasse, eine notwendige Klasse, die nicht mehr verachtet wird – nicht mehr heimlich –.

Graham blieb stehen.

»Es würde die Zeit vertreiben,« sagte Howard. »Es ist etwas, woran ich vielleicht schon früher hätte denken sollen, aber es geschieht wirklich so viel –«

Er deutete auf die äußere Welt.

Graham zögerte. Einen Moment beherrschte die Gestalt einer möglichen Frau, die seine Phantasie plötzlich erschuf, seinen Geist mit intensivem Reiz. Dann blitzte er zornig auf.

»Nein!« rief er.

Er begann rasch im Zimmer auf und ab zu gehen. »Alles, was Sie sagen, alles, was Sie tun, überzeugt mich – von irgendwelchen großen Ereignissen, an denen ich beteiligt bin. Ich will mir nicht die Zeit vertreiben, wie Sie es nennen. Ja, ich weiß. Verlangen und Ausschweifung sind in gewissem Sinne das Leben – und der Tod! Erlöschen! In meinem Leben. ehe ich einschlief, hatte ich diese erbärmliche Frage ausgearbeitet. Ich will nicht von neuem beginnen. Hier ist eine Stadt, eine Menge – Und inzwischen sitze ich hier wie ein Kaninchen im Sack.«

Seine Wut brauste auf. Er erstickte einen Moment und begann, die geballten Fäuste zu schwingen. Er gab einem Wutanfall nach, er schwor archaische Flüche. Seine Gesten waren wie physische Drohungen.

»Ich weiß nicht, welches Ihre Partei sein mag. Ich bin im Dunkeln, und Sie halten mich im Dunkeln. Aber dies weiß ich, daß ich hier zu keinem guten Zweck abgeschlossen wer- de. Ich warne Sie, ich warne Sie vor den Folgen. Komme ich einmal zu meiner Macht —«

Er fühlte, solche Drohungen konnten ihm gefährlich wer- den. Er hielt inne. Howard stand da und sah ihn mit merk- würdigem Ausdruck an.

»Soll das eine Botschaft an den Rat sein?« fragte Howard.

Graham spürte den momentanen Impuls, auf den Mann loszuspringen, ihn zu fällen oder zu betäuben. Das muß sich auf seinem Gesicht gezeigt haben; auf jeden Fall war Howards Bewegung rasch. In einer Sekunde hatten sich die geräuschlo- sen Türen geöffnet und geschlossen, und der Mensch aus dem neunzehnten Jahrhundert war allein.

Einen Moment stand er starr, die geballten Fäuste halb gehoben. Dann ließ er sie fallen. »Was für ein Narr ich gewe- sen bin!« sagte er und gab sich von neuem seiner Wut hin, indem er im Zimmer umherstampfte und Flüche rief ... Lange Zeit blieb er in einer Art Wahnsinn, raste über seine Lage, über seine eigene Narrheit, über die Schurken, die ihn gefan- gen hatten. Er tat es, weil er seine Lage nicht ruhig betrachten wollte. Er klammerte sich an seine Wut – weil er sich vor der Furcht fürchtete.

Dann ertappte er sich, wie er mit sich debattierte. Diese Gefangenschaft war unerklärlich, aber ohne Zweifel erlaubten die gesetzlichen Formen – neue gesetzliche Formen – der Zeit. Natürlich mußte sie legal sein. Diese Leute waren im Marsch der Zivilisation zweihundert Jahre weiter als die vikto- rianische Generation. Es war unwahrscheinlich, daß sie weni- ger – human waren. Und doch hatten sie die Formeln aus ihrem Geist verbannt! War die Humanität ebenso wie die Keuschheit eine Formel?

Seine Phantasie begann ihre Arbeit, um Dinge zu erfinden, die man ihm antun konnte. Die Versuche seiner Vernunft, diese Andeutungen zu beseitigen, waren ganz wirkungslos, obgleich sie zum größten Teil logisch giltig waren. »Warum sollte mir etwas geschehen?«

»Wenn das Schlimmste zum Schlimmsten kommt,« sagte er schließlich zu sich, »kann ich aufgeben, was sie haben wollen. Aber was wollen sie haben? Und warum verlangen sie es nicht von mir, statt mich einzusperren?«

Er kam auf seine früheren Gedanken über die möglichen Absichten des Rats zurück. Er begann die Einzelheiten in Howards Benehmen noch einmal zu erwägen, seine finsteren Blicke, sein unerklärliches Zögern. Dann kreiste sein Geist eine Zeitlang um die Idee, aus diesen Zimmern zu entkommen; aber wohin konnte er in dieser riesigen, übervollen Welt entkommen? Er würde schlimmer daran sein als ein sächsischer Freisasse, der plötzlich in das London des neunzehnten Jahrhunderts hineinversetzt worden wäre. Und dann, wie konnte jemand aus diesen Zimmern entkommen?

»Wie kann es irgend jemandem nützen, wenn mir etwas zu leide geschähe?«

Er dachte an den Aufruhr, die große, soziale Unruhe, deren Achse er so unerklärlicherweise war. Ein Text, der unerheblich genug war und sich doch merkwürdig beharrlich aufdrängte, kam aus der Dunkelheit seiner Erinnerung herauf, geschwommen. Auch ein Rat hatte folgendes gesagt:

»Es ist fördersam für uns, daß ein einzelner für das Volk sterbe.«

8.
Die Dachräume

Wie die Fächer in der runden Öffnung des inneren Zimmers rotierten und Blicke der Nacht einließen, trieben zugleich auch dunkle Töne damit herein. Und Graham, der darunter stand und unklar mit den unbekannten Mächten rang, die ihn gefangen hielten, und die er jetzt ausdrücklich herausgefordert hatte, erschrak über den Ton einer Stimme.

Er blickte hinauf und sah in den Intervallen der Rotation dunkel und undeutlich das Gesicht und die Schultern eines Mannes, der ihn anblickte. Dann wurde eine dunkle Hand ausgestreckt, der rasche Fächer traf sie und schlug mit einem kleinen, bräunlichen Fleck auf dem Rand seines dünnen Blattes weiter, und es begann von da aus etwas auf den Boden zu fallen, still zu tröpfeln.

Graham blickte hinunter, und zu seinen Füßen waren Blutflecke. Er blickte in seltsamer Aufregung noch einmal in die Höhe. Die Gestalt war fort.

Er blieb regungslos stehen – jeden Sinn gespannt auf den flackernden Fleck des Dunkels, denn draußen war tiefe Nacht. Er wurde auf ein paar blasse, ferne, dunkle Flecke aufmerksam, die leicht durch die äußere Luft hinschwebten. Sie kamen zu ihm herab, mutwillig, wirbelnd, und sie flogen vor dem Luftstrom des Fächers zur Seite. Ein Lichtstrahl flackerte, die Flecken blitzten weiß auf, und dann kehrte das Dunkel zurück. Warm und beleuchtet, wie er war, sah er, daß es nur wenige Fuß von ihm entfernt schneite.

Graham ging durchs Zimmer und kehrte zu dem Ventilator zurück. Er sah den Kopf eines Mannes nahe vorübergleiten. Er hörte einen Flüsterton. Dann ein scharfer Schlag auf eine metallische Substanz, Anstrengung, Stimmen, und die Fächer standen still. »Fürchten Sie sich nicht,« sagte eine Stimme.

Graham stand unter dem Fächer. »Wer sind Sie?« flüsterte er.

Einen Moment hörte er nichts als ein Schwingen des Fächers, und dann wurde vorsichtig der Kopf eines Menschen in die Öffnung geschoben. Sein Gesicht erschien Graham fast umgekehrt; sein dunkles Haar war naß von schmelzenden Schneetropfen darauf. Sein Arm stieg ins Dunkel hinaus und hielt etwas Unsichtbares gefaßt. Er hatte ein jugendliches Gesicht und glänzende Augen, und die Adern seiner Stirn waren geschwollen. Er schien sich anzustrengen, um sich in seiner Stellung zu halten.

Mehrere Sekunden lang sprachen weder er noch Graham.

»Sie waren der Schläfer?« sagte der Fremde schließlich.

»Ja,« sagte Graham. »Was wollen Sie von mir?«

»Ich komme von Ostrog, Sire.«

»Ostrog?«

Der Mann im Ventilator drehte den Kopf herum, so daß er Graham das Profil zuwandte. Er schien zu lauschen. Plötzlich folgte ein rascher Ausruf, und der Eindringling sprang gerade noch zur Zeit zurück, um dem Schlag des losgelassenen Fächers zu entgehen. Und als Graham hinaufspähte, war nichts als der langsam fallende Schnee zu sehen.

Es dauerte wohl eine Viertelstunde, ehe wieder etwas in den Ventilator kam. Aber zuletzt ertönte dieselbe metallische Störung von neuem; die Fächer standen still, und das Gesicht erschien von neuem. Graham war die ganze Zeit auf derselben Stelle stehen geblieben, wach und in zitternder Aufregung.

»Wer sind Sie? Was wollen Sie?« sagte er.

»Wir wollen mit Ihnen reden, Sire,« sagte der Eindringling. »Wir wollen – ich kann das Ding nicht halten. Wir haben diese drei Tage hindurch fortwährend versucht, einen Weg zu Ihnen zu finden.«

»Ist es Befreiung?« flüsterte Graham. »Flucht?«

»Ja, Sire. Wenn Sie wollen.«

»Sie sind meine Partei – die Partei des Schläfers?«

»Ja, Sire.«

»Was soll ich tun?«

Es folgte ein Ringen. Der Arm des Fremden erschien, und seine Hand blutete. Seine Knie wurden über dem Rand des Luftschachtes sichtbar. »Treten Sie zurück,« sagte er und fiel Graham zu Füßen; er fiel ziemlich schwer auf seine Hände und eine Schulter. Der losgelassene Ventilator wirbelte geräuschvoll. Der Fremde überschlug sich, sprang behend auf und stand atemlos da, die Hand an der gequetschten Schulter und die Augen hell auf Graham gerichtet.

»Sie sind wirklich der Schläfer,« sagte er. »Ich habe Sie schlafen gesehen. Als es Gesetz war, daß jeder Sie sehen durfte.«

»Ich bin der Mann, der im Starrkrampf gelegen hat,« sagte Graham. »Sie haben mich hier gefangen gesetzt. Ich bin seit meinem Erwachen hier – wenigstens drei Tage.«

Der Eindringling schien sprechen zu wollen, hörte etwas, warf einen raschen Blick auf die Tür, ließ Graham plötzlich stehen und lief auf sie zu, indem er rasche, zusammenhanglose Worte rief. Ein glänzender Stahlkeil blitzte ihm in der Hand, und er begann Tick, Tack, eine rasche Folge von Schlägen auf die Angeln. »Achtung!« rief eine Stimme. »O!« Die Stimme kam von oben.

Graham blickte hinauf, sah die Sohlen zweier Füße, duckte sich, wurde von einem auf die Schulter getroffen, und ein schweres Gewicht warf ihn zu Boden. Er fiel auf die Knie und nach vorn, und das Gewicht stürzte ihm über den Kopf. Er kniete auf und sah einen zweiten Menschen von oben vor sich sitzen.

»Ich sah Sie nicht, Sire,« keuchte der Mann. Er stand auf und half Graham beim Aufstehen. »Sind Sie verletzt, Sire?« keuchte er. Es begann eine Folge schwerer Schläge auf den Ventilator, dicht neben Grahams Gesicht fiel etwas nieder, und ein bebender Rand weißen Metalls tanzte, überschlug sich und blieb dann flach am Boden liegen.

»Was ist dies?« rief Graham verwirrt mit einem Blick nach den Ventilatoren. »Wer sind Sie? Was wollen Sie beginnen? Bedenken Sie, ich verstehe nichts von allem.«

»Treten Sie zurück,« sagte der Fremde und zog ihn unter den Ventilatoren fort, als wieder ein Metallstück schwer zu Boden stürzte.

»Wir wollen, daß Sie mitkommen, Sire,« keuchte der Neuangekommene, und Graham, der ihm wieder ins Gesicht blickte, sah, daß auf seiner Stirn ein frischer Schnitt von weiß zu rot übergegangen war, und daß ein paar kleine Bluttropfen aus ihm herausliefen. »Ihr Volk ruft nach Ihnen.«

»Mitkommen, wohin? Mein Volk?«

»Zu den Hallen um die Märkte. Hier ist Ihr Leben in Gefahr. Wir haben Spione. Wir erfuhren es nur gerade rechtzeitig. Der Rat hat – eben heute – entschieden, Sie entweder zu narkotisieren oder zu töten. Und alles ist bereit. Das Volk ist gedrillt, die Windfahnenpolizei, die Ingenieure und die Hälfte der Straßenlenker sind mit uns. Wir haben die Hallen gedrängt voll – alles ruft. Die ganze Stadt schreit gegen den Rat. Wir haben Waffen.« Er wischte sich mit der Hand das Blut ab. »Hier ist Ihr Leben keinen –«

»Aber warum Waffen?«

»Das Volk hat sich erhoben, Sie zu schützen, Sire. Was?«

Er drehte sich rasch um, als der Mann, der zuerst heruntergekommen war, durch die Zähne zischte. Graham sah ihn zurückfahren, ihnen Zeichen machen, sich zu verbergen, und sich bewegen, als wolle er sich hinter der aufgehenden Tür verstecken.

Als er das tat, erschien Howard, ein kleines Tablett in der Hand, das schwere Gesicht niedergebeugt. Er fuhr zusammen, blickte auf, die Tür schlug hinter ihm zu, das Tablett kippte zur Seite und das Stahlbeil traf ihn hinterm Ohr. Er stürzte wie ein gefällter Baum und blieb quer überm Boden des äußeren Zimmers liegen. Der Mann, der ihn getroffen hatte, bückte sich eilig, studierte einen Moment sein Gesicht, sprang auf und kehrte zu seiner Arbeit an der Tür zurück.

»Ihr Gift!« sagte Graham eine Stimme ins Ohr.

Dann waren sie plötzlich im Dunkeln. Die unzähligen Simslampen waren verlöscht. Graham sah die Öffnung des Ventilators mit dem geisterhaft darüber wirbelnden Schnee und mit dunklen Gestalten, die sich rasch bewegten. Drei knieten auf dem Flügel. Etwas Undeutliches – eine Leiter – wurde durch die Öffnung herabgelassen und eine Hand erschien, die ein flackerndes gelbes Licht hielt.

Er zögerte einen Moment. Aber das Wesen dieser Männer, ihre rasche Beweglichkeit, ihre Worte gingen so vollständig mit seiner eigenen Furcht vor dem Rat zusammen, mit seinem Gedanken und seiner Hoffnung auf Flucht, daß es keinen Moment dauerte. Und sein Volk erwartete ihn!

»Ich verstehe nicht,« sagte er. »Ich vertraue Ihnen. Sagen Sie mir, was zu tun ist.«

Der Mann mit der aufgeschnittenen Stirn faßte Graham am Arm. »Klettern Sie die Leiter hinauf,« flüsterte er. »Schnell. Sie müssen uns gehört haben —«

Graham tastete mit ausgestreckten Händen nach der Leiter, setzte den Fuß auf die unterste Sprosse und sah, als er den Kopf umdrehte, über die Schultern des nächsten Mannes hinweg, im gelben Flackern des Lichtes, den ersten gespreizt über Howard stehen und noch an der Tür arbeiten. Graham wandte sich wieder zur Leiter und wurde von seinem Führer gedrängt und von denen oben gehoben, und dann stand er auf etwas Hartem und Kaltem und Glitschigem außerhalb des Ventilationsschachtes.

Ihn schauderte. Er wurde sich eines großen Temperaturunterschieds bewußt. Ein halbes Dutzend Männer stand um ihn, und leichte Schneeflocken berührten ihm Hände und Gesicht und schmolzen. Einen Moment war es dunkel, dann ein Blitz von gespenstisch violettem Weiß, und dann war alles wieder dunkel.

Er sah, daß er auf das Dach des riesigen Stadtbaus heraufgekommen war, der an die Stelle der wirren Häuser, Straßen und offenen Plätze des viktorianischen Londons getreten war. Der Ort, wo er stand, war eben, und riesige Kabel lagen in allen Richtungen gewunden da. Die runden Räder einer Menge Windmühlen ragten undeutlich und gigantisch durch das Dunkel und den Schneefall und brüllten mit wechselnder Tonkraft, je wie der stoßweise Wind sich hob und legte. Eine Strecke weit entfernt schoß ein intermittierendes Licht von unten herauf, tauchte die Schneewirbel in ein flüchtiges Glitzern und schuf ein schwindendes Gespenst in der Nacht; und hier und dort, weit unten, flackerte eine vag umrissene windgetriebene Maschine mit fahlen Funken.

All dies würdigte er auf eine fragmentarische Art, als seine Befreier ihn umstanden. Irgend jemand warf ihm einen dicken, weichen Mantel von pelzartiger Textur um und befestigte ihn über Hüften und Schultern mit Schnallengurten. Man sprach kurz, entscheidend. Jemand schob ihn vorwärts.

Ehe noch seine Gedanken klar wurden, faßte ihn eine dunkle Gestalt am Arm. »Hier entlang,« sagte diese Gestalt und drängte ihn vorwärts, indem sie Graham in der Richtung auf einen dunklen, halbkreisförmigen Lichtnebel zu über das flache Dach wies. Graham gehorchte.

»Achtung!« sagte eine Stimme, als Graham über die Kabel stolperte. »Zwischen ihnen hin, nicht über sie weg,« sagte die Stimme. Und: »Wir müssen eilen.«

»Wo ist das Volk?« sagte Graham. »Das Volk, sagten Sie, erwartet mich?«

Der Fremde antwortete nicht. Er ließ Grahams Arm los, als der Pfad enger wurde, und führte mit raschen Schritten. Graham folgte blind. In einer Minute merkte er, daß er lief. »Kommen die anderen?« keuchte er, erhielt aber keine Antwort. Sein Gefährte blickte zurück und lief weiter. Sie kamen zu einer Art Pfad aus durchbrochener Metallarbeit, der zu der Richtung, die sie gekommen waren, quer stand. Sie schwenkten ab und folgten ihm. Graham blickte zurück, aber der Schneesturm hatte die anderen verborgen.

»Kommen Sie!« sagte sein Führer. Sie liefen weiter und kamen an eine kleine Windmühle, die hoch in der Luft wirbelte. »Bücken Sie sich,« sagte Grahams Führer, und sie wichen einem endlosen Laufriemen aus, der brüllend zur Welle des Windrads hinauflief. »Hier entlang!« und sie traten knöcheltief in eine Gasse auftauenden Triebschnees zwischen zwei niedrigen Metallwänden, die sich bald brusthoch erhoben. »Ich will vorangehen,« sagte der Führer. Graham zog den Mantel fester um sich und folgte. Dann kam plötzlich ein schmaler Abgrund, über den die Rinne in das schneeige Dunkel der anderen Seite hinwegsprang. Graham blickte einmal über den Rand, und der Abgrund war schwarz. Einen Moment bedauerte er seine Flucht. Er wagte nicht, wieder hinzublicken, und der Kopf schwamm ihm, als er durch den halbflüssigen Schnee dahinwatete.

Dann kletterten sie aus der Rinne hinauf und eilten über einen weiten flachen Raum, der von tauendem Schnee naß war und nach der Mitte zu dunkel Lichter durchscheinen ließ, die sich darunter hin und her bewegten. Er zögerte vor dieser unsicher aussehenden Substanz, aber sein Führer lief weiter, ohne darauf zu achten, und so kamen sie auf schlüpfrigen Stufen, die sie hinaufkletterten, zum Rand einer großen Glaskuppel. Die umgingen sie. Weit unten schienen eine Menge von Leuten zu tanzen, und durch die Kuppel sickerte Musik herauf ... Graham meinte, durch den Schneesturm ein Rufen zu hören, und sein Führer trieb ihn mit einer neuen Anspannung der Eile vorwärts. Sie kletterten atemlos zu einem Raum riesiger Windmühlen hinauf, von denen eine so ungeheuer war, daß der untere Rand ihrer Fächer ins Gesichtsfeld fegte und wieder hinauffegte und sich in der Nacht und im Schnee verlor. Sie eilten eine Zeitlang über das kolossale metallene Stabwerk ihres Unterbaus weiter und kamen schließlich über einen Platz mit gleitenden Plattformen, dem Platz gleich, auf den Graham von dem Balkon aus hinabgeblickt hatte. Sie krochen über die abschüssige durchsichtige Masse, die diese Plattformstraße eindeckte, krochen auf Händen und Füßen, weil der Schnee alles schlüpfrig gemacht hatte.

Meist war das Glas betaut, und Graham sah nur neblige verzerrte Umrisse von den Gestalten unten, aber in der Nähe des Firstes war das Glas des durchsichtigen Daches klar, und er blickte senkrecht auf das alles nieder. Eine Zeitlang gab er trotz des Drängens seines Führers dem Schwindel nach und blieb, übel gelähmt, gespreizt auf dem Glase liegen. Weit unten ging das Volk der schlaflosen Stadt – bloße Punkte und Flecken in Bewegung – in seinem ewigen Tageslicht, und die gleitenden Plattformen liefen auf ihrer unaufhörlichen Reise dahin. Boten und Menschen mit unbekannten Zielen schossen die hängenden Kabel entlang, und die gebrechlichen Brücken waren gedrängt voll Menschen. Es war, als blicke er in einen riesigen Bienenkorb aus Glas hinab, und er lag senkrecht darüber, und nur ein zähes Glas von unbekannter Dicke schützte ihn vor einem Sturz. Die Straße war warm und hell, und Graham war jetzt vom tauenden Schnee bis auf die Haut naß, und die Füße waren ihm vor Kälte taub. Eine Zeitlang konnte er sich nicht rühren. »Kommen Sie!« rief sein Führer mit Schrecken in der Stimme. »Kommen Sie!«

Graham erreichte mit Mühe den First des Daches.

Als er hinüber war, folgte er dem Beispiel seines Führers, drehte sich um und glitt den anderen Hang unter einer kleinen Schneelawine sehr rasch hinunter. Während des Gleitens dachte er daran, was geschehen würde, wenn auf dem Wege eine Lücke gebrochen wäre. Am Rande stolperte er auf die Füße, die bis an die Knöchel im Schneeschlamm standen, und dankte dem Himmel, daß er wieder auf undurchsichtigem Boden stand. Sein Führer kletterte schon ein metallenes Blendgitter zu einer ebenen Fläche hinauf.

Durch die selteneren Schneeflocken darüber ragte wieder eine Linie riesiger Windmühlen, und dann durchdrang plötzlich den gestaltlosen Aufruhr der rotierenden Räder ein betäubender Ton. Es war ein mechanisches Schrillen von außerordentlicher Intensität, das von allen Punkten des Kompasses zugleich zu kommen schien.

»Sie haben uns schon vermißt!« rief Grahams Führer im Ton des Schreckens, und plötzlich wurde die Nacht in einem blendenden Blitz zum Tag.

Über dem treibenden Schnee erschienen auf der Höhe der Windräder riesige Masten, die Kugeln lebhaften Lichtes trugen. Sie zogen sich in jeder Richtung in unbegrenzten Reihen hin. So weit sein Auge den Schneefall durchdringen konnte, glänzten sie.

»Da hinauf,« rief Grahams Führer und stieß ihn zu einem langen Gitter schneefreien Metalls vorwärts, das wie ein Band zwischen zwei leicht geneigten Schneeflächen hinlief. Es kam Grahams tauben Füßen warm vor, und ein leichter Dampfwirbel stieg von ihm auf.

»Weiter!« rief sein Führer zehn Meter voraus und lief, ohne zu warten, rasch durch den glühenden Glanz auf den eisernen Unterbau der nächsten Reihe von Windmühlen zu. Graham, der sich von seinem Staunen erholte, folgte ebenso schnell, überzeugt von seinem drohenden Fang ...

In ein paar Sekunden standen sie auf einem Maßwerk aus Licht und schwarzen Schatten, die mit beweglichen Stangen durchschossen waren, unter den ungeheuren Rädern. Grahams Führer lief eine Weile weiter, schoß plötzlich zur Seite und verschwand in einem schwarzen Schatten an der Ecke des Fußes eines riesigen Stützbaus. Im nächsten Moment war Graham neben ihm.

Sie kauerten atemlos nieder und starrten hinaus.

Die Szene, auf die Graham blickte, war sehr wild und unheimlich. Das Schneien hatte jetzt fast völlig aufgehört; nur hin und wieder flog noch eine verspätete Flocke über das Bild. Aber die breite ebene Fläche vor ihm war ein gespenstisches Weiß, das nur von gigantischen Massen und sich bewegenden Gestalten und langen Streifen undurchdringlichen Dunkels, riesigen, ungestalten Schattentitanen, unterbrochen war. Rings um sie verschlangen sich ungeheure Metallkonstruktionen und eiserne Strebepfeiler, unmenschlich groß, so schien es ihm, und die Räder von Windmühlen, die sich in der eingetretenen Stille kaum noch bewegten, zogen in großen, leuchtenden Kurven steiler und steiler hinauf in einen leuchtenden Nebel. Wohin auch das schneeschimmernde Licht fiel, zogen Balken und Strebepfeiler und endlose Laufriemen, die mit einer zögernden, unbezähmbaren Entschlossenheit liefen, ins Schwarze hinauf und hinab. Und trotz all dieser gewaltigen Aktivität, trotz eines allgegenwärtigen Gefühls von Grund und Absicht schien diese schneebekleidete Maschinenwüste doch, abgesehen von ihnen selber, menschenleer, sie schien so pfadlos und verlassen, vom Menschen so unbesucht wie ein unzugängliches alpines Schneefeld.

»Sie werden uns jagen,« rief der Führer. »Wir sind kaum erst halb hin. So kalt es ist, wir müssen uns hier eine Zeitlang verbergen, wenigstens, bis es wieder dichter schneit.«

Die Zähne klapperten ihm im Kopf.

»Wo sind die Märkte?« fragte Graham und spähte hinaus. »Wo ist all das Volk?«

Der andere gab keine Antwort.

» *Sehn Sie*!« flüsterte Graham, kauerte sich niedrig hin und wurde sehr still.

Der Schnee war plötzlich wieder dicht geworden, und mit den kreisenden Wirbeln kam aus dem schwarzen Nichts des

Himmels vag und groß und sehr schnell etwas hergeglitten. Es kam in einer steilen Kurve herab und fegte herum, weite Flügel gespreizt und hinter sich einen Schweif weißen Dampfes, der sich kondensierte; es stieg mit leichter Geschwindigkeit und glitt die Luft wieder empor, fegte wagerecht in weiter Kurve nach vorn und verschwand wieder in den dampfenden Schneeflocken. Und durch die Rippen seines Körpers sah Graham zwei kleine Menschen, sehr winzig und beweglich, die die schneeigen Flächen um ihn, wie ihm schien, mit Feldgläsern absuchten. Eine Sekunde waren sie klar, dann durch einen dichten Schneewirbel neblig, dann nur noch klein und fern zu sehen, und in einer Minute waren sie verschwunden.

»*Jetzt!*« rief sein Gefährte. »Kommen Sie!«

Er zog Graham am Ärmel und alsbald liefen die beiden jäh den Bogengang von Eisenwerk unter den Windrädern entlang. Graham lief blind darauf los und prallte auf seinen Führer, der sich plötzlich zu ihm zurückgewandt hatte. Er sah sich zwölf Meter vor einem schwarzen Schlund, der sich, so weit er sehen konnte, nach rechts und links hin dehnte. Er schien ihren Fortschritt in beiden Richtungen abzuschneiden.

»Tun Sie wie ich,« flüsterte sein Führer. Er legte sich hin und kroch an den Rand, schob den Kopf hinüber und bog ein Bein hinab. Er schien mit dem Fuß nach etwas zu tasten, fand es und glitt über den Rand in den Abgrund hinunter. Sein Kopf erschien wieder. »Es ist eine Randleiste,« flüsterte er. »Im Dunkeln den ganzen Weg hin. Tun Sie wie ich.«

Graham zögerte, warf sich auf alle Viere, kroch bis an den Rand und spähte in ein samtenes Schwarz. Einen Moment hatte er weder Mut vorwärts noch rückwärts zu gehen, dann setzte er sich, ließ das Bein hinunterhängen, fühlte die Hände seines Führers an sich ziehen, hatte das furchtbare Gefühl, er glitte über den Rand in das Unermeßliche, schlug auf und fühlte sich in einer schlammigen Rinne in undurchdringlichem Dunkel.

»Hier entlang,« flüsterte die Stimme, und er begann durch den nassen, tauenden Schnee die Rinne entlang zu schleichen, indem er sich gegen die Mauer drückte. Sie gingen einige Minuten in ihr weiter. Ihm war, er mache hundert Stufen des

Elends durch, mache Minute für Minute hundert Grade der Kälte, Nässe und Erschöpfung durch. In kurzem fühlte er Hände und Füße nicht mehr.

Die Rinne führte abwärts. Er sah, daß sie jetzt viele Fuß unter dem Rand der Gebäude waren. Reihen gespenstischer weißer Formen, den Geistern verhängter Fenster gleich, erhoben sich über ihnen. Sie kamen zu dem Ende eines über einem dieser weißen Fenster befestigten Kabels, das, nur matt sichtbar, in undurchdringliche Schatten hinabfiel. Plötzlich traf seine Hand die seines Führers. »*Still!*« flüsterte der letztere sehr leise.

Er blickte erschreckt nach oben und sah die riesigen Flügel der Flugmaschine langsam und geräuschlos zu Häupten über das breite Band des schneebefleckten graublauen Himmels gleiten. In einem Moment war sie wieder verborgen.

»Bleiben Sie still; sie wenden nur.«

Eine Weile blieben beide regungslos, dann stand Grahams Gefährte auf, griff nach den Befestigungen des Kabels und arbeitete an einem undeutlichen Takelwerk herum.

»Was ist das?« fragte Graham.

Die einzige Antwort war ein leiser Schrei. Der Mann kauerte sich reglos hin. Graham spähte und sah sein Gesicht undeutlich. Er starrte das lange Himmelsband hinunter, und Graham folgte seinen Augen und sah die Flugmaschine klein und blaß und fern. Dann sah er, wie sich die Flügel zu beiden Seiten ausdehnten, wie sie auf sie zu wendete, wie sie jeden Moment größer wurde. Sie folgte dem Rand des Abgrunds auf sie zu.

Die Bewegungen des Mannes wurden krampfhaft. Er warf Graham zwei Querstangen in die Hand. Graham konnte sie nicht sehen, er fühlte ihre Form. Sie hingen an dünnen Schnüren am Kabel. Auf der Schnur waren Handgriffe aus einer elastischen Substanz. »Stecken Sie sich das Kreuz zwischen die Beine,« flüsterte der Führer hysterisch, »und fasten Sie die Handgriffe. Fassen Sie fest, fassen Sie!«

Graham tat, wie ihm gesagt wurde.

»Springen Sie,« sagte die Stimme. »In des Himmels Namen, springen Sie!«

Einen bedeutungsvollen Moment lang konnte Graham nicht reden. Er war nachher froh, daß ihm das Dunkel das Gesicht verborgen hatte. Er sagte nichts. Er begann heftig zu zittern. Er blickte seitwärts auf den schnellen Schatten, der den Himmel verschlang, wie er auf ihn zu stürzte.

»Springen Sie! Springen Sie – in Gottes Namen! Oder sie haben uns,« rief Grahams Führer und stieß ihn in der Heftigkeit seiner Leidenschaft nach vorn.

Graham stolperte krampfhaft, stieß einen schluchzenden Schrei aus, einen unwillkürlichen Schrei, und fiel dann, als die Flugmaschine über sie wegfegte, nach vorn in diesen Abgrund des Dunkels, sitzend auf dem Kreuzholz, die Schnüre mit dem Griff des Todes in den Händen. Irgend etwas krachte, etwas schlug scharf gegen eine Mauer. Er hörte die Rolle der Wiege auf dem Kabel summen. Er hörte die Luftschiffer rufen. Er fühlte, wie sich ihm ein paar Knie in den Rücken gruben ... Er fegte jäh durch die Luft, fiel durch die Luft. All seine Kraft lag in den Händen. Er hätte geschrien, aber er hatte keinen Atem.

Er schoß in ein blendendes Licht, unter dem er fester zugriff. Er erkannte den großen Weg mit den gleitenden Straßen, die hängenden Lichter und die verschlungenen Strebepfeiler. Sie stürzten empor und an ihm vorbei. Er war wieder im Dunkel und fiel und fiel; er hielt sich mit schmerzenden Händen fest und siehe! ein Schall, ein Lichtstrom, und er war in einer hell erleuchteten Halle mit einer brüllenden Volksmenge zu seinen Füßen.

Das Volk! Sein Volk! Ein Proszenium, eine Bühne stürzte zu ihm empor, und sein Kabel fegte zu einer runden Öffnung rechts davon hinunter. Er fühlte, daß er langsamer flog und dann plötzlich sehr viel langsamer. Er unterschied Rufe: »Gerettet! Der Meister. Er ist gerettet!« Die Bühne stürzte mit rasch geringer werdender Geschwindigkeit auf ihn zu. Und dann –

Er hörte den Mann, der sich hinter ihm anklammerte, wie in plötzlichem Schreck schreien, und seinem Schrei echote ein Schrei von unten. Er fühlte, daß er das Kabel nicht mehr entlang glitt, sondern mit ihm fiel. Er hörte einen Aufruhr von Rufen, Schreien, Kreischen. Er fühlte etwas Weiches an seiner ausgestreckten Hand und den Stoß eines gebrochenen Falles durch seinen Arm hinzittern...

Er wollte still liegen, und das Volk hob ihn auf. Er glaubte später, er wurde auf die Bühne getragen und erhielt zu trinken, aber er erfuhr es nie sicher. Er beachtete nicht, was aus seinem Führer wurde. Als sein Geist wieder klar war, stand er auf den Füßen, eifrige Hände stützten ihn. Er war in einem großen Alkoven, der die Stelle einnahm, die in seiner früheren Erfahrung für die unteren Logen bestimmt war. Wenn dies überhaupt ein Theater war.

Ein gewaltiger Aufruhr lag ihm in den Ohren, ein Donnergebrüll, das Schreien einer zahllosen Volksmenge. »Es ist der Schläfer! Der Schläfer ist mit uns!«

»Der Schläfer ist mit uns! Der Herr – der Besitzer! Der Herr ist mit uns. Er ist gerettet.«

Graham hatte eine wogende Vision von einer großen Halle, die gedrängt voll Volks war. Er sah keinen einzelnen, er sah nur einen Schaum rosiger Gesichter, winkende Arme und Gewänder, er fühlte den geheimen Einfluß einer ungeheuren Menge über sich strömen, ihn aufschwellen. Er sah Balkone, Galerien, große Bogen, die weitere Perspektiven gaben, und überall Volk, eine riesige Arena von dicht gedrängtem und jubelndem Volk. Über dem Vordergrund lag wie eine riesige Schlange das gebrochene Kabel. Es war am oberen Ende von den Leuten in der Flugmaschine abgeschnitten und war in die Halle hinabgeglitten. Es schien, man schleppte es beiseite. Aber der ganze Eindruck war unbestimmt, die Gebäude selber pochten und zitterten vom Sturm der Stimmen. Er stand unsicher und sah die um ihn an. Einer stützte ihn am einen Arm. »Laßt mich in ein kleines Zimmer gehn,« sagte er weinend; »ein kleines Zimmer«, und er konnte nichts mehr sagen. Ein Mann in Schwarz trat vor und nahm seinen freien Arm. Er sah, wie diensteifrige Leute eine Tür vor ihm öffneten. Einer führte ihn zu einem Stuhl. Er stolperte. Er setzte sich schwer und bedeckte das Gesicht mit den Händen; er zitterte heftig, die Beherrschung seiner Nerven war zu Ende. Er wurde von seinem Mantel befreit, wie, darauf konnte er sich nicht besinnen: seine Purpurhose, sah er, war vor Nässe schwarz. Die Leute um ihn liefen, es gingen Dinge vor, aber eine Zeitlang gab er keine Acht auf sie.

Er war entkommen. Das sagten ihm Myriaden Rufe. Er war sicher. Dies war das Volk, das auf seiner Seite stand. Eine Zeitlang schluchzte er nach Atem und dann saß er mit bedecktem Gesicht still da. Die Luft war erfüllt vom Rufen unzähliger Menschen.

9.
Das Volk marschiert

Er merkte, wie jemand seiner Aufmerksamkeit ein Glas klarer Flüssigkeit aufdrängte, blickte auf und entdeckte, daß es ein dunkler junger Mann in gelbem Gewande war. Er nahm die Dosis alsbald, und im Moment glühte er. Ein großer Mensch in einem schwarzen Kleid stand ihm an der Schulter und zeigte auf die halboffene Tür zur Halle. Dieser Mann rief ihm nah am Ohr, und doch war, was er sagte, durch den riesigen Aufruhr aus dem großen Theater undeutlich. Hinter dem Mann stand ein Mädchen in einem silbergrauen Kleid, das, wie Graham selbst in dieser Verwirrung sah, schön war. Ihre dunklen Augen waren voll Staunen und Neugier auf ihn geheftet, ihre Lippen zitterten geöffnet. Eine teilweise offene Tür erlaubte einen Blick in die volle Halle und ließ einen ungeheuren wilden Tumult herein, ein Hämmern, Klappen und Schreien, das hinstarb und neu begann und sich zu Donnerhöhe erhob und so all die Zeit, die Graham in dem kleinen Zimmer blieb, intermittierend fortdauerte. Er beobachtete die Lippen des Mannes in Schwarz und erriet, daß er eine schwerfällige Erklärung gab.

Er starrte einige Momente auf diese Dinge und stand dann unvermittelt auf; er faßte diesen rufenden Menschen am Arm.

»Sagen Sie mir!« rief er. »Wer bin ich? Wo bin ich?«

Die anderen kamen heran, um seine Worte zu hören. »Wer bin ich?« Seine Augen suchten in ihren Gesichtern.

»Sie haben ihm nichts gesagt!« rief das Mädchen.

»Sagen Sie es mir, sagen Sie es mir!« rief Graham.

»Sie sind der Herr der Erde. Sie besitzen die halbe Welt.«

Er glaubte nicht, daß er recht gehört hatte. Er widersetzte sich der Überzeugung. Er tat, als verstehe, als höre er nicht. Er erhob die Stimme von neuem. »Ich bin seit drei Tagen wach – seit drei Tagen gefangen gewesen. Ich nehme an, es findet ein Kampf zwischen gewissen Leuten in dieser Stadt statt – ist dies London?«

»Ja,« sagte der jüngere Mann.

»Und die, die sich in dem großen Saal mit dem weißen Atlas versammeln? Was geht das mich an? Irgendwie hat es mit
mir zu tun. *Warum*, weiß ich nicht. Gifte? Mir scheint, während ich schlief, ist die Welt wahnsinnig geworden. Ich bin
wahnsinnig geworden.«

»Wer sind diese Räte unter dem Atlas? Warum sollten sie
versuchen, mich zu vergiften?«

»Um Sie bewußtlos zu halten,« sagte der Mann in Gelb.

»Um Ihr Dazwischentreten zu hindern.«

»Aber *warum*?«

»Weil *Sie* der Atlas sind, Sire,« sagte der Mann in Gelb.
»Auf ihren Schultern liegt die Welt. Sie beherrschen sie in
Ihrem Namen.«

Die Töne aus der Halle waren zu einer von einer einzelnen, eintönigen Stimme durchzogenen Stille erstorben. Jetzt
plötzlich, auf diese letzten Worte unmittelbar folgend, kam
ein betäubender Tumult, ein Brüllen und Donner, Jubel auf
Jubel, heisere und schrille Stimmen, die sich schlugen und
übersprangen, und solange das dauerte, konnten die Leute im
kleinen Zimmer einander nicht schreien hören.

Graham stand da, und sein Intellekt klammerte sich hilflos
an das, was er eben gehört hatte. »Der Rat,« wiederholte er
leer; und dann griff er nach einem Namen, der ihm aufgefal-
len war. »Aber wer ist Ostrog?« sagte er.

»Das ist der Organisator – der Organisator des Aufstandes. Unser Führer – in Ihrem Namen.«

»In meinem Namen? – Und Sie? Warum ist er nicht hier?«

»Er – hat uns abgeordnet. Ich bin sein Bruder – sein
Halbbruder, Lincoln. Er will, Sie sollen sich diesem Volk
zeigen und dann zu ihm kommen. Deshalb hat er geschickt.
Er ist auf dem Windfahnensamt und trifft Anordnungen. Das
Volk marschiert.«

»In Ihrem Namen,« rief der jüngere Mann. »Sie haben geherrscht, zermalmt, tyrannisiert. Zuletzt war sogar –«

»In meinem Name! Mein Name! Herr?«

Der jüngere Mann wurde plötzlich in einer Pause des äußeren Donners hörbar, entrüstet und durchdringend, eine
hohe, schrille Stimme unter seiner roten Adlernase und dem

buschigen Schnurrbart hervor. »Niemand erwartete, daß Sie erwachen würden. Sie waren schlau. Die verdammten Tyrannen! Aber sie wurden überrumpelt. Sie wußten nicht, ob sie Sie narkotisieren, hypnotisieren oder töten sollten.«

Wieder beherrschte die Halle alles.

»Ostrog ist auf dem Windfahnenamt bereit. – Schon jetzt läuft ein Gerücht um, daß der Kampf beginnt.«

Der Mann, der sich Lincoln genannt hatte, trat dicht an ihn heran. »Ostrog hat den Plan fertig. Vertrauen Sie ihm. Wir haben unsere Organisationen bereit. Wir werden die Flugbühnen nehmen – Vielleicht tut er das schon jetzt. Und dann –«

»Dieses öffentliche Theater,« schrie der Mann in Gelb, »ist nur ein Kontingent. Wir haben fünf Myriaden gedrillter Leute –«

»Wir haben Waffen,« rief Lincoln. »Wir haben Pläne. Einen Führer. Ihre Polizei hat die Straßen verlassen und ist in den –« (unhörbar). »Jetzt oder nie. Der Rat schwankt – Sie können nicht einmal ihren gedrillten Leuten trauen –«

»Hören Sie das Volk, es ruft nach Ihnen!«

Grahams Geist war wie eine Mondnacht mit schnellen Wolken, bald dunkel und hoffnungslos, bald klar und gespenstisch. Er war Herr der Erde, er war ein Mann, naß von tauendem Schnee. Von all seinen schwankenden Eindrücken stellten die herrschenden einen Antagonismus dar; auf der einen Seite stand der Weiße Rat, mächtig, diszipliniert, gering an Zahl, der Weiße Rat, dem er gerade entgangen war; und auf der anderen ungeheure Mengen, gedrängte Massen unterschiedlosen Volkes, das seinen Namen schrie, das ihn den Herrn nannte. Die andere Seite hatte ihn gefangen gesetzt und beriet seinen Tod. Diese schreienden Tausende hinter der kleinen Tür hatten ihn befreit. Aber warum das so war, konnte er nicht verstehen.

Die Tür ging auf, Lincolns Stimme wurde fortgefegt und ertränkt, und ein Schwarm von Leuten folgte dem Aufruhr. Diese Eindringlinge kamen gestikulierend auf ihn und Lincoln zu. Die Stimmen draußen erklärten ihre klanglosen Lippen.

»Zeigt uns den Schläfer, zeigt uns den Schläfer!« war der Refrain des Tumultes. Man schrie nach: »Ordnung! Stille!«

Graham blickte auf die offene Tür und sah ein hohes, viereckiges Bild von der Halle dahinter, einen schwankenden, unaufhörlichen Wirrwarr von gedrängten, schreienden Gesichtern, Männern und Frauen durcheinander, winkende blaue Gewänder, ausgestreckte Hände. Viele standen, ein Mann in dunkelbraunen Lumpen, eine hagere Gestalt, stand auf dem Stuhl und schwenkte ein schwarzes Tuch. Er sah das Staunen und die Erwartung in den Augen des Mädchens. Was erwarteten diese Leute von ihm? Er war sich dunkel bewußt, daß der Tumult draußen den Charakter geändert hatte, daß er irgendwie pochte, marschierte. Auch sein eigener Sinn war verändert. Eine Zeitlang erkannte er den Einfluß nicht, der ihn umformte. Aber ein Moment, der der Panik nahe kam, ging vorüber. Er versuchte, hörbar zu fragen, was von ihm verlangt werde.

Lincoln schrie ihm ins Ohr, aber dagegen war Graham taub geworden. Alle anderen, außer dem Mädchen, gestikulierten nach der Halle hin. Er merkte, was mit dem Aufruhr geschehen war. Die ganze Volksmenge sang zusammen. Es war nicht nur ein Lied, die Stimmen wurden von einem Strom von Instrumentalmusik zusammengefaßt und emporgetragen, einer Musik, wie der einer Orgel, einem verschlungenen Tongewebe, voll von Trompeten, voll von wehenden Bannern, voll vom Marsch und Aufzug beginnender Schlacht. Und die Füße des Volkes stampften den Takt – ein, zwei; eins, zwei!

Er wurde zur Tür gedrängt. Er gehorchte mechanisch. Die Kraft dieses Singens faßte ihn, rührte ihn auf, gab ihm Kühnheit. Die Halle öffnete sich vor ihm, ein ungeheures Wogen flatternder Farbe, die zur Musik schwankte.

»Schwenken Sie den Arm über sie hin,« sagte Lincoln. »Schwenken Sie den Arm über sie hin.«

»Dies,« sagte eine Stimme auf der andern Seite, »dies muß er haben.« Um seinen Hals schlangen sich Arme, die ihn in der Tür zurückhielten, und ihm fiel ein schwarzer, fein gefältelter Mantel über die Schultern. Er machte den Arm aus ihm los und folgte Lincoln. Er sah das Mädchen in Grau mit flammendem Gesicht und vorwärts weisender Geste dicht neben sich. Für den Moment wurde sie ihm, erregt und eifrig, wie sie war, zu einer Verkörperung des Liedes. Er tauchte wieder in den Alkoven hinaus. Sofort brachen bei seinem Erscheinen die steigenden Wogen des Singens und blitzten in einem Schaum von Rufen auf. Von Lincolns Hand geführt, ging er schräg über die Mitte der Bühne, die vor dem Volke lag.

Die Halle war ein riesiger und komplizierter Raum – Galerien, Balkone, breite Fluchten amphitheatralischer Stufen und große Bogen. Weit fort und hoch oben schien die Mündung eines riesigen Ganges zu liegen, der voll von ringenden Menschen war. Die ganze Menge wogte in gedrängten Massen. Aus dem Aufruhr sprangen einzelne Gestalten heraus, die ihn flüchtig beeindruckten und ihre Bestimmtheit wieder verloren. Nah bei der Bühne neigte sich eine wundervolle blonde Frau, die von drei Männern getragen wurde, das Haar quer übers Gesicht, einen grünen Stab in der Hand. Neben dieser Gruppe behauptete ein vergrämter Mann in blauer Leinwand seinen Platz im Gedränge mit Mühe, und dahinter schrie ein haarloses Gesicht, eine große Höhle zahnlosen Mundes. Eine Stimme rief jenes rätselhafte Wort »Ostrog«. Alle seine Eindrücke waren unbestimmt, abgesehen von der massiven Erregung jenes stampfenden Gesanges. Die Menge schlug den Takt mit ihren Füßen – eins, zwei; eins, zwei; eins, zwei. Die grünen Waffen winkten, blitzten, neigten sich. Dann sah er die ihm Nächsten auf gleicher Höhe vor der Bühne marschieren, auf ein großes Bogentor zu ziehen, während sie schrien: »Zum Rat!« Eins, zwei; eins, zwei; eins, zwei. Er hob den Arm, und das Gebrüll verdoppelte sich. Er besann sich, er mußte rufen: »Marschiert!« Sein Mund formte unhörbare heroische Worte. Wieder schwenkte er den Arm und zeigte auf das Bogentor und rief: »Vorwärts!« Sie stampften nicht mehr den Takt, sie marschierten: eins, zwei; eins, zwei; eins, zwei. In dieser Heerschar waren bärtige Männer, alte Männer, Jünglinge, nacktarmige Frauen in flatternden Gewändern, Mädchen. Männer und Frauen der neuen Zeit! Reiche Gewänder und graue Lumpen flatterten zusammen im Wirbel unter dem herrschenden Blau. Rechts sah er ein ungeheures schwarzes Banner vorwärts rücken. Er sah einen blaugekleideten Neger, ein verschrumpftes Weib in Gelb, dann eine Gruppe großer, blondhaariger, weißgesichtiger, blaugekleideter Männer, theatralisch an sich vorüberdrängen. Er bemerkte zwei Chinesen. Ein großer, bleicher, dunkelhaariger Jüngling mit leuchtenden Augen, vom Kopf bis zu den Zehen weiß gekleidet, kletterte mit kräftigen Rufen zur Bühne hinauf und sprang wieder zurück und verschwand, indem er nach rückwärts blickte. Köpfe, Schultern, Hände, die Waffen gepackt hielten, alles schwang mit den marschierenden Kadenzen.

Gesichter lösten sich aus dem Wirrwarr, als er dastand, Augen trafen seine und zogen vorüber und verschwanden. Männer gestikulierten ihm zu und riefen unhörbare, persönliche Dinge. Die meisten der Gesichter waren gerötet, doch manche gespenstisch weiß. Und Krankheit sah er, und manche Hand, die ihm zuwinkte, war hager und dürr. Männer und Frauen der neuen Zeit! Seltsame und unglaubliche Bewegung! Wie der breite Strom vor ihm nach rechts vorüberfloß, strömten die Nebengänge von den fernen Hochpartien der Halle in unaufhörlichem Ersatz des Volks herab; eins, zwei; eins, zwei; eins, zwei. Der Einklang des Singens wurde vom massiven Echo der Bogen und Gänge bereichert und kompliziert. Männer und Frauen mischten sich in den Reihen; eins, zwei; eins, zwei; eins, zwei. Die ganze Welt schien zu marschieren. Eins, zwei; eins, zwei; eins, zwei; ihm stampfte das Gehirn. Die Gewänder winkten vorwärts, die Gesichter strömten reichlicher vorbei.

Eins, zwei; eins, zwei; eins, zwei; auf Lincolns Druck wandte er sich zum Torweg, indem er unbewußt in jenem Rhythmus ging und in der Melodie und der Gewalt seiner Erregung kaum merkte, daß er sich bewegte. Die Menge, die Gesten, das Singen, alles bewegte sich in der Richtung, die Flut des Volkes senkte sich, bis die nach oben gewandten Gesichter unter dem Niveau seiner Füße waren. Er war sich eines Weges vor sich bewußt, eines Gefolges um sich, der Wachen und Würdenträger, und auf seiner Linken ging Lincoln. Begleiter traten dazwischen und sperrten immer von

Zeit zu Zeit den Blick auf die Menge nach links. Vor sich sah er die Rücken der schwarzen Wache – zu dritt, zu dritt und dritt. Er wurde einen schmalen, schienenbelegten Weg geführt und ging über dem Torweg hinüber, während unten der flutende Strom tauchte und zu ihm emporrief. Er wußte nicht, wohin er ging, er wollte es auch nicht wissen. Er blickte quer durch den flammenden Raum der Halle zurück. Eins, zwei; eins, zwei; eins, zwei.

10.
Die Schlacht des Dunkels

Er war nicht mehr in der Halle. Er marschierte eine Galerie entlang, die über einer der großen Straßen mit den gleitenden Plattformen hing, wie sie die Stadt durchzogen. Vor ihm und hinter ihm stampfte seine Wache. Das ganze Hohl der gleitenden Wege unten war eine gedrängte Volksmasse, die nach links hin stampfte, schrie, mit Händen und Armen winkte, endlos eine riesige Perspektive hinströmte, schrie, wenn sie in Sicht kam, schrie, wo sie vorüberging, schrie, wenn sie verschwand, bis die Kugeln elektrischen Lichtes, die in der Perspektive hinzogen, scheinbar niedersanken und die wimmelnden bloßen Köpfe verbargen. Eins, zwei; eins, zwei; eins, zwei.

Der Gesang brüllte jetzt zu Graham empor, nicht mehr von Musik getragen, sondern heiser und lärmend; und das Stampfen der marschierenden Füße, eins, zwei; eins, zwei; eins, zwei, verwob sich mit einem unregelmäßigen Donner der Schritte des undisziplinierten Pöbels, der die höheren Wege hinströmte.

Plötzlich fiel ihm ein Gegensatz auf. Die Gebäude auf der gegenüberliegenden Seite der Straße schienen verlassen, die Kabel und Brücken, die über den Flügel hingen, waren leer und schattig. Graham schien, auch sie hätten vom Volke wimmeln sollen.

Er fühlte eine merkwürdige Erregung – ein Pochen – sehr rasch! Er blieb noch einmal stehen. Die Wachen vor ihm marschierten weiter; die hinter ihm machten gleich ihm halt. Er sah die Richtung ihrer Gesichter. Das Pochen hatte etwas mit den Lichtern zu tun. Auch er blickte auf.

Erst schien es ihm etwas, was nur die Lichter anging, ein isoliertes Phänomen, das mit den Dingen unten nichts zu tun hatte. All die großen Bälle blendender Weiße wurden gleichsam gepackt, wie in einem Zusammenzucken komprimiert, wie in einem fester werdenden Griff, Dunkel, Licht, Dunkel in raschem Wechsel.

Es wurde Graham klar, daß dieses seltsame Vorhaben der Lichter mit dem Volke unten zu tun hatte. Die Erscheinung der Häuser und Straßen, die Erscheinung der gedrängten Massen unten änderte sich, wurde ein Wirrwarr lebhafter Lichter und springender Schatten. Er sah, eine Menge von Schatten war zu aggressivem Dasein erwacht, schien herbeizustürzen, sich zu verbreitern, zu erweitern, mit stetiger Schnelligkeit zu wachsen – plötzlich zurückzuspringen und verstärkt wiederzukommen. Das Singen und das Stampfen hatte aufgehört. Der einmütige Marsch, entdeckte er, hatte aufgehört, er sah Wirbel, Seitenfluten, hörte Rufe: »Die Lichter!« Viele Stimmen riefen durcheinander ein und dasselbe. »Die Lichter!« riefen diese Stimmen. »Die Lichter!« Er blickte hinab. In diesem tanzenden Tod des Lichts war das Gebiet der Straße plötzlich zu einem ungeheuren Ringen geworden. Die riesigen weißen Bälle wurden purpurweiß, purpurn mit rötlichem Schein, flackerten, flackerten schneller und schneller, schwankten zwischen Leuchten und Erlöschen, hörten auf zu flackern und wurden zu bloßen erblassenden Flecken glühenden Rots in ungeheurer Finsternis. In zehn Sekunden war das Erlöschen vollzogen, und es blieb nur dieses brüllende Dunkel, eine schwarze Ungeheuerlichkeit, die plötzlich all die glitzernden Myriaden von Menschen verschlungen hatte.

Er fühlte unsichtbare Gestalten um sich; seine Arme wurden ergriffen. Irgend etwas schlug ihm scharf gegen das Schienbein. Eine Stimme schrie ihm ins Ohr: »Es sei alles in Ordnung – alles in Ordnung!«

Graham schüttelte die Lähmung seines ersten Erstaunens ab. Er schlug mit der Stirn gegen die Lincolns und rief: »Was bedeutet diese Dunkelheit?«

»Der Rat hat die Ströme abgeschnitten, die die Stadt beleuchten. Wir müssen warten – halten. Das Volk wird weitergehen. Es wird –«

Seine Stimme wurde ertränkt. Andere Stimmen riefen: »Rettet den Schläfer. Habt acht auf den Schläfer.« Eine Wache stolperte gegen Graham und verletzte ihm die Hand durch einen unachtsamen Stoß ihrer Waffe. Ein wilder Aufruhr tobte und wirbelte um ihn, wurde, wie es schien, mit jedem

Moment lauter, dichter, wütender. Fragmente erkennbarer Töne erreichten ihn und wurden fortgewirbelt, wenn sein Geist ausgriff, um sie zu fassen. Stimmen schienen sich widerstreitende Befehle zu rufen, andere Stimmen antworteten. Plötzlich ertönte dicht unter ihnen eine Folge durchdringender Schreie.

Eine Stimme schrie ihm ins Ohr: »Die rote Polizei,« und dann wich sie zurück, so daß seine Fragen sie nicht mehr erreichten.

Ein prasselnder Laut wuchs bis zur Deutlichkeit, und zugleich erschienen blasse springende Blicke am Rande der weiteren Straße hin. Bei ihrem Licht sah Graham die Köpfe und Körper einer Anzahl von Männern, die mit Waffen gleich denen seiner Wache bewaffnet waren, einen Moment in dunkle Sichtbarkeit emporblitzen. Das ganze Gebiet begann zu prasseln, von kleinen, flüchtigen Lichtstreifen zu blitzen, und dann rollte plötzlich wie ein Vorhang das Dunkel zurück.

Ein Lichtglanz blendete ihm die Augen, eine ungeheure, siedende Fläche ringender Menschen verwirrte ihm den Geist. Ein Schrei, ein Jubelausbruch klang über die Straßen her. Er blickte in die Höhe, um die Quelle des Lichtes zu sehen. Hoch zu Häupten hing ein Mann vom oberen Ende eines Kabels herab und hielt an einem Tau den blendenden Stern, der das Dunkel zurückgetrieben hatte. Er trug eine rote Uniform.

Grahams Auge fiel wieder auf die Straßen. Ein roter Keil, ein wenig die Perspektive hinauf, fesselte seinen Blick. Er sah, es war eine dichte Masse rotgekleideter Männer, die auf dem höheren Weg eingeklemmt waren, den Rücken gegen die erbarmungslose Klippe von Gebäuden, umringt von einer dichten Menge von Gegnern. Sie kämpften. Waffen blitzten und stiegen und sanken, Köpfe verschwanden am Rande des Ringens, und andere Köpfe traten an ihre Stelle, die kleinen Blitze aus den grünen Waffen wurden zu kleinen Strahlen rauchigen Graus, solange das Licht dauerte.

Plötzlich verlosch der Schein, und die Straßen waren noch einmal ein tintiges Dunkel, ein geheimnisvoller Aufruhr.

Er fühlte etwas gegen sich stoßen. Er wurde die Galerie entlanggeschoben. Jemand schrie – vielleicht war es für ihn gemeint. Er war zu verwirrt, um zu hören. Er wurde gegen die Mauer gestoßen, und eine Anzahl von Leuten strauchelte an ihm vorüber. Ihm schien, seine Wachen rangen miteinander.

Plötzlich erschien der am Kabel hängende Sternträger von neuem, und die ganze Szene war weiß und blendend. Der Streif von Rotjacken schien breiter und näher; die Spitze stand die Straßen halbwegs zum Zentralschiff hinunter.

Und als er die Augen aufhob, sah Graham, daß eine Anzahl dieser Männer jetzt auch in den verdunkelten unteren Galerien der gegenüberliegenden Gebäude erschienen war und über die Köpfe ihrer Genossen unten hin auf den kochenden Volkswirrwarr der unteren Plattformen feuerte. Die Bedeutung dieser Dinge dämmerte ihm auf. Der Marsch des Volkes war gleich im Beginn auf einen Hinterhalt gestoßen. Durch das Verlöschen der Lichter in Verwirrung gebracht, wurden sie jetzt von der roten Polizei angegriffen. Dann merkte er, daß er allein stand, daß seine Wachen und Lincoln die Galerie in der Richtung, aus der sie gekommen waren, ehe das Dunkel hereinbrach, weitergegangen waren. Er sah, daß sie ihm zugestikulierten und zu ihm zurückgelaufen kamen, über die Straßen her kam ein lautes Rufen. Dann schien es, als sei die ganze Fassade des dunklen Gebäudes gegenüber mit rotgekleideten Menschen bedeckt und gesprenkelt. Und sie zeigten zu ihm herüber und riefen. »Der Schläfer! Rettet den Schläfer!« rief eine Vielheit von Kehlen.

Irgend etwas schlug über seinem Kopf gegen die Mauer. Er blickte bei dem Schlag nach oben und sah silbriges Metall sternförmig auseinanderspritzen. Er sah Lincoln neben sich. Fühlte seinen Arm gepackt. Dann scht! scht! er war zweimal gefehlt.

Einen Moment verstand er das nicht. Die Straße war verborgen, alles war verborgen, als er hinsah. Die zweite Leuchte war ausgebrannt.

Lincoln hatte Graham am Arm gepackt und zog ihn die Galerie entlang. »Vor dem nächsten Licht!« rief er. Seine Eile steckte an. Grahams Instinkt der Selbsterhaltung überwand die Lähmung seines ungläubigen Staunens. Er wurde auf eine Zeitlang das blinde Geschöpf der Todesfurcht. Er lief und stolperte wegen der Ungewißheit des Dunkels und prallte auf seine Wachen, als sie sich umdrehten, um mit ihm zu laufen. Eile war sein einziges Verlangen, von dieser gefährlichen Galerie zu entkommen, auf der er bloßgestellt war. Eine dritte Leuchte folgte ihrer Vorgängerin rasch. Zugleich kam ein wildes Geschrei über die Straße her und von den Plattformen ein antwortender Aufruhr. Die Rotröcke unten, sah er, hatten jetzt fast den Mittelweg erreicht. Ihre zahllosen Gesichter wandten sich zu ihm herauf, und sie schrien. Die weiße Fassade gegenüber war dicht mit Rot getüpfelt. Alle diese wunderbaren Dinge gingen ihn an, drehten sich um ihn wie um einen Achsenpunkt. Dort waren die Wachen des Rates, die ihn wieder zu fangen suchten.

Es war ein Glück für ihn, daß diese Schüsse seit hundertundfünfzig Jahren die ersten waren, die im Ernst gefeuert wurden. Er hörte die Kugeln über dem Kopf hinpfeifen und fühlte, wie das Spritzen geschmolzenen Metalls sein Ohr stach; er sah, ohne hinzusehen, daß die ganze Fassade gegenüber, ein demaskierter Hinterhalt der roten Polizei, gedrängt voll, gegen ihn schrie und auf ihn schoß.

Eine seiner Wachen vor ihm stürzte, und Graham, außerstande anzuhalten, sprang über den sich windenden Körper weg.

In der nächsten Sekunde war er unverletzt in einen schwarzen Gang getaucht, und sofort prallte jemand, der vielleicht aus einer Querrichtung kam, heftig gegen ihn. Er wirbelte in absolutem Dunkel eine Treppe hinunter. Er taumelte und wurde noch einmal gestoßen und flog mit den Händen gegen eine Mauer. Ihn zermalmte ein Druck ringender Körper, er wurde herumgewirbelt und nach rechts gestoßen. Ein ungeheurer Druck klemmte ihn fest. Er konnte nicht atmen, die Rippen schienen ihm zu krachen. Er fühlte momentanes Nachlassen, und dann trug ihn die ganze Volksmasse in vereinter Bewegung zu dem großen Theater zurück, aus dem er erst so kürzlich gekommen war. Es gab Momente, in denen seine Füße den Boden nicht berührten. Dann stolperte und schob er. Er hörte Rufe: »Sie kommen!« und ein gedämpfter Schrei stieg zu ihm auf. Sein Fuß stieß gegen etwas Weiches, er hörte einen heiseren Schrei unter den Füßen. Er hörte Rufe: »Der Schläfer!« aber er war zu verwirrt, um zu reden. Er hörte die grünen Waffen prasseln. Eine Zeitlang verlor er seinen individuellen Willen, wurde zum Atom in einer Panik, blind, ohne Gedanken, mechanisch. Er stieß und drängte zurück und wand sich im Druck, stieß gegen eine Stufe und merkte, daß er einen Hang emporstieg. Und plötzlich sprangen all die Gesichter rings um ihn sichtbar aus dem Schwarz empor, gespenstisch weiß und erstaunt, erschreckt und voll Schweiß in fahlem Lichtschein. Ein Gesicht, das eines jungen Mannes, war ihm sehr nahe, keine zwanzig Zoll entfernt. In dem Moment war es nur ein flüchtiger Zwischenfall ohne Emotionswert, aber später suchte es ihn in seinen Träumen heim. Denn dieser junge Mann, der eine Zeitlang aufrecht in der Menge eingekeilt stand, war erschossen worden und war schon tot.

Ein vierter weißer Stern mußte von dem Mann am Kabel entzündet worden sein. Das Licht kam durch riesige Fenster und Bogen hereingestrahlt und zeigte Graham, daß er jetzt ein einzelner in einer dichten Masse schwarzer Gestalten war, die quer durch den unteren Raum des großen Theaters zurückgestaut wurde. Diesmal war das Bild fahl und fragmentarisch, von schwarzen Schatten verdunkelt und durchzogen. Er sah, daß ganz in seiner Nähe die roten Wachen einen Weg durchs Volk erkämpften. Er konnte nicht sagen, ob sie ihn sahen. Er blickte sich nach Lincoln und seinen Wachen um. Er sah Lincoln dicht bei der Bühne des Theaters von einer Schar schwarzer Revolutionäre umgeben und emporgehoben hin und her spähen, als suche er ihn. Graham merkte, daß er selber nahe am entgegengesetzten Rand der Menge stand, daß sich hinter ihm, durch eine Barriere abgetrennt, die jetzt leeren Sitze des Theaters erhoben. Ihm kam ein plötzlicher Gedanke, und er begann sich einen Weg zur Barriere zu bahnen. Als er sie erreichte, erlosch das Licht.

Im Nu hatte er den großen Mantel abgeworfen, der nicht nur seine Bewegungen hinderte, sondern ihn auch auffällig machte, und ließ ihn von den Schultern gleiten. Er hörte jemanden über seine Falten stolpern. Im nächsten Moment war er über die Barriere geklettert und in das Dunkel dahinter gesprungen. Dann tastete er sich vorwärts und kam zum unteren Ende eines steigenden Ganges. Im Dunkeln hörte der Lärm des Feuerns auf, und das Gebrüll der Stimmen und Füße ließ nach. Dann plötzlich kam er zu einer unerwarteten Stufe, stolperte und fiel. Als er das tat, sprangen um ihn wieder Lachen und Inseln in lebhaftes Licht empor, der Aufruhr brandete lauter, und der Schein des fünften Sternes leuchtete durch die riesigen Fensterwerke der Theaterwände.

Er rollte unter ein paar Sitze, hörte ein Rufen und das schwirrende Rasseln von Waffen und wurde wieder zurückgestoßen; er sah, daß rings um ihn eine Menge schwarzgezeichneter Leute auf die Roten unten feuerten, indem sie von Sitz zu Sitz sprangen und zum Wiederladen zwischen den Sitzen niederkauerten. Instinktiv kauerte auch er sich zwischen den Sitzen nieder, als verirrte Schüsse die pneumatischen Polster ritzten und helle Striche über die weichen metallenen Rahmen schnitten. Instinktiv merkte er sich die Richtung des Ganges, den brauchbarsten Weg zur Flucht für ihn, sobald sich der Schleier des Dunkels wieder senken würde.

Ein junger Mann in verblaßten blauen Gewändern kam über die Sitze gesprungen. »Hallo!« sagte er, als seine Füße sechs Zoll weit vom Gesicht des kauernden Schläfers vorüberflogen.

Er starrte ihn ohne Zeichen des Erkennens an, drehte sich ab, um zu feuern, feuerte und wollte gerade mit dem Ruf: »Zur Hölle mit dem Rat!« zum zweitenmal feuern. Da schien es Graham, als sei die Hälfte des Halses dieses Mannes verschwunden. Ein feuchter Tropfen fiel Graham auf die Backe. Die grüne Waffe blieb halb erhoben stehen. Einen Moment stand der Mann mit plötzlich ausdruckslosem Gesicht da, dann neigte er sich nach vorn. Seine Knie bogen sich. Mensch und Dunkelheit fielen zusammen nieder. Bei dem Geräusch seines Falles sprang Graham auf und lief um sein Leben, bis ihn eine Stufe zu dem Gang hinunter umwarf. Er sprang auf die Füße, wandte sich den Gang hinauf und lief weiter.

Als der sechste Stern aufleuchtete, war er schon dicht an dem gähnenden Schlund eines Korridors. Er lief im Licht nur um so schneller vorwärts und wandte sich um eine Ecke wieder in absolute Nacht. Er wurde zur Seite geschleudert, stürzte vornüber und kam wieder auf die Füße. Er merkte, daß er in einer Menge unsichtbarer Flüchtlinge dahinlief, die alle in einer Richtung drängten. Sein einziger Gedanke war jetzt auch ihr Gedanke; aus diesem Kampf zu entkommen. Er schob und stieß, stolperte, lief, wurde festgekeilt, verlor den Boden und kam wieder klar.

Einige Minuten lang lief er im Dunkeln einen gewundenen Gang entlang, und dann kam er über einen weiten und offenen Raum, lief eine lange Neigung hinab und kam schließlich auf einer Stufenflucht zu einem ebenen Platz hinunter. Viele Menschen riefen: »Sie kommen! Die Wachen kommen. Sie feuern. Fort aus dem Kampf. Die Wachen feuern. In Siebentweg wird es sicher sein. Hier entlang nach Siebentweg!« In der Menge waren so gut Frauen und Kinder wie Männer. Männer riefen ihm Namen zu. Die Menge strömte zu einem Torweg zusammen, drängte durch einen kurzen Schlund und tauchte wieder auf einem weiteren Raum auf, der dunkel erleuchtet war. Die schwarzen Gestalten um ihn breiteten sich aus und liefen etwas hinauf, was im Zwielicht als eine gigantische Treppenflucht erschien. Er folgte. Das Volk zerstreute sich nach rechts und links ... Er merkte, daß er nicht mehr in einer Menge mitlief. Er blieb kurz vor der obersten Stufe stehen. Vor ihm standen auf der Höhe Stuhlgruppen und ein kleiner Kiosk. Da stieg er hinauf, stellte sich in den Schatten seiner Dachrinne und sah sich atemlos um.

Alles war unbestimmt und grau, aber er erkannte, daß diese großen Stufen eine Reihe von Plattformen der »Straßen« waren, die jetzt wieder regungslos standen. Die Plattform stieg auf beiden Seiten schräg hoch, und dahinter erhoben sich die großen Gebäude, riesige undeutliche Gespenster, die Inschriften und Reklamen undeutlich sichtbar, und oben zwischen den Strebepfeilern und Kabeln lief ein durchbrochenes Band bleichen Himmels hin. Eine Anzahl von Leuten lief vorbei. Nach ihren Rufen und Stimmen schien es, sie eilten in den Kampf. Andere, weniger laute Gestalten schlüpften furchtsam unter dem Schatten hin.

Von sehr fern her, die Straße hinunter, konnte er den Lärm eines Ringens hören. Aber ihm war klar, dies war nicht die Straße, auf die das Theater ging. Jener andere Kampf, so schien es, war plötzlich außer Hör- und Schallweite gesunken. Und – welch grotesker Gedanke! – sie kämpften für ihn!

Eine Zeitlang glich er einem Menschen, der die Lektüre eines sehr lebhaften Buches unterbricht und plötzlich bezweifelt, was er ohne zu fragen hingenommen hat. Er hatte zur Zeit wenig Sinn für Einzelheiten; die Gesamtwirkung war ungeheures Erstaunen. Sonderbarerweise kostete es ihn Mühe, sein Erwachen und die nachdenkliche Zwischenzeit der stillen Zimmer einzuschalten, während die Flucht aus dem Ratsgefängnis, die große Masse in der Halle und der Angriff der roten Polizei auf das wimmelnde Volk in seinem Geist klar gegenwärtig war. Jene Dinge übersprang sein Gedächtnis zuerst und führte ihn zu dem Wasserfall bei Pentargen zurück, der im Winde zitierte, und zu all der düsteren Pracht der sonnenhellen cornischen Küste. Der Gegensatz tauchte alles in Unwirklichkeit. Und dann füllte die Lücke sich, und er begann seine Lage zu begreifen.

Sie war ihm nicht mehr absolut ein Rätsel, wie es in den stillen Zimmern gewesen war. Wenigstens hatte er jetzt den seltsamen, nackten Umriß. Er war irgendwie Eigentümer der halben Welt, und große politische Parteien kämpften um seinen Besitz. Auf der einen Seite stand der weiße Rat mit seiner roten Polizei, resolut entschlossen, wie es schien, sein Eigentum zu usurpieren und ihn vielleicht zu ermorden; auf der anderen die Revolution, die ihn befreit hatte, mit diesem noch nicht gesehenen »Ostrog« als Führer. Und diese ganze; gigantische Stadt war durch ihren Kampf in Aufruhr gebracht. Wahnsinnige Entwicklung seiner Welt! »Ich begreife nicht,« rief er. »Ich begreife nicht!«

Er war zwischen den kämpfenden Parteien in diese Freiheit des Zwielichts hinausgeschlüpft. Was würde nun geschehen? Er stellte sich vor, wie die rotgekleideten Leute geschäftig jagten, und wie sie die schwarzen Revolutionäre vor sich hertrieben.

Auf jeden Fall hatte ihm der Zufall einen Moment zum Aufatmen gegeben. Er konnte, von den Passanten unangefochten, herumschleichen und den Lauf der Dinge beobachten. Sein Auge folgte der verschlungenen, dunklen Riesenhaftigkeit der dämmernden Gebäude empor, und es erschien ihm unendlich wunderbar, daß da oben die Sonne aufging und die Welt erleuchtet wurde und im alten, vertrauten Tageslicht glühte. Binnen kurzem hatte er sich erholt. Seine Kleider waren ihm schon auf dem Leibe vom Schnee getrocknet.

Er wanderte diese Zwielichtwege meilenweit entlang, ohne mit jemand zu reden, ohne daß ihn jemand ansprach – eine dunkle Gestalt unter dunklen Gestalten – der begehrte Mann aus der Vergangenheit, der unschätzbare, unabsichtliche Besitzer der halben Welt. Wo immer Lichter waren oder dichte Volksmengen, oder wo ausnahmsweise Erregung herrschte, fürchtete er sich vor dem Erkanntwerden und beobachtete und machte kehrt oder ging die mittleren Stufenwege hinauf oder hinunter zu einem Quersystem von Wegen auf höherem oder niedrigerem Niveau. Und obgleich er auf keinen Kampf mehr stieß, war doch die ganze Stadt in Schlachterregung. Einmal mußte er laufen, um einer marschierenden Schar von Männern auszuweichen, die die Straße hinfegte. Jedermann, der unterwegs war, schien hineingezogen. Zum größten Teil waren es Männer, und sie trugen, was er für Waffen halten mußte. Es schien, als sei der Kampf hauptsächlich in dem Stadtquartier konzentriert, aus dem er kam. Hin und wieder erreichte ein fernes Brüllen, die entlegene Erinnerung an jenen Kampf, sein Ohr. Dann rangen seine Vorsicht und seine Neugier miteinander. Aber seine Vorsicht siegte, und er ging weiter vom Kampf fort – so weit er die Richtung beurteilen konnte. Er zog unbelästigt, unbeargwohnt durchs Dunkel. Nach einer Weile hörte er selbst kein fernes Echo der Schlacht mehr, immer weniger Leute kamen an ihm vorbei, bis schließlich die titanischen Straßen verlassen waren. Die Fassaden der Gebäude wurden klar und scharf; er schien in einen Distrikt leerer Warenhäuser gekommen zu sein. Die Einsamkeit überschlich ihn – sein Schritt verlangsamte sich.

Er merkte, daß er müde wurde. Zuzeiten wandte er sich zur Seite und setzte sich auf einen der zahllosen Sitze der oberen Wege. Aber eine fieberische Rastlosigkeit, das Wissen um seine vitale Rolle in diesem Kampf, ließ ihn nirgends lange ruhen. Drehte sich der Kampf allein um ihn?

Und dann kam auf einem einsamen Platz der Stoß eines Erdbebens – ein Brüllen und Donnern – ein gewaltiger Wind kalter Luft, der durch die Stadt hinblies, das Zersplittern von Glas, der Sturz und Stoß fallenden Mauerwerks – eine Reihe riesenhafter Erschütterungen. Eine Eisenwerk- und Glasmasse fiel von den fernen Dächern keine hundert Meter weit von ihm in die Mittelgalerie herab, und in der Ferne gab es Schreien und Laufen. Auch er fuhr zu einer ziellosen Aktivität empor und lief erst hierhin und dann ebenso ziellos zurück.

Ein Mensch kam auf ihn zugelaufen. Seine Selbstbeherrschung kehrte zurück. »Was haben sie in die Luft gesprengt?« fragte der Mensch atemlos. »Das war eine Explosion,« und ehe Graham reden konnte, war er weiter geeilt.

Die großen Gebäude erhoben sich dunkel, verschleiert von einem verwirrenden Zwielicht, obgleich der Himmelsstreif oben jetzt vom Tage hell war. Ihm fielen viele fremdartige Züge auf, und er verstand ihrer damals keinen; er buchstabierte sogar eine Menge der Inschriften in phonetischer Schrift zusammen. Aber was nützt es, einen Wirrwarr sonderbar aussehender Buchstaben zu entziffern, wenn sie sich nach mühsamer Anstrengung des Auges und Geistes zu: »Hier kauft man Eadhamit« auflösten, oder zu: »Arbeitsbüro – Kleinseite?« Grotesker Gedanke, daß höchstwahrscheinlich einige oder alle diese Häuser ihm gehörten!

Die Perversität seines Erlebnisses ging ihm lebhaft auf. Er hatte in wirklicher Wirklichkeit einen solchen Sprung in der Zeit gemacht, wie ihn sich Romanschriftsteller immer und immer wieder ausgemalt hatten. Und als ihm diese Tatsache klar geworden war, hatte er sich auf ein Schauspiel gefaßt gemacht gehabt, sein Geist hatte sich gleichsam zu einem Schauspiel gesetzt. Und kein Schauspiel kam, sondern eine große, unbestimmte Gefahr, teilnahmslose Schatten und Schleier des Dunkels. Irgendwo suchte ihn durch die labyrinthische Finsternis sein Tod. Würde er schließlich doch noch getötet werden, ehe er gesehen hatte? Es konnte sein, daß schon an der nächsten schattigen Ecke seine Vernichtung auf ihn lauerte. Ein großer Wunsch, zu sehen, eine Sehnsucht, zu erleben, stieg in ihm auf.

Er begann, sich vor Ecken zu fürchten. Ihm schien, im Verbergen lag Sicherheit. Wo konnte er sich verbergen, um unauffällig zu sein, wenn das Licht zurückkam? Schließlich setzte er sich auf einen Stuhl in einem Winkel der oberen Wege und meinte, dort sei er allein.

Er preßte sich die Finger in die müden Augen. Wie, wenn er nun wieder hinblickte, und das dunkle Loch paralleler Wege und diese unerträgliche Gebäudehöhe waren fort? Wie, wenn er entdecken mußte, daß die ganze Geschichte dieser wenigen letzten Tage, das Erwachen, die rufenden Mengen, das Dunkel und der Kampf eine Phantasmagorie war, eine neue und lebendigere Art des Traumes? Es mußte ein Traum sein; es war so unzusammenhängend, so vernunftlos. Warum kämpfte das Volk für ihn? Warum sollte diese gesundere Welt ihn als den Besitzer und Herrn ansehen?

So dachte er, als er geblendet dasaß, und dann blickte er wieder hin, halb in der Hoffnung, seinen Ohren zum Trotz ein vertrautes Stück des Lebens im neunzehnten Jahrhundert zu sehen, vielleicht den kleinen Hafen von Boscastle um sich zu sehen, die Klippen von Pentargen, oder das Schlafzimmer seines Hauses. Aber die Wirklichkeit achtet der menschlichen Hoffnungen nicht. Eine Schwadron von Männern mit einem schwarzen Banner stampfte durch die näheren Schatten, auf den Kampf begierig, und dahinter erhob sich, riesig und dunkel, die schwindlige Fassadenmauer mit der unklaren, unverständlichen Schrift, die sich blaß auf ihren Flächen zeigte.

»Es ist kein Traum,« sagte er. »Kein Traum.« Und er senkte das Gesicht in die Hände.

11.
Der Alte, der alles wußte

Er fuhr auf, als es dicht neben ihm hustete.

Er drehte sich scharf um und erblickte, als er hinsah, eine kleine, bucklige Gestalt, die ein paar Meter entfernt im Schatten der Einfriedigung saß.

»Haben Sie neue Nachrichten?« fragte die hohe, schnaufende Stimme eines sehr alten Mannes.

Graham zögerte. »Nein,« sagte er.

»Ich bleibe hier, bis das Licht wiederkommt,« sagte der Alte. »Diese blauen Schurken sind überall, überall.«

Grahams Antwort war eine unartikulierte Zustimmung. Er versuchte, den Alten zu sehen, aber das Dunkel verbarg sein Gesicht. Er sehnte sich sehr danach, zu antworten, zu reden, aber er wußte nicht, wie beginnen.

»Dunkel und verdammt,« sagte der Alte plötzlich. »Dunkel und verdammt. Unter all diesen Gefahren aus meinem Zimmer herausgeworfen.«

»Das ist hart,« riskierte Graham. »Das ist hart für Sie.«

»Dunkel. Ein alter Mann im Dunkeln verirrt. Und die ganze Welt verrückt geworden. Krieg und Kampf. Die Polizei geschlagen und die Schurken draußen. Warum holen sie keine Neger, um uns zu schützen? ... Keine dunklen Gänge mehr für mich. Ich bin über einen Toten gefallen.«

»In Gesellschaft ist man sicherer,« sagte der Alte, »wenn's die richtige Gesellschaft ist,« und er blickte offen geradeaus. Er stand plötzlich auf und kam auf Graham zu.

Offenbar war das Ergebnis der Prüfung befriedigend. Der Alte setzte sich, als sei ihm leichter, weil er nicht mehr allein war. »Eh!« sagte er, »aber dies ist eine schreckliche Zeit! Krieg und Kampf, und die Toten liegen herum – Männer, starke Männer, die im Dunkeln sterben, Söhne! Ich hab drei Söhne. Gott weiß, wo sie heut nacht sind.«

Die Stimme hörte auf. Dann wiederholte sie zittrig: »Gott weiß, wo sie heut nacht sind.«

Graham stand da und überlegte sich eine Frage, die seine Unwissenheit nicht verraten sollte. Wieder beschloß die Stimme des Alten die Pause.

»Dieser Ostrog wird gewinnen,« sagte er. »Er wird gewinnen. Und wie die Welt unter ihm aussehen wird, kann keiner sagen. Meine Söhne sind unter den Windfahnen, alle drei. Eine von meinen Schwiegertöchtern war eine Zeitlang seine Maitresse. Seine Maitresse! Wir sind keine gewöhnlichen Leute. Obgleich sie mich heut abend auf die Wanderschaft geschickt haben, sehn, wo ich unterkomme... Ich wußte, was vorging. Vor den meisten anderen. Aber dies Dunkel! Und plötzlich im Dunkeln über eine Leiche zu fallen!«

Man konnte sein schnaufendes Atmen hören.

»Ostrog!« sagte Graham.

»Der größte Meister, den die Welt gesehen hat,« sagte die Stimme.

Graham stöberte in seinem Geist umher. »Der Rat hat wenig Freunde unterm Volk,« sagte er aufs Geratewohl.

»Wenig Freunde. Und auch bloß arme. Die haben ihre Zeit gehabt. Eh! Hätten sich zu den gescheitesten halten sollen. Aber zweimal haben sie Wahl gehalten. Und Ostrog – Und jetzt ist es ausgebrochen, und nichts kann's halten, nichts kann's halten. Zweimal haben sie Ostrog abgewiesen – Ostrog, den Boß. Ich hörte von seiner Wut damals – er war furchtbar. Der Himmel schütze sie! Denn auf der Erde kann's nun nichts mehr, seit der die Arbeitsgesellschaften gegen sie aufgeregt hat. Das hätte sonst keiner gewagt. All die blaue Leinwand bewaffnet und auf dem Marsch! Er wird's durchsetzen. Er wird's durchsetzen.«

Er schwieg kurze Zeit. »Dieser Schläfer,« sagte er und hielt inne.

»Ja?« sagte Graham. »Und?«

Die Greisenstimme sank zu vertraulichem Flüstern, das undeutliche, blasse Gesicht kam dicht heran. »Der wirkliche Schläfer –«

»Ja,« sagte Graham.

»Ist schon seit Jahren tot.«

»Was?« sagte Graham scharf.

»Seit Jahren. Tot. Seit Jahren.«

»Das ist nicht Ihr Ernst!« sagte Graham –

»Doch. Mein Ernst. Er ist tot. Dieser Schläfer, der aufgewacht ist – den haben sie nachts untergeschoben. Ein armer, betäubter, bewußtlos gemachter Kerl. Aber ich darf nicht alles sagen, was ich weiß. Ich darf nicht alles sagen, was ich weiß.«

Eine kleine Weile murmelte er unhörbar weiter. Sein Geheimnis war für ihn zu schwer. »Ich kenne die nicht, die ihn eingeschläfert haben – das war vor meiner Zeit – aber ich kenne den, der die Reizmittel injiziert und ihn aufgeweckt hat. Es stand zehn gegen eines – wecken oder töten. Wecken oder töten. Ostrogs Art.«

Graham war über diese Dinge so erstaunt, daß er den Alten unterbrechen mußte, ihn seine Worte wiederholen lassen, ihn nochmals unbestimmt ausfragen, ehe er des Sinns und der Narrheit dessen, was er gehört hatte, sicher war. Und sein Erwachen war kein natürliches gewesen! War auch das der senile Aberglaube eines alten Mannes oder enthielt es die Wahrheit? Als er in den dunklen Winkeln seines Gedächtnisses umhertastete, stieß er auf etwas, was womöglich der Eindruck einer solchen anreizenden Wirkung sein konnte. Ihm dämmerte auf, daß er eine glückliche Begegnung getan hatte, daß er endlich etwas über die neue Zeit erfahren konnte. Der Alte schnaufte eine Zeitlang und spie, und dann begann die pfeifende Stimme der Erinnerung von neuem:

»Das erste Mal haben sie ihn abgewiesen. Ich habe alles verfolgt.«

»Abgewiesen, wen?« sagte Graham. »Den Schläfer?«

»Schläfer? *Nein.* Ostrog. Er war schrecklich – schrecklich. Und da versprach man ihm, versprach ihm sicher, das nächste Mal. Narren sind sie gewesen – ihn nicht mehr zu fürchten. Jetzt ist die ganze Stadt sein Mühlstein, und wir werden drauf zu Staub gemahlen. Werden drauf gemahlen. Bis er sich an die Arbeit machte – da schnitten sich die Arbeiter mitunter gegenseitig die Hälse ab, oder sie ermordeten einen Chinesen oder Polizisten und ließen den Rest von uns in Ruh. Leichen! Raub! Dunkel! Sowas ist seit einem Gros Jahre nicht mehr dagewesen. Eh! – aber den Kleinen geht's schlimm, wenn die Großen ausfallen! Es ist schlimm!«

»Sagten Sie – was – ist nicht mehr dagewesen – seit einem Gros Jahre?«

»Eh?« sagte der Alte.

Der Alte sagte etwas von Silbenverschlucken und ließ es ihn zum dritten Male wiederholen. »Kampf und Totschlag und Waffen in der Hand, und Narren, die Freiheit brüllen und sowas mehr,« sagte der Alte. »Mein ganzes Lebenlang ist sowas nicht dagewesen. Das ist ja wie in den alten Tagen – wahrhaftig – als das Volk in Paris ausbrach – vor drei Gros Jahren. Das, mein ich, ist nicht mehr dagewesen. Aber so geht die Welt. Es mußte wiederkommen. Ich weiß. Ich weiß. Fünf Jahre lang hat Ostrog gearbeitet, und so lange hat's Unruhen und Unruhen gegeben, und Hunger und Drohen und große Worte und Waffen. Blaue Leinwand und Geflüster. Und jetzt sind wir soweit! Aufruhr und Kampf, und der Rat am Ende angelangt!«

»Sie sind ziemlich gut unterrichtet in diesen Dingen,« sagte Graham.

»Ich weiß, was ich höre. Es ist nicht alles Schwätzmaschine.«

»Nein,« sagte Graham und fragte sich, was Schwätzmaschine heißen mochte. »Und Sie sind sicher, dieser Ostrog – Sie sind sicher, Ostrog hat diesen Aufstand organisiert und das Erwachen des Schläfers eingerichtet? Nur, um sich zu befestigen – weil er nicht in den Rat gewählt wurde?«

»Das weiß jeder, sollt' ich meinen,« sagte der Alte. »Außer – eben Narren. Er wollte irgendwie Herr werden. Im Rat oder nicht. Jeder, der überhaupt was weiß, weiß das. Und hier liegen wir mit Leichen im Dunkeln! Wo sind Sie denn gewesen, wenn Sie nichts von dem Zank zwischen Ostrog und den Verneys gehört haben? Und was meinen Sie, worum dreht sich die Geschichte? Den Schläfer? eh? Sie halten den Schläfer für wirklich, und er ist von selber aufgewacht – eh?«

»Ich bin schwer von Begriffen, älter, als ich aussehe, und vergeßlich,« sagte Graham. »Menge Dinge, die passiert sind – besonders in den letzten Jahren – Die Wahrheit zu sagen, wenn ich der Schläfer wäre, ich könnte nicht weniger von ihnen wissen.«

»Eh!« sagte die Stimme. »Alt, wirklich? Sie klingen nicht so sehr alt! Aber nicht jeder behält sein Gedächtnis bis in meine Jahre – freilich. Aber diese bekannten Dinge! Aber Sie sind nicht so alt wie ich – längst nicht so alt wie ich. Na! ich sollte andere vielleicht nicht nach mir beurteilen. Ich bin jung – für einen so alten Mann. Vielleicht sind Sie alt für einen so jungen.«

»Ja, ja,« sagte Graham. »Und ich hab 'ne wunderliche Geschichte. Ich weiß sehr wenig. Und Geschichte! Eigentlich kenn' ich gar keine Geschichte. Der Schläfer und Julius Cäsar, das ist mir alles eins. Es ist interessant, Sie von diesen Dingen reden zu hören.«

»Ich weiß ein paar Sachen,« sagte der Alte. »Ich weiß das eine oder andere. Aber – Horch!«

Die beiden verstummten und lauschten. Es gab einen schweren Stoß, eine Erschütterung, daß ihre Sitze bebten. Die Vorübergehenden blieben stehen und riefen einander zu. Der Alte war voller Fragen; er rief einen Mann an, der dicht an ihm vorbeikam. Durch sein Beispiel ermutigt, stand Graham auf und sprach andere an. Niemand wußte, was geschehen war.

Er kehrte zu seinem Sitz zurück und hörte, wie der Alte im Flüsterton unbestimmte Fragen murmelte. Eine Weile sagten sie nichts zueinander.

Das Gefühl dieses gigantischen, so nahen und doch so fernen Kampfes bedrückte Grahams Phantasie. Hatte dieser Alte recht, hatte das Gerücht des Volkes recht, und gewannen die Revolutionäre? Oder waren sie alle im Irrtum, und trieben die roten Wachen alles vor sich her? Jeden Moment konnte die Flut des Krieges in dieses stille Stadtviertel strömen und ihn von neuem erfassen. Er mußte alles erfahren, was er konnte, solange es noch Zeit war. Er wandte sich plötzlich mit einer Frage zu dem Alten und ließ sie unausgesprochen. Aber seine Bewegung trieb den Alten wieder zum Reden.

»Eh! aber wie die Dinge zusammenarbeiten!« sagte der Alte. »Dieser Schläfer, auf den alle Narren vertrauen! Ich hab die ganze Geschichte – ich bin immer gut gewesen in Geschichten. Als Junge – so alt bin ich – hab ich noch gedruckte Bücher gelesen. Sie sollen's kaum glauben. Sie haben wohl kaum welche gesehen – sie faulen und stauben so – und die Gesellschaft für Hygiene verbrennt sie, um Hausteinblenden draus zu machen. Aber auf ihre schmutzige Art waren sie bequem. Man lernte 'ne Menge. Die neumod'schen Schwätzmaschinen – Ihnen scheinen sie nicht neumodisch, eh! – die sind leicht zu hören, leicht zu vergessen. Aber die ganze Schläfergeschichte hab ich von Anfang an verfolgt.«

»Sie werden es kaum glauben,« sagte Graham langsam, »ich bin so unwissend – ich bin so von meinen eigenen kleinen Angelegenheiten in Anspruch genommen gewesen, meine Verhältnisse sind so wunderlich gewesen – ich weiß nichts von der Geschichte dieses Schläfers. Wer war er?«

»Eh!« sagte der Alte. »Ich weiß. Ich weiß. Er war ein armer Niemand und hing an einer übermütigen Frau, die arme Seele! Und er fiel in einen Starrkrampf. Diese alten Dinger, die sie hatten – die Silberphotographien – die zeigen ihn noch, wie er dalag, vor anderthalb Gros Jahren – anderthalb Gros Jahren!«

»Hing an 'ner übermütigen Frau, die arme Seele,« sagte Graham leise vor sich hin, und dann laut: »Ja – und weiter!«

»Sie müssen wissen, er hatte einen Vetter, der hieß Warming, einen einsamen Mann ohne Kinder, der machte ein großes Vermögen, indem er in Straßen spekulierte – den ersten Eadhamitstraßen. Aber das haben Sie doch wohl gehört? Nein? Wie? Er kaufte all die Patentrechte und gründete eine große Gesellschaft. In jenen Tagen, da gab's Grosse von Grossen von getrennten Geschäften und Geschäftsgesellschaften. Grosse von Grossen! Seine Straßen machten in zweidutzend Jahren die Eisenbahnen tot – die alten Dinger! er kaufte auf und eadhamitierte die Linien. Und weil er seinen großen Besitz nicht zerstückeln wollte oder ihn Aktionären überlassen, vermachte er alles dem Schläfer und unterstellte es einem Verwaltungsrat, den er ausgewählt und eingearbeitet hatte. Er wußte schon, daß der Schläfer nicht erwachen würde, daß er weiter schlafen und schlafen würde, bis er starb. Das wußte er recht gut! Und plumps! dem folgte ein Mann aus den Vereinigten Staaten, der zwei Söhne bei einem Bootunglück verlor, mit einem neuen Vermächtnis. Sein Verwaltungsrat hatte gleich beim Anfang ein Dutzend Myriaden Löwen oder mehr in Händen.«

»Wie hieß er?«

»Graham.«

»Nein – ich meine – der Amerikaner.«

»Isbister.«

»Isbister!« rief Graham. »Und ich kenne nicht einmal den Namen!«

»Natürlich nicht,« sagte der Alte. Natürlich nicht. Die Leute lernen heutzutage nicht viel in den Schulen. Aber ich weiß das alles. Er war ein reicher Amerikaner, der aus England gekommen war, und er hinterließ dem Schläfer sogar noch mehr als Warming. Wie er's gemacht hat? Das weiß ich nicht. Etwas wie Bilder mit Maschinen. Aber er hat's gemacht und hinterlassen, und so hatte der Rat seinen Anfang. Es war zuerst nichts als ein Verwaltungsrat.«

»Und wie ist er gewachsen?«

»Eh! – aber Sie verstehen auch gar nichts! Geld zieht Geld an – und zwölf Köpfe sind besser als einer. Sie haben's geschickt gespielt. Sie haben mit Geld in Politik gemacht und haben das Geld fortwährend vermehrt, indem sie Kurse und Tarife beeinflußten. Sie wuchsen – sie wuchsen. Und Jahre lang verbargen die zwölf Verwalter das Wachsen des Besitzes dieses Schläfers unter doppelten Namen und Gesellschaftstiteln und all dem. Der Rat dehnte sich durch Eigentumsbriefe, Verpfändungen, Aktien aus; jede politische Partei, jede Zeitung kauften sie auf. Wenn sie die alten Geschichten hören, werden Sie den Rat wachsen und wachsen sehen. Billionen und Billionen Löwen zuletzt – das Vermögen des Schläfers. Und alles aus einer Laune gewachsen – aus dem Testament dieses Warming und einem Unfall, der Isbisters Söhnen begegnet.«

»Die Menschen sind sonderbar,« sagte der Alte. »Für mich ist das Sonderbare, wie der Rat hat solange zusammenarbeiten können. Zwölf Mann! Aber sie haben von Anfang an in Kliquen gearbeitet. Und sie sind zurückgekommen! Wenn man in meinen jungen Tagen vom Rat sprach, das war, wie wenn ein unwissender Mensch von Gott spricht. Wir dachten gar nicht daran, daß sie unrecht tun könnten. Wir wußten nichts von ihren Weibern und all dem! Inzwischen bin ich klüger geworden.«

»Die Menschen sind sonderbar,« sagte der Alte. »Da sitzen Sie, jung und unwissend, und ich – siebenzig Jahre alt, und ich könnte eigentlich vergessen – und ich erklär's Ihnen alles, kurz und klar.«

»Siebendig,« sagte er, »siebendig, und ich höre und sehe noch – höre besser, als ich sehe. Und Kopf klar und bleib über alles auf dem Laufenden. Siebendig!«

»Das Leben ist sonderbar. Ich war zwaindig, als Ostrog noch ein Baby war. Ich kannte ihn schon, längst ehe er sich den Weg an die Spitze der Windfahnenverwaltung gebahnt hatte. Ich hab manchen Wechsel gesehen. Eh! Ich hab die blaue getragen. Und schließlich muß ich diesen Zusammensturz sehen, und das Dunkel und den Aufruhr und Leichen, die in Haufen auf den Straßen vorbeigetragen werden. Und alles sein Werk! Alles sein Werk!«

Seine Stimme erstarb in kaum artikuliertem Lobe Ostrogs.

Graham dachte nach. »Lassen Sie sehen,« sagte er, »ob ich's recht begriffen habe.«

Er hielt die Hand hin und zählte die Punkte an den Fingern her. »Der Schläfer hat geschlafen –«

»Ist ausgewechselt,« sagte der Alte.

»Vielleicht. Und inzwischen wuchs das Vermögen des Schläfers in den Händen von zwölf Verwaltern, bis es fast den ganzen großen Besitz der Welt aufschluckte. Die zwölf Verwalter sind – eben durch dies Vermögen im wesentlichen die Herren der Welt geworden. Weil sie die zahlende Macht sind – genau wie's im alten England das Parlament war –«

»Eh!« sagte der Alte. »Das ist richtig – das ist ein guter Vergleich. Sie sind nicht so –«

»Und jetzt hat dieser Ostrog – die Welt plötzlich revolutioniert, indem er den Schläfer weckte – von dem nur das abergläubische gemeine Volk je geträumt hatte, daß er erwachen würde – hat den Schläfer geweckt, um nach all den Jahren seinen Besitz vom Rat zu fordern.«

Der Alte bestätigte diese Angabe mit einem Husten. »Es ist sonderbar,« sagte er, »einem Menschen zu begegnen, der all das heut nacht zum erstenmal erfährt.«

»Ja,« sagte Graham, »es ist sonderbar.«

»Sind Sie in einer Freudenstadt gewesen?« sagte der Alte. »Mein ganzes Lebenlang hab ich mich gesehnt –« Er lachte. »Noch jetzt,« sagte er, »könnte ich mich an ein bißchen Ulk freuen. Auf jeden Fall mich freuen, wenn ich was zu sehen kriegte.« Er murmelte einen Satz, den Graham nicht verstand.

»Der Schläfer – wann ist er aufgewacht?« sagte Graham plötzlich.

»Vor drei Tagen.«

»Wo ist er?«

»Ostrog hat ihn. Er ist dem Rat vor noch nicht vier Stunden entflohen. Mein lieber Herr, wo sind Sie währenddem gewesen? Er war in der Halle bei den Märkten – wo der Kampf gewesen ist. Die ganze Stadt hat darum geschrien. Alle Schwätzmaschinen. Überall wurde es ausgerufen. Selbst die Narren, die für den Rat reden, gaben es zu. Alles stürzte weg, um ihn zu sehen – alles holte Waffen. Sind Sie betrunken gewesen oder haben Sie geschlafen? Und selbst dann! Aber Sie scherzen! Sicher, Sie tun nur so. Um das Ausrufen der Schwätzmaschinen zu unterbrechen und das Volk am Sammeln zu hindern, haben sie ja die Elektrizität abgedreht und dieses verdammte Dunkel über uns gebracht. Wollen Sie etwa sagen – –?«

»Ich hatte gehört, daß der Schläfer befreit war,« sagte Graham. »Aber – um eine Minute zurückzugreifen. Sind Sie sicher, daß Ostrog ihn hat?«

»Er wird ihn nicht gehen lassen,« sagte der Alte.

»Und der Schläfer. Sind Sie sicher, daß er nicht echt ist? Ich habe nie gehört –«

»Das denken alle Narren. Das denken Sie. Als ob's nicht tausend Dinge gäbe, von denen Sie nie gehört haben. Dazu kenne ich Ostrog zu gut. Hab ich's Ihnen erzählt? Gewissermaßen bin ich eine Art Verwandter von Ostrog. Eine Art Verwandter. Durch meine Schwiegertochter.«

»Ich vermute —«

»Ja?«

»Ich vermute, es ist keine Aussicht, daß dieser Schläfer sich durchsetzt. Ich vermute, er wird sicher eine Marionette sein – in Ostrogs Händen, oder in denen des Rats – wenn der Kampf erst vorüber ist.«

»In Ostrogs Händen – gewiß. Warum sollte er keine Marionette sein? Sehn Sie seine Stellung an. Alles für ihn getan – jeder Genuß möglich. Warum sollte er sich durchsetzen wollen?«

»Was sind diese Freudenstädte?« sagte Graham unvermittelt.

Der Alte ließ ihn die Frage wiederholen. Als er schließlich der Worte Grahams sicher war, gab er ihm einen heftigen Stoß. »Das ist zu viel,« sagte er. »Sie veralbern einen alten Mann. Ich hab mir's gedacht, daß Sie mehr wissen, als Sie vorgeben.«

»Vielleicht,« sagte Graham. »Aber nein! warum sollte ich weiterspielen? Nein, ich weiß nicht, was eine Freudenstadt ist.«

Der Alte lachte auf eine vertrauliche Art.

»Was mehr ist, ich weiß nicht, wie man Ihre Buchstaben liest, ich weiß nicht, was für Geld Sie haben, ich weiß nicht, was für fremde Länder es gibt. Ich weiß nicht, wo ich bin. Ich kann nicht zählen. Ich weiß nicht, wo ich zu essen, zu trinken und Unterkunft finde.«

»Nu hören Sie!« sagte der Alte. »Und wenn Sie nun ein Glas zu trinken hätten, würden Sie sich's ins Auge oder Ohr gießen?«

»Ich möchte, daß Sie mir all das erzählen.«

»Hehe! Na, Herren, die Seide tragen, müssen ihren Ulk haben.« Eine welke Hand streichelte einen Moment Grahams Arm. »Seide. Ja, ja! Aber trotz alledem, ich wollte, ich wäre der Mann, den sie als den Schläfer hingelegt haben. Der wird 'ne schöne Zeit haben. Allen Pomp und alles Vergnügen. Er hat 'n wunderliches Gesicht. Als sie noch jedermann hinließen, ihn anzusehen, hab ich Billets gehabt und bin hingewesen. Genau wie der wirkliche, den man auf Photographien sehen kann, war dieser Untergeschobene. Gelb. Aber man wird ihn herausfüttern. Es ist eine komische Welt. Denken Sie an sein Glück! Sein Glück. Ich denke mir, sie werden ihn nach Capri schicken. Da ist der beste Ulk für 'nen Grünen.«

Sein Husten unterbrach ihn von neuem. Dann begann er neidisch von Vergnügungen und seltsamen Genüssen zu brummen. »Das Glück, das Glück! Mein ganzes Leben lang bin ich in London gewesen und hab gehofft, meine Gelegenheit zu finden.«

»Aber Sie wissen nicht, daß der Schläfer gestorben ist,« sagte Graham plötzlich.

Der Alte ließ ihn seine Worte wiederholen.

»Menschen leben nicht länger als zehn Dutzend. Das liegt nicht in der Ordnung der Dinge,« sagte der Alte. »Ich bin kein Narr. Narren mögen es glauben, aber nicht ich.«

Graham wurde wütend auf die Gewißheit des Alten. »Ob Sie ein Narr sind oder nicht,« sagte er, »mit dem Schläfer haben Sie nun einmal unrecht.«

»Eh?«

»Sie haben unrecht mit dem Schläfer. Ich habe es Ihnen vorhin nicht gesagt, aber ich will es Ihnen jetzt sagen. Sie haben unrecht mit dem Schläfer.«

»Woher wissen Sie das? Ich dachte, Sie wüßten nichts – nicht einmal von den Freudenstädten.«

Graham machte eine Pause.

»Sie können es nicht wissen,« sagte der Alte. »Woher sollen Sie's wissen? Es gibt nur sehr wenige –«

»Ich *bin* der Schläfer.«

Er mußte es wiederholen.

Es folgte eine kurze Pause. »Das ist einfach albern, Herr, wenn Sie mich entschuldigen wollen. Wenn Sie sowas sagen, das kann Ihnen in 'ner Zeit wie dieser Unruhe schaffen,« sagte der Alte.

Graham wiederholte seine Behauptung leicht verwirrt.

»Ich sagte, ich war der Schläfer. Daß ich tatsächlich vor vielen, vielen Jahren in einem kleinen steinerbauten Dorf einschlief, in den Tagen, als es noch Baumhecken gab und Dörfer und Gasthöfe, und als das ganze Land in kleine Stücke, kleine Felder zerschnitten war. Haben Sie nie von den Tagen gehört? Und ich bin der – Ich, der mit Ihnen spricht – der heut vor vier Tagen erwacht ist.«

»Vor vier Tagen! – der Schläfer! Aber sie *haben* den Schläfer. Sie haben ihn und werden ihn nicht fortlassen. Unsinn! Bisher haben Sie vernünftig genug geredet. Ich kann's sehen, als wär ich da. Lincoln wird wie ein Schließer grad hinter ihm stehen; sie werden ihn nicht allein herumlaufen lassen. Verlassen Sie sich auf sie. Sie sind 'n komischer Kerl. Einer von diesen Spaßmachern. Jetzt seh ich, warum Sie Ihre Silben so merkwürdig verschluckt haben, aber –«

Er hielt plötzlich inne, und Graham konnte seine Geste sehen.

»Als ob Ostrog den Schläfer allein herumlaufen ließe! Nein, damit sind Sie an den ganz Verkehrten gekommen. Eh! als ob ich's glauben würde. Was wollen Sie denn? Und außerdem, wir haben von dem Schläfer geredet.«

Graham stand auf. »Hören Sie mich an,« sagte er. »Ich bin der Schläfer.«

»Sie sind ein komischer Mensch,« sagte der Alte. »Sitzen hier im Dunkeln, radebrechen und erzählen mir solche Lügen. Aber –«

Grahams Erbitterung löste sich in Lachen. »Es ist absurd,« rief er. »Absurd. Der Traum muß enden. Er wird immer wilder. Hier stehe ich – in diesem verdammten Zwielicht – ich habe noch nie einen Traum im Zwielicht gehabt – ein Anachronismus um zweihundert Jahre, und ich versuche, einen alten Narren zu überzeugen, daß ich ich bin, und inzwischen – Uh!«

Er machte eine Bewegung plötzlicher Gereiztheit und ging mit großen Schritten davon. Im Nu verfolgte ihn der Alte. »Eh! aber gehn Sie doch nicht weg!« rief der Alte. »Ich weiß, ich bin ein alter Narr. Gehn Sie nicht weg. Lassen Sie mich nicht in all dem Dunkel allein!«

Graham zögerte und blieb stehen. Plötzlich blitzte ihm auf, wie töricht es war, daß er sein Geheimnis verraten hatte.

»Ich wollte Sie nicht beleidigen – wenn ich Ihnen nicht glaubte,« sagte der Alte, als er näher kam. »Es war nicht bös gemeint. Nennen Sie sich den Schläfer, wenn Sie wollen. Es ist ein Narrenstreich –«

Graham zögerte, machte plötzlich kehrt und ging seines Weges weiter.

Eine Zeitlang hörte er die humpelnde Verfolgung des Alten und die schnaufenden Rufe, die mehr und mehr zurückblieben. Aber schließlich verschlang ihn die Dunkelheit, und Graham sah ihn nicht mehr.

12.
Ostrog

Graham konnte seine Lage jetzt klarer überschauen. Noch lange Zeit wanderte er umher, aber nach den Worten des Alten stand es ihm klar als die endgültige, unvermeidliche Entscheidung vor dem Geist, daß er diesen Ostrog finden mußte. Eins war klar, diejenigen, die im Hauptquartier des Aufstands waren, hatten es ausgezeichnet fertig gebracht, die Tatsache seines Verschwindens zu unterdrücken. Aber jeden Moment erwartete er, den Bericht von seinem Tode oder seiner Wiederergreifung durch den Rat zu hören.

Plötzlich stand jemand vor ihm still. »Haben Sie schon gehört?« sagte er.

»Nein!« sagte Graham und fuhr zusammen.

»Fast ein Dutzend,« sagte der Mann, »ein Dutzend Mann!« und er eilte weiter.

Eine Anzahl Männer kamen im Dunkel mit einem Mädchen vorbei; sie gestikulierten und riefen: »Kapituliert! Aufgegeben!« »Ein Dutzend Mann!« »Zwei Dutzend Mann!« »Ostrog, hurra! Ostrog, hurra!« Diese Rufe wichen zurück und wurden undeutlich.

Andere Rufende folgten. Eine Zeitlang wurde seine Aufmerksamkeit von den Fragmenten von Sätzen in Anspruch genommen, die er hörte. Er zweifelte, ob alle Englisch sprachen. Ihm flogen Fetzen zu, Fetzen wie Chinaenglisch, wie »Nigger«-Dialekt, verstümmelte und verwischte Entstellungen. Er wagte niemand mit Fragen anzusprechen. Der Eindruck, den ihm das Volk machte, stand in absolutem Mißklang mit seinen Vorurteilen über den Kampf, und er bekräftigte das Vertrauen des Alten auf Ostrog. Nur langsam konnte er sich zu dem Glauben durchringen, daß all diese Leute sich über die Niederlage des Rates freuten, daß der Rat, der ihn mit solcher Energie verfolgt hatte, doch von den beiden Seiten im Kampf die schwächere gewesen war. Und wenn das der Fall war, wie berührte es ihn? Mehrere Male zögerte er am Rande von fundamentalen Fragen. Einmal machte er kehrt und ging lange Zeit einem kleinen Mann von rundlichem, einladendem Umriß nach, aber er war außerstande, so viel Zuversicht zusammenzubringen, daß er ihn anzureden wagte.

Nur langsam ging ihm auf, daß er nach dem Windfahnenamt fragen konnte, was das Windfahnenamt auch sein mochte. Seine erste Frage hatte einfach die Anweisung zum Ergebnis, nach Westminster zu zu gehen. Seine zweite führte zu der Entdeckung eines abkürzenden Weges, auf dem er sich bald verirrte. Man wies ihn an, die Straßen, auf die er sich bisher beschränkt hatte – denn er kannte kein anderes Verkehrsmittel – zu verlassen und eine der mittleren Treppen ins Dunkel eines Kreuzwegs hinabzutauchen. Darauf folgten einige kleine Abenteuer; das hauptsächlichste die Begegnung mit einem rauhstimmigen unsichtbaren Geschöpf, das in einem fremden Dialekt sprach, der erst eine fremde Sprache schien, ein dicker Redestrom, in dem Leichen englischer Worte trieben, der Dialekt des modernen Pöbels. Dann näherte sich eine andere Stimme, die Stimme eines Mädchens, das »tralala, tralala« sang. Sie sprach mit Graham, und ihr Englisch zeigte etwas von dem gleichen Ton. Sie beteuerte, ihre Schwester verloren zu haben; sie lief, wie er meinte, unnötigerweise, gegen ihn, faßte ihn an und lachte. Aber ein Wort unbestimmten Protestes sandte sie wieder ins Unsichtbare zurück.

Die Geräusche um ihn mehrten sich. Stolpernde Leute kamen an ihm vorbei; sie redeten aufgeregt. »Sie haben sich ergeben!« »Der Rat! Doch nicht der Rat!« »Man sagt es auf den Straßen.« Der Gang schien weiter zu werden. Plötzlich wich die Mauer zurück. Er befand sich auf einem großen Platz, und fern regte sich Volk. Er fragte eine undeutliche Gestalt nach dem Wege. »Grad quer durch,« sagte eine Frauenstimme. Er verließ seine führende Mauer und war gleich darauf gegen einen kleinen Tisch gestolpert, auf dem Glasutensilien lagen. Grahams Augen, die sich jetzt ans Dunkel gewöhnten, erkannten eine lange Perspektive mit blassen Tischen auf beiden Seiten. Er ging sie entlang. An einem oder zweien der Tische hörte er ein Glasklingen und das Geräusch des Essens. Hier gab es Leute, die kühl genug waren, um zu essen, oder verwegen genug, sich trotz des sozialen Umsturzes und der Dunkelheit eine Mahlzeit zu stehlen. Dann sah er weit weg in der Höhe ein blasses Licht von halbkreisförmiger Gestalt. Als er sich ihm näherte, zog ein schwarzer Rand herauf und verbarg es. Er stolperte über Stufen und befand sich in einer Galerie. Er hörte ein Schluchzen und fand zwei verängstigte kleine Mädchen neben einem Gitter kauernd. Diese Kinder verstummten beim nahen Geräusch von Schritten. Er versuchte sie zu trösten, aber sie blieben sehr still, bis er sie verließ. Dann, als er sich entfernte, konnte er sie wieder schluchzen hören.

Schließlich sah er sich am Fuß einer Treppe und nahe bei einer weiten Öffnung. Er sah ein dunkles Zwielicht darüber und stieg aus dem Dunkel wieder auf eine Straße gleitender Wege hinauf. Auf ihr marschierte lärmend ein ungeordneter Volksschwarm hin. Sie sangen Stücke aus dem Aufstandslied, die meisten sangen falsch. Hier und dort brannten Fackeln, die kurze, hysterische Schatten schufen. Er fragte nach einem Weg, und zweimal gab ihm jener schwere Dialekt zu raten. Der dritte Versuch trug ihm eine Antwort ein, die er verstehen konnte. Er war noch zwei Meilen weit vom Windfahnenamt in Westminster entfernt, aber der Weg war leicht zu finden.

Als er schließlich dem Distrikt der Windfahnenämter nahe kam, schien es ihm nach den jubelnden Prozessionen, die die Straßen entlang kamen, nach dem Tumult der Freude und schließlich nach der Wiederherstellung der Beleuchtung der Stadt, daß die Niederwerfung des Rates schon vollzogen sein mußte. Und noch kam ihm keine Nachricht von seinem Fehlen zu Ohren.

Die Wiederbeleuchtung der Stadt trat mit erschreckender Plötzlichkeit ein. Er stand plötzlich blinzelnd still, rings um ihn blieb man geblendet stehen, und die Welt war in Glut. Das Licht traf ihn erst am Rand der aufgeregten Mengen, die die Wege in der Nähe der Windratsämter erstickten, und die Empfindung der Sichtbarkeit und der Gefahr des Erkanntwerdens, die mit ihm kam, verwandelte seine farblose Absicht, zu Ostrog zu stoßen, in scharfes Verlangen.

Eine Zeitlang wurde er von Menschen, die vom Rufen seines Namens heiser, von denen manche in seiner Sache verbunden und blutbespritzt waren, hin und her gestoßen, gehindert und gefährdet. Die Fassade des Windfahnenamts war mit einem sich bewegenden Bild illuminiert, aber was es war, konnte er nicht sehen, weil die Dichtigkeit der Menge ihn trotz seiner emsigsten Bemühungen hinderte, ihr näher zu kommen. Nach den Fragmenten von Worten, die er auffing, schloß er, daß es Bilder vom Kampf um das Ratshaus brachte. Unwissenheit und Unentschiedenheit machten ihn in seinen Bewegungen langsam und kraftlos. Eine Zeitlang konnte er sich nicht vorstellen, wie er in die undurchbrochene Fassade dieses Baus eintreten sollte. Er arbeitete sich langsam in die Mitte der Volksmasse, bis er einsah, daß die hinabführende Treppe des Mittelwegs in das Innere der Gebäude ging. Das gab ihm ein Ziel, aber das Gedränge im Mittelweg war so dicht, daß es lange dauerte, ehe er sie erreichte. Und selbst dann traf er auf komplizierte Schwierigkeiten und hatte eine Stunde lang erst in diesem Wachtraum und dann in jenem lebhaft zu streiten, ehe er es bis dahin bringen konnte, daß man dem Mann, den es von allen Menschen am meisten verlangte, ihn zu sehen, eine Nachricht brachte. Seine Geschichte wurde an einer Stelle ausgelacht, und dadurch klüger gemacht, beteuerte er, als er schließlich eine zweite Treppe erreichte, einfach, er habe Nachrichten von außerordentlicher Wichtigkeit für Ostrog. Was es war, wollte er nicht sagen. Sie schickten diesen Bescheid widerstrebend hinauf. Lange Zeit wartete er in einem kleinen Zimmer am Fuß des Liftschachts, und dahin kam zuletzt, eifrig, mit Entschuldigungen, erstaunt, Lincoln herab. Er blieb in der Tür stehen und blickte Graham forschend an; dann stürzte er überströmend auf ihn zu.

»Ja,« rief er. »Sie sind es. Und Sie sind nicht tot!«

Graham gab eine kurze Erklärung.

»Mein Bruder wartet,« sagte Lincoln. »Er ist allein im Windfahnenamt. Wir fürchteten, Sie seien im Theater getötet. Er zweifelte – und die Dinge sind trotz allem, was wir ihnen da erzählen, noch sehr dringend – sonst wäre er selbst zu Ihnen gekommen.«

Sie fuhren im Lift empor, gingen einen schmalen Gang entlang, durch eine große Halle, die abgesehen von zwei ei-

lenden Boten leer war, und traten in ein verhältnismäßig kleines Zimmer, dessen einzige Einrichtung eine lange Ruhebank
und eine große ovale Scheibe von wolkigem, veränderlichem
Grau war, die an Kabeln an der Wand hing. Da verließ Lincoln Graham eine Zeitlang, und er blieb allein, ohne die ver-
änderlichen, rauchigen Gestalten zu verstehen, die langsam
über diese Scheibe trieben.

Seine Aufmerksamkeit wurde von einem Ton unterbrochen, der unvermittelt einsetzte. Es war ein Jubeln, das wahnsinnige Jubeln einer ungeheuren, aber sehr fernen Menge, ein
brüllendes Frohlocken. Es endete ebenso scharf, wie es begonnen hatte, wie ein Geräusch, das man zwischen dem Öffnen und Schließen einer Tür hört. Im äußeren Zimmer hörte
er ein Geräusch eilender Schritte und ein melodisches Klinken, wie wenn eine lose Kette über die Zähne eines Rades
läuft.

Dann hörte er die Stimme einer Frau, das Rascheln unsichtbarer Gewänder. »Es ist Ostrog!« hörte er sie sagen. Eine
kleine Glocke läutete ruckweise, und dann war alles wieder
still.

Draußen folgten Stimmen, Schritte und Bewegungen. Die
Schritte eines einzelnen lösten sich von den anderen Geräu-
schen und näherten sich, feste, gleichgemessene Schritte. Der
Vorhang hob sich langsam. Ein großer, weißhaariger Mann in
Gewändern aus cremefarbener Seide erschien und blickte
Graham unter dem gehobenen Arm her an.

Einen Moment blieb die weiße Gestalt stehen, während
sie den Vorhang hielt, dann ließ sie ihn fallen und trat vor ihn
hin. Grahams erster Eindruck war der einer sehr breiten Stirn,
sehr blasser, blauer Augen, die tief unter weißen Brauen versunken lagen, einer Adlernase und eines entschlossenen
Mundes von schweren Linien. Die Fleischfalten unter den
Augen, die gesunkenen Mundwinkel widersprachen der auf-
rechten Haltung und sagten, der Mann war alt. Graham stand
instinktiv auf, und einen Moment standen die beiden Männer
sich schweigend gegenüber und maßen sich mit den Blicken.

»Sie sind Ostrog?« sagte Graham.

»Ich bin Ostrog.«

»Der Boß?«

»So nennt man mich.«

Graham empfand das Unpassende des Schweigens. »Ich höre, ich habe hauptsächlich Ihnen für meine Rettung zu danken,« sagte er alsbald.

»Wir fürchteten, Sie seien getötet,« sagte Ostrog. »Oder wieder schlafen geschickt – auf ewig. Wir haben alles getan, unser Geheimnis zu bewahren – das Geheimnis Ihres Verschwindens. Wo sind Sie gewesen? Wie sind Sie hierher gekommen?«

Graham erzählte es ihm kurz.

Ostrog hörte schweigend zu.

Er lächelte leicht. »Wissen Sie, womit ich beschäftigt war, als man kam, um mir zu sagen, Sie seien da?«

»Wie kann ich das raten?«

»Ich bereitete Ihren Doppelgänger vor.«

»Meinen Doppelgänger?«

»Einen Mann, der Ihnen so ähnlich sieht, wie wir ihn nur finden konnten. Wir wollten ihn hypnotisieren, um ihm die Schwierigkeit des Schauspielens zu ersparen. Es war unumgänglich. Dieser ganze Aufstand hängt von dem Gedanken ab, daß Sie wach, lebendig und mit uns sind. Schon jetzt hat sich eine große Volksmenge im Theater versammelt und schreit danach, Sie zu sehen. Sie trauen uns nicht ... Sie wissen natürlich – etwas von Ihrer Stellung?«

»Sehr wenig,« sagte Graham.

»Sie ist etwa so.« Ostrog ging ein oder zwei Schritte ins Zimmer und drehte sich dann um. »Sie sind absoluter Eigentümer,« sagte er, »von mehr als der Hälfte der Welt. Infolgedessen sind Sie dem Wesen nach König. Ihre Macht ist auf viele komplizierte Arten begrenzt, aber Sie sind das Bild, das populäre Symbol der Regierung. Dieser weiße Rat, der Verwaltungsrat, wie man ihn nennt –«

»Die vagen Umrisse dieser Dinge habe ich gehört.«

»Ich fragte mich gerade.«

»Ich traf auf einen geschwätzigen alten Mann.«

»Ich verstehe ... Unsere Massen – das Wort stammt aus Ihren Tagen – Sie wissen natürlich, daß wir immer noch Massen haben – sehen Sie als unsern tatsächlichen Herrscher an. Genau wie zu Ihrer Zeit sehr viele Leute die Krone als den Herrscher ansahen. Sie sind unzufrieden – die Massen über der ganzen Erde – mit der Herrschaft Ihrer Verwalter. Zum großen Teil ist es die alte Unzufriedenheit, der alte Streit des gewöhnlichen Menschen mit seiner Gewöhnlichkeit – das Elend der Arbeit und Zucht und Untauglichkeit. Aber Ihre Verwalter haben schlecht regiert. In gewissen Dingen, in der Verwaltung der Arbeitsgesellschaften zum Beispiel sind sie unklug gewesen. Sie haben endlose Gelegenheiten gegeben. Schon arbeiteten wir von der Volkspartei für Reformen – da kam Ihr Erwachen. Es kam! Wenn alles beabsichtigt gewesen wäre, es hätte nicht gelegener kommen können.« Er lächelte. »Die öffentliche Meinung, die Ihre Jahre der Ruhe nicht bedachte, war schon auf den Gedanken verfallen, Sie zu wecken und an Sie zu appellieren, und – Blitz!«

Er deutete den Ausbruch durch eine Geste an, und Graham machte zum Zeichen, daß er verstand, eine Kopfbewegung.

»Der Rat stiftete Verwirrung – zankte sich. Sie tun das immer. Sie konnten sich nicht schlüssig werden, was sie mit Ihnen anfangen sollten. Sie wissen, wie sie Sie gefangen setzten?«

»Ich verstehe. Ich verstehe. Und jetzt – wir gewinnen?«

»Wir gewinnen. Freilich, wir gewinnen. Heut abend, in fünf schnellen Stunden. Plötzlich schlugen wir überall zu. Die Windfahnenleute, die Arbeitsgesellschaft mit ihren Millionen brachen die Fesseln. Wir gewannen die Aeropilen.«

Er hielt inne. »Ja,« sagte Graham und erriet, daß Aeropilen Flugmaschinen waren.

»Das war natürlich wesentlich. Sonst hätten sie fortkommen können. Die ganze Stadt erhob sich, jeder dritte Mann beinahe war beteiligt! All die Blauen, alle öffentlichen Beamten, ausgenommen nur ein paar Aeronauten und die halbe rote Polizei. Sie wurden befreit, und ihre eigene Wegpolizei – nicht die Hälfte von ihnen konnte im Rathaus gesammelt werden – ist zersprengt, entwaffnet oder getötet. Ganz London ist unser – jetzt. Nur das Rathaus bleibt noch.«

»Die Hälfte von dem, was ihnen von der roten Polizei bleibt, ging bei dem törichten Versuch zu Grunde, Sie wiedereinzufangen. Sie verloren den Kopf, als sie Sie verloren hatten. Sie warfen alles, was sie hatten, gegen das Theater. Da haben wir sie vom Rathaus abgeschnitten. Diese Nacht ist wahrlich eine Nacht des Sieges gewesen. Überall ist Ihr Stern erstrahlt. Vor einem Tage – da herrschte der Weiße Rat noch, wie er seit einem Gros Jahren geherrscht hat, seit anderthalb Jahrhunderten, und dann – nur mit ein wenig Flüstern, einem heimlichen Bewaffnen hier und dort, plötzlich – So!«

»Ich bin sehr unwissend,« sagte Graham. »Ich vermute – ich verstehe die Verhältnisse dieses Kampfes nicht klar. Wenn Sie erklären könnten. Wo ist der Rat? Wo ist der Kampf?«

Ostrog trat durch das Zimmer, es ertönte ein Klinken, und plötzlich waren sie, abgesehen von einem ovalen Schein, im Dunkeln. Einen Moment war Graham verwirrt.

Dann sah er, daß die wolkige graue Scheibe Tiefe und Farbe angenommen hatte und das Aussehen eines ovalen Fensters zeigte, das auf eine seltsame, ungewohnte Szene hinaussah.

Im ersten Moment war er außerstande zu sagen, was diese Szene darstellen mochte. Es war eine Tageslichtszene, das Tageslicht eines grauen und klaren Wintertags. Quer über das Bild und halbwegs, wie es schien, zwischen ihm und der ferneren Szene streckte sich senkrecht ein kräftiges Kabel gewundenen, weißen Drahtes. Dann bemerkte er, daß die Reihen großer Windräder, die er sah, die weiten Intervalle, die gelegentlichen Abgründe des Dunkels denen verwandt waren, durch die er vom Rathaus entflohen war. Er erkannte eine geordnete Linie roter Gestalten, die zwischen Reihen von Männern in Schwarz über einen offenen Platz marschierten, und ihm wurde klar, ehe Ostrog noch sprach, daß er auf die obere Fläche des modernen London hinabblickte. Der Schnee der Nacht war verschwunden. Er nahm an, dieser Spiegel sei ein moderner Ersatz der Camera obscura, aber das wurde ihm nicht erklärt. Er sah, obgleich die Linie von roten Gestalten von links nach rechts marschierte, verschwanden sie nach links hin aus dem Bilde. Er wunderte sich einen Moment und sah dann, daß das Bild langsam wie ein Panorama über das Oval zog.

»In einem Moment werden Sie den Kampf sehen,« sagte Ostrog an seinem Ellbogen. »Diese Kerle in Rot, die Sie sehen, sind Gefangene. Dies ist der Dachraum von London – alle Häuser hängen jetzt zusammen. Die Straßen und öffentlichen Plätze sind eingedeckt. Die Risse und Spalten Ihrer Zeit sind verschwunden.«

Etwas, was außer Brennweite stand, verlöschte das halbe Bild. Die Form deutete auf einen Menschen. Man sah ein metallenes Glitzern, einen Blitz, etwas, was über das Oval hinfegte, wie das Augenlid eines Vogels über sein Auge fegt, und das Bild war wieder klar. Und jetzt sah Graham Leute unter den Windrädern hinlaufen und Waffen richten, aus denen kleine unruhige Blitze hervorspritzten. Sie wimmelten nach rechts hin dichter und dichter, gestikulierten – riefen vielleicht auch, doch davon sagte das Bild ihm nichts. Sie und die Windräder zogen langsam und stetig über das Spiegelfeld.

»Jetzt«, sagte Ostrog, »kommt das Rathaus,« und langsam kam eine schwarze Kante in Sicht und fesselte Grahams Aufmerksamkeit. Bald war es nicht mehr eine Kante, sondern eine Höhlung, ein riesiger geschwärzter Raum zwischen den Gebäuden, und aus ihm stiegen dünne Rauchsäulen in den blassen Winterhimmel empor. Hagere Ruinenmassen des Baues, mächtige zu Stümpfen gewordene Pfosten und Strebepfeiler stiegen finster aus dem Höhlendunkel. Und über diese Spuren eines prachtvollen Gebäudes kletterten, sprangen, wimmelten zahllose winzige Menschen.

»Das ist das Rathaus,« sagte Ostrog. »Ihre letzte Festung. Und die Narren haben genug Munition verschwendet, um einen Monat auszuhalten, indem sie die Gebäude rings herum in die Luft sprengten – es sollte unsern Sturm aufhalten. Sie hörten den Krach? Er hat die Hälfte des zerbrechlichen Glases in der Stadt zerschmettert.«

Und während er sprach, sah Graham, daß hinter diesem Bereich von Ruinen, sie überragend und zu großer Höhe steigend, eine zackige Masse weißer Gebäude stand. Diese Masse war durch die erbarmungslose Zerstörung ihrer Umgebung isoliert worden. Schwarze Lücken zeigten die Gänge, die das Unheil auseinandergerissen hatte; große Hallen waren aufgeschlitzt, und der Schmuck ihres Inneren zeigte sich elend im Wintergrauen, und die abgerissenen Wände hinunter hingen Festons geteilter Kabel und gewundene Enden von Leinen und metallischen Drähten. Und mitten in all den riesigen Einzelheiten bewegten sich kleine rote Flecken, die rotröckigen Verteidiger des Rates. Hin und wieder beleuchteten matte Blitze die finsteren Schatten. Beim ersten Blick schien es Graham, als rücke ein Angriff auf dieses isolierte, weiße Gebäude vor, aber dann sah er, daß die Aufstandspartei nicht vorrückte, sondern unter den kolossalen Trümmern, die diese letzte, zerfetzte Festung der rotgewandeten Leute umgaben, geschützt, ein ununterbrochenes Feuern unterhielten.

Und vor nicht zehn Stunden hatte er in einem kleinen Zimmer in jenem fernen Bau unter den Ventilationsfächern gestanden und sich gefragt, was wohl in der Welt vorging.

Als er aufmerksamer hinblickte, während diese kriegerische Episode langsam über das Zentrum des Spiegels zog, sah Graham, daß das weiße Gebäude auf allen Seiten von Ruinen umgeben war, und Ostrog fuhr fort und beschrieb in konzisen Sätzen, wie seine Verteidiger durch solche Zerstörung versucht hatten, sich gegen einen Sturm zu isolieren. Von dem Menschenverlust, den der riesige Einsturz zur Folge gehabt hatte, sprach er in einem gleichgiltigen Ton. Er zeigte auf eine improvisierte Begräbnisstätte zwischen den Trümmern, zeigte Ambulanzen, die eine Trümmerrinne, die einst eine Straße gleitender Wege gewesen war, Käsemaden gleich entlang wimmelten. Mit mehr Interesse wies er auf die Teile des Rathauses, die Verteilung der Belagerer hin. In kurzer Zeit war der Bürgerkampf, der London umgewälzt hatte, Graham kein Geheimnis mehr. Es war kein wirrer Aufstand, was in dieser Nacht stattgefunden hatte, kein gleichmäßiger Krieg, sondern ein glänzend organisierter *coup d'état*. Ostrogs Beherrschung der Einzelheiten war erstaunlich; er schien das Amt selbst der kleinsten Schar schwarzer und roter Flecken zu kennen, die an diesen Orten umherkrochen.

Er streckte einen riesigen schwarzen Arm über das Bild und zeigte das Zimmer, aus dem Graham entkommen war, und über den Trümmerabgrund den Lauf seiner Flucht. Graham erkannte den Abgrund wieder, über den die Rinne hinlief, und die Windräder, unter denen er vor der Flugmaschine gekauert hatte. Der Rest seines Pfades war der Explosion erlegen. Er blickte noch einmal aufs Rathaus, und es war schon halb verborgen, und rechts glitt ein Hügelhang mit einem Gedränge von Kuppeln und Zinnen, undeutlich und fern, in Sicht.

»Und der Rat ist wirklich überwunden?« sagte er.

»Überwunden,« sagte Ostrog.

»Und ich – ist es wirklich wahr –?«

»Sie sind Herr der Welt.«

»Aber diese weiße Flagge da –«

»Das ist die Flagge des Rats – die Flagge der Weltherrschaft. Sie wird fallen. Der Kampf ist vorüber. Ihr Angriff aufs Theater war ihr letztes, rasendes Ringen. Sie haben nur noch tausend Mann oder so, und manche von denen werden nicht treu bleiben. Sie haben wenig Munition. Und wir erneuern die alten Künste. Wir gießen Kanonen.«

»Aber – Hilfe. Ist diese Stadt die Welt?«

»Tatsächlich ist sie alles, was sie von ihrem Reich noch hatten. Im Ausland haben die Städte sich entweder mit uns erhoben, oder sie warten den Ausgang ab. Ihr Erwachen hat sie verwirrt, gelähmt.«

»Aber hat der Rat keine Flugmaschinen? Warum gibt es keinen Kampf mit denen?«

»Sie hatten welche. Aber der größere Teil der Aeronauten war mit uns im Aufstand. Sie wollten nicht das Risiko laufen, auf unserer Seite zu kämpfen, aber sie wollten sich nicht gegen uns rühren. Wir *mußten* ein Scharmützel mit den Aeronauten kämpfen. Reichlich die Hälfte war für uns, und die anderen wußten es. Sowie sie wußten, daß Sie fort waren, fielen die, die nach Ihnen ausschauten. Wir haben den Mann, der auf Sie schoß, getötet – vor einer Stunde. Und wir besitzen die Flugbühnen in allen Städten, wo wir konnten, gleich im Beginn, und so hielten wir auch die Aeronauten auf und nahmen sie, und was die kleinen Flugmaschinen angeht, die hinauskamen – denn einige kamen hinaus – so unterhielten wir ein zu stetiges und direktes Feuer, als daß sie sich dem Rathaus hätten nähern können. Wenn sie sich senkten, konnten sie nicht wieder steigen, weil dort herum kein offener Raum zum Aufstieg vorhanden ist. Mehrere haben wir zerschmettert, mehrere andere fielen und ergaben sich, der Rest ist zum Kontinent davon, um eine befreundete Stadt zu finden, wenn ihnen das gelingt, ehe ihre Heizung ausgeht. Die meisten von diesen Leuten waren nur zu froh, sich gefangen nehmen zu lassen und vor Unheil bewahrt zu werden. Mit einer Flugmaschine umschlagen, das ist keine sehr reizvolle Aussicht. Von der Seite hat der Rat nichts zu erwarten. Seine Tage sind vorbei.«

Er lachte und wandte sich wieder zu dem ovalen Bild, um Graham zu zeigen, was er mit Flugbühnen meinte. Selbst die vier nächsten waren fern und von dichtem Morgennebel verdunkelt. Aber Graham konnte erkennen, daß es sehr riesenhafte Bauten waren, selbst nach dem Maßstab der Dinge rings um ihn beurteilt.

Und dann, als diese dunklen Gestalten nach links strichen, kam wieder die Fläche in Licht, über die die Entwaffneten in Rot marschiert waren. Und dann die schwarzen Ruinen, und dann wieder die belagerte weiße Festung des Rates. Sie erschien nicht mehr als gespenstischer Turm, sondern sie glühte bernsteinfarben im Sonnenschein, denn ein Wolkenschatten war vorübergezogen. Rings hing der Pygmäenkampf noch in der Schwebe, aber jetzt feuerten die roten Verteidiger nicht mehr.

So sah der Mann aus dem neunzehnten Jahrhundert in dämmriger Stille die Schlußszene des großen Aufstandes, die gewaltsame Aufrichtung seiner Herrschaft. Mit einem Gefühl erschreckender Entdeckung ging es in ihm auf, daß dies seine Welt war, und nicht jene andere, die er hinter sich gelassen hatte; daß dies kein Schauspiel war, das zu einem Höhepunkt führt und aufhört; daß in dieser Welt lag, was vom Leben noch vor ihm stand; hier lagen seine Pflichten, Gefahren und Verantwortungen. Er wandte sich mit frischen Fragen um,

Ostrog begann sie zu beantworten und brach dann plötzlich ab. »Aber diese Dinge muß ich Ihnen später ausführlicher erklären. Zunächst sind – Pflichten vorhanden. Das Volk kommt auf den gleitenden Wegen von allen Seiten der Stadt in diesen Bezirk herbeigeströmt – die Märkte und Theater sind gedrängt voll. Sie kommen gerade zur rechten Zeit. Sie lärmen und wollen Sie sehen. Und auswärts will man Sie sehen. Paris, New York, Chikago, Denver, Capri – Tausende von Städten haben sich erhoben, sind in Aufruhr, unentschieden, und verlangen lärmend, Sie zu sehen. Sie haben seit Jahren verlangt, man solle Sie wecken, und jetzt, wo es geschehen ist, werden sie kaum glauben –«

»Aber ich kann – doch nicht hingehen ...«

Ostrog antwortete von der anderen Seite des Zimmers, und das Bild auf der ovalen Scheibe verblich und verschwand, als das Licht wieder aufsprang. »Es gibt Kinetotelephotographien,« sagte er. »Wenn Sie sich hier gegen das Volk verbeugen – werden in der ganzen Welt Myriaden von Menschen, die in verdunkelten Sälen gedrängt und still stehen, Sie gleichfalls sehen. In Schwarz und Weiß natürlich – nicht so. Und Sie werden ihr Rufen, das Rufen in der Halle verstärken hören.«

»Und dann werden wir eine optische Vorrichtung benutzen,« sagte Ostrog, »die manche von den Akrobaten und Tänzerinnen anwenden. Sie ist Ihnen vielleicht neu. Sie stehen in sehr hellem Licht und sie sehen ein vergrößertes Bild von Ihnen auf einen Schirm geworfen – so daß selbst der fernste Mann auf der letzten Galerie, wenn er will, ihre Wimpern zählen kann.«

Graham griff verzweifelt nach einer der Fragen, die ihm im Geist lagen. »Wieviel Einwohner hat London?« sagte er.

»Achtundzwaindig Myriaden.«

»Acht und was?«

»Mehr als dreiunddreißig Millionen.«

Diese Ziffern überstiegen Grahams Phantasie.

»Man wird erwarten, daß Sie etwas reden,« sagte Ostrog. »Nicht, was Sie früher eine Rede nannten, sondern was unser Volk ein Wort nennt – nur einen Satz, sechs oder sieben

Worte. Eine Formel. Wenn ich raten dürfte: ›Ich bin erwacht, und mein Herz ist mit euch.‹ Das ist etwa, was sie wollen.«

»Wie war das?« fragte Graham.

»›Ich bin erwacht, und mein Herz ist mit euch.‹ Und verbeugen Sie sich – verbeugen Sie sich königlich. Aber erst müssen Sie schwarze Kleider haben – denn schwarz ist Ihre Farbe. Ist es Ihnen unangenehm? Und dann werden Sie sich zerstreuen.«

Graham zögerte. »Ich bin in Ihrer Hand,« sagte er.

Ostrog war klärlich auch dieser Meinung. Er dachte einen Moment nach, wandte sich zu dem Vorhang und rief einigen unsichtbaren Dienern kurze Anweisungen zu. Fast sofort wurde ein schwarzes Gewand gebracht, das dem, was Graham im Theater getragen, zum Verwechseln ähnlich sah. Und als er es über die Schulter warf, kam aus dem äußeren Zimmer das Schrillen einer hohen Glocke. Ostrog wandte sich fragend zu dem Diener, schien dann plötzlich anderen Sinnes zu werden, zog den Vorhang zur Seite und verschwand.

Einen Moment stand Graham mit dem achtungsvollen Diener da und lauschte auf Ostrogs sich entfernende Schritte. Man hörte rasche Fragen und Antworten und laufende Menschen. Der Vorhang wurde zurückgezogen, und Ostrog kam zurück: sein massives Gesicht glühte vor Erregung. Er ging mit großen Schritten durchs Zimmer, machte das Zimmer dunkel, faßte Grahams Arm und zeigte auf den Spiegel.

»Gerade, als wir uns abwendeten,« sagte er.

Graham sah seinen Zeigefinger, schwarz und kolossal, über dem gespiegelten Rathaus. Einen Moment verstand er nicht. Und dann sah er, daß der Flaggenstab, der das weiße Banner getragen hatte, leer war.

»Wollen Sie sagen –?« begann er.

»Der Rat hat sich ergeben. Seine Herrschaft ist auf ewig zu Ende.«

»Sehen Sie!« und Ostrog zeigte auf eine schwarze Windung, die den leeren Fahnenmast in kleinen Sprüngen emporstieg und sich im Steigen entfaltete.

Das ovale Bild blich, als Lincoln den Vorhang beiseite zog und eintrat.

»Sie lärmen,« sagte er.

Ostrog hielt Grahams Arm gefaßt.

»Wir haben das Volk aufgereizt,« sagte er. »Wir haben ihm Waffen gegeben. Für heute wenigstens müssen seine Wünsche Gesetz sein.«

Lincoln hielt den Vorhang offen, damit Graham und Ostrog passieren konnten ...

Auf dem Weg zu den Märkten bekam Graham flüchtig einen langen, schmalen weißwandigen Raum zu sehen, in dem Leute in der allgemeinen blauen Leinwand verdeckte bahrenartige Dinge trugen, und die Männer im ärztlichen Purpur hin und her eilten. Aus diesem Raum drang Stöhnen und Klagen hervor. Er sah ein Bild von einem leeren, blutbefleckten Lager, von Leuten auf anderen Lagern, bandagiert und blutbefleckt. Es war nur ein flüchtiger Blick von einem schienenbelegten Fußpfad aus, und dann verbarg ein Pfeiler den Ort, und sie gingen zu den Märkten weiter ...

Jetzt war das Gebrüll der Menge nah, es stieg zum Donner. Und sein Auge fesselnd, kam am Ende eines langen Ganges ein Flattern schwarzer Banner, ein Schwenken blauer Leinwand und brauner Lumpen und der wimmelnde Riesenbau des Theaters in der Nähe der öffentlichen Märkte in Sicht. Das Bild erweiterte sich. Er sah, sie betraten das große Theater seines ersten Auftretens, das große Theater, das er auf seiner Flucht vor der roten Polizei zuletzt als ein Schachwerk von Licht und Schatten gesehen hatte. Diesmal betrat er es durch eine Galerie hoch über der Bühne. Das Gebäude war jetzt wieder glänzend erleuchtet. Er suchte den Gang, den er hinaufgeflohen war, aber konnte ihn von Dutzenden seinesgleichen nicht unterscheiden; auch konnte er nichts von den zerschmetterten Sitzen, den aufgeschlitzten Kissen und ähnlichen Spuren des Kampfes sehen, weil das Volk zu dicht stand. Abgesehen von der Bühne war der ganze Bau gedrängt voll. Als er hinabsah, sah er eine riesige Fläche getüpfelten Rosas, jedes Pünktchen ein emporgewandtes Gesicht, das ihn ansah. Als er mit Ostrog erschien, erstarb der Jubel, erstarb das Singen, ein gemeinsames Interesse beruhigte und einigte den Wirrwarr. Es schien, als beachte ihn aus diesen Myriaden jeder einzelne.

13.
Hervorragende Leute

Soweit Graham zu beurteilen imstande war, war es fast Mittag, als das weiße Banner des Rats fiel. Aber einige Stunden mußten vergangen sein, ehe es möglich war, die formelle Kapitulation zu vollziehen, und daher zog er sich, nachdem er sein »Wort« gesprochen hatte, in seine neue Wohnung auf dem Windfahnenamt zurück. Die fortdauernde Aufregung der letzten zwölf Stunden hatte ihn übermäßig angestrengt; selbst seine Neugier war erschöpft; eine Zeitlang saß er träg und passiv mit offenen Augen da, und eine Zeitlang schlief er. Er wurde von zwei medizinischen Dienern geweckt, die mit Reizmitteln kamen, um ihn für die nächste Gelegenheit zu stärken. Nachdem er ihre Arzneien genommen und nach ihrem Rat ein kaltes Bad genommen hatte, fühlte er Energie und Interesse schnell zurückkehren und war bald imstande und bereit, Ostrog mehrere Meilen (so schien es) durch Gänge, Lifts und Gleitwege zur Schlußszene der Herrschaft des Weißen Rates zu begleiten.

Der Weg lief gewunden durch ein Labyrinth von Gebäuden. Schließlich kamen sie in einen Gang, der sich krümmte und vor ihm eine längliche Öffnung breiter werden ließ, einen Blick auf sonnenuntergangsheiße Wolken und auf die zackige Himmelslinie des verfallenen Rathauses. Ein Tumult von Geschrei drang zu ihm herauf. Im nächsten Moment waren sie hoch oben auf der Stirn der Klippe zerrissener Gebäude herausgekommen, die die Ruinen überhingen. Die weite Fläche öffnete sich vor Grahams Augen, nicht minder seltsam und wundervoll, weil er schon im ovalen Spiegel einen fernen Blick darauf geworfen hatte.

Dieser roh-amphitheatralische Raum schien jetzt bis zum äußeren Rand mehr als eine halbe Meile zu messen. Er war links golden beleuchtet, und rechts stand er klar und kalt im Schatten. Über dem schattig-grauen Rathaus, das in der Mitte stand, hing noch das große schwarze Banner der Übergabe in trägen Falten von dem blendenden Sonnenuntergang. Aufgetrennte Zimmer, Säle und Gänge klafften unheimlich, gebrochene Metallmassen sprangen finster aus den komplizierten Trümmern, ungeheure Massen gewundener Kabel hingen wie wirrer Seetang herab, und von der Basis herauf drang ein Tumult unzähliger Stimmen, heftiger Erschütterungen und der Klang von Trompeten empor. Rings um diesen großen weißen Bau zog sich ein Kreis der Verwüstung hin; die zerschmetterten und geschwärzten Massen, die dürren Fundamente und Trümmermassen der Bauten, die auf Befehl des Rats zerstört worden waren, Skelette von Strebepfeilern, titanische Mauerreste, Wälder von starken Pfeilern. Unter den finsteren Trümmern unten blitzte und glitzerte fließendes Wasser, und weit weg gegenüber ragte mitten aus einer unbestimmten, riesigen Gebäudemasse das gewundene Ende einer Wasserleitung hervor, das zweihundert Fuß vom Boden donnernd eine leuchtende Kaskade ausspie.

Wo nur Raum und Platz für einen Fuß war, wimmelten Menschen, kleine Menschen, winzig klein und klar, außer, wo der Sonnenuntergang sie in ununterscheidbares Gold tauchte. Sie kletterten die schwankenden Mauern herauf, sie hingen in Kränzen und Gruppen um die hochstehenden Pfeiler. Sie wimmelten am Rand des Ruinenkreises hin. Die Luft war erfüllt von ihrem Rufen, und sie drängten und stießen nach der Mitte hin.

Die oberen Stockwerke des Rathauses schienen verlassen, kein menschliches Wesen war zu sehen. Nur das schlaffe Banner der Übergabe hing schwer gegen das Licht. Die Toten waren im Rathaus oder vom wimmelnden Volk verborgen oder fortgetragen. Graham konnte nur in Spalten und Ruinenwinkeln und mitten im fließenden Wasser ein paar vergessene Leichen sehen.

»Wollen Sie sich ihnen zeigen, Sire?« sagte Ostrog. »Sie möchten Sie sehr gern sehen.«

Graham zögerte und trat dann dahin vor, wo der gebrochene Mauerrand senkrecht abfiel. Er stand da und blickte hinab, eine einsame, hohe, schwarze Gestalt vor dem Himmel.

Sehr langsam bemerkten ihn die wimmelnden Trümmer. Und als sie es taten, erschienen in der Ferne kleine Scharen schwarz uniformierter Männer, die durch die Mengen auf das Rathaus vordrangen. Er sah kleine schwarze Köpfe rosa werden, als sie zu ihm aufblickten, und erkannte daran, daß eine Welle des Erkennens über den Raum hinfegte. Ihm fiel ein, daß er ihnen eine Anerkennung gewähren sollte. Er hob den Arm, zeigte aufs Rathaus und ließ die Hand sinken. Die Stimmen unten brachen gleichzeitig aus, nahmen Umfang an und stiegen als zahllose Wellchen des Jubels zu ihm empor.

Der westliche Himmel war ein blasses, bläuliches Grün, und Jupiter leuchtete hoch im Süden, ehe die Kapitulation vollzogen war. Oben fand ein langsamer, unmerklicher Wechsel statt; heiter und schön rückte die Nacht herauf; unten herrschten Eile, Aufregung, sich widersprechende Befehle, Pausen, krampfweise Entfaltungen von Organisation, ein ungeheurer, steigender Lärm und Wirrwarr. Ehe der Rat hinauskam, schleppten sich abmühende, schwitzende Männer, die von einem Kampf von Rufen geleitet wurden, vierhundert von denen heraus, die in dem Handgemenge in den langen Gängen und Gemächern umgekommen waren...

Wachen in Schwarz flankierten den Weg, den der Rat kommen mußte, und so weit das Auge im nebligen Zwielicht der Ruinen reichen konnte, und an jedem nur möglichen Punkt im eroberten Rathaus und auf der erschütterten Klippe der umliegenden Bauten schwärmten und standen unzählige Leute, und ihre Stimmen glichen, selbst wenn sie nicht jubelten, dem Rauschen des Meeres auf einem Kieselstrand. Ostrog hatte einen riesigen beherrschenden Haufen zerschmetterten und umgestürzten Mauerwerks gewählt, und darauf wurde rasch aus Balken und metallenen Stützen eine Bühne erbaut. Die wesentlichen Teile waren fertig, aber noch glitzerten von Zeit zu Zeit summende und rasselnde Maschinen in den Schatten unter diesem provisorischen Gebäude.

Die Bühne hatte einen kleinen erhöhten Teil, auf dem Graham mit Ostrog und Lincoln nahe zur Seite stand, ein wenig vor einer Gruppe geringerer Beamten. Dieses Deck umgab eine breitere niedrigere Bühne, und darauf standen die schwarz uniformierten Wachen des Aufstands, bewaffnet mit den kleinen grünen Waffen, deren Namen Graham nicht einmal wußte. Die, die um ihn standen, sahen, daß seine Augen beständig von dem wimmelnden Volk in den Zwielicht-Ruinen auf die dunkle Masse des Weißen Rathauses und auf die steilen Mauern, die es umgaben, und dann zum Volk zurückwanderten. Die Stimmen der Menge schwollen zu einem betäubenden Tumult an.

Er sah die Räte zuerst weit hinten im Schein eines der provisorischen Lichter, die ihren Weg markierten: eine kleine Gruppe weißer Gestalten, die in einem schwarzen Torweg aufblinkte. Im Rathaus waren sie im Dunkel gewesen. Er beobachtete sie, wie sie näher kamen, erst an diesem elektrischen Stern, und dann an jenem vorbei; das drohende Geschrei der Menge, über die sie hundertundfünfzig Jahre lang geherrscht hatten, marschierte neben ihnen her. Als sie noch näher kamen, tauchten ihre müden, weißen und besorgten Gesichter auf. Er sah sie durch den Glanz um ihn und Ostrog emporblinzeln. Er dachte im Gegensatz an ihre unheimlichen, kalten Blicke in der Halle des Atlas ... Bald konnte er mehrere von ihnen erkennen; den Mann, der vor Howard auf den Tisch geschlagen hatte, einen kräftigen Mann mit rotem Bart, und einen feinzügigen, kurzen, dunklen Mann mit eigentümlich langem Schädel. Er sah, daß die beiden zusammen flüsterten und hinter ihm auf Ostrog blickten. Dann kam ein hoher, dunkler und schöner Mann, der niedergeschlagen hinging. Plötzlich blickte er auf, sein Auge berührte Graham einen Moment und flog auf Ostrog weiter. Der Weg, der für sie gebahnt war, war so eingerichtet, daß sie vorbeiziehen mußten und dann wenden, ehe sie zu dem schrägen Plankenpfad kamen, der zur Bühne heraufführte, wo ihre Übergabe stattfinden sollte.

»Der Herr, der Herr! Gott und der Herr!« rief das Volk. »Zur Hölle mit dem Rat!« Graham blickte auf seine Massen, die sich zahllos bis in einen rufenden Nebel erstreckten, und dann auf Ostrog, der weiß, fest und still neben ihm stand. Sein Auge fiel auf die kleine Gruppe des Weißen Rats zurück. Und dann blickte er zu den vertrauten, ruhigen Sternen da oben empor. Das Element des Wunderbaren in seinem Schicksal war plötzlich lebendig. Konnte es wirklich ihm

gehören jenes kleine Leben in seiner Erinnerung, vor zweihundert Jahren – und dies dazu?

14.
Aus dem Krähennest

Und so kam dieser Mensch aus dem neunzehnten Jahrhundert nach seltsamen Verzögerungen und durch eine Gasse von Zweifeln und Kämpfen schließlich zu seiner Stellung an der Spitze jener komplizierten Welt.

Als er zuerst von dem langen, tiefen Schlaf aufstand, der seiner Befreiung und der Übergabe des Rates folgte, erkannte er seine Umgebung nicht. Durch eine Anstrengung gewann er einen Schlüssel im Geist, und alles, was geschehen war, kam ihm zurück, zuerst mit einem Hauch der Unwirklichkeit, wie eine gehörte Geschichte, wie etwas, was man in einem Buch gelesen hat. Und noch ehe seine Erinnerung klar war, standen ihm wieder das Frohlocken über seine Rettung, das Staunen über seine Stellung im Geist. Ihm gehörte die halbe Welt; er war der Herr der Erde. Diese neue große Zeit war im vollständigsten Sinne sein. Er hoffte nicht mehr zu entdecken, daß seine Erlebnisse ein Traum waren; jetzt verlangte es ihn, sich von ihrer Wirklichkeit zu überzeugen.

Ein unterwürfiger Diener half ihm, sich unter der Leitung eines würdevollen Hausmeisters anzuziehen, eines kleinen Mannes, dessen Gesicht ihn als Japaner verriet, obgleich er wie ein Engländer Englisch sprach. Von ihm erfuhr er einiges über den Stand der Dinge. Schon war die Revolution eine vollendete Tatsache; schon wurde das Geschäft in der ganzen Stadt wieder aufgenommen. Im Ausland war der Sturz des Rates zum größten Teil mit Entzücken aufgenommen. Nirgends war der Rat populär, und die tausend Städte von Westamerika, die nach zweihundert Jahren noch immer auf New York, London und den Osten eifersüchtig waren, hatten sich vor zwei Tagen bei der Nachricht von Grahams Gefangennahme einstimmig erhoben. Paris hatte innere Kämpfe. Der Rest der Welt hing in der Schwebe.

Als er frühstückte, drang der Lärm einer Telephonglocke aus einem Winkel, und sein Haushofmeister machte ihn auf Ostrogs Stimme aufmerksam, die höfliche Erkundigungen stellte. Graham unterbrach seine Erfrischung, um zu antworten. Sehr bald traf Lincoln ein, und Graham sprach sofort den starken Wunsch aus, mit Leuten zu reden und sich mehr von dem neuen Leben zeigen zu lassen, das sich vor ihm auftat. Lincoln teilte ihm mit, daß in drei Stunden in den Räumen des Windradamtes eine repräsentative Versammlung von Beamten mit ihren Frauen abgehalten würde. Grahams Wunsch, die Straßen der Stadt zu durchziehen, sei jedoch vorläufig wegen der ungeheuren Aufregung des Volkes unerfüllbar. Doch sei es ihm sehr gut möglich, die Stadt vom Krähennest des Windradwächters aus der Vogelsperspektive zu betrachten. Dahin wurde Graham also von seinem Haushofmeister geführt. Lincoln entschuldigte sich unter einem anmutigen Kompliment für den Hausmeister mit dem gegenwärtigen Druck der Verwaltungsarbeit, wenn er sie nicht begleitete.

Höher noch als die gigantischsten Windräder hing dies Krähennest, volle tausend Fuß über den Dächern, ein kleiner, scheibenförmiger Fleck auf einem Mast aus metallischem Flechtwerk an Kabeln. Hinauf wurde Graham in einer kleinen, an Drähten hängenden Wiege gezogen. In halber Höhe lief um den gebrechlich aussehenden Stamm eine leichte Galerie, um die ein Gewirr von Röhren hing – winzig sahen sie von oben aus – die langsam auf dem Ring ihres äußeren Gitters rotierten. Das waren die Specula, *en rapport* mit den Spiegeln des Windradwächters, auf deren einem Ostrog ihm die Heraufkunft seiner Herrschaft gezeigt hatte. Sein japanischer Hausmeister stieg vor ihm hinauf, und sie verbrachten fast eine Stunde damit, Fragen zu stellen und zu beantworten.

Es war ein Tag voll vom Versprechen und Hauch des Frühlings. Der Wind wurde wärmer. Der Himmel war ein intensives Blau, und die riesige Fläche Londons leuchtete blendend unter der Morgensonne. Die Luft war frei von Rauch und Nebel, frisch wie die Luft eines Bergtals.

Abgesehen von dem unregelmäßigen Ruinenoval um das Rathaus und der schwarzen Kapitulationsflagge, die dort flatterte, zeigte die mächtige Stadt, von oben gesehen, wenig Zeichen einer raschen Revolution, die für seine Phantasie in einer Nacht und einem Tage die Geschicke der Welt verändert hatte. Eine Menge von Leuten wimmelte noch über diesen Ruinen, und die riesigen Gerüstbühnen in der Ferne, von denen in Friedenszeiten der Aeroplanendienst nach den verschiedenen großen Städten von Europa und Amerika ausging, waren gleichfalls von den Siegern schwarz. Auf einem schmalen Plankenweg, der auf Gerüsten quer über die Ruinen errichtet war, war eine Schar von Arbeitern beschäftigt, die Verbindung zwischen den Kabeln und Drähten des Rathauses und der übrigen Stadt wiederherzustellen, was vor der Verlegung von Ostrogs Hauptquartier aus dem Windfahnenamt dorthin vollendet werden mußte.

Im übrigen war die leuchtende Fläche ungestört. So gewaltig war ihre Ruhe im Vergleich mit den Gebieten der Störung, daß Graham alsbald, sowie er von ihnen fortsah, die Tausende von Menschen, die in dem künstlichen Licht des quasi unterirdischen Labyrinthes tot oder an den nächtlichen Wunden sterbend, außer Sicht lagen, fast vergessen konnte, vergessen die improvisierten Baracken mit den Scharen von Chirurgen, Krankenpflegern und Trägern, die fieberisch geschäftig waren, vergessen sogar all das Staunen, die Bestürzung, das Neue unter den elektrischen Lichtern. Da unten in den verborgenen Straßen des Ameisenhügels, da, wußte er, hatte die Revolution triumphiert, da siegte überall das Schwarz, schwarze Schleifen, schwarze Banner, schwarze Festons über den Straßen. Und hier draußen unter dem frischen Sonnenlicht, über dem Krater des Kampfes brüllte der Wald der Windräder, der aus einem oder zweien emporgewachsen war, während der Rat geherrscht hatte, friedlich in ihrem unaufhörlichen Dienst.

Weit weg, spitzig, zackig, gezahnt von den Windrädern, erhoben sich blau und blaß die Hügel von Surrey; nach Norden und näher waren die scharfen Konturen von Highgate und Muswell ähnlich gezackt. Und über das ganze Land hin, das wußte er, auf jedem Kamm und Hügel, wo sich einst die Hecken gekreuzt, und Landhäuser, Kirchen, Gasthöfe und Farmen in ihren Bäumen genistet hatten, da warfen Windräder, ähnlich denen, die er sah, und bedeckt wie sie mit Reklameschildern, hagere und auffällige Symbole der neuen Zeit, ihre wirbelnden Schatten und speicherten unablässig die Kraft auf, die unablässig in die Arterien der Stadt davonfloß. Und unter ihnen wanderten die zahllosen Herden und Rinder des Britischen Nahrungsmittel-Trusts mit ihren einsamen Hirten und Hütern.

Nirgends durchbrach ein vertrauter Umriß den Haufen gigantischer Formen unten. St. Paul, das wußte er, war noch vorhanden, und ebenso viele der alten Gebäude in Westminster, eingebettet, daß man sie nicht sehen konnte, überbrückt und eingedeckt unter dem Riesenwachstum dieser großen Zeit. Auch die Thames unterbrach die Wildnis der Stadt durch kein Silberband und Glitzern; die durstigen Wasserleitungen tranken jeden Tropfen ihrer Wasser aus, ehe sie die Mauern erreichte. Ihr Bett und ihre Mündung war jetzt, verschwemmt und gesunken, ein Kanal von Meerwasser, und ein Geschlecht von schmutzigen Schiffern brachte das schwere Handelsmaterial vom Pool daneben, direkt unter den Füßen der Arbeiter heraus. Blaß und undeutlich hingen im Osten zwischen Himmel und Erde die wimmelnden Masten der kolossalen Schiffsmengen im Pool. Denn alle schweren Waren, für die keine Eile nötig war, kamen in gigantischen Schiffen von den Enden der Erde herbei, und die schweren Güter, die eilig waren, in mechanischen Schiffen von kleinerem, schnellerem Bau.

Und vom Süden her, über die Hügel, kamen riesige Aquädukte mit Meerwasser für die Kloaken, und in drei getrennten Richtungen liefen blasse Linien hin – die Straßen, getüpfelt mit beweglichen grauen Flecken. Bei der ersten Gelegenheit, die sich bot, war er entschlossen, hinauszugehen und sich diese Straßen anzusehen. Das sollte nach dem Flugschiff kommen, das er alsbald probieren wollte. Der diensttuende Offizier beschrieb sie als ein paar leicht gewölbte Flächen von hundert Metern Breite, je eine für den Verkehr in einer Richtung und hergestellt aus einem Material namens Eadhamit – einem künstlich hergestellten Material, das, soweit er entnehmen konnte, zäh gemachtem Glase glich. Auf diesen schoß ein seltsamer Verkehr gummirädriger Fuhrwerke hin, große Einräder, Zwei- und Vierräder, die mit Geschwindigkeiten von einer bis zu sechs Meilen die Minute dahinfegten. Die Eisenbahnen waren verschwunden; ein paar Bahndämme waren hier und dort noch als rostgekrönte Schanzen vorhanden. Ein paar bildeten den Kern der Eadhamitstraßen.

Unter den ersten Dingen, die ihm auffielen, waren die großen Flotten von Reklame-Ballons und Drachen gewesen, die sich in unregelmäßigen Perspektiven nach Norden und Süden an den Linien der Aeroplanenreisen hinzogen. Aeroplanen waren nicht zu sehen. Ihre Reisen waren unterbrochen, und nur ein klein erscheinender Aeropile kreiste hoch in der blauen Ferne über den Hügeln von Surrey, ein ausdrucksloser, schwebender Fleck.

Etwas, was Graham schon erfahren hatte, und was sich vorzustellen ihm sehr schwer wurde, war, daß fast alle Städte im Lande und fast alle Dörfer verschwunden waren. Nur hier und dort, hörte er, stand ein riesenhaftes, hotelartiges Gebäude unter Quadratmeilen einer gleichmäßigen Kultur und rettete den Namen einer Stadt – Bournemouth, Wareham oder Swanage. Aber bald hatte ihn der Offizier überzeugt, wie unvermeidlich eine solche Veränderung gewesen war. Die alte Ordnung hatte das Land mit Bauernhäusern gesprenkelt, und alle zwei oder drei Meilen stand der Hof des Gutsherrn und der Ort mit Gasthof und Schuhmacher, Krämerladen und Kirche – das Dorf. Alle acht Meilen etwa kam die Landstadt, wo Anwalt, Kornhändler, Wollkaufmann, Sattler, Tierarzt, Doktor, Leinenhändler, Putzmacherin und so weiter wohnten. Alle acht Meilen – nur deshalb, weil jene acht Meilen-Marktfahrt, vier Meilen hin und vier zurück, für den Bauern gerade das noch gemütlich zu machende Maß war. Aber sowie die Eisenbahnen ins Spiel kamen, und nach ihnen die leichten Trambahnen und all die schnellen Motorwagen, die Waggons und Pferde verdrängt hatten, und sobald die Chausseen aus Holz und dann aus Gummi und Eadhamit und allen möglichen elastischen, dauerhaften Substanzen gemacht zu werden begannen – da war die Notwendigkeit so häufiger Marktstädte verschwunden. Und die großen Städte wuchsen. Sie zogen den Arbeiter mit der Schwerkraft scheinbar endloser Arbeit, den Arbeitgeber mit ihrem Schein eines unendlichen Ozeans von Arbeitsangebot.

Und wie sich der Maßstab des Behagens hob, und wie sich die Kompliziertheit des Lebensmechanismus steigerte, so war das Leben auf dem Lande immer teurer geworden oder eng und unmöglich. Das Verschwinden des Vikars und Gutsbesitzers, die Vertilgung des Hausarztes durch den Stadtspezialisten hatte dem Dorf seinen letzten Anflug von Kultur genommen. Nachdem Telephon, Kinematograph und Phonograph die Zeitung, das Buch, den Schulmeister und den Brief verdrängt hatten, hieß, außerhalb des Bereiches der elektrischen Kabel leben, als isolierter Wilder leben. Auf dem Lande hatte man weder Mittel, um sich zu kleiden noch zu ernähren (nach den verfeinerten Begriffen der Zeit), hatte man keinen brauchbaren Arzt für den Notfall, keine Gesellschaft und keinen Sport.

Obendrein machten mechanische Erfindungen im Ackerbau einen Ingenieur zum Ersatz für dreißig Knechte. So drehten jetzt die Knechte die Lage des Stadtkommis aus den Tagen, da London wegen der kohligen Verderbtheit seiner Luft kaum bewohnbar war, um und kamen auf der Straße oder durch die Luft abends zur Stadt, zu ihrem Leben und ihren Freuden geeilt, um sie morgens wieder zu verlassen. Die Stadt hatte die Menschheit aufgeschluckt; der Mensch war in eine neue Phase seiner Entwicklung getreten. Erst war der Nomade gekommen, der Jäger, und dann war der Ackerbauer des Ackerbaustaats gefolgt, dessen Städte und Häfen nur die Hauptquartiere des Landes waren. Und jetzt, als logische Folge einer Epoche der Erfindung, stand diese riesige neue Menschenansammlung da. Außer London gab es in Britannien nur noch vier Städte – Edinburgh, Portsmouth, Manchester und Shrewsbury. Die Vorstellung solcher Dinge, die für den Zeitgenossen nichts als eine Aufzählung von Tatsachen waren, wurde Grahams Phantasie nicht leicht. Und als er »da hinüber«, blickte, auf die seltsamen Dinge, die auf dem Kontinent existierten, versagte sie ihm ganz.

Er hatte eine Vision von Stadt hinter Stadt, von Städten auf großen Ebenen, Städten an großen Flüssen, riesigen Städten am Meeresrand hin, Städten, die von Schneebergen umgürtet waren. Über einem großen Teil der Erdoberfläche wurde die englische Sprache gesprochen; zusammengenommen mit seinen Spanisch-amerikanischen, Hindu- und Neger- und »Pidgin«-Dialekten war es die Alltagssprache von zwei Dritteln der Völker der Erde. Auf dem Kontinent hatten sich, abgesehen von fernen und seltsamen Überresten, nur noch drei andere Sprachen gehalten – das Deutsche, das bis Antiochia und Genua reichte und in Cadiz mit dem Spanisch-Englischen rang, ein französiertes Russisch, das in Persien und Kurdistan ans Indisch-Englische und in Peking ans »Pidgin«-Englisch stieß, und das Französische, noch klar und glänzend, die Sprache der Helle, die sich mit dem Indisch-Englischen und Deutschen in das Mittelmeer teilte und durch einen Negerdialekt bis zum Kongo reichte.

Und überall herrschte jetzt über die städtebesetzte Erde hin die gleiche soziale Organisation, ausgenommen allein die verwalteten Gebiete des »Schwarzen Gürtels« in den Tropen, und überall dehnte sich vom Pol bis zum Äquator sein Besitz und seine Verantwortung aus. Die ganze Welt war zivilisiert, die ganze Welt wohnte in Städten; die ganze Welt war sein Eigentum. Im ganzen Britischen Reich und durch Amerika hin war seine Eigentümerschaft kaum verkleidet; Kongreß und Parlament wurden meist als veraltete, wunderliche Versammlungen angesehen. Und selbst in den zwei Kaiserreichen Rußland und Deutschland war der Einfluß seines Reichtums merklich von ungeheurem Gewicht. Dort kamen natürlich Probleme – Möglichkeiten, aber so hoch er auch stand, schienen doch selbst Rußland und Deutschland fern genug. Und an die Art der Verwaltung des Schwarzen Gürtels und daran, was sie für ihn vielleicht bedeuten konnte, dachte er nach der Art seiner früheren Tage überhaupt nicht. Daß sie wie eine Drohung über der weiten Vision vor ihm hängen könnte, der Gedanke kam ihm nicht in den Sinn aus dem neunzehnten Jahrhundert. Aber sein Geist wandte sich sofort von der Szenerie zu dem Gedanken an eine verschwundene Angst. »Und die Gelbe Gefahr?« fragte er und Asano bat ihn um eine Erklärung dieses Wortes. Das chinesische Gespenst war verschwunden. Chinese und Europäer lebten in Frieden. Das zwanzigste Jahrhundert hatte mit widerstrebender Gewißheit eingesehen, daß der Durchschnittschinese ebenso zivilisiert, moralischer und viel intelligenter war als der europäische Sklave, und es hatte die Verbrüderung von Schotten und Engländern, wie sie im siebzehnten Jahrhundert geschehen war, sich in gigantischen Maßstab wiederholt. Wie Asano sich ausdrückte: »Sie haben sich's überlegt. Sie fanden, wir sind schließlich weiße Menschen.« Graham wandte sich wieder der Aussicht zu, und seine Gedanken schlugen eine neue Richtung ein.

Aus dem dunklen Südwesten leuchteten glitzernd und seltsam, wollüstig und auf gewisse Art schrecklich, jene Freudenstädte hervor, von denen der Kinematograph-Phonograph und der Alte auf der Straße gesprochen hatten. Seltsame Orte, die an das sagenhafte Sybaris erinnerten, Städte der Kunst und Schönheit, käuflicher Kunst und käuflicher Schönheit, sterile, wunderbare Städte der Bewegung und Musik, wohin sich alle begaben, die aus dem wilden, unrühmlichen Wirtschaftskampf, der im glühenden Labyrinth da unten vor sich ging, Nutzen zogen.

Wild war er, daß wußte er. Wie wild, das konnte er nach der Tatsache beurteilen, daß diese modernen Menschen auf das England des neunzehnten Jahrhunderts als auf das Bild eines idyllischen, leichtfließenden Lebens zurückwiesen. Er wandte den Blick wieder auf die Szene unmittelbar vor ihm und versuchte, sich die großen Fabriken dieses komplizierten Labyrinthes vorzustellen.

Im Norden, das wußte er, waren die Töpfer, die nicht nur Irdenwaren und Porzellan machten, sondern auch die verwandten Pasten und Zusammensetzungen, die eine feinere, mineralogische Chemie erfunden hatte; dort wohnten die Verfertiger von Statuetten und Wandornamenten und vieler komplizierter Einrichtungen; dort standen auch die Fabriken, wo Autoren in fieberischem Wettkampf ihre phonographischen Reden und Reklamen verfaßten und die Gruppierungen und Entfaltungen für ihre beständig aufregenden und neuen kinematographisch-dramatischen Werke arrangierten. Von dort blitzten auch die weltenweiten Botschaften fort, die weltenweiten Lügen der Neuigkeitserzähler, die Berichte der telephonischen Maschinen, die die Zeitungen der Vergangenheit ersetzt hatten.

Nach Westen, hinter dem zerschmetterten Rathaus lagen die umfangreichen Ämter der Munizipalverwaltung und Regierung; und nach Osten, nach dem Hafen zu, die Handelsquartiere, die riesigen öffentlichen Märkte, die Theater, die Versammlungshäuser, die Weltpaläste, Meilen von Billard-Salons, Schlag- und Fußballzirkusse, Arenen für wilde Tiere, und die zahllosen Tempel der christlichen und halbchristlichen Sekten, der Mohammedaner, der Buddhisten, der Gnostiker, der Gespensteranbeter, der Incubusanbeter, der Möbelanbeter und so weiter; und nach Süden wieder eine riesige Industrie in Geweben, Pökelwaren, Weinen und Würzen. Und von Punkt zu Punkt schossen die zahllosen Massen auf den brüllenden mechanischen Straßen hin. Ein gigantischer Bienenkorb, dessen unermüdlicher Diener die Winde, und für den die unablässigen Windräder eine passende Krone, ein gutes Symbol waren.

Er dachte an die unerhörte Bevölkerung, die von diesem Schwamm von Hallen und Galerien aufgesogen war – an die dreiunddreißig Millionen Leben, die alle dort unter ihm ihr eigenes kurzes wirkungsloses Drama ausspielten, und das Vergnügen, das der helle Tag und die Geräumigkeit und die Pracht des Anblicks; und vor allem das Gefühl von seiner eigenen Bedeutung geschaffen hatte, schrumpfte und schwand. Als er von dieser Höhe über der Stadt niederblickte, wurde es ihm endlich möglich, sich diese überwältigende Menge von dreiunddreißig Millionen vorzustellen, die Wirklichkeit der Verantwortung, die er auf sich nehmen mußte, die ungeheure Größe des Maelstroms von Menschen, über dem sein gebrechliches Königtum hing.

Er versuchte, sich das individuelle Leben vorzustellen. Er machte sich mit Erstaunen klar, wie wenig der gewöhnliche Mann trotz der sichtbaren Veränderung in seinen Verhältnissen verändert war. Das Leben und das Eigentum freilich waren fast über die ganze Welt vor Gewalttat sicher, Infektionskrankheiten, Bakterienkrankheiten aller Art waren tatsächlich verschwunden, jedermann hatte ausreichende Nahrung und Kleidung, wurde auf den Stadtstraßen gewärmt und vor dem Wetter geborgen — so viel hatten der fast mechanische Fortschritt der Wissenschaft und die physikalische Organisation der Gesellschaft zustande gebracht. Aber die Masse, das begann er bereits zu entdecken, war immer noch eine Masse, hilflos in den Händen von Demagog und Organisator, individuell feig, individuell beherrscht von der Begierde, als Masse unberechenbar. Die Erinnerung an zahllose Gestalten in der blaßblauen Leinwand trat ihm vor den Geist. Millionen solcher Männer und Frauen unter ihm, das wußte er, waren nie außerhalb der Stadt gewesen, hatten nie über den kleinen Kreis unintelligenter mißgünstiger Teilnahme an den Geschäften der Welt und unintelligenten unbefriedigten Mitgenusses an ihren flitterbunten Freuden hinausgesehen. Er dachte an die Hoffnungen seiner verschwundenen Zeitgenossen, und einen Moment tauchte der Traum von London in Morris' feine alten » *Nachrichten von Nirgendwo*« und das vollkommene Land in Hudsons schöner » *Kristallener Zeit*« in einer Atmosphäre unendlichen Verlustes vor ihm auf. Er dachte an seine eigenen Hoffnungen.

Denn in den späteren Tagen jenes leidenschaftlichen Lebens, das jetzt so weit hinter ihm lag, war der Begriff einer freien und gleichen Mannheit für ihn etwas sehr Wirkliches geworden. Er hatte gehofft, wie überhaupt seine Zeit es gehofft hatte — indem er voreilig als bewiesen annahm, das Opfer der Vielen für die Wenigen werde eines Tages aufhören — ein Tag sei nahe, wo jedes von einer Frau geborene Kind seine gerechte und sichere Aussicht auf Glück haben werde. Und hier schrie nach zweihundert Jahren dieselbe Hoffnung, noch unerfüllt, leidenschaftlich durch die Stadt. Nach zweihundert Jahren, das wußte er jetzt, waren, größer als je, mit der Stadt zu gigantischen Proportionen gewachsen, Armut und hilflose Mühsal und alle Sorgen genau vorhanden wie in seiner Zeit.

Schon kannte er etwas von der Geschichte der Jahre dazwischen. Er hatte jetzt von dem moralischen Vorfall gehört, der im Geist des unedlen Menschen dem Zusammenbruch der übernatürlichen Religion gefolgt war, von dem Sinken der öffentlichen Ehre, der Herrschaft des Reichtums. Denn die Menschen, die ihren Glauben an Gott verloren hatten, hatten den Glauben an den Besitz bewahrt, und der Reichtum beherrschte eine käufliche Welt.

Sein japanischer Hausmeister, Asano, zog, als er die politische Geschichte der verflossenen zwei Jahrhunderte auseinandersetzte, einen passenden Vergleich mit einem Saatkorn, das von parasitischen Insekten verzehrt wird. Erst ist der ursprüngliche Same da und reift kräftig genug. Und dann kommt ein Insekt und legt ihm ein Ei unter die Haut, und siehe! in kurzer Zeit ist das Saatkorn eine hohle Form mit einer eifrigen Larve darin, die all seine Substanz aufgefressen hat. Und dann kommt ein sekundärer Parasit, eine Schlupfwespe, und legt ein Ei in diese Larve und siehe! auch sie wird zur hohlen Form, und das neue Lebewesen sitzt in der Haut seines Vorgängers, die selber warm im Saatkornmantel liegt. Und der Saatkornmantel bewahrt noch immer seine Gestalt, die meisten Leute halten ihn noch für ein Samenkorn, und soweit man weiß, kann es selber sich auch noch für ein Samenkorn, für kräftig und lebendig halten. »Ihr Viktorianisches Königtum«, sagte Asano, »war so – ein Königtum, dem das Herz aufgefressen war.« Die Landbesitzer – die Barone und die Gentry – begannen vor Jahrhunderten mit König Johann; sie enthaupteten König Karl und machten praktisch mit König Georg, der bloßen Hülse eines Königs, ein Ende... die wirkliche Macht in den Händen ihres Parlaments. Aber das Parlament – das Organ der landbesitzenden, bauernbeherrschenden Gentry – behielt seine Macht nicht lange. Die Wandlung war schon im neunzehnten Jahrhundert gekommen. Das Wahlrecht war erweitert, bis es die Massen unwissender Menschen einschloß, »Stadtmyriaden«, die in ihren physiognomielosen Tausenden zusammen wählen gingen. Und die natürliche Folge einer wimmelnden Wählerschaft ist die Herrschaft der Parteiorganisation. Die Macht ging schon in der Viktorianischen Zeit auf die Parteimaschinerie über, eine geheime, komplizierte und verdorbene Maschinerie. Sehr rasch kam die Macht in die Hände großer Geschäftsleute, die die Maschinen finanzierten. Es kam eine Zeit, in der die wirkliche Macht und das Interesse des Reiches sichtlich zwischen den beiden Parteiräten lag, die durch Zeitungen und Wahlorganisationen herrschten – zwei kleinen Gruppen reicher und fähiger Leute, die erst in Opposition und dann bald zusammen arbeiteten.

Es folgte eine Reaktion von feiner, kraftloser Art. Es gab zahllose Bücher, sagte Asano, um das zu beweisen – die Veröffentlichung von einigen unter ihnen fiel noch in die Zeit, als Graham einschlief – ja, eine ganze Literatur der Reaktion. Die Reaktionspartei scheint sich in ihr Studierzimmer eingeschlossen und mit furchtloser Entschlossenheit rebelliert zu haben – auf dem Papier. Die dringende Notwendigkeit, die Parteiräte entweder gefangen zu setzen oder der Macht zu berauben – das ist der gemeinsame Gedanke, der aller Denkbarkeit des beginnenden zwanzigsten Jahrhunderts zugrunde liegt, in Amerika wie in England. In den meisten dieser Dinge kam Amerika etwas früher als England, obgleich beide Länder desselben Weges zogen.

Jene Gegenrevolution kam niemals. Sie konnte sich nie organisieren und rein erhalten. Es war nicht mehr genug von der alten Sentimentalität, dem alten Glauben von Rechtschaffenheit unter den Menschen übrig. Jede Organisation, die groß genug wurde, um die Wahlen beeinflussen zu können, wurde, kompliziert genug, um unterminiert zu werden, zerbrochen, oder einfach von geschickten, reichen Männern gekauft. Sozialistische und Volksparteien, Reaktionäre und Puritaner waren zuletzt nichts weiter als Börsen-Spielmarken, die ihre Prinzipien verkauften, um für ihre Wahlen zu zahlen. Und die große Sorge der Reichen war natürlich, den Besitz intakt zu bewahren, den Tisch klar für das Spiel des Handels. Genau wie es die Sorge der Feudalen gewesen war, den Tisch für Jagd und Krieg klar zu erhalten. Die ganze Welt wurde ausgebeutet, war ein Schlachtfeld von Geschäften; und finanzielle Umwälzungen, die Geißel der Kursmanipulation, Tarifkriege, das richtete während des zwanzigsten Jahrhunderts mehr menschliches Elend an – weil das Elend das finstere

Leben war statt schnellen Todes – als es Krieg, Pest und Hungersnot in den dunkelsten Stunden der früheren Geschichte getan hatten.

Seine eigene Rolle in der Entwicklung dieser Zeit kannte er jetzt klar genug. Durch die einander folgenden Phasen in der Entwicklung dieser mechanischen Zivilisation war, ihre Entwicklung befördernd und bald leitend, eine neue Macht, der Rat, der Ausschuß seiner Verwalter emporgewachsen. Erst war es eine bloß zufällige Vereinigung der Millionen von Isbister und Warming gewesen, eine bloß besitzende Gesellschaft, die Schöpfung der Launen zweier kinderloser Testaten, aber das kollektive Talent ihrer ersten Konstitution hatte sie schnell zu einem ungeheuren Einfluß geführt, bis sie sich durch Besitztitel, Darlehn und Aktie unter hundert Verkleidungen und Pseudonymen durch den ganzen Bau der amerikanischen und englischen Staaten verzweigt hatte.

Da er ungeheure Macht und Einflußsphären beherrschte, hatte der Rat früh eine politische Physiognomie angenommen; und in seiner Entwicklung hatte er seinen Reichtum fortwährend benutzt, um die politischen Entscheidungen zu beeinflussen, und seine politischen Vorteile, um immer noch Reichtum an sich zu raffen. Schließlich lagen die Parteiorganisationen zweier Hemisphären in seinen Händen; er wurde ein innerer Rat der politischen Herrschaft. Sein letzter Kampf war gegen den stillschweigenden Bund der großen Judenfamilien gerichtet. Aber diese Familien waren nur durch eine schwache Empfindung verbunden; jederzeit konnte die Erbschaft einen riesigen Teil ihrer Mittel auf einen Unmündigen, eine Frau oder einen Narren werfen; Heiraten und Legate entzogen ihnen auf einen Schlag Hunderttausende. Der Rat kannte keinen solchen Bruch in seiner Kontinuität. Stetig, unverwandt wuchs er.

Der ursprüngliche Rat bestand nicht einfach aus zwölf Männern von ausnahmsweiser Fähigkeit; sie verschmolzen, es war ein Rat von Genie. Er strebte kühn nach Reichtum und nach politischem Einfluß, und die beiden dienten einander. Mit erstaunlicher Voraussicht verwandte er große Summen auf die Kunst des Fliegens und hielt diese Erfindung für eine vorausgesehene Stunde zurück. Er benutzte die Patentgesetze und tausend halblegale Mittel, um alle Forscher zu hindern, die sich weigerten, mit ihm zu arbeiten. In den alten Tagen entging ihm ein fähiger Mann nie. Er zahlte ihm seinen Preis. Seine Politik war in jenen Tagen kräftig – unfehlbar, und, wie er heimlich und unablässig wuchs, stand ihm nur die chaotisch-selbstsüchtige Herrschaft der zufällig Reichen gegenüber. In hundert Jahren war Graham fast ausschließlicher Besitzer Afrikas, Südamerikas, Frankreichs, Londons, Englands, und sein ganzer Einfluß – das heißt, in allen praktischen Dingen – eine Macht in Nordamerika geworden – dann die herrschende Macht in Amerika. Der Rat kaufte und organisierte China, drillte Asien, verkrüppelte die Kaiserreiche der alten Welt, untergrub sie finanziell, bekämpfte und schlug sie.

Und diese sich ausbreitende Usurpation der Welt wurde so geschickt vollzogen – ein Proteus – hunderte von Banken, Gesellschaften, Syndikaten maskierten die Operationen des Rats – daß sie schon weit vorgerückt war, ehe noch die gewöhnlichen Menschen etwas von der Tyrannei ahnten, die gekommen war. Der Rat zögerte nie, schwankte nie. Verkehrsmittel, Land, Gebäude, Regierungen, Gemeinden, die Gebietsgesellschaften der Tropen, jede menschliche Unternehmung nahm er gierig an sich. Und er drillte und bildete seine Leute aus, seine Eisenbahnpolizei, seine Straßenpolizei, seine Hauswachen, seine Kanal- und Kabelwachen, seine Scharen von Landarbeitern. Ihre Bünde bekämpfte er nicht, er untergrub, verriet und kaufte sie. Er kaufte schließlich die Welt. Und zuletzt – sein kulminierender Schlag war die Einführung des Fliegens.

Wenn der Rat im Kampf mit den Arbeitern an einem seiner riesigen Monopole etwas flagrant Ungesetzliches tat, und zwar ohne die gewöhnliche Höflichkeit der Bestechung, so blickte sich das alte Gesetz, um den Nutzen seiner Gefälligkeit besorgt, nach Waffen um. Aber es gab keine Heere mehr, keine Kampfflotten; die Zeit des Friedens war gekommen. Die einzigen möglichen Kriegsschiffe waren die großen Dampfboote des Schiffahrtstrusts des Rates. Die Polizeimacht hatte er in der Hand; die Eisenbahnpolizei, die Schiffspolizei, die Polizei ihrer Landgüter, ihre Zeitwächter und Schutzmannschaften übertrafen die vernachlässigten kleinen Kräfte des alten Landes und der Gemeindeorganisationen an Zahl im Verhältnis von zehn zu eins. Und sie führten die Flugmaschinen ein. Es lebten noch Leute, die sich der letzten großen Debatte im Unterhaus entsannen – die Gesetzespartei, die Partei gegen den Rat, war in der Minorität, aber sie kämpfte verzweifelt – und wie die Abgeordneten sich auf die Terrasse herausdrängten, um diese großen, ungewohnten, geflügelten Gestalten ruhig zu Häupten kreisen zu sehen. Der Rat hatte sich zu seiner Macht aufgeschwungen. Der letzte Schein einer Demokratie, die unbeschränkten, unverantwortlichen Besitz erlaubt hatte, war zu Ende.

Hundertundfünfzig Jahre nach Grahams Einschlafen hatte sein Rat seine Verkleidungen abgeworfen und herrschte offen, souverän in seinem Namen. Wahlen waren eine heitere Formalität geworden, eine siebenjährige Narrheit, eine alte, sinnlose Sitte; ein soziales Parlament, das so ohnmächtig war wie das Konzil der Staatskirche in Viktorianischen Zeiten, trat hin und wieder zusammen; und ein legitimer König von England spielte, enterbt, betrunken und blöde, als Narr in einem Variété zweiten Ranges. So hatte sich der großartige Raum des neunzehnten Jahrhunderts, der edle Plan einer allgemeinen, individuellen Freiheit und allgemeinen Glücks, von einer Ehrenkrankheit angehaucht, verkrüppelt durch einen Aberglauben absoluten Besitzes, verkrüppelt durch die religiösen Fehden, die den gewöhnlichen Bürger der Bildung, Männer des Maßstabs der Lebensführung beraubt hatten, im Angesicht der Erfindung und des unedlen Unternehmungsgeistes ausgearbeitet, erst zu einer kämpfenden Plutokratie und schließlich zur Herrschaft eines höchsten Plutokraten. Sein Rat hatte sich schließlich auch nicht einmal mehr die Mühe gemacht, seine Dekrete von den konstitutionellen Autoritäten bestätigen zu lassen, und *er* hatte, eine reglose, eingefallene, gelbhäutige Gestalt, weder tot noch lebendig, dagelegen – nachweislich und unmittelbar Herr der Erde. Und er erwachte schließlich, um sich als – Herrn dieses Erbes wiederzufinden!

Erwachte, um unter dem wolkenlosen, leeren Himmel zu stehen und auf die Größe seiner Herrschaft hinabzublicken.

Zu welchem Ziel war er erwacht? War diese Stadt, dieser Bienenkorb hoffnungsloser Arbeiter die endgültige Widerlegung seiner alten Hoffnungen? Oder glimmte dort unten das Feuer der Freiheit, das Feuer, das in den Jahren seines vergangenen Lebens geglüht hatte und gesunken war, immer noch? Er dachte an die Erregung und den Impuls des Revolutionsliedes. War dieses Lied nur die List eines Demagogen, etwas, was man vergaß, nachdem es seinem Zweck gedient hatte? War die Hoffnung, die sich noch in ihm rührte, nur das Gedächtnis aufgegebener Dinge, die Spur eines abgebrauchten Credo? Oder hatte sie einen weiteren Sinn, einen mit den Geschicken des Menschen verwobenen Inhalt? Zu welchem Zweck war er erwacht, was gab es für ihn zu tun? Die Menschheit lag wie eine Landkarte vor ihm ausgebreitet. Er dachte an die Millionen von Millionen von Menschen, die einander unablässig aus dem Dunkel des Nichtdaseins in das Dunkel des Todes folgen. Zu welchem Zweck? Ein Ziel mußte es geben, aber es überstieg seine Denkkraft. Er sah zum erstenmal klar seine eigene unendliche Kleinheit, sah nackt und furchtbar den tragischen Gegensatz der menschlichen Kraft und der Sehnsucht des Menschenherzens. In dem kurzen Moment kannte er sich als den kleinen Zufall, der er war, und daran erkannte er die Größe seines Wunsches. Und plötzlich war seine Kleinheit unerträglich, sein Streben war unerträglich, und ihn überkam ein unwiderstehlicher Drang zu beten. Und er betete. Er betete vage, unzusammenhängende, widerspruchsvolle Dinge, seine Seele strebte empor durch Raum und Zeit und all die flüchtige, vielfache Wirrnis des Seins zu etwas – er wußte kaum, was – zu etwas, was sein Streben verstehen konnte und dulden.

Weit unten auf einem Dachraum nach Süden hin standen ein Mann und eine Frau und genossen die Frische der Morgenluft. Der Mann hatte ein Fernglas mitgebracht, um nach dem Rathaus zu spähen, und er zeigte ihr seinen Gebrauch. Bald war ihre Neugier befriedigt, sie konnten von ihrer Stellung aus keine Spuren des Blutvergießens sehen, und nach einem Rundblick über den leeren Himmel kam sie auf das Krähennest. Und dort sah sie zwei kleine Gestalten, so klein, daß es kaum zu glauben war, daß es Menschen waren; eine, die beobachtete, und eine, die mit ausgestreckten Händen über die schweigende Leere des Himmels gestikulierte.

Sie reichte das Glas dem Mann. Er blickte durch und rief: »Ich glaube, es ist der Herr. Ja. Sicher. Es *ist* der Herr.«

Er senkte das Glas und blickte sie an. »Schwenkt die Hände beinah, als ob er betete. Möchte wissen, was er will. Betet die Sonne an? Zu *seiner* Zeit gab's doch noch keine Parsen in diesem Land, wie?«

Er blickte wieder durch. »Jetzt hat er aufgehört. Es war vermutlich Zufall in der Stellung.« Er senkte das Glas und wurde nachdenklich. »Er wird nichts zu tun haben als sich zu amüsieren – sich eben zu amüsieren. Ostrog wird natürlich das Schauspiel treiben. Ostrog wird's müssen, um all diese Arbeiternarren in Zucht zu halten. Sie und ihr Lied! Und haben's natürlich alles im Schlaf gekriegt, die guten Augen – im Schlaf. Es ist eine wundervolle Welt.«

15.
Das Ende der alten Ordnung

Die Staatsgemächer des Windfahnenamts wären Graham erstaunlich kompliziert erschienen, hätte er sie frisch aus seinem neunzehnten Jahrhundert heraus betreten, aber schon gewöhnte er sich an den Maßstab der neuen Zeit. Sie lassen sich kaum als Säle und Zimmer beschreiben, da ein kompliziertes System von Bogen, Brücken, Gängen und Galerien alle Teile des großen Baues trennte und verband. Er trat durch eins der bekannten gleitenden Paneele auf einen Vorplatz am Kopf einer Flucht sehr breiter und niederer Stufen hinaus, auf denen Männer und Frauen in weit glänzenderer Kleidung, als er sie bisher gesehen hatte, auf und ab stiegen. Von dieser Stelle aus blickte er eine Perspektive komplizierter Ornamente in glanzlosem Weiß und Mauve und Purpur hinab, die von scheinbar aus Porzellan und Filigran gefertigten Brücken überspannt waren und weithin in einem wolkigen Geheimnis durchbrochener Schirme endete.

Als er nach oben blickte, sah er Gang über Gang steigender Galerien mit zu ihm hinabblickenden Gesichtern. Die Luft war erfüllt vom Murmeln zahlloser Stimmen und von einer Musik, die von oben kam, einer heiteren, aufheiternden Musik, deren Quelle er nie entdeckte.

Der Mittelflügel war voller Menschen, aber keineswegs unbequem gedrängt; im ganzen muß diese Versammlung nach vielen Tausenden gezählt haben. Sie waren glänzend, selbst phantastisch gekleidet, die Männer ebenso wie die Frauen, denn der ernüchternde Einfluß des puritanischen Begriffs von Würde auf die männliche Kleidung war längst geschwunden. Auch das Haar der Männer wurde zwar selten lang getragen, war aber meist auf eine Art gelockt, die an den Friseur gemahnte, und die Kahlheit war von der Erde verschwunden. Krause, grade geschnittene Massen, die Rossetti entzückt hätten, herrschten vor, und ein Herr, der Graham unter dem geheimnisvollen Titel eines »Amoristen« gezeigt wurde, trug sein Haar in zwei kleidsamen Flechten *à la Marguerite*. Der Zopf war häufig; es schien, Bürger chinesischer Herkunft schämten sich ihrer Rasse nicht mehr. In den Formen der getragenen Kleidung zeigte sich wenig Gleichförmigkeit der Mode. Die stattlicheren Männer entfalteten ihre Symmetrie in Pumphosen, und man sah Puffs und Schlitze, und dort einen Mantel und dort ein Kleid. Die Moden der Tage Leos des Zehnten gaben vielleicht den herrschenden Einfluß ab, aber auch die ästhetischen Begriffe des fernen Ostens waren vertreten. Männlicher Embonpoint, der in Viktorianischen Zeiten den Gefahren der engen Knopfung unterworfen worden wäre, der erbarmungslosen Übertreibung engbeiniger, engarmiger Fracks, bildete setzt nur die Basis für einen Reichtum der Würde und fallender Falten. Auch anmutige Schlankheit war viel vertreten. Graham, einem typisch steifen Menschen aus einer typisch steifen Periode, erschienen diese Männer nicht nur persönlich anmutig, sondern überhaupt in ihren lebhaft ausdrucksvollen Gesichtern zu ausdrucksvoll. Sie gestikulierten, sie gaben der Überzeugung Ausdruck, dem Interesse, dem Vergnügen, vor allem, sie gaben den Empfindungen, die von den Damen rings in ihrer Seele erregt wurden, mit erstaunlicher Offenheit Ausdruck. Auf den ersten Blick erkannte man, daß die Frauen in großer Majorität vorhanden waren.

Die Damen in Gesellschaft dieser Herren entfalteten in Kleidung, Haltung und Wesen zugleich weniger Emphase und mehr Kompliziertheit. Einige affektierten eine klassische Einfachheit der Gewandung und Feinheit der Falten nach Art des ersten französischen Kaiserreichs, und sie ließen erobernde Arme und Schultern blitzen, als Graham vorbeikam. Andere trugen enganliegende Kleider ohne Naht oder Gürtel über den Hüften, bisweilen mit langen Falten, die von den Schultern niederfielen. Die köstlichen Vertraulichkeiten des Abendanzuges waren durch die Zeit von zwei Jahrhunderten nicht vermindert worden.

Jedermanns Bewegungen schienen anmutig. Graham bemerkte gegen Lincoln, er sehe Männer, als seien Raffaels Kartons lebendig geworden, und Lincoln sagte ihm, die Erlernung einer angemessenen Reihe von Gesten gehöre zur Erziehung jedes reichen Menschen. Der Eintritt des Herrn wurde mit einer Art zwitschernden Beifalls begrüßt, aber diese Leute zeigten ihre vornehmen Manieren, indem sie sich nicht um ihn drängten noch auch ihn durch fortwährende, forschende Blicke ärgerten, als er die Stufen zum Boden des Flügels herabschritt.

Er hatte schon von Lincoln erfahren, daß dies die Führer der gegenwärtigen Londoner Gesellschaft waren; fast jeder, der diesen Abend da war, war entweder ein mächtiger Beamter oder die unmittelbare Verbindung eines mächtigen Beamten. Viele waren eigens aus den europäischen Freudenstädten zurückgekehrt, um ihn zu bewillkommnen. Die aeronautischen Autoritäten, deren Abfall bei der Überwindung des Rats eine Rolle gespielt hatte, die nur der Grahams nachstand, taten sich sehr hervor, und ebenso die Verwaltung der Windfahnenämter. Unter anderen waren auch mehrere hervorragende Beamte des Nahrungsmitteltrusts anwesend; der Leiter der Europäischen Schweinezüchtereien zeigte eine besonders melancholische und interessante Physiognomie und ein artig zynisches Wesen. Ein Bischof in vollem Ornat strich vor Grahams Augen vorüber; er sprach mit einem Herrn, der genau wie der traditionelle Chaucer gekleidet war, selbst den Lorbeerkranz eingeschlossen.

»Wer ist das?« fragte er unwillkürlich.

»Der Bischof von London,« sagte Lincoln.

»Nein – den andern meine ich.«

»Der *Poeta laureatus*.«

»Sie haben noch – –?«

»Er dichtet natürlich nicht. Er ist ein Vetter Wottons eines der Räte. Aber er gehört zu den Royalisten der Roten Rose – einem entzückenden Klub – und die halten die Tradition dieser Dinge hoch.«

»Asano sagte mir, es gebe einen König.«

»Der König ist nicht im Klub. Sie mußten ihn hinaussetzen. Es ist das Blut, die Stuarts, glaube ich; aber wirklich –«

»Zu viel?«

»Viel zu viel.«

Graham verstand all das nicht ganz, aber es schien ein Teil der allgemeinen Umkehrung der neuen Zeit zu sein. Er verneigte sich herablassend bei der ersten Vorstellung. Es war klar, daß selbst in dieser Versammlung noch feine Klassenunterschiede herrschten, daß Lincoln es nur für passend hielt, ihn einen kleinen Bruchteil der Gäste, einer inneren Gruppe vorzustellen. Der zuerst Vorgestellte war der Oberaeronaut, ein Mann, dessen sonnengegerbtes Gesicht sonderbar mit den zarten Teints ringsum konstrastierte. Gerade im Moment machte ihn freilich sein kritischer Abfall vom Rat zu einer sehr wichtigen Persönlichkeit.

Sein Wesen kontrastierte Grahams Ideen nach sehr günstig mit der allgemeinen Haltung. Er machte ein paar Gemeinplatzbemerkungen, versicherte seine Ergebenheit und erkundigte sich offen nach des Herrn Gesundheit. Sein Wesen war frisch, sein Akzent entbehrte des leichten Staccato des modernen Englisch. Er machte es Graham wundervoll klar, daß er ein derber »Lufthund« war – das war ein Wort – daß er keinen Unsinn um sich duldete, daß er ein durchaus männlicher Kerl und darin altmodisch war, daß er auf kein großes Wissen Anspruch machte, und daß das, was er nicht wußte, des Wissens nicht verlohnte. Er machte eine männliche, ostentativ von Dienerei freie Verbeugung und ging weiter.

»Ich sehe mit Freude, daß der Typus noch vorhanden ist,« sagte Graham.

»Phonographen und Kinematographen,« sagte Lincoln ein wenig bissig. »Er hat nach dem Leben studiert.« Graham warf noch einen Blick auf die kräftige Gestalt. Sie weckte sonderbare Erinnerungen.

»Eigentlich haben wir ihn gekauft,« sagte Lincoln. »Zum Teil. Und zum Teil hatte er Angst vor Ostrog. Alles stand bei ihm.«

Er drehte sich scharf um und stellte den Generalinspektor des Schultrusts vor. Das war eine weidenartige Gestalt in blaugrauem, akademischem Ornat, er strahlte durch ein Pincenez Viktorianischen Musters auf Graham herab und illustrierte seine Bemerkungen durch Gesten einer schön gepflegten Hand. Graham interessierte sich unmittelbar für die Funktionen dieses Herrn und stellte ihm eine Reihe merkwürdig direkter Fragen. Der Generalinspektor schien über des Herrn fundamentale Plumpheit still amüsiert. Er sprach über das Erziehungsmonopol, das seine Gesellschaft besaß, ein wenig unbestimmt; es geschah im Einverständnis mit dem Syndikat, das die zahlreichen Londoner Munizipalitäten versorgte, aber er begeisterte sich über den Fortschritt der Erziehung seit den Zeiten der Viktoria. »Wir haben das Pauken besiegt,« sagte er, »das Pauken vollständig besiegt – es gibt kein Examen mehr in der Welt. Freuen Sie sich nicht?«

»Wie bekommen Sie die Arbeit getan?« fragte Graham.

»Wir machen sie anziehend – so anziehend wie möglich. Und wenn sie dann nicht anzieht – so lassen wir sie. Wir bearbeiten ein ungeheures Feld.«

Er ging zu Einzelheiten über, und sie hatten ein langes Gespräch. Der Generalinspektor nannte die Namen Pestalozzi und Froebel mit tiefer Achtung, obgleich er keine Vertrautheit mit ihren epochemachenden Werken entfaltete. Graham erfuhr, daß Universitäten in einer modifizierten Form noch immer existierten. »Es gibt eine bestimmte Art Mädchen, zum Beispiel,« sagte der Generalinspektor, der vom Gefühl seiner Nützlichkeit schwoll, »mit einer direkten Leidenschaft für ernste Studien – wenn sie nicht zu schwierig sind, wissen Sie. Wir verproviantierten sie nach Tausenden. In diesem Augenblick«, sagte er mit Napoleonischem Anflug, »tragen in verschiedenen Teilen Londons fast fünfhundert Phonographen über den von Plato und Swift auf die Liebesaffären Shelleys, Hazlitts und Burns' ausgeübten Einfluß vor. Und nachher schreiben sie Essays über die Vorträge, und ihre Namen werden in der Reihenfolge des Verdienstes an auffälligen Orten angeschlagen. Sie sehen, wir Ihr kleiner Keim gewachsen ist? Die ungebildete Mittelklasse Ihrer Tage ist ganz verschwunden.«

»Von den Elementarschulen –« sagte Graham. »Kontrollieren Sie die?«

Der Generalinspektor tat es »gründlich«. Nun hatte Graham sich in seinen späteren, demokratischen Tagen sehr für sie interessiert, und seine Fragen wurden schneller. Gewisse, gelegentliche Worte, die dem Alten entfallen waren, mit dem er im Dunkel gesprochen hatte, fielen ihm wieder ein. Der

Generalinspektor bestätigte die Worte des Alten. »Wir haben die Pauke abgeschafft,« sagte er, eine Phrase, die Graham als die Abschaffung aller strengen Arbeit zu deuten begann. Der Generalinspektor wurde sentimental. »Wir versuchen, die Elementarschulen für die kleinen Kinder sehr angenehm zu machen. Sie werden so bald zu arbeiten haben. Nur ein paar einfache Prinzipien – Gehorsam – Fleiß.«

»Sie lehren sie sehr wenig?«

»Warum sollten wir? Es führt nur zu Unruhe und Unzufriedenheit. Wir amüsieren sie. Selbst so noch – gibt es Unruhen – Agitationen. Woher die Arbeiter die Ideen bekommen, kann man nicht sagen. Sie reden miteinander. Es existieren sozialistische Träume – sogar Anarchie! Agitatoren machen sich unter ihnen immer wieder an die Arbeit. Ich nehme an – ich habe es stets angenommen – daß meine erste Pflicht ist, gegen die Unzufriedenheit des Volks zu kämpfen. Warum sollte man die Leute unglücklich machen?«

»Ja, ja,« sagte Graham nachdenklich. »Aber ich möchte noch sehr vieles wissen.«

Lincoln, der während all der Zeit dagestanden und Grahams Gesicht beobachtet hatte, trat dazwischen. »Wir haben noch andere,« sagte er im Flüsterton.

Der Generalinspektor der Schulen gestikulierte sich fort. »Vielleicht«, sagte Lincoln, der einen zufälligen Blick auffing, »möchten Sie einige von den Damen kennen lernen?«

Die Tochter des Geschäftsführers der Schweinezüchtereien des Europäischen Nahrungsmitteltrusts war eine besonders reizende kleine Person mit rotem Haar und lebhaften blauen Augen. Lincoln ließ ihn eine Zeitlang allein, um mit ihr zu plaudern, und sie zeigte sich ganz begeistert für die »lieben alten Zeiten«, wie sie sie nannte, die den Anfang seines Starrkrampfes gesehen hatten. Sie lächelte beim Reden, und ihr Augen lächelten auf eine Art, die Erwiderung verlangte.

»Ich habe«, sagte sie, »zahllose Male versucht – mir diese alten romantischen Tage vorzustellen. Und für Sie – sind es Erinnerungen. Wie sonderbar und überfüllt Ihnen die Welt erscheinen muß! Ich habe Photographien und Bilder aus den alten Zeiten gesehen, die kleinen, einzelnen Häuser aus Steinen, die man aus gebranntem Schlamm machte, ganz schwarz vom Ruß aus ihren Öfen; die Eisenbahnbrücken, die einfachen Reklamen, die feierlichen, wilden Puritaner in sonderbaren, schwarzen Röcken, und ihre hohen Hüte, Eisenbahnzüge auf eisernen Brücken hoch oben, Pferde und Rinder und sogar Hunde, die halb wild in den Straßen herumliefen! Und plötzlich sind Sie hier hereingekommen!«

»Hier herein,« sagte Graham.

»Aus Ihrem Leben – aus allem heraus, was Ihnen vertraut war.«

»Das alte Leben war kein glückliches,« sagte Graham. »Ich sehne mich nicht nach ihm zurück.«

Sie sah ihn schnell an. Es entstand eine kurze Pause. Sie seufzte ermutigend. »Nein?«

»Nein,« sagte Graham. »Es war ein kleines Leben – und sinnlos. Aber dies – Wir hielten die Welt für kompliziert und voll und zivilisiert genug. Aber ich sehe wohl – obgleich ich in dieser Welt kaum vier Tage alt bin – wenn ich auf meine eigene Zeit zurückblicke, daß es eine wunderliche, barbarische Zeit war – der bloße Anfang dieser neuen Ordnung. Der bloße Anfang dieser neuen Ordnung. Sie werden es kaum begreiflich finden, wie wenig ich weiß.«

»Sie können mich fragen, was Sie wollen,« sagte sie und lächelte ihn an.

»So sagen Sie mir, wer diese Leute sind. Ich bin noch sehr im Dunkeln über sie. Es ist verwirrend. Sind Generäle da?«

»Leute in Hüten und Federn?«

»Natürlich nicht. Nein. Ich denke mir, es sind die Leute, die die großen öffentlichen Geschäfte leiten. Wer ist der vornehm aussehende Mann da?«

»Der da? Das ist ein höchst wichtiger Beamter. Das ist Morden. Er ist geschäftsführender Direktor der Gesellschaft zur Fabrikation gallabtreibender Pillen. Ich habe gehört, seine Arbeiter drehen mitunter an einem Tag in den vierundzwanzig Stunden eine Myriade Myriaden Pillen. Stellen Sie sich vor, eine Myriade Myriaden!«

»Eine Myriade Myriaden. Kein Wunder, wenn er so stolz aussieht!« sagte Graham. »Pillen! Was für eine wunderbare Zeit! Jener Mann in Purpur?«

»Der gehört nicht ganz zum inneren Zirkel, wissen Sie. Aber wir mögen ihn. Er ist wirklich sehr gescheit und sehr amüsant. Er gehört zu den Spitzen der Medizinischen Fakultät unserer Londoner Universität. Alle Ärzte, wissen Sie, sind Aktionäre der Medizinischen Fakultätsgesellschaft und tragen diesen Purpur. Man muß – man muß befähigt sein. Aber natürlich, Leute, die Honorare erhalten, weil sie etwas tun –« Sie lächelte die sozialen Prätensionen all solcher Leute fort.

»Sind ein paar von Ihren großen Künstlern oder Autoren hier?«

»Keine Autoren. Sie sind meist so wunderliche Leute – und so von sich eingenommen. Und sie zanken sich so furchtbar! Sie kämpfen – manche von ihnen – um den Vortritt auf Treppen! Schrecklich, nicht wahr? Aber ich denke, Wraysbury, der elegante Kapillotom, ist hier. Von Capri.«

»Kapillotom,« sagte Graham. »Ah! ich entsinne mich. Ein Künstler! Warum nicht?«

»Wir müssen ihn hofieren,« sagte sie entschuldigend. »Unser Kopf liegt in seinen Händen.« Sie lächelte.

Graham zögerte bei dem herausgeforderten Kompliment, aber sein Blick war ausdrucksvoll. »Sind die Künste mit den anderen zivilisierten Dingen gewachsen?« sagte er. »Welches sind ihre großen Maler?«

Sie sah ihn zweifelhaft an. Dann lachte sie. »Einen Moment,« sagte sie, »dachte ich, Sie meinten –« Sie lachte wieder. »Sie meinen natürlich jene guten Leute, von denen Sie so viel hielten, weil sie große Leinwandflächen mit Ölfarben bedecken konnten? Große Vierecke. Und diese Dinge taten die Leute in Goldrahmen und hingen sie in ihren viereckigen Zimmern in Reihen auf. Wir haben keine. Dieser Art Dinge ist man müde geworden.«

»Aber was dachten Sie, daß ich meinte?«

Sie legte einen Finger bedeutsam auf eine Backe, deren Glut über jeden Argwohn erhaben war, und lächelte und blickte sehr schelmisch und hübsch und einladend. »Und hier,« und sie zeigte auf ihr Augenlid.

Graham hatte einen abenteuernden Moment. Dann blitzte ihm die groteske Erinnerung an ein Bild von Onkel Toby und der Witwe, das er irgendwo gesehen hatte, durch den Geist. Ihn überkam eine archaische Scham. Er wurde sich scharf bewußt, daß er einer großen Zahl interessierter Leute sichtbar war. »Ich verstehe,« bemerkte er unangemessen. Er wandte sich verlegen von ihrer faszinierenden Leichtfertigkeit ab. Er blickte um sich und traf auf eine Anzahl Augen, die sich sofort mit anderen Dingen beschäftigten. Vielleicht errötete er ein wenig. »Wer ist der, der mit der Dame in Safran redet?« fragte er, indem er ihre Augen mied.

Die fragliche Person, erfuhr er, war einer von den großen Organisatoren der amerikanischen Theater, die gerade frisch von einer riesenhaften Produktion in Mexiko zurückkamen. Sein Gesicht erinnerte Graham an eine Caligulabüste. Ein weiterer auffallender Mann war der Schwarze Arbeitsmeister. Im Moment machte der Name keinen tiefen Eindruck, aber später tauchte er wieder empor; – der Schwarze Arbeitsmeister? Die kleine Dame zeigte ihm, keineswegs verlegen, eine entzückende kleine Dame als eine der Subsidiarfrauen des anglikanischen Bischofs von London. Sie fügte Lobsprüche auf den bischöflichen Mut hinzu – bisher hatte in der Geistlichkeit die Monogamie als Regel gegolten – »weder ein natürlicher noch ein praktischer Stand der Dinge. Warum sollte man die natürliche Entwicklung der Triebe verkümmern und hemmen, wenn jemand Priester ist?«

»Und nebenbei,« sagte sie, »sind Sie Anglikaner?« Graham stand am Rande zögernder Fragen über den Status einer »Subsidiarfrau« –, offenbar ein euphemistischer Ausdruck – als Lincolns Rückkehr dieses sehr anregende und interessante Gespräch abbrach. Sie gingen quer durch den Saal zu einem großen Mann in Scharlach, und zwei entzückende Leute in birmanischen Kostümen (wie es ihm schien) erwarteten ihn mißtrauisch. Von ihren Höflichkeiten ging er zu anderen Vorstellungen weiter.

In kurzem begannen sich diese vielfachen Eindrücke zu einer Gesamtwirkung zu organisieren. Zuerst hatte das Glitzern der Versammlung den ganzen Demokraten in Graham geweckt; er hatte sich feindlich und satirisch gefühlt. Aber es ist der Menschennatur nicht gegeben, einer Atmosphäre höflicher Achtung zu widerstehen. Bald hatten sich die Musik, das Licht, das Farbenspiel, die leuchtenden Arme und Schultern rings, die Berührung der Hände, das flüchtige Interesse lächelnder Gesichter, der schäumende Klang geschickt modulierter Stimmen, die Atmosphäre des Kompliments, Interesses und der Achtung in ein Gewebe unbestreitbaren Vergnügens verwoben. Graham vergaß auf eine Zeitlang seine geräumigen Vorsätze. Er gab unmerklich dem Rausch der Stellung nach, die man ihm einräumte, sein Wesen wurde weniger bewußt, überzeugender königlich, sein Fuß trat sicher auf, das schwarze Gewand fiel mit kühnerer Falte, und der Stolz veredelte seine Stimme. Schließlich war dies eine glänzende, interessante Welt.

Sein Blick glitt beifällig über die wechselnden Farben der Leute, er blieb hier und dort in freundlicher Kritik auf einem Gesicht ruhen. Dann fiel ihm ein, daß er der reizenden kleinen Person mit dem roten Haar und den blauen Augen eine Entschuldigung sagen mußte. Er fühlte sich einer plumpen Abfertigung schuldig. Es war nicht fürstlich, ihr Entgegenkommen zu ignorieren, selbst, wenn seine Politik ihre Abweisung notwendig machte. Er fragte sich, ob er sie wiedersehen werde. Und plötzlich berührte eine Kleinigkeit den Zauber dieser Versammlung und veränderte ihren Charakter.

Er blickte nach oben und sah ein Gesicht über eine Porzellanbrücke gehen und auf ihn niederblicken, ein Gesicht, das fast sofort verborgen war, das Gesicht des Mädchens, das er abends nach seiner Flucht aus dem Hause des Rats in dem kleinen Zimmer hinter dem Theater gesehen hatte. Und sie blickte ziemlich mit demselben Ausdruck neugieriger Erwartung, unsicherer Gespanntheit auf sein Tun herab. Im Moment entsann er sich nicht, wo er sie gesehen hatte, und dann kam mit dem Wiedererkennen eine unbestimmte Erinnerung an die aufregenden Gefühle ihrer ersten Begegnung. Aber das tanzende Gewebe der Melodie rings um ihn hielt seinem Gedächtnis den Gang jenes großen Marschliedes fern.

Die Dame, mit der er sprach, wiederholte ihre Bemerkung, und Graham entsann sich des quasi-königlichen Flirts, mit dem er beschäftigt war.

Aber von dem Moment an trat eine unbestimmte Rastlosigkeit, ein Gefühl, das zur Unzufriedenheit anwuchs, in seinen Geist. Ihn beunruhigte etwas wie eine halbvergessene Pflicht, wie die Empfindung, als entschlüpften ihm mitten in diesem Licht und Glanz wichtige Dinge. Der Reiz, den diese glänzenden Damen, die sich um ihn drängten, auszuüben begannen, hörte auf. Er gab keine unbestimmten und plumpen Antworten mehr auf die feinen Liebesanträge, die ihm, wie er jetzt überzeugt war, gemacht wurden, und sein Auge suchte nach einem zweiten Anblick jenes Gesichtes, das so stark an seinen Schönheitssinn appelliert hatte. Aber er sah sie nicht eher wieder, als bis er auf Lincolns Rückkehr wartete, um diese Versammlung zu verlassen. Als Antwort auf seine Bitte hatte Lincoln versprochen, es solle nachmittags ein Versuch gemacht werden, zu fliegen, wenn das Wetter es erlaubte. Er war fortgegangen, um noch gewisse notwendige Vorkehrungen zu treffen.

Graham stand auf einer der oberen Galerien im Gespräch mit einer helläugigen Dame über das Eadhamit – das Thema war seine Wahl, nicht ihre. Er hatte ihre warmen Versicherungen persönlicher Ergebenheit mit einer Tatsachenfrage unterbrochen. Er fand sie, wie er schon mehrere moderne Frauen gefunden hatte, weniger gut unterrichtet als reizend. Plötzlich drang, im Kampf gegen den wirbelnden Strom näherer Melodie, das Aufstandslied, der große Gesang, den er in der Halle gehört hatte, heiser und massiv auf ihn herab.

Er blickte erschreckt in die Höhe und sah über sich ein *oeil de boeuf*, durch das dieses Lied gekommen war, und dahinter die oberen Kabelgänge, den blauen Nebel und den hängenden Bau der Lichter der öffentlichen Straßen. Er hörte das Lied in einem Tumult von Stimmen zerbröckeln und aufhören. Aber jetzt nahm er ganz deutlich das Summen und den Aufruhr der gleitenden Plattformen und ein Gemurmel vieler Menschen wahr. Er hatte die unbestimmte Überzeugung, die er sich nicht erklären konnte, eine Art instinktiven Gefühls, daß draußen auf den Straßen eine riesige Menge dies Haus bewachen müsse, in dem sich ihr Herr amüsierte. Er fragte sich, was sie wohl denken mochten.

Obgleich das Lied so unvermittelt aufgehört hatte, obgleich die besondere Musik dieser Versammlung sich wieder durchsetzte, blieb doch das Motiv des Marschliedes, nachdem es einmal begonnen hatte, in seinem Geist hangen.

Die helläugige Dame rang immer noch mit den Geheimnissen des Eadhamits, als er das Mädchen bemerkte, das er im Theater gesehen hatte. Sie kam jetzt die Galerie entlang auf ihn zu. Sie war in ein mattleuchtendes Grau gekleidet, ihr dunkles Haar lag wie eine Wolke um ihre Stirn, und als er sie sah, fiel das kalte Licht der runden Öffnung nach den Straßen hinaus auf ihr gesenktes Gesicht.

Die Dame, die sich mit dem Eadhamit quälte, sah den Wechsel in seinem Ausdruck und ergriff diese Gelegenheit zur Rettung. »Möchten Sie das Mädchen kennen lernen, Sire?« fragte sie kühn. »Es ist Helene Wotton – eine Nichte Ostrogs. Sie weiß eine Menge ernsthafter Dinge. Sie ist eine von den ernsthaftesten Personen der Welt. Ich glaube sicher, Sie werden sie mögen.«

Im nächsten Moment sprach Graham mit dem Mädchen, und die helläugige Dame war davon geflattert.

»Ich erinnere mit Ihrer sehr gut,« sagte Graham. »Sie waren in dem kleinen Zimmer. Als das ganze Volk sang und den Takt mit den Füßen stampfte. Ehe ich durch die Halle ging.«

Ihre momentane Verlegenheit verging. Sie sah zu ihm auf, und ihr Gesicht war ruhig. »Es war wundervoll,« sagte sie, zögerte und sprach mit plötzlicher Anstrengung. »All dies Volk wäre für Sie gestorben, Sire. Zahllose Menschen sind in jener Nacht für Sie gestorben.«

Ihr Gesicht glühte. Sie warf einen raschen Blick zur Seite, um zu sehen, daß auch niemand sonst ihre Worte hörte.

Lincoln erschien etwas entfernt auf der Galerie und kam durch das Gedränge auf sie zu. Sie sah ihn und wandte sich seltsam eifrig mit raschem Wechsel zur Vertraulichkeit und

Intimität zu Graham. »Sire,« sagte sie schnell, »ich kann es Ihnen nicht jetzt und hier erzählen. Aber das gewöhnliche Volk ist sehr unglücklich; es wird bedrückt – es wird schlecht regiert. Vergessen Sie das Volk nicht, das dem Tod entgegentrat – dem Tod, damit Sie leben konnten.«

»Ich weiß nicht –« begann Graham.

»Ich kann es Ihnen jetzt nicht erzählen.«

Lincolns Gesicht erschien dicht neben ihnen. Er verbeugte sich entschuldigend gegen das Mädchen.

»Sie finden die neue Welt angenehm, Sire?« fragte Lincoln mit lächelnder Ehrfurcht und zeigte mit umfassender Geste auf Raum und Glanz der Gesellschaft. »Auf jeden Fall finden Sie sie verändert.«

»Ja,« sagte Graham, »verändert. Und doch schließlich nicht so sehr verändert.«

»Warten Sie, bis Sie in der Luft sind,« sagte Lincoln. »Der Wind hat sich gelegt; schon wartet ein Aeropile auf Sie.«

Die Haltung des Mädchens erwartete die Entlassung.

Graham blickte auf ihr Gesicht, stand am Rande einer Frage, sah eine Warnung in ihrem Ausdruck, verneigte sich gegen sie und machte kehrt, um Lincoln zu begleiten.

16.
Der Aeropile

Eine Weile war Graham, als er mit Lincoln durch die Gänge des Windfahnenamts ging, zerstreut. Aber er nahm sich zusammen und achtete bald auf die Dinge, die Lincoln sagte. Bald schwand seine Zerstreutheit. Lincoln sprach vom Fliegen. Graham wünschte sehr, mehr von dieser neuen Errungenschaft des Menschen zu erfahren. Er begann Lincoln mit Fragen zu bedrängen. Er hatte in seinem früheren Leben die rohen Anfänge der Luftschiffahrt sehr genau verfolgt; er war entzückt, die ihm vertrauten Namen Maxim und Pilcher, Langley und Chanute und vor allem den des Protomärtyrers der Luftschiffahrt, Lilienthals, noch bei den Menschen in Ehren zu finden.

Schon während seines früheren Lebens hatten zwei Untersuchungslinien deutlich auf zwei unterschiedene Typen als mögliche Vorrichtungen hingewiesen, und beide waren Wirklichkeit geworden. Auf der einen Seite stand die große, maschinengetriebene Aeroplane, eine Doppelreihe horizontaler Flügel mit einer großen Luftschraube hinten, und auf der anderen der behendere Aeropile. Die Aeroplanen flogen sicher nur bei Windstille oder mäßigem Wind, und plötzliche Stürme, Ereignisse, die jetzt genau voraussagbar waren, machten sie für alle Zwecke nutzlos. Sie wurden in ungeheurer Größe gebaut – die gewöhnliche Flügelweite betrug sechshundert Fuß oder mehr, und die Länge des Baus tausend Fuß. Sie waren nur für Personenverkehr. Der leichtgeschwungene Wagen, den sie trugen, war hundert bis hundertundfünfzig Fuß lang. Er war auf eine besondere Art aufgehängt, um die komplizierten Schwingungen, die selbst ein mäßiger Wind hervorrief, auf ein Minimum zurückzuführen, und aus demselben Grunde waren die kleinen Sitze im Wagen – der Passagier blieb während der Reise sitzen – mit großer Bewegungsfreiheit aufgehängt. Die Auffahrt des Mechanismus war nur von einem gigantischen Karren auf den Schienen eines besonders dazu erbauten Gerüstes aus möglich. Graham hatte die riesigen Gerüste, die Flugbühnen, vom Krähennest aus gut gesehen. Sechs riesige leere Flächen waren es, jede mit einer gigantischen »Träger«-Bühne darauf.

Die Auswahl des Abstiegs war in gleicher Weise umschrieben, da eine absolut ebene Fläche zur sicheren Landung nötig war. Abgesehen von der Zerstörung, die der Abstieg dieser riesigen Masse von Segeln und Metall angerichtet hätte, und von der Unmöglichkeit, wieder emporzusteigen, hätte die Erschütterung einer unebenen Oberfläche, zum Beispiel eines baumbesetzten Hügelhangs oder einer Böschung genügt, die Rippen des Rumpfes zu zerschmettern und vielleicht die Leute an Bord zu töten.

Erst fühlte Graham sich von diesen schwerfälligen Vorrichtungen enttäuscht, aber bald begriff er die Tatsache, daß die kleineren Maschinen sich nicht gelohnt hätten, und zwar aus dem einfachen Grunde, weil ihre Tragkraft bei verringerter Größe unverhältnismäßig abnehmen würde. Obendrein befähigte die riesige Größe dieser Maschinen sie – und das war eine Erwägung von primärer Bedeutung – die Luft mit ungeheurer Geschwindigkeit zu durchfahren und so die Gefahren unvorhergesehenen Wetters zu vermeiden. Die kürzeste befahrene Strecke, die von London nach Paris, nahm dreiviertel Stunden in Anspruch, aber die erreichte Geschwindigkeit war nicht hoch; der Sprung nach New York dauerte etwa zwei Stunden, und wenn man sich sorgfältig mit den Zwischenstationen einrichtete, war es bei ruhigem Wetter möglich, in einem Tage um die Welt zu fahren.

Die kleinen Aeropilen (wie sie ohne besonderen Grund zum Unterschied hießen) waren von ganz anderem Typ. Mehrere von ihnen zogen in der Luft hin und her. Sie waren bestimmt, nur eine oder zwei Personen zu tragen, und ihre Herstellung und Unterhaltung war so kostspielig, daß sie dadurch zum Monopol der reicheren Leute wurden. Ihre Segel, die glänzend gefärbt waren, bestanden nur aus zwei Paaren seitlicher Flächen in gleicher Ebene und einer Schraube hinten. Ihre Kleinheit machte einen Abstieg auf irgendwelchem offenen Platz weder schwierig noch unangenehm, und es war möglich, sie mit pneumatischen Rädern, oder selbst mit den gewöhnlichen Motoren für irdischen Verkehr zu versehen, und sie so zu einem passenden Aufstiegeort zu bringen. Sie erforderten eine besondere Art schnellen Karrens, um sie in die Luft zu werfen, aber ein solcher Karren reichte auf jedem offenem Platz, der von hohen Gebäuden und Bäumen frei war, aus. Die menschliche Aeronautik, merkte Graham, war immer noch weit hinter der instinktiven Begabung des Albatros oder des Fliegenschnäppers zurück. Eine große Probe, die den Aeropilen zu rascherer Vollendung hätte bringen können, war ihm versagt gewesen; diese Erfindungen waren nie im Krieg gebraucht. Der letzte große internationale Kampf hatte vor der Usurpation des Rates stattgefunden.

Die Flugbühnen von London standen in einem unregelmäßigen Halbmond auf der Südseite des Flusses. Sie bildeten drei Gruppen von je zweien und bewahrten die Namen alter vorstädtischer Hügel oder Dörfer. Sie hießen der Reihe nach Roehampton, Wimbledon Park, Streatham, Norwood, Blackheath und Shooters Hill. Es waren gleichförmige Bauwerke, die sich über die allgemeinen Dachflächen erhoben. Jede war etwa viertausend Meter lang und tausend breit, und gebaut aus der Mischung von Aluminium und Eisen, die in der Architektur das Eisen ersetzt hatte. Ihre oberen Partien bildeten ein Rahmenwerk von Pfeilern, durch die Lifts und Treppen hinaufführten. Die Oberfläche war eine glatte Fläche mit Teilen – den Schwungträgern – die hinaufgezogen werden konnten und dann auf sehr leicht geneigten Schienen bis zum Ende des Baus liefen. Abgesehen von Aeropilen und Aeroplanen, die im Hafen lagen, hielt man diese Flächen für Ankömmlinge klar.

Während der Zurichtung der Aeroplanen pflegten die Passagiere in dem System von Theatern, Restaurants, Nachrichtenzimmern und Vergnügungs- und Genußorten jeder Art zu warten, die sich mit den blühenden Läden unten verwoben. Dieser Teil Londons war infolgedessen gemeinhin der lustigste von allen Distrikten, er zeigte etwas von der meretrizischen Lustigkeit des Seehafens oder einer Hotelstadt. Und für die, welche die Aeronautik mit mehr Ernst ansahen, hatten die religiösen Quartiere eine reizvolle Kolonie von Andachtskapellen vorgeschoben, während eine Schar von glänzenden, medizinischen Etablissements dazu beitrug, physische Vorbereitungen für die Reise zu liefern. Auf verschiedenen Niveaus lief durch die Massen von Zimmern und Gängen darunter außer den großen Gleitwegen der Stadt, die sich hier sammelten und verschlangen, ein kompliziertes System besonderer Gänge und Lifts und Gleitwege für den bequemen Austausch von Leuten und Gepäck zwischen Bühne und Bühne. Und ein unterscheidender Zug der Architektur dieser Sektion war die ostentative Massivität der Metallpfeiler und Stützen, die überall die Perspektive durchbrachen und die Hallen und Gänge überspannten, und sich mehrten und verschlangen, wo es galt, dem Gewicht der Bühnen und dem schweren Stoß der Aeroplanen zu Häupten entgegenzutreten.

Graham fuhr auf den öffentlichen Wegen zu den Flugbühnen. Ihn begleitete Asano, sein japanischer Diener. Lincoln war von Ostrog abberufen, der mit seinen Verwaltungssorgen zu tun hatte. Eine starke Wache der Windfahnenpolizei wartete vor dem Windfahnenamt auf den Herrn, und sie machte ihm einen Raum auf der obersten gleitenden Plattform frei. Seine Fahrt zu den Flugbühnen war unerwartet; trotzdem aber sammelte sich eine beträchtliche Volksmenge und folgte ihm bis zu seinem Ziel. Wenn er vorbeifuhr, konnte er die Leute seinen Namen rufen hören, und er sah zahllose Männer und Frauen und Kinder in Blau die Treppen im Mittelweg heraufgeschwärmt kommen, gestikulieren und rufen. Was sie riefen, konnte er nicht hören. Wieder fiel ihm das offenbare Vorhandensein eines vulgären Dialekts unter den Armen der Stadt auf. Als er schließlich hinabstieg, waren seine Wachen sofort von einer dichten, aufgeregten Menge umgeben. Später fiel ihm ein, daß einige ihn mit Petitionen zu erreichen versucht hatten. Seine Wachen brachen nur mit Mühe für ihn Bahn.

Er fand einen Aeropilen mit einem Aeronauten auf der westlichen Bühne wartend vor. Aus der Nähe gesehen, war dieser Mechanismus nicht mehr klein. Wie er auf seinem Schwungträger auf der weiten Fläche der Flugbühne dalag, war das Aluminiumskelett seines Rumpfes so groß, wie der

Rumpf einer Zwanzig-Ton-Yacht. Die seitlichen Tragesegel, die, fast wie ein Bienenflügel mit Rippen, mit Metallrippen versteift und aus einer glasartigen, künstlichen Membran gemacht waren, warfen ihre Schatten über viele hundert Quadratmeter hin. Die Stühle für den Ingenieur und seinen Passagier hingen in einer komplizierten Aufhängung schwungfrei innerhalb der schützenden Rahmenrippen und weit hinter der Mitte. Der Passagierstuhl war durch einen Windschirm geschützt und von metallischen Stangen umgeben, die Luftkissen trugen. Er konnte auf Wunsch völlig eingeschlossen werden, aber Graham war auf neue Erfahrungen begierig und wünschte, es solle offen bleiben. Der Aeronaut saß hinter einem Glas, das sein Gesicht schützte. Der Passagier konnte sich mit seinem Sitz feststellen, und das war beim Landen fast unumgänglich, oder er konnte sich mittelst einer Schiene und einer Stange bis zu einem Kasten am Stamm der Maschine bewegen, wo sein persönliches Gepäck, seine Decken und Stärkungsmittel untergebracht waren, und der auch, zusammen mit den Sitzen, als ein Ballast für den Teil der zentralen Maschine diente, der zum Propeller am Stern vorsprang.

Die Maschine sah sehr einfach aus. Asano erklärte ihm die Teile des Apparates und sagte, er gehöre wie die Gasmaschine Viktorianischer Tage zum explosiven Typus, und verbrenne bei jedem Stoß einen kleinen Tropfen einer Substanz namens »Fomil«. Sie bestand einfach aus Reservoir und Kolben rings um die lange pfeifenförmige Kurbel der Propellerwelle. So viel sah Graham von der Maschine.

Die Flugbühne rings war, abgesehen von Asano und ihrem Gefolge, leer. Unter Leitung des Aeronauten setzte er sich auf seinen Sitz. Dann trank er eine Mixtur, die Ergotin enthielt – eine Dosis, wie er hörte, die unweigerlich allen verabreicht wurde, die fliegen wollten, und die der möglichen Wirkung des verminderten Luftdruckes auf den Körper entgegenwirken sollte. Als er das getan hatte, erklärte er sich zu der Reise bereit. Asano nahm ihm das leere Glas ab, trat durch die Stangen des Rumpfes hinaus und blieb unten auf der Bühne stehen und winkte mit der Hand. Plötzlich schien er die Bühne nach rechts hin entlang zu gleiten und zu verschwinden.

Die Maschine stieß, der Propeller kreiste, und eine Sekunde lang glitten die Bühne und die Gebäude unten rasch und horizontal an Grahams Auge vorüber; dann schienen diese Dinge plötzlich zu kippen. Er packte instinktiv die kleinen Stangen zu beiden Seiten. Er fühlte, daß er sich aufwärts bewegte, hörte die Luft über den Windschirm pfeifen. Die Propellerschraube drehte sich mit mächtigen rhythmischen Stößen – eins, zwei, drei, Pause; eins, zwei, drei – die der Ingenieur sehr genau kontrollierte. Die Maschine begann ein lebendes Schwingen, das während des ganzen Fluges fortdauerte, und die Dachflächen schienen sehr rasch nach Steuerbord fortzulaufen und rapid kleiner zu werden. Er blickte von dem Gesicht des Ingenieurs durch die Rippen der Maschine. Wenn er abwärts blickte, war, was er sah, nicht sehr erschreckend – eine rasche Drahtseilbahn hätte die gleichen Empfindungen hervorbringen können. Er erkannte das Rathaus und den Hügel von Highgate. Und dann blickte er senkrecht zwischen den Füßen durch.

Einen Moment hielt ihn physischer Schreck gefangen, eine leidenschaftliche Empfindung der Unsicherheit. Er hielt sich fest. Eine Sekunde oder so konnte er die Augen nicht heben. Hundert Fuß oder mehr unter sich sah er eins der großen Windräder des südwestlichen Londons, und dahinter stand die südlichste Flugbühne, die eng mit kleinen, schwarzen Punkten getüpfelt war. Diese Dinge schienen von ihm fortzufallen. Eine Sekunde lang hatte er einen Impuls, die Erde zu verfolgen. Er kniff die Zähne zusammen, er hob die Augen mit einer Muskelanstrengung, und der Moment der Panik ging vorüber.

Eine Zeitlang blieb er mit fest zusammengebissenen Zähnen sitzen, und seine Augen starrten in den Himmel. Bum, bum, bum – bum, machte die Maschine; bum, bum, bum – bum. Er faßte seine Griffe fest, blickte auf den Aeronauten und sah ein Lächeln auf seinem sonnenverbrannten Gesicht. Er lächelte zurück – vielleicht ein wenig künstlich. »Etwas seltsam zuerst,« rief er, ehe er sich seiner Würde erinnerte.

Aber er wagte eine Zeitlang nicht wieder hinunterzublicken. Er blickte dem Aeronauten über den Kopf, dahin, wo ein Rand unbestimmten blauen Horizonts heraufkroch. Eine kleine Weile konnte er den Gedanken an mögliche Unfälle nicht aus dem Kopf verbannen. Bum, bum, bum – bum; wenn nun irgendeine winzige Schraube in dieser Tragemaschine verkehrt ging! Wenn nun –! Er machte eine grimmige Anstrengung, alle solchen Voraussetzungen fallen zu lassen. Nach einer Weile verließen sie wenigstens den Vordergrund seiner Gedanken. Und stetig stieg er, höher und höher in die klare Luft empor.

Als einmal der geistige Stoß, daß er sich ungetragen durch die Luft bewegte, vorüber war, waren seine Empfindungen auch nicht mehr unangenehm. Man hatte ihn vor der Luftkrankheit gewarnt, aber er fand die pulsierende Bewegung des Aeropilen, als er die leichte Südwestbrise emporstieg, sehr gering im Vergleich mit dem Stoßen eines Bootes, das in mäßigem Wind quer durch Rollwellen geht, und er vertrug das Meer von Konstitution aus gut. Und die Schärfe der dünneren Luft, in die sie aufstiegen, weckte ein Gefühl der Leichtigkeit und der Erheiterung. Er blickte auf und sah den blauen Himmel oben von Zirruswolken durchbrochen. Sein Auge senkte sich langsam durch die Rippen und Stangen bis auf eine leuchtende Flucht weißer Vögel, die im unteren Himmel hingen. Eine Zeitlang beobachtete er diese. Dann ging er tiefer hinab und weniger ängstlich und sah die schlanke Form des Krähennestes des Windfahnenwächters golden im Sonnenlicht glänzen und mit jedem Moment kleiner werden. Als sein Auge nun mit mehr Zuversicht abwärts stieg, kam eine blaue Hügellinie und dann London, schon leewärts, in Sicht – eine komplizierte Fläche von Dächern. Sein naher Rand stand scharf und klar da und verbannte seine letzten Befürchtungen mit einem Schlag der Überraschung. Denn die Grenze von London war wie eine Wand, wie eine Klippe, ein steiler Absturz von drei- oder vierhundert Fuß, eine nur hier und dort von Terrassen durchbrochene Stirnseite, eine komplizierte, dekorative Fassade.

Jener allmähliche Übergang von Stadt in Land durch einen weiten Schwamm von Vororten, der ein so charakteristischer Zug der großen Städte des neunzehnten Jahrhunderts war, existierte nicht mehr. Nichts blieb davon als eine Ruinenwüste, variiert und gefüllt mit Dickichten der mannigfaltigsten Gewächse, die einst die Gärten des Gürtels geschmückt hatten, eingestreut unter ebene braune Flecken besäten Bodens und üppiger Flächen von Immergrün. Diese letzteren verbreiteten sich sogar unter die Häuserspuren. Aber zum größten Teil standen die Ruinenriffe und Klippen, die Trümmer vorstädtischer Villen in ihren Straßen und Wegen, wunderliche Inseln mitten in den geebneten Strecken von Grün und Braun, verlassen freilich von den Bewohnern seit Jahren, aber zu massiv, so schien es, um von den großen Hortikulturmaschinen der Zeit aus dem Wege geräumt zu werden.

Die Vegetation dieser Wüste wellte und schäumte zwischen den zahllosen Zellen zerbröckelnder Hausmauern und brach sich am Fuße der Stadtmauer hin in einer Brandung von Brombeerranken und Stechpalmen und von Efeu und Disteln und hohen Gräsern. Hier und dort türmten sich flitternde Freudenpaläste unter den winzigen Resten Viktorianischer Zeiten auf, und zu ihnen hingen Kabel von der Stadt herab. An diesem Wintertage schienen sie verlassen. Verlassen waren auch die künstlichen Gärten zwischen den Ruinen. Die Stadtgrenzen waren wirklich so scharf umrissen, wie in jenen alten Tagen, als die Tore mit Einbruch der Nacht geschlossen wurden und der Räuber-Feind bis an die Mauern schweifte. Ein riesiger, halbkreisförmiger Schlund spie einen kräftigen Verkehr auf die Eadhamitwege heraus. So blitzte Graham der erste Blick auf die Welt jenseits der Stadt auf, und er schwand zusammen. Und als er schließlich wieder senkrecht hinabblicken konnte, sah er unter sich die Gemüsefelder des Thamestals – unzählige winzige Vierecke rötlichen Brauns, die von leuchtenden Fäden durchschnitten waren – von den Kloakengräben.

Seine Aufheiterung nahm schnellen Fortgang, wurde eine Art Rausch. Er ertappte sich, wie er tief Atem holte, laut lachte, zu rufen wünschte. Nach einiger Zeit wurde dieser Wunsch zu stark für ihn, er rief laut hinaus.

Die Maschine war jetzt so hoch gestiegen, wie es bei Aeropilen gewöhnlich ist, und sie begannen nach Süden herumzuschwenken. Die Steuerung, sah Graham, geschah, indem man ein oder zwei dünne Streifen der Membran in dem einen oder anderen der sonst starren Flügel öffnete, und durch die Vorwärts- oder Rückwärtsbewegung der ganzen Maschine an ihren Trägern entlang. Der Aeronaut ließ die Maschine ihre Schiene entlang langsam nach vorn gleiten und öffnete die Klappe des Leeflügels, bis der Stamm des Aeropiles horizontal lag und nach Süden zeigte. Auch in der Richtung flogen sie mit einer leichten Neigung nach Lee und mit einer langsamen Änderung der Bewegung, erst einem kurzen, scharfen Aufstieg und dann einem langen, sehr raschen und unangenehmen Abwärtsgleiten hin. Während dieses Abwärtsgleitens war der Propeller ganz in Ruhe. Diese Aufstiege gaben Graham ein glorreiches Gefühl erfolgreicher Bemühung; die Abstiege durch die verdünnte Luft waren über alle Erfahrung. Er hätte die obere Luft nie mehr verlassen mögen.

Eine Zeitlang achtete er auf die winzigen Details der Landschaft, die unter ihm rasch nach Norden lief. Ihr klar kleinstes Detail gefiel ihm außerordentlich. Der Ruin der Häuser, die einst das Land durchsprenkelt hatten, die riesigen baumlosen Landflächen, auf denen, abgesehen von bröckelnden Ruinen, keine Bauernhöfe und Dörfer mehr standen — das machte ihm großen Eindruck. Er hatte gewußt, daß es so war, aber es so zu sehen, war etwas ganz anderes. Er versuchte Orte zu erkennen, die er in dem hohlen Becken der Welt unten gekannt hatte, aber zuerst konnte er keine Data finden, jetzt, wo das Thamestal hinter ihm lag. Bald aber flogen sie über einen scharfen Kalkhügel, den er als den Guildford Hogs Back erkannte, und zwar an dem ihm vertrauten Umriß der Schlucht am östlichen Ende und an den Ruinen der Stadt, die sich steil auf beiden Rändern dieser Schlucht erhoben hatte. Und von da ausgehend, erkannte er andere Punkte, Leith Hill, die Sandwüsten von Aldershut und so weiter. Der Dünenhang war mit gigantischen, langsam kreisenden Windrädern

174

besetzt. Außer, wo die breite Eadhamitstraße nach Portsmouth, die mit jagenden Punkten getüpfelt war, dem Lauf der alten Eisenbahn folgte, war das Tal der Wey von Dickichten erstickt.

Die ganze Fläche der Dünenabdachung war, so weit der graue Nebel ihm zu blicken erlaubte, mit Windrädern besetzt, gegen die das größte der Stadt nur ein jüngerer Bruder war. Sie kreisten mit würdevoller Bewegung vor dem Südwestwind. Und hier und dort waren Flecken mit den Schafen des Britischen Nahrungsmitteltrusts getüpfelt, und hier und dort gab ein berittener Hirt einen schwarzen Fleck. Dann kamen unter dem Stern des Aeropils die Wealden Heights, die Linie von Hindhead, Pitch Hill und Leith Hill entlang gestürzt, und eine zweite Reihe von Windrädern schien sich zu bestreben, den Dünenlandmühlen ihren Teil der Brise zu rauben. Das purpurne Heidekraut war mit gelbem Ginster gefleckt, und ferner hin jagte eine Herde Ochsen vor einem Paar berittener Männer. Schnell fegte das nach hinten, schwand zusammen und verlor die Farbe und wurde zu kaum sich bewegenden Punkten, die der Nebel verschlang.

Und als sie in der Ferne verschwunden waren, hörte Graham ganz in der Nähe einen Kiebitz klagen. Er sah, daß er jetzt über den Süddünen war, und als er über die Schulter blickte, sah er die Zinnen der Landungsbühne von Portsmouth, die über dem Rand von Portsdown Hill aufragte. Im nächsten Moment kam eine von Schiffen bedeckte Fläche in Sicht, die schwimmenden Städten glich, die kleinen weißen Klippen der Nadeln, winzig und sonnenhell, und die grauen und glitzernden Wasser der engen See. Sie schienen den Solent in einem Moment zu überspringen, und in ein paar Sekunden lief die Insel Wight vorbei, und dann breitete sich unter ihm eine weitere und weitere Meeresfläche, hier purpurn vom Schatten einer Wolke, hier grau, hier ein polierter Spiegel und hier eine Fläche wolkig grünen Blaus. Die Insel Wight wurde immer kleiner. In noch ein paar Minuten löste sich ein Streifen grauen Nebels von anderen Streifen, die Wolken waren, stieg aus dem Himmel herab und wurde zur Küstenlinie – sonnenhell und heiter – der Küste Nordfrankreichs. Sie stieg, sie nahm Farbe an, wurde bestimmt und detailliert, und das Gegenstück zum Dünenland von England eilte unten vorbei.

In kurzer Zeit, wie es schien, kam Paris über den Horizont und blieb dort eine Weile hängen und sank wieder außer Sicht, als der Aeropile wieder nach Norden kreiste. Aber noch sah er den Eifelturm stehen und daneben eine riesige Kuppel, die von einem Nadelspitzenkoloß überragt wurde. Und er sah auch, obgleich er sie damals nicht verstand, eine treibende Rauchwolke. Der Aeronaut sagte etwas von »Unruhen auf den Untergrundwegen«, worauf Graham nicht achtete. Aber ihm fielen die Minarets und Türme und schlanken Masten auf, die über den Windrädern der Stadt zum Himmel strömten, und er wußte, daß wenigstens, soweit die Anmut in Frage kam, Paris seinem größeren Rivalen noch immer voraus blieb. Und während er noch hinsah, stieg eine blasse blaue Gestalt sehr rasch von der Stadt auf, wie etwa ein totes Blatt vor einem Sturm aufwirbelt. Sie machte eine Kurve und hob sich auf sie zu und wurde rapid immer größer. Der Aeronaut sagte etwas. »Was?« sagte Graham, der die Augen nicht davon abwenden wollte. »Aeroplan, Sire,« schrie der Aeronaut und zeigte.

Sie stiegen und kreisten nach Norden herum, als er näher kam. Näher kam und näher, größer und größer. Das bum, bum, bum – bum des Aeropilenflugs, das so kräftig und schnell erschienen war, erschien plötzlich im Vergleich mit diesem Sturm langsam. Wie groß das Ungeheuer schien, wie schnell und stetig! Es flog ganz dicht unter ihnen hin, in schweigendem Flug, eine riesige Fläche drahtumnetzter, durchsichtiger Flügel, ein lebendiges Wesen. Einen Moment sah Graham die Reihen und Reihen eingehüllter Passagiere, die hinter Windschirmen in ihren kleinen Wiegen hingen, er sah einen weißgekleideten Ingenieur gegen den Wind einen Leiterweg entlang kriechen, sah speiende Maschinen zusammenschlagen, sah die Luftschraube hinten wirbeln und eine weite Flügelfläche. Er frohlockte über den Anblick. Und im Moment war das Ding vorbei.

Es stieg langsam, und ihre eigenen kleinen Flügel schwankten im Sturm seines Fluges. Es sank und wurde kleiner. Kaum hatten sie sich bewegt, so schien es, da war es wieder nur noch ein flaches, blaues Ding, das im Himmel verschwand. Dies war der Aeroplan, der zwischen Paris und London hin und her ging. Bei schönem Wetter und in friedlichen Zeiten fuhr er viermal am Tage hin und her.

Sie flogen über den Kanal, langsam, wie es Grahams größeren Begriffen jetzt schien, und links von ihnen stieg Beachy Head grau herauf.

»Landen?« schrie der Aeronaut, dessen Stimme gegen das Pfeifen der Luft über dem Windschirm leise erschien.

»Noch nicht,« rief Graham lachend. »Noch nicht landen. Ich will mehr von dieser Maschine erfahren.«

»Ich dachte —« sagte der Aeronaut.

»Ich will mehr von dieser Maschine erfahren,« wiederholte Graham.

»Ich komme zu Ihnen,« sagte er und war aus seinem Sitz gesprungen und machte einen Schritt auf dem geschützten Gitter zwischen ihnen. Er blieb einen Moment stehen, und seine Farbe wechselte und sein Griff wurde fester. Noch einen Schritt und er klammerte sich nahe beim Aeronauten an. Er fühlte ein Gewicht auf den Schultern, den Luftdruck. Sein Hut war ein wirbelnder Fleck hinter ihm. Der Wind kam in Stößen über den Windschirm und blies sein Haar in Streifen an seiner Backe vorbei. Der Aeronaut traf einige eilige Vorkehrungen gegen den Wechsel des Schwerpunkts und Drucks.

»Ich will diese Dinge erklärt haben,« sagte Graham. »Was tun Sie, wenn Sie die Maschine nach vorn bewegen?«

Der Aeronaut zögerte. Dann antwortete er: »Es ist kompliziert, Sire.«

»Einerlei,« rief Graham, »einerlei.«

Es folgte eine Pause von einem Moment. »Die Aeronautik ist das Geheimnis – das Privileg – —«

»Ich weiß. Aber ich bin der Herr und will es wissen.« Er lachte, voll von jener neuen Machtempfindung, die ihm die höhere Luft eingab.

Der Aeropil beschrieb eine Kurve, und der scharfe, frische Wind schnitt Graham übers Gesicht, und sein Gewand zerrte ihm am Körper, als der Stamm nach Westen herumzeigte. Die beiden Männer blickten sich in die Augen.

»Sire, es gibt Regeln —«

»Nicht, wo ich in Frage komme,« sagte Graham. »Sie scheinen zu vergessen.«

Der Aeronaut sah ihm forschend ins Gesicht. »Nein,« sagte er. »Ich vergesse nicht, Sire. Aber auf der ganzen Welt — hat niemand, der kein vereidigter Aeronaut ist — je Aussicht. Sie kommen als Passagiere — —«

»Ich habe etwas davon gehört. Aber ich will über diese Punkte nicht streiten. Wissen Sie, warum ich zweihundert Jahre geschlafen habe? Um zu fliegen!«

»Sire,« sagte der Aeronaut, »die Regeln — wenn ich die Regeln breche —«

Graham winkte die Strafen fort.

»Wenn Sie mich dann beobachten wollen —«

»Nein,« sagte Graham, schwankte und faßte fest zu, als die Maschine die Nase wieder zu einem Aufstieg hob. »So ist mein Spiel nicht. Ich will es selber tun, und wenn ich dafür zerschelle! Nein! Ich will's! Sehn Sie. Ich will hieran heraufklettern — zu Ihnen kommen und Ihren Sitz teilen. Ruhig! Ich will selber fliegen, und wenn ich am Schluß zerschelle. Ich will etwas als Zahlung für meinen Schlaf haben. Von allem andern — — In meiner Vergangenheit war es mein Traum, zu fliegen. Jetzt — halten Sie die Balance.«

»Mich beobachten ein Dutzend Spione, Sire!«

Grahams Geduld war zu Ende. Vielleicht wollte er, sie sollte es sein. Er fluchte. Er schwang sich um die dazwischenliegende Masse von Hebeln herum und der Aeropil schwankte.

»Bin *ich* Herr der Erde?« sagte er. »Oder Ihre Gesellschaft? Also. Nehmen Sie die Hände von den Hebeln und fassen Sie mich am Handgelenk. Ja — so. Und jetzt — wie drehen wir seine Nase zum Gleiten hinunter?«

»Sire,« sagte der Aeronaut.

»Was gibt's«

»Sie werden mich schützen?«

»Himmel! Ja! Und wenn ich London verbrennen muß. Also!«

Und mit diesem Versprechen erkaufte Graham seine erste Lektion in der Luftschiffahrt. »Sie ist doch offenbar zu Ihrem Vorteil, diese Fahrt,« sagte er mit lautem Lachen – denn die Luft war wie starker Wein – »wenn Sie mich schnell und gut lehren. Ziehe ich dies? Ah! So! Hallo!«

»Zurück, Sire! Zurück!«

»Zurück – richtig. Eins – zwei – drei – guter Gott! Ah! Hinauf geht's! Aber dies ist Leben!«

Und jetzt begann die Maschine die seltsamsten Figuren in der Luft zu tanzen. Bald fegte sie eine Spirale von kaum hundert Metern Durchmesser herum, bald raste sie in die Luft empor und stürzte wieder hinunter, fiel steil, rasch, einem Falken gleich, um sich in einem stürzenden Sprung wieder zu erheben, der sie von neuem in die Lüfte fegte. Bei einem dieser Abstiege schien sie geradewegs auf den schweren Ballonpark im Südosten loszutreiben und umging und mied sie nur durch eine plötzliche Wendung. Die außerordentliche Schnelligkeit und Glätte der Bewegung, die außerordentliche Wirkung der verdünnten Luft auf seine Konstitution warfen Graham in eine Wut der Sorglosigkeit.

Aber schließlich ernüchterte ihn ein wunderlicher Zwischenfall, so daß er noch einmal wieder zu dem gedrängten Leben da unten mit all seinen dunklen, unlösbaren Rätseln zurückflog. Als er hinunterglitt, gab es einen Schlag, und es flog etwas vorbei und ihn traf ein Tropfen wie ein Regentropfen. Dann sah er, als er weiter abwärts glitt, einen weißen Fleck in seiner Kielluft Hinunterwirbeln. »Was war das?« fragte er. »Ich habe es nicht gesehen.«

Der Aeronaut blickte hin und griff dann nach dem Hebel, um wieder zu steigen, denn sie glitten hinab. Als der Aeropil sich wieder hob, holte er tief Atem und antwortete. »Das«, sagte er und zeigte auf das weiße Ding, das noch hinunterflatterte, »war ein Schwan.«

»Ich hatte ihn nicht gesehen,« sagte Graham.

Der Aeronaut gab keine Antwort, und Graham sah kleine Tropfen auf seiner Stirn.

Sie fuhren horizontal hin, als Graham aus dem peitschenden Wind in den Passagiersitz zurückkletterte. Und dann kam ein rasches Niederjagen, während die Luftschraube wirbelte, um ihren Fall zu hemmen, und die Flugbühne wurde vor ihnen breit und dunkel. Die Sonne, die im Westen über die Kalkhügel sank, fiel mit ihnen und machte den Himmel zu einer goldenen Glut.

Bald konnte man die Menschen als kleine Flecke sehen. Er hörte einen Lärm sich entgegenkommen, einen Lärm gleich dem Schall der Wellen auf einem Kieselstrand, und er sah, daß die Dächer um die Flugbühne dunkel waren von seinem Volk, das sich über seine wohlbehaltene Rückkehr freute. Eine dunkle Masse war unter der Bühne zusammengepreßt, ein Schwarz, das mit unzähligen Gesichtern getüpfelt war und von dem winzigen Schwanken geschwungener weißer Taschentücher und winkender Hände zitterte.

17.
Drei Tage

Lincoln erwartete Graham in einem Gemach unter den Flugbühnen. Er schien begierig, alles zu erfahren, was geschehen war, froh über das außerordentliche Vergnügen und das Interesse, das Graham am Fliegen fand. Graham war in enthusiastischer Stimmung. »Ich muß fliegen lernen,« rief er. »Das muß ich bewältigen. Mir tun alle armen Seelen leid, die gestorben sind, ohne dazu Gelegenheit gehabt zu haben. Diese frische, schnelle Lust! Es ist das wundervollste Gefühl von der Welt!«

»Sie werden unsere neue Zeit voll von wundervollen Erfahrungen finden,« sagte Lincoln. »Ich weiß nicht, was Sie jetzt beginnen werden wollen. Wir haben Musik, die Ihnen neu erscheinen mag.«

»Vorläufig«, sagte Graham, »hält mich das Fliegen fest. Lassen Sie mich davon mehr lernen. Ihr Aeronaut sagte, es gäbe eine Gesellschaft, die verbietet, daß man es lernt.«

»Ja, ich glaube,« sagte Lincoln. »Aber für Sie —! Wenn Sie sich damit beschäftigen möchten, könnten wir Sie morgen zum vereidigten Aeronauten machen.«

Graham sprach seine Wünsche lebhaft aus und redete eine Weile von seinen Empfindungen. »Und die Geschäfte,« fragte er unvermittelt. »Wie gehen die Dinge?«

Lincoln winkte die Geschäfte beiseite. »Das wird Ihnen Ostrog morgen erzählen,« sagte er. »Alles erledigt sich. Die Revolution vollzieht sich über der ganzen Welt. Einige Reibung hier und dort ist unvermeidlich; aber Ihre Herrschaft ist gesichert. Sie können ruhig ruhen, solange die Dinge in Ostrogs Händen liegen.«

»Wäre es möglich, daß ich sofort zum vereidigten Aeronauten gemacht würde, wie Sie es nennen — ehe ich schlafen gehe?« sagte Graham, hin und her gehend. »Dann könnte ich gleich morgen zu allererst wieder daran gehn ...«

»Es wäre möglich,« sagte Lincoln nachdenklich. »Ganz möglich. Gewiß, es soll geschehen.« Er lachte. »Ich kam, um Vergnügungen vorzuschlagen, aber Sie haben selber eine gefunden. Ich will von hier aus auf das aeronautische Amt telephonieren und wir wollen in Ihre Gemächer auf dem Windfahnenamt zurückkehren. Bis Sie gespeist haben, werden die Aeronauten kommen können. Sie meinen nicht, daß Sie nach dem Essen lieber –?« Er machte eine Pause.

»Ja?« sagte Graham.

»Wir hatten ein Tanzschauspiel vorbereitet – die Tänzerinnen sind vom Theater auf Capri geholt.«

»Ich hasse Ballets,« sagte Graham kurz. »Hab's stets getan. Das andere – Nein, so etwas will ich nicht sehen. Tänzerinnen haben wir auch in den alten Tagen gehabt. Was das angeht, so gab's sie schon im alten Ägypten. Aber Fliegen —«

»Freilich,« sagte Lincoln. »Obgleich unsere Tänzerinnen – «

»Sie können ganz gut warten,« sagte Graham; »sie können warten. Ich weiß. Ich bin kein Lateiner. Ich habe Fragen für einen Sachverständigen – über ihre Maschinen. Ich bin begierig. Ich will keine Zerstreuungen.«

»Sie haben die Welt zur Auswahl,« sagte Lincoln. »Was Sie auch wollen, ist Ihrs.«

Asano erschien, und unter Deckung einer starken Wache kehrten sie durch die Stadtstraßen zu Grahams Gemächern zurück. Weit größere Mengen hatten sich versammelt, um seine Rückkehr zu sehen, als sein Aufbruch angezogen hatte, und das Rufen und Jubeln dieser Volksmassen ertränkte Lincolns Antworten auf die endlosen Fragen, die Grahams Luftfahrt angeregt hatte. Erst hatte Graham das Jubeln und die Rufe der Menge durch Verbeugungen und Gesten anerkannt, aber Lincoln warnte ihn, eine solche Anerkennung werde als inkorrektes Benehmen angesehen. Graham, den die rhythmischen Höflichkeiten bereits ein wenig ermüdeten, ignorierte seine Untertanen für den Rest seiner öffentlichen Fahrt.

Sowie sie in seinen Gemächern ankamen, machte sich Asano auf die Suche nach kinematographischen Wiedergaben von Maschinen in Aktion, und Lincoln beförderte Grahams Bestellungen auf Maschinenmodelle und kleine Maschinen, um die mancherlei mechanischen Fortschritte der letzten zwei Jahrhunderte zu illustrieren. Die kleine Gruppe von Vorrichtungen für telegraphische Mitteilung zog den Herrn so stark an, daß sein köstlich bereitetes Diner, das von einer Anzahl entzückend gewandter Mädchen serviert wurde, eine Zeitlang warten mußte. Die Sitte des Rauchens ist fast von der Erde verschwunden, aber als er den Wunsch nach diesem Genuß aussprach, wurden Nachforschungen angestellt, und man entdeckte in Florida einige ausgezeichnete Zigarren, die man ihm durch Rohrpost schickte, während er noch sein Diner einnahm. Nachher kamen die Aeronauten und ein Fest von scharfsinnigen Wundern in den Händen eines modernen Ingenieurs. Vorläufig jedenfalls war die bloße Geschicklichkeit von Zähl- und Rechenmaschinen, Baumaschinen, Spinnmaschinen, Patenttüren, Explosivstoffen, Korn- und Wasserelevatoren, Schlachthausmaschinen und Erntevorrichtungen für Graham faszinierender als jede Bajadere. »Wir waren Wilde,« war sein Refrain, »wir waren Wilde. Wir lebten in der Steinzeit – hiermit verglichen ... Und was haben Sie sonst noch?«

Es kamen auch praktische Psychologen mit einigen sehr interessanten Entwicklungen in der Kunst des Hypnotisierens. Die Namen Milne Bramwell, Fechner, Liebault, William James, Myers und Gurney, fand er, hatten jetzt einen Klang, der ihre Zeitgenossen erstaunt hätte. Mehrere praktische Anwendungen der Psychologie waren jetzt in allgemeinem Gebrauch; sie hatten in der Medizin Narkotika, Antiseptika und Anästhetika weithin verdrängt, wurde von fast allen angewandt, die geistige Konzentration nötig hatten. In dieser Richtung schien eine wirkliche Erweiterung menschlicher Fähigkeit erzielt worden zu sein. Die Leistungen von »Rechenknaben«, die Wunder, als welche Graham sie anzusehen gewohnt gewesen war, von Mesmeristen waren jetzt im Bereich eines jeden, der sich die Dienste eines geschickten Hypnotiseurs leisten konnte. Längst waren die alten Examenmethoden im Unterricht durch diese Mittel vernichtet worden. Statt Jahre des Studiums machten die Kandidaten ein paar Wochen des Starrschlafs durch, und während des Schlafes brauchten die sachverständigen Pauker nur alle zur richtigen Beantwortung nötigen Punkte zu wiederholen und eine Suggestion zur posthypnotischen Erinnerung dieser Punkte hinzuzufügen. Besonders in der Mathematik war diese Hilfe von merkwürdigem Nutzen gewesen, und sie wurde unabänderlich von den Schachspielern und bei allen Spielen der Handgewandtheit angerufen, die es noch gab. Kurz, alle Operationen, die unter bestimmten Regeln vor sich gingen, das heißt, quasi mechanischer Art waren, waren jetzt systematisch von den Abirrungen der Phantasie und Gefühle befreit und zu einer unerhörten Höhe der Genauigkeit gehoben. Kleine Kinder aus den arbeitenden Klassen wurden so, sobald sie alt genug waren, daß man sie hypnotisieren konnte, in wundervoll pünktliche und vertrauenswürdige Maschinenaufseher verwandelt und alsbald von den langen, langen Gedanken der Jugend erlöst. Aeronautische Schüler, die zum Schwindel neigten, konnten von ihren imaginären Schrecken befreit werden. Auf jeder Straße standen Hypnotiseure bereit, um dem Geist dauernde Erinnerungen aufzuprägen. Wenn jemand einen Namen, eine Zahlenreihe, ein Lied oder eine Rede zu behalten wünschte, so konnte es mit Hilfe dieser Methode geschehen, und umgekehrt konnten Erinnerungen ausgelöscht, Gewohnheiten beseitigt, Begierden ausgerottet werden – kurz, eine Art psychischer Chirurgie war in allgemeinem Gebrauch. Unwürdigkeiten, demütigende Erlebnisse wurden so vergessen, verliebte Witwen konnten ihre früheren Männer tilgen, zornige Liebhaber sich aus ihrer Sklaverei befreien. Begierden einzutropfen war jedoch immer noch unmöglich, und die Tatsachen der Gedankenübertragung waren noch unsystematisiert. Die Psychologen illustrierten ihre Auseinandersetzungen mit ein paar verblüffenden Experimenten in der Mnemonik, die sie mit Hilfe einer Truppe blaßgesichtiger Kinder in Blau aufstellten.

Graham mißtraute dem Hypnotiseur wie die meisten Leute seiner Zeit, sonst hätte er sich gleich da den Geist von vielen schmerzlichen Vorurteilen befreien können. Aber trotz Lincolns Beteuerungen hielt er an der alten Theorie fest, daß die Hypnotisierung irgendwie die Aufgabe seiner Persönlichkeit, den Verzicht auf seinen Willen bedeute. Bei dem Bankett wundervoller Erlebnisse, das begann, verlangte es ihn sehr, absolut er selbst zu bleiben.

Der nächste Tag und noch ein Tag und noch ein dritter Tag vergingen mit solchen Interessen. Jeden Tag verbrachte Graham viele Stunden mit der glorreichen Unterhaltung des Fliegens. Am dritten Tag erhob er sich über Mittelfrankreich und bis die schneebekleideten Alpen in Sicht kamen. Diese kräftige Bewegung gab ihm ruhigen Schlaf, und jeder Tag brachte einen großen Fortschritt von der kraftlosen Anämie seines ersten Erwachen fort. Und so oft er nicht in der Luft war und wachte, bemühte Lincoln sich eifrig um seine Unterhaltung; alles, was in moderner Erfindung neu und merkwürdig war, wurde ihm gebracht, bis schließlich sein Verlangen nach Neuem nahezu übersättigt war. Man könnte ein Dutzend unzusammenhängender Bände mit den seltsamen Dingen füllen, die sie vorführten. Jeden Nachmittag hielt er eine Stunde oder so Hof. Er fand bald, wie sein Interesse an seinen Zeitgenossen persönlich und intim wurde. Er war hauptsächlich für das Ungewohnte und Eigentümliche wach gewesen; jede Narrheit in ihrer Kleidung, jede Dissonanz mit seinen eigenen Begriffen von Vornehmheit in ihrem Wesen hatte ihn verletzt, und es war ihm merkwürdig, wie schnell jene Fremdheit und die leichte Feindseligkeit, die daraus entsprang, verschwand; wie schnell er dahin kam, die wahre Perspektive seiner Stellung zu würdigen und die alten Viktorianischen Tage fern und wunderlich zu sehen. Er fand, daß ihm besonders die rothaarige Tochter des Geschäftsführers der Europäischen Schweinezüchtereien Vergnügen machte. Am zweiten Tag machte er nach Tisch die Bekanntschaft einer modernen Tänzerin und fand eine erstaunliche Künstlerin in ihr. Und danach weitere hypnotische Wunder. Am dritten Tage ließ Lincoln sich verleiten, anzuregen, der Herr solle sich in eine Freudenstadt begeben, aber das lehnte Graham ab; auch wollte er bei seinen aeronautischen Experimenten von den Hypnotiseurs keine Hilfe annehmen. Das Ortsband hielt ihn an London fest; er fand eine beständige Verwunderung darin, topographische Einzelheiten zu identifizieren, wie er sie im Ausland vermißt hätte. »Hier – oder hundert

Fuß hierunter,« konnte er sagen, »aß ich während meiner Londoner Universitätstage meine Mittagskotelettes. Hier unten stand Waterloo, und da war die ewige Jagd nach den konfusen Zügen. Oft hab ich da unten gestanden und gewartet, die Tasche in der Hand, und über den Wald von Signalen in den Himmel gestarrt und mir wenig gedacht, daß ich eines Tages hundert Meter in der Luft herumspazieren würde. Und jetzt kreise ich in eben dem Himmel, der einst ein grauer Rauchbaldachin war, in einem Aeropil herum.«

Während dieser drei Tage war Graham so mit Zerstreuungen beschäftigt, daß die großen politischen Bewegungen, die außerhalb seines Quartiers vor sich gingen, nur einen geringen Teil seiner Aufmerksamkeit genossen. Seine Umgebung erzählte ihm wenig. Täglich kam Ostrog, der Meister, sein Großvezier, sein Majordomus, um in unbestimmten Ausdrücken über die stetige Befestigung seiner Herrschaft zu berichten; »ein wenig Unruhe« in dieser Stadt, die bald erledigt sein würde, »eine leichte Störung« in jener. Der Gesang des sozialen Aufstands drang nicht mehr zu ihm; er erfuhr nie, daß er innerhalb der Stadtgrenzen verboten worden war; und all die großen Erregungen vom Krähennest schlummerten in seiner Seele.

Aber am zweiten und dritten der drei Tage ertappte er sich trotz seines Interesses an der Tochter des Geschäftsführers der Schweinezüchtereien, oder vielleicht gerade wegen der Gedanken, die ihre Unterhaltung anregte, auf der Erinnerung an das Mädchen Helene Wotton, die auf der Versammlung im Windfahnenamt so sonderbar zu ihm gesprochen hatte. Der Eindruck, den sie gemacht hatte, war ein tiefer, obgleich ihn die unaufhörliche Überraschung neuer Verhältnisse eine Zeitlang abgehalten hatte, über ihm zu brüten. Aber jetzt kam die Erinnerung an sie zu ihrem Recht. Er fragte sich, was sie mit diesen gebrochenen, halb vergessenen Sätzen gemeint hatte; das Bild ihrer Augen und die ernste Leidenschaft ihres Gesichtes wurde lebhafter, als seine mechanischen Interessen verblaßten. Ihre Schönheit trat zwingend zwischen ihn und gewisse unmittelbare Versuchungen unedler

Leidenschaft. Aber er sah sie erst nach drei vollen Tagen wieder.

18.
Graham besinnt sich

Sie traf schließlich in einer kleinen Galerie auf ihn, die vom Windfahnenamt zu seinen Staatsgemächern lief. Die Galerie war lang und schmal, mit einer Reihe von Logen, deren jede durch ein Bogenfenster auf einen Palmenhof hinausblickte. Er sah sie plötzlich in einer dieser Logen. Sie saß. Sie drehte den Kopf beim Geräusch seiner Schritte und fuhr bei seinem Anblick zusammen. Jede Spur von Farbe verschwand aus ihrem Gesicht. Sie stand sofort auf, trat einen Schritt auf ihn zu, als wollte sie ihn anreden, und zögerte. Er blieb erwartungsvoll stehen. Dann sah er, daß eine nervöse Erregung ihr den Mund schloß, sah auch, daß sie ein Gespräch mit ihm gesucht haben mußte, um an dieser Stelle auf ihn zu warten.

Er fühlte einen königlichen Drang, ihr zu helfen. »Ich habe gewünscht, Sie zu treffen,« sagte er. »Vor ein paar Tagen wollten Sie mir etwas sagen – sie wollten mir vom Volk erzählen. Was hatten Sie mir zu erzählen?«

Sie sah ihn mit unruhigen Augen an.

»Sie sagten, das Volk sei unglücklich.«

Noch einen Augenblick verharrte sie im Schweigen.

»Es muß Ihnen seltsam erschienen sein,« sagte sie plötzlich.

»Ja. Und doch —«

»Es war ein Impuls.«

»Und?«

»Weiter nichts.«

Sie sah ihn mit einem Gesicht des Zögerns an. Sie sprach mit Anstrengung. »Sie vergessen,« sagte sie und holte tief Atem.

»Was?«

»Das Volk — —«

»Sie meinen –?«

»Sie vergessen das Volk.«

Er blickte fragend.

»Ja. Ich weiß, Sie sind überrascht. Denn Sie verstehen nicht, was Sie sind. Sie wissen, was für Dinge geschehen.«

»Nun?«

»Sie verstehen nicht.«

»Nicht klar vielleicht. Aber – erzählen Sie mir.«

Sie wandte sich ihm mit plötzlichem Entschluß zu. »Es ist so schwer zu erklären. Ich habe es gewollt, ich habe es gewünscht. Und jetzt – kann ich es nicht. Ich bin nicht mit Worten bereit. Aber über Ihnen – liegt etwas. Es ist ein Wunder. Ihr Schlaf – Ihr Erwachen. Das sind Wunder. Für mich wenigstens – und für das ganze gewöhnliche Volk. Sie haben gelebt, gelitten, sind gestorben, Sie sind ein gewöhnlicher Bürger gewesen, und Sie erwachen wieder, leben wieder auf, um sich als Herrn der Erde wiederzufinden.«

»Als Herrn der Erde,« sagte er. »So sagt man mir. Aber versuchen Sie sich vorzustellen, wie wenig ich von ihr weiß.«

»Städte – Trusts – die Arbeitsgesellschaft –«

»Fürstentümer, Mächte, Herrschaften – die Macht und der Ruhm. Ja, ich habe sie rufen hören. Ich weiß. Ich bin Herr. König, wenn Sie wollen. Mit Ostrog, dem Meister –«

Er hielt inne.

Sie wandte sich zu ihm und überflog sein Gesicht mit seltsamem Forschen. »Nun?«

Er lächelte. »Um die Verantwortung zu tragen.«

»Gerade das haben wir zu fürchten begonnen.« Einen Moment sagte sie weiter nichts. »Nein,« sagte sie langsam. »*Sie* werden die Verantwortung übernehmen. Sie werden die Verantwortung übernehmen. Das Volk blickt auf Sie.«

Sie sprach weich. »Hören Sie! Seit wenigstens der Hälfte der Jahre Ihres Schlafes – haben in jeder Generation – Scharen von Menschen, in jeder Generation größere Scharen von Menschen gebetet, daß Sie erwachen möchten – *gebetet.*«

Graham machte eine Bewegung, um zu sprechen und tat es nicht.

Sie zögerte, und eine leichte Farbe schlich in ihre Wange zurück. »Wissen Sie, was Sie für Myriaden gewesen sind – König Artus, Barbarossa – der König, der zu seiner Zeit kommen würde und die Welt für sie ordnen?«

»Ich denke mir, die Phantasie des Volkes —«

»Haben Sie nicht unser Sprichwort gehört: ›Wenn der Schläfer erwacht‹? Während Sie dort besinnungs- und regungslos dalagen – sind Tausende gekommen. Tausende. Jeden Ersten des Monats lagen Sie im Staat, in einem weißen Kleid da, und das Volk zog an ihnen vorbei. Als ich ein kleines Mädchen war, habe ich Sie so gesehen, mit ruhigem und weißem Gesicht.«

Sie wandte die Augen von ihm ab und blickte fest auf die gemalte Wand vor ihr. Ihre Stimme sank. »Als ich ein kleines Mädchen war, pflegte ich Ihr Gesicht anzusehen... es schien mir fest und abwartend wie Gottes Geduld.«

»Das dachten wir von Ihnen,« sagte sie. »So erschienen Sie uns.«

Sie wandte ihm leuchtende Augen zu, ihre Stimme war klar und stark. »In der Stadt, auf der Erde, warten Myriaden von Männern und Frauen, um zu sehen, was Sie tun werden, voll von seltsamen, unglaublichen Erwartungen.«

»Ja?«

»Ostrog – niemand – kann die Verantwortung übernehmen.«

Graham sah sie überrascht an, ihr Gesicht, das vor Erregung leuchtete. Sie schien zuerst mit Überwindung gesprochen und sich in Feuer geredet zu haben.

»Glauben Sie,« sagte sie, »daß Sie, der das kleine Leben so fern in der Vergangenheit gelebt hat, Sie, der in dieses Wunder von Schlaf verfallen und aus ihm erstanden ist – glauben Sie, das Staunen und die Verehrung und die Hoffnung der halben Welt habe sich um Sie gesammelt, nur damit Sie noch ein kleines Leben leben können?... Damit Sie die Verantwortung auf einen anderen abschieben können?«

»Ich weiß, wie groß dieses mein Königtum ist,« sagte er zögernd. »Ich weiß, wie groß es scheint. Aber ist es wirklich? Es ist unglaublich – traumgleich. Ist es wirklich, oder ist es nur eine große Täuschung?«

»Es ist wirklich,« sagte sie; »wenn Sie es wagen.«

»Schließlich ist wie alles Königtum mein Königtum ein Glaube. Es ist eine Illusion im Geist der Menschen.«

»Wenn Sie es wagen!« sagte sie.

»Aber —«

»Zahllose Menschen,« sagte sie, »und solange sie in ihrem Geist ist – werden sie gehorchen.«

»Aber ich weiß nichts. Daran dachte ich. Ich weiß nichts. Und diese anderen – die Räte, Ostrog. Sie sind klüger, kühler, sie wissen so viel, jede Einzelheit. Und wahrhaftig, wo ist das Elend, von dem Sie reden? Was soll ich wissen. Meinen Sie —«

Er hielt plötzlich inne.

»Ich bin noch kaum mehr als ein Mädchen,« sagte sie. »Aber mir scheint die Welt voller Elend. Die Welt hat sich seit Ihrer Zeit verändert. Ich habe gebetet, daß ich Sie sehen möchte und Ihnen diese Dinge erzählen. Die Welt ist verändert. Als hätte sie ein Krebs gefaßt – und hätte das Leben all dessen beraubt – was zu haben sich lohnt.«

Sie wandte ihm mit plötzlicher Bewegung ein gerötetes Gesicht zu. »Ihre Tage waren die Tage der Freiheit. Ja – ich habe nachgedacht. Ich bin zum Denken gedrängt, denn mein Leben – ist nicht glücklich. Die Menschen sind nicht mehr frei – sie sind nicht größer, nicht besser als die Menschen Ihrer Zeit. Das ist nicht alles. Diese Stadt – ist ein Gefängnis. Jede Stadt ist heute ein Gefängnis. Mammon hält den Schlüssel in der Hand. Myriaden, zahllose Myriaden plagen sich von der Wiege bis zum Grabe. Ist das recht? Soll das so bleiben – ewig? Ja, weit schlimmer als in Ihrer Zeit. Rings um uns, unter uns, Sorge und Schmerz. All der schale Genuß des Lebens, das Sie um sich sehen, ist nur durch ein ganz Weniges von einem Leben unsäglichen Elends getrennt. Ja, die Armen wissen es – sie wissen, sie leiden. Diese zahllosen Mengen, die vor ein paar Abenden für Sie dem Tode entgegentraten –! Sie verdanken ihnen Ihr Leben.«

»Ja,« sagte Graham langsam. »Ja. Ich verdanke ihnen mein Leben.«

»Sie kommen«, sagte sie, »aus den Tagen, als diese neue Tyrannei der Städte noch kaum begann. Es ist eine Tyrannei – eine Tyrannei. In Ihren Tagen waren die feudalen Kriegsherren verschwunden, und die neue Herrschaft des Reichtums sollte erst noch kommen. Die Hälfte der Menschen in der

Welt lebte noch draußen auf dem freien Lande. Die Städte sollten sie erst noch verschlingen. Ich habe die Geschichten aus den alten Büchern gehört – da gab es Adel! Gewöhnliche Menschen lebten ein Leben der Liebe und Treue damals – sie taten tausend Dinge. Und Sie – Sie kommen aus jener Zeit.«

»Es war kein – Doch einerlei. Wie ist es jetzt –?«

»Gewinn und die Freudenstädte! Oder Sklaverei – unbedankte, ungeehrte Sklaverei!«

»Sklaverei?« sagte er.

»Sklaverei.«

»Sie wollen doch nicht sagen, daß menschliche Wesen Besitz sind?«

»Schlimmeres. Das, will ich, sollen Sie wissen, sollen Sie sehen. Ich weiß, Sie wissen es nicht. Sie werden Ihnen die Dinge verbergen, sie werden Sie bald in eine Freudenstadt bringen. Aber Sie haben Männer und Frauen und Kinder in blaßblauer Leinwand mit dünnen, gelben Gesichtern und stumpfen Augen gesehen?«

»Überall.«

»Sie sprechen einen scheußlichen, heiseren und dünnen Dialekt.«

»Den habe ich gehört.«

»Das sind die Sklaven – Ihre Sklaven. Es sind die Sklaven der Arbeitsgesellschaft, die Ihnen gehört.«

»Der Arbeitsgesellschaft! Irgendwie – kenne ich das. Ah! jetzt weiß ich. Ich sah es, als ich in der Stadt umherwanderte, große, blaßblau getünchte Gebäudefassaden. Wollen Sie wirklich sagen –?«

»Ja. Wie kann ich es Ihnen erklären? Natürlich fiel Ihnen die blaue Uniform auf. Fast ein Drittel unseres Volkes trägt sie – mit jedem Tage nehmen sie mehr zu. Diese Arbeitsgesellschaft ist unmerklich gewachsen.«

»Was *ist* diese Arbeitsgesellschaft?« fragte Graham.

»Was fingen Sie in den alten Tagen mit den Hungernden an?«

»Wir hatten das Arbeitshaus – das die Gemeinde unterhielt.«

»Das Arbeitshaus! Ja – es gab etwas. In den Geschichtsstunden. Jetzt fällt mir's ein. Die Arbeitsgesellschaft hat das Arbeitshaus verdrängt. Sie ist – zum Teil – aus etwas – vielleicht besinnen Sie sich – aus einer religiösen Organisation; aus der sogenannten Heilsarmee herausgewachsen – die zu einer Geschäftsgesellschaft wurde. Zuerst war es fast eine Wohltätigkeit, Leute vor der Härte des Arbeitshauses zu retten. Jetzt, wo ich darüber nachdenke – es war mit das erste, was Ihre Verwalter erwarben. Sie kauften die Heilsarmee und rekonstruierten sie folgendermaßen: Zuerst war die Idee, verhungernden, obdachlosen Leuten Arbeit zu geben.«

»Ja.«

»Heutzutage gibt es keine Arbeitshäuser, keine Asyle und Wohltätigkeitsanstalten mehr, nichts als diese Gesellschaft. Ihre Ämter sind überall. Das Blau ist ihre Farbe. Und jeder Mann und jede Frau und jedes Kind, die dem Hunger oder der Müdigkeit verfallen, ohne ein Haus oder einen Freund oder eine Zuflucht zu haben, muß schließlich in die Gesellschaft gehen – oder ein Mittel zum Tode suchen. Die Euthanasie übersteigt ihre Mittel – für die Armen gibt es keinen leichten Tod. Und zu jeder Stunde, Tags wie Nachts, ist für alle Ankömmlinge Nahrung, Obdach und eine blaue Uniform vorhanden – das ist die erste Bedingung der Inkorporation der Gesellschaft – und für einen Tag Obdach fordert die Gesellschaft einen Tag Arbeit und gibt dann dem Besucher seine eigene Kleidung zurück und setzt ihn oder sie wieder hinaus.«

»Ja?«

»Vielleicht erscheint Ihnen das nicht so schrecklich. In Ihren Tagen verhungerten die Menschen auf Ihren Straßen. Das war schlimm. Aber sie starben – als Menschen. Diese Leute in Blau – Das Sprichwort sagt: ›Blaue Leinwand einmal und immer.‹ Die Gesellschaft handelt mit ihrer Arbeit und hat dafür gesorgt, daß sie sie hat. Die Leute kommen hungernd und hilflos zu ihr – sie essen und schlafen für eine Nacht und einen Tag, sie arbeiten einen Tag, und am Schluß des Tages gehen sie wieder hinaus. Wenn sie gut gearbeitet haben, haben sie einen Groschen oder so – genug für ein Theater oder

einen billigen Tanzboden oder eine Kinematographenge-
schichte oder für ein wenig Essen oder eine Wette. Wenn er
ausgegeben ist, wandern sie herum. Betteln wird durch die
Straßenpolizei gehindert. Außerdem gibt niemand etwas. Sie
kommen am Tage darauf oder am nächsten Tage zurück –
getrieben von derselben Unfähigkeit, die sie zuerst hintrieb.
Schließlich nutzt ihre eigene Kleidung sich ab, oder ihre
Lumpen werden so schäbig, daß sie sich schämen. Dann
müssen sie monatelang arbeiten, um neue zu bekommen.
Wenn sie neue haben wollen. Eine große Zahl Kinder werden
unter der Obhut der Gesellschaft geboren. Die Mutter schul-
det ihnen danach einen Monat – die Kinder, die sie pflegen
und erziehen, bis sie vierzehn sind, zahlen mit zwei Jahren
Dienst. Sie können sich darauf verlassen, daß diese Kinder für
die blaue Leinwand erzogen sind. Und so arbeitet die Gesellschaft.«

»Und niemand ist hilflos in der Stadt?«

»Niemand. Sie stecken entweder in der blauen Leinwand
oder im Gefängnis.«

»Wenn sie nicht arbeiten wollen?«

»Die meisten Leute wollen arbeiten, so viel verlangt wird,
und die Gesellschaft hat Macht. Es gibt Phasen der Erschwe-
rung in der Arbeit – Nahrungsmittelentziehung – und einen
Mann oder eine Frau, die sich einmal zu arbeiten geweigert
hat, kennt man durch ein Daumenbrandsystem in den Gesell-
schaftsämtern der ganzen Welt wieder. Außerdem – wer kann
als Armer die Stadt verlassen? Die Reise nach Paris kostet
zwei Löwen. Und für Insubordination sind die Gefängnisse
da – dunkel und elend – unten, unsichtbar. Es gibt jetzt für
viele Dinge Gefängnisse.«

»Und ein Drittel des Volks trägt diese blaue Leinwand?«

»Mehr als ein Drittel. Arbeiter, die ohne Stolz und Freude
und Hoffnung leben, denen die Geschichten von den Freudenstädten in den Ohren klingen und ihr schmähliches Leben
verhöhnen, ihre Entbehrungen und ihre Mühsal. Zu arm
selbst für die Euthanasie, des Reichen Zuflucht aus dem
Leben. Taube, verkrüppelte Millionen, zahllose Millionen
über die ganze Welt, die nichts kennen als Beschränkungen

und unbefriedigte Wünsche. Sie werden geboren, sie werden gehindert und sterben. Das ist der Zustand, zu dem wir gekommen sind.«

Eine Zeitlang blieb Graham niedergeschlagen sitzen.

»Aber es hat eine Revolution gegeben,« sagte er. »All diese Dinge werden anders werden. Ostrog —«

»Das ist unsere Hoffnung. Das ist die Hoffnung der Welt. Aber Ostrog wird das nicht tun. Er ist Politiker. Ihm scheint, die Dinge müssen so sein. Ihm liegt nichts daran. Er nimmt das als gegeben hin. All die Reichen, all die Einflußreichen, alle, die glücklich sind, kommen schließlich dahin, daß sie dies Elend als gegeben hinnehmen. Sie benutzen das Volk für ihre Politik, sie leben durch seine Erniedrigung im Behagen. Aber Sie – Sie, der Sie aus einer glücklicheren Zeit kommen – auf Sie blickt das Volk. Auf Sie.«

Er sah ihr ins Gesicht. Ihre Augen glänzten von unvergossenen Tränen. Er fühlte eine Wallung der Empfindung. Einen Moment vergaß er diese Stadt, er vergaß das Rennen und all jene vagen, fernen Stimmen in der unmittelbaren Menschlichkeit ihrer Schönheit.

»Aber was soll ich tun?« sagte er, die Augen auf sie gerichtet.

»Herrschen Sie,« antwortete sie, indem sie sich zu ihm neigte und mit leiser Stimme sprach. »Regieren Sie die Welt, wie sie noch nie regiert ist, zum Wohl und Glück der Menschen. Denn Sie könnten regieren – Sie vermöchten es.

»Das Volk rührt sich. In der ganzen Welt rührt sich das Volk. Es bedarf nur eines Wortes – nur eines Wortes von Ihnen – um es ganz zusammenzurufen. Selbst der mittlere Stand des Volkes ist rastlos – unglücklich.

»Man sagt Ihnen nicht, welche Dinge geschehen. Das Volk will nicht zurück zu seiner Plackerei – es weigert sich, die Waffen abzugeben. Ostrog hat etwas geweckt, was größer ist, als er sich träumen ließ – er hat Hoffnungen geweckt.«

Das Herz schlug ihm schnell. Er versuchte, vorsichtig zu scheinen, Erwägungen zu prüfen.

»Sie brauchen nur ihren Führer,« sagte sie.

»Und dann?«

»Sie könnten tun, was Sie wollten; – die Welt gehört Ihnen.«

Er saß da und sah sie nicht mehr an. Dann sprach er. »Die alten Träume, und was ich geträumt habe, Freiheit, Glück. Sind es Träume? Könnte ein Mensch – *ein* Mensch – –?« Ihm sank die Stimme, sie verstummte.

»Nicht ein Mensch, sondern alle Menschen – geben Sie ihnen einen Führer, der die Sehnsucht ihrer Herzen ausspricht.«

Er schüttelte den Kopf, und eine Zeitlang herrschte Schweigen.

Er blickte plötzlich auf, und ihre Augen trafen sich. »Ich habe Ihren Glauben nicht,« sagte er. »Ich habe nicht Ihre Tugend. Ich stehe hier mit einer Macht, die mich verhöhnt. Nein – lassen Sie mich sprechen. Ich möchte – nicht recht tun – dazu habe ich nicht die Kraft – aber etwas, was eher recht als unrecht ist. Es wird kein Millennium bringen, aber ich bin jetzt entschlossen, daß ich regieren will. Was Sie gesagt haben, hat mich geweckt ... Sie haben recht. Ostrog muß seinen Platz kennen lernen. Und ich will lernen – ... Eins verspreche ich Ihnen. Diese Arbeitssklaverei soll aufhören.«

»Und Sie wollen regieren?«

»Ja. Vorausgesetzt – es bleibt eins.«

»Ja?«

»Daß Sie mir helfen wollen.«

» *Ich*! – ein Mädchen?«

»Ja. Fällt Ihnen nicht ein, daß ich absolut allein bin?«

Sie fuhr zusammen und einen Moment zeigten ihre Augen Mitleid. »Brauchen Sie fragen, ob ich Ihnen helfen will?« sagte sie.

Sie stand vor ihm, schön, würdevoll, und ihre Begeisterung und die Größe ihres Themas lag wie ein großer Abgrund zwischen ihnen. Sie berühren, ihre Hand zu fassen, war über alle Hoffnung. »Dann will ich wirklich regieren,« sagte er langsam. »Ich will regieren –« Er machte eine Pause. »Mit Ihnen.«

Es folgte ein gespanntes Schweigen, und dann schlug eine Uhr die Stunde. Sie gab keine Antwort. Graham stand auf.

»Schon«, sagte er, »wird Ostrog warten.« Er zögerte, ihr zugewandt. »Wenn ich ihn gewisse Dinge gefragt habe – Es gibt vieles, was ich nicht weiß. Vielleicht werde ich selber hingehen, mir die Dinge, von denen Sie gesprochen haben, mit eigenen Augen anzusehen. Und wenn ich wiederkomme –

»Ich werde von Ihrem Gehen und Kommen wissen. Ich will hier wieder auf Sie warten.«

Er blieb einen Augenblick stehen und sah sie an.

»Ich wußte,« sagte sie und hielt inne.

Er wartete, aber sie sagte nichts mehr. Sie sahen sich fest an, fragend, und dann wandte er sich von ihr zum Windfahnenamt.

19.
Ostrogs Gesichtspunkt

Graham fand Ostrog wartend vor, um den formellen Bericht von seines Tages Leitung zu erstatten. Bei früheren Gelegenheiten hatte er diese Zeremonie so rasch wie möglich übergangen, um seine Luftschiffahrtsexperimente wiederaufzunehmen, aber jetzt begann er kurze, rasche Fragen zu stellen. Er war sehr begierig, seine Herrschaft alsbald aufzunehmen. Ostrog brachte schmeichelhafte Berichte von der Entwicklung der Dinge im Ausland. In Paris und Berlin, hörte Graham ihn sagen, hatte es Unruhen gegeben, freilich organisierten Widerstand, aber unsubordiniertes Vorgehen. »Nach all diesen Jahren«, sagte Ostrog, als Graham ihn mit Fragen drängte, »hat die Kommune das Haupt wieder erhoben. Das ist das eigentliche Wesen des Kampfes, um ausführlich zu sein.« Aber die Ordnung war in diesen Städten wiederhergestellt. Graham, der wegen der erregten Empfindungen in seinem Innern nur um so vorsichtiger, fragte, ob gekämpft worden sei. »Ein wenig,« sagte Ostrog. »Nur in einem Viertel. Aber die Senegal-Division unserer afrikanischen Ackerbau-Polizei – die Vereinigten Afrika-Gesellschaften haben eine sehr gut gedrillte Polizei – war bereit, und ebenso die Aeroplanen. Wir hatten in den kontinentalen Städten und in Amerika ein wenig Unruhe erwartet. Aber in Amerika geht es sehr ruhig zu. Man ist mit dem Sturz des Rats zufrieden. Vorläufig.«

»Warum sollten Sie Unruhen erwarten?« fragte Graham unvermittelt.

»Es herrscht eine Menge Unzufriedenheit – sozialer Unzufriedenheit.«

»Die Arbeitsgesellschaft?«

»Sie lernen,« sagte Ostrog mit einem Anflug von Überraschung. »Ja. Es ist hauptsächlich die Unzufriedenheit mit der Arbeitsgesellschaft. Eben diese Unzufriedenheit hat die treibende Kraft zu dieser Umwälzung hergegeben – das und Ihr Erwachen.«

»Ja?«

Ostrog lächelte. Er wurde ausführlich. »Wir mußten ihre Unzufriedenheit aufrühren, wir mußten die alten Ideale vom allgemeinen Glück wiederbeleben – alle Menschen gleich – alle Menschen glücklich – kein Luxus, den nicht jeder teilen kann – Ideen, die zweihundert Jahre lang geschlummert haben. Sie wissen das? Wir hatten diese Ideale wiederzubeleben, so unmöglich sie auch sind – um den Rat zu stürzen. Und jetzt –«

»Und jetzt?«

»Unsere Revolution ist vollzogen, und der Rat ist gestürzt, und das Volk, das wir aufgerührt haben – bleibt in Brandung. Es ist kaum genug gekämpft ... Wir haben natürlich Versprechungen gegeben. Es ist außerordentlich, wie heftig und rapid sich dieser unbestimmte, veraltete Humanitätsschwindel neubelebt und ausgebreitet hat. Wir, die wir doch selber den Samen gesät haben, haben uns wundern müssen. In Paris, wie gesagt – haben wir ein wenig äußere Hilfe herbeirufen müssen.«

»Und hier?«

»Wir haben Unruhen. Ganze Massen wollen nicht an die Arbeit zurück. Wir haben einen allgemeinen Streik. Die Hälfte der Fabriken steht leer, und das Volk wimmelt auf den Straßen. Sie reden von einer Kommune. Männer in Seide sind auf den Straßen beschimpft worden. Die blaue Leinwand erwartet alles mögliche von Ihnen ... Natürlich brauchen Sie sich nicht zu beunruhigen. Wir lassen die Schwätzmaschinen mit Gegensuggestionen in der Sache des Gesetzes und der Ordnung arbeiten. Wir dürfen nicht locker lassen. Das ist alles.«

Graham überlegte. Er sah einen Weg, sich durchzusetzen. Aber er sprach mit Zurückhaltung.

»Selbst so weit, daß wir eine Negerpolizei herbeirufen,« sagte er.

»Sie sind nützlich,« sagte Ostrog. »Es sind schöne, ergebene Bestien, ohne Spülicht von Ideen in den Köpfen – wie sie unser Pöbel hat. Die hätte der Rat als Straßenpolizei haben müssen, und die Dinge wären anders gegangen. Natürlich ist nichts zu fürchten als Rauferei und Trümmer. Sie können letzt ihre eigenen Flügel lenken und nach Capri fortfliegen, wenn es Rauch oder Lärm gibt. Wir haben alle großen Dinge in der Hand; die Aeronauten sind privilegiert und reich, der engste Gesellschaftsbund in der Welt, und ebenso die Ingenieure der Windräder. Wir haben die Luft, und die Herrschaft zur Luft ist die Herrschaft über die Erde. Niemand von Fähigkeiten organisiert gegen uns. Sie haben keine Führer – nur die Sektionsführer der geheimen Gesellschaft, die wir organisierten, ehe Sie so gelegen erwachten. Das sind bloße Tagediebe und Sentimentalisten, und sie sind bitter eifersüchtig aufeinander. Auch ist keiner von ihnen für eine Zentralfigur Manns genug. Die einzige Unruhe wird eine unorganisierte Erhebung sein. Um offen zu reden – die kann stattfinden. Aber sie wird Ihre Aeronautik nicht unterbrechen. Die Tage, da das Volk Revolution machen konnte, sind vorbei.«

»Vermutlich,« sagte Graham. »Vermutlich.« Er sann. »Diese Ihre Welt ist für mich voller Überraschungen gewesen. In den alten Tagen träumten wir von einem wundervollen, demokratischen Leben, von einer Zeit, da alle Menschen gleich und glücklich sein würden.«

Ostrog sah ihn fest an. »Der Tag der Demokratie ist vorbei,« sagte er. »Auf immer vorbei. Dieser Tag begann mit den Bogenschützen von Crecy, er war zu Ende, als nicht mehr die marschierende Infanterie, die gewöhnlichen Menschen in Waffen die Schlachten der Welt gewannen, als teure Kanonen, große Panzerschiffe und strategische Eisenbahnen die Machtmittel wurden. Heute ist der Tag des Reichtums. Der Reichtum ist heute die Macht, wie er noch nie die Macht gewesen ist – er herrscht über Erde, Meer und Himmel. Alle Macht ist für die, die den Reichtum handhaben können ... Tatsachen müssen Sie hinnehmen, und dies sind Tatsachen. Die Welt ist für die Masse! Die Masse als Herrscherin! Schon zu Ihren Tagen war dieses Credo geprüft und verworfen. Heute hat es nur einen Gläubigen – einen vielfältigen, albernen – den Mann der Masse.«

Graham antwortete nicht gleich. Er stand in düstere Betrachtungen versunken da.

»Nein,« sagte Ostrog. »Der Tag des gewöhnlichen Mannes ist vorbei. Auf dem offenen Land ist ein Mann so gut wie ein anderer, oder fast so gut. Die früheste Aristokratie hatte ein prekäres Besitzrecht der Kraft und Kühnheit. Sie waren mäßig – mäßig. Es gab Aufstände, Duelle, Raufereien. Die erste wirkliche Aristokratie, die erste dauernde Aristokratie kam mit den Burgen und Rüstungen und verschwand vor der Muskete und dem Bogen. Aber dies ist die zweite Aristokratie. Die wirkliche. Jene Tage des Schießpulvers und der Demokratie waren nur ein Wirbel im Strom. Der gemeine Mann ist heute ein hilfloser Einer. Jetzt haben wir diese große Stadtmaschine und eine Organisation, so kompliziert, daß sie seinen Verstand überschreitet.«

»Und doch«, sagte Graham, »leistet etwas Widerstand, halten Sie etwas nieder – etwas regt sich und drängt.«

»Sie werden sehen,« sagte Ostrog mit gezwungenem Lächeln, das diese schwierigen Fragen beiseite fegen sollte. »Ich habe die Kraft nicht geweckt, um mich zu vernichten – verlassen Sie sich auf mich.«

»Ich bin begierig,« sagte Graham.

Ostrog sah ihn an.

» *Muß* die Welt diesen Weg gehen?« sagte Graham, dessen Gefühle zum Reden drängten. »Muß sie wirklich diesen Weg gehen? Sind all unsere Hoffnungen vergeblich gewesen?«

»Was meinen Sie?« sagte Ostrog. »Hoffnungen?«

»Ich komme aus einer demokratischen Zeit. Und ich finde eine aristokratische Tyrannei.«

»Nun – aber Sie sind der Haupttyrann.«

Graham schüttelte den Kopf.

»Nun,« sagte Ostrog, »nehmen Sie die Frage allgemein. Es ist der Weg, den der Wechsel immer gegangen ist. Aristokratie, Herrschaft der besten – Leiden und Austilgung der untauglichen und so zu besseren Dingen.«

»Aber Aristokratie! Die Leute, die ich treffe —«

»O! nicht *die*!« sagte Ostrog. »Aber zum größten Teil gehen sie in ihren Tod. Laster und Genuß! Sie haben keine Kinder. Solch Zeug stirbt aus. Das heißt, wenn die Welt auf einer Straße bleibt, wenn es keine Wendung gibt. Ein leichter Weg zur Ausschweifung, bequeme Euthanasie für den an der

Flamme versengten Genußsüchtigen, das ist der Weg, die Rasse zu verbessern!«

»Angenehmes Erlöschen,« sagte Graham. »Aber —« Er dachte einen Moment nach. »Es bleibt das andere – die Menge, die große Masse der Armen. Wird die aussterben? Die wird nicht aussterben. Und sie leidet, ihr Leiden ist eine Kraft, die selbst Sie —«

Ostrog machte eine ungeduldige Bewegung, und als er sprach, sprach er ein wenig weniger fließend als vorher.

»Beunruhigen Sie sich nicht über diese Dinge,« sagte er. »Alles wird jetzt in ein paar Tagen erledigt sein. Die Menge ist ein riesiges törichtes Vieh. Und wenn sie nicht ausstirbt? Selbst, wenn sie nicht stirbt, kann sie doch noch gezähmt und getrieben werden. Ich habe mit servilen Menschen keine Sympathie. Sie haben diese Leute vor zwei Nächten rufen und singen hören. Das Lied hatte man sie gelehrt. Wenn Sie da irgendeinen kühlen Blutes hergenommen hätten und hätten ihn gefragt, warum er schrie, er hätte es Ihnen nicht sagen können. Sie glauben, sie schreien für Sie, und sie sind Ihnen treu und ergeben. Grad da waren sie bereit, den Rat zu schlachten. Heute – murren sie schon gegen die, die den Rat gestürzt haben.«

»Nein, nein,« rief Graham. »Sie schrien, weil ihr Leben finster ist, ohne Freude und Stolz, und weil sie auf mich – auf mich – hofften!«

»Und was war ihre Hoffnung? Was ist ihre Hoffnung? Welches Recht haben sie zu hoffen? Sie arbeiten schlecht und wollen den Lohn derer, die gut arbeiten. Die Hoffnung der Menschheit – was ist sie? Daß eines Tages der Übermensch komme, daß eines Tages der Minderwertige, Schwache und Tierische unterworfen oder ausgeschaltet sei. Die Welt ist nicht der Ort für Schlechte, Blöde, Entnervte. Ihre Pflicht – und eine schöne Pflicht! – ist zu sterben. Der Tod des Mißlungenen! Das ist der Weg, auf dem das Tier zum Menschen stieg, auf dem der Mensch zu höheren Dingen weitergeht.«

Ostrog tat einen Schritt und wandte sich zu Graham. »Ich kann mir vorstellen, wie dieser unser großer Weltstaat einem Engländer aus Viktorias Zeit vorkommt. Sie sehnen sich nach all den alten Formen repräsentativer Regierung zurück – ihre Gespenster spuken noch in der Welt herum, die Wahlkomitees und Parlamente und all der Narrenkram des achtzehnten Jahrhunderts. Sie fühlen eine Regung gegen unsere Freudenstädte. Ich hätte mir das denken können – hätte ich nichts zu tun gehabt. Aber das werden Sie besser lernen. Das Volk ist toll vor Neid – sie würden mit Ihnen sympathisieren. Da unten in den Straßen, da schreien sie jetzt, man soll die Freudenstädte vernichten. Aber die Freudenstädte sind die Aussonderungsorgane des Staates, anziehende Orte, die Jahr für Jahr alles zusammenziehen, was schwach und verderbt ist, alles, was lasziv und träg ist, all die leichte Schurkerei der Welt ziehen sie zu einer anmutigen Vernichtung fort. Sie gehen dahin, sie leben ihre Zeit, sie sterben kinderlos, all die hübschen, törichten, leichtfertigen Frauen sterben kinderlos, und die Menschheit hat den Nutzen davon. Wenn das Volk vernünftig wäre, würde es die Reichen nicht um ihren Todesweg beneiden. Und Sie möchten die albernen, hirnlosen Arbeiter, die wir zu Sklaven gemacht haben, emanzipieren und versuchen, ihr Leben wieder leicht und angenehm zu machen. Gerade, wo sie zu dem gesunken sind, wozu sie taugen.« Er lächelte ein Lächeln, das Graham sonderbar reizte. »Sie werden das besser verstehen lernen. Ich kenne diese Ideen; als Kind habe ich Ihren Shelley gelesen und von der Freiheit geträumt. Es gibt keine Freiheit außer in Weisheit und Selbstbeherrschung. Die Freiheit ist drinnen – nicht draußen. Sie ist jedermanns eigene Sache. Nehmen Sie an – was unmöglich ist – diese wimmelnden, schreienden Narren in Blau gewännen die Oberhand, was dann? Sie werden nur unter andere Herren fallen. Solange es Schafe gibt, wird die Natur aus Raubtieren bestehen. Es hieße nur ein paar hundert Jahre Aufschub. Die Heraufkunft des Aristokraten ist Schicksal und sicher. Das Ende wird der Übermensch sein – trotz all der tollen Proteste der Menschheit. Laß sie sich empören, laß sie gewinnen und mich und meinesgleichen töten. Andere werden aufstehen – andere Herren. Das Ende wird das gleiche sein.«

»Ich hin begierig,« sagte Graham eigensinnig.

Einen Moment stand er niedergeschlagen da.

»Aber ich muß diese Dinge selber sehen,« sagte er, indem er plötzlich einen Ton zuversichtlicher Herrschaft annahm. »Nur wenn ich sehe, kann ich verstehen. Ich muß lernen. Das wollte ich Ihnen sagen, Ostrog. Ich will nicht in einer Freudenstadt König sein; das wäre mir keine Freude. Ich habe genug Zeit mit der Aeronautik verschwendet – und mit den anderen Dingen. Ich muß erfahren, wie das Volk jetzt lebt, wie sich das gewöhnliche Leben entwickelt hat. Dann werde ich diese Dinge besser verstehen. Ich muß erfahren, wie das gemeine Volk lebt – das Arbeitsvolk im besonderen – wie sie arbeiten, heiraten, Kinder gebären, sterben –«

»Das finden Sie in unseren realistischen Romanen,« rief Ostrog, plötzlich voreingenommen.

»Ich will Realität,« sagte Graham, »nicht Realismus.«

»Es gibt Schwierigkeiten,« sagte Ostrog und dachte nach. »Im ganzen vielleicht –«

»Ich hatte nicht erwartet –«

»Ich hatte mir gedacht – Und doch vielleicht – Sie sagen, Sie wollen durch die Stadtwege gehen und das gemeine Volk sehen.«

Plötzlich kam er zu einem Schluß. »Sie würden verkleidet gehen müssen,« sagte er. »Die Stadt ist intensiv aufgeregt, und die Entdeckung Ihrer Anwesenheit unter ihnen könnte einen furchtbaren Aufruhr hervorrufen. Immerhin bleibt dieser Ihr Wunsch, in diese Stadt zu gehen – diese Ihre Idee – Ja, jetzt, wo ich es bedenke, scheint es mir nicht so ganz – Es läßt sich machen. Wenn Sie sich wirklich dafür interessieren würden! Natürlich sind Sie Herr. Sie können bald gehen, wenn Sie wollen. Eine Verkleidung für diesen Ausflug wird Asano fertig bringen können. Er würde mit Ihnen gehen. Im Grunde ist es keine schlechte Idee von Ihnen.«

»Sie werden mich in keiner Sache zu Rat zu ziehen brauchen?« fragte Graham plötzlich, von einem sonderbaren Verdacht getroffen.

»O, Himmel, nein! Nein! Ich denke, Sie können mir die Geschäfte jedenfalls noch auf einige Zeit anvertrauen,« sagte Ostrog lächelnd. »Selbst, wenn wir verschiedener Meinung sein sollten –«

Graham sah ihn scharf an.

»Es wird in absehbarer Zeit keinen Kampf geben?« fragte er unvermittelt.

»Sicher nicht.«

»Ich habe an diese Neger gedacht. Ich glaube nicht, daß das Volk Feindseligkeiten gegen mich beabsichtigt, und schließlich bin ich der Herr. Ich wünsche nicht, daß Neger nach London geholt werden. Es ist vielleicht ein archaisches Vorurteil, aber ich habe meine eigenen Empfindungen über Europäer und die unterworfenen Rassen. Selbst mit Paris —«

Ostrog stand da und beobachtete ihn unter gesenkten Brauen her. »Ich *hole* keine Neger nach London,« sagte er langsam. »Aber wenn —«

»Sie sollen keine bewaffneten Neger nach London rufen, was auch geschehe,« sagte Graham. »In der Sache bin ich fest entschlossen.«

Ostrog entschied sich nach einer Pause dafür, nicht zu sprechen, und verneigte sich ehrerbietig.

20.
Auf den Wegen der Stadt

Und in jener Nacht sah Graham sich, unbekannt und unbeargwohnt, gekleidet in das Kostüm eines niederen Windfahnenbeamten, der Feiertag macht, und begleitet von Asano in Arbeitsgesellschaftsleinwand, die Stadt an, die er durchwandert hatte, als sie im Dunkel verschleiert lag. Aber jetzt sah er sie erleuchtet und wach, als einen Wirbel des Lebens. Trotz des Brandens und Stürmens der Kräfte der Revolution, trotz der ungewöhnlichen Unzufriedenheit, dem Gemurmel von einem größeren Kampf, von dem der erste Aufstand nur erst das Vorspiel war, strömten die Myriaden von Strömen des Verkehrs immer noch breit und kräftig. Er wußte jetzt einiges von den Dimensionen und dem Charakter der neuen Zeit, aber nicht war er auf die unendliche Überraschung des Anblicks im einzelnen gefaßt, auf den Strom von Farbe und lebhaften Eindrücken, der an ihm vorbeifloß.

Dies war seine erste wirkliche Berührung mit dem Volk der modernen Tage. Er wurde sich klar, daß alles, was vorangegangen war, außer etwa sein Blick auf Märkte und Theater, sein Element der Abschließung gehabt hatte, eine Bewegung innerhalb des verhältnismäßig engen, politischen Quartiers gewesen war, daß all seine früheren Erfahrungen sich unmittelbar um die Frage seiner eigenen Stellung gedreht hatte. Aber hier war die Stadt zur geschäftigsten Abendstunde, das Volk kehrte in großem Maßstabe zu seinen eigenen, unmittelbaren Interessen zurück, zur Wiederaufnahme des wirklichen, unformellen Lebens, zu den gewöhnlichen Sitten der neuen Zeit.

Sie kamen zuerst auf eine Straße hinaus, deren gegenüberliegende Wege von den Livreen der blauen Leinwand gedrängt voll waren. Dieser Schwarm, sah Graham, war ein Teil einer Prozession – es war wunderlich, eine Prozession *sitzend* durch die Stadt ziehen zu sehen. Sie trugen Banner aus grobem, rotem Zeug mit roten Buchstaben. »Keine Entwaffnung,« sagten die Banner, zum größten Teil in grob hingeschmierten Buchstaben und wechselnder Orthographie, und:

»Warum sollten wir die Waffen niederlegen?« »Keine Entwaffnung.« »Keine Entwaffnung.« Banner auf Banner zog vorbei, ein Strom von Bannern, der vorüberfloß, und schließlich am Ende kam das Aufstandslied und eine geräuschvolle Schar seltsamer Instrumente. »Die sollten alle an der Arbeit sein,« sagte Asano. »Sie haben seit zwei Tagen nichts mehr zu essen gehabt, oder sie haben es gestohlen.«

Dann machte Asano einen Umweg, um die gedrängte Volksmenge zu vermeiden, die den gelegentlichen Zug der Leichen vom Hospital zur Begräbnisstätte angaffte, die Nachlese nach der Todesernte des ersten Aufstands.

An diesem Abend schliefen nur wenige, jedermann war unterwegs. Eine riesige Aufregung umgab Graham, ungeheure Volksmengen, die fortwährend wechselten; ein unaufhörlicher Tumult, die Schreie und rätselhaften Fragmente des sozialen Kampfes, der erst gerade begann, verwirrten und umdunkelten ihm den Geist. Überall bezeugten Gewinde und schwarze Banner und seltsame Dekorationen seine intensive Popularität, überall fing er Brocken jenes groben, schwerfälligen Dialektes auf, dessen sich die ungebildete Klasse bediente, die Klasse, heißt das, deren Mittel die phonographische Kultur überstieg. Überall lag diese Unruhe wegen der Entwaffnung in der Luft, und zwar mit einem Ton unmittelbaren Drängens, von dem er während seiner Abschließung im Windfahnenquartier keine Ahnung gehabt hatte. Er sah, sobald er zurückkehrte, mußte er dies mit Ostrog in einem weit umfassenderen Sinne erörtern als er es bisher getan hatte, dies und die größeren Dinge, deren Ausdruck es war. Beständig überschwemmte in dieser Nacht, sogar schon in den ersten Stunden ihrer Wanderungen in der Stadt, der Geist der Unrast und des Aufruhrs seine Aufmerksamkeit so stark, daß er zahllose seltsame Dinge ausschloß, die er sonst hätte beobachten können.

Diese Voreingenommenheit machte seine Eindrücke fragmentarisch. Aber unter so vielem, was fremd und lebhaft war, konnte sich kein Gegenstand, mochte er noch so persönlich und beharrlich sein, in ungeteilter Macht bewahren. Zeitweise verschwand die Revolutionsbewegung vollständig aus seinem Geist, sie wurde wie ein Vorhang vor einem aufregenden neuen Anblick der Zeit beiseite gezogen. Helene hatte seinen Geist zu diesem intensiven Ernst des Forschens gedrängt, aber es kamen Zeiten, wo selbst sie hinter den Bereich seiner bewußten Gedanken zurücktrat. Einen Moment zum Beispiel sah er, daß sie durch das religiöse Quartier fuhren, denn der leichte Verkehr in der Stadt, wie ihn die Gleitwege ermöglichten, machte die zerstreuten Kirchen und Kapellen unnötig – und seine Aufmerksamkeit wurde lebhaft von der Fassade einer der Christlichen Sekten gefesselt.

Sie fuhren sitzend auf einem der schnellen, oberen Wege, das Gebäude sprang bei einer Biegung vor ihnen auf und kam rapid näher. Es war vom Giebel bis zur Basis mit Inschriften in lebhaftem Weiß und Blau bedeckt, außer, wo ein riesiges, grelles Kinematographen-Transparent eine realistische Szene aus dem neuen Testament darstellte, und wo ein schwarzes Gewinde zeigte, daß die Volksreligion der Volkspolitik folgte. Graham war mit der phonotypischen Schrift bereits vertraut, und diese Inschriften hielten ihn fest, da sie für seine Empfindung zum größten Teil unglaublich lästerlich waren. Unter den weniger anstößigen las er: »Seelenheil, erster Stock rechter Hand.« »Legt euer Geld in eurem Schöpfer an.« »Die schärfste Bekehrung in London, Sachverständige Operatoren!« »Was Christus zum Schläfer sagen würde: – ›Geh zu den Heiligen auf der Höhe der Zeit!‹« – »Sei ein Christ – ohne Hinderung an deiner gegenwärtigen Beschäftigung.« »All die glänzendsten Bischöfe auf der Bank heut abend, Preise wie gewöhnlich.« »Lebhafter Segen für Geschäftsleute.«

»Aber dies ist furchtbar!« sagte Graham, als dieser betäubende Schrei merkantiler Frömmigkeit über ihnen aufragte.

»Was ist furchtbar?« fragte sein kleiner Offizier, der offenbar vergebens nach etwas Ungewohntem in diesem schreienden Glanz suchte.

» *Dies*! Das Wesen der Religion ist doch Ehrfurcht.«

»O, *das*!« Asano blickte Graham an. »Entrüstet Sie das?« sagte er im Tone dessen, der eine Entdeckung macht. »Ich kann mir's denken, natürlich. Ich hatte ganz vergessen. Heutzutage ist der Wettbewerb um Aufmerksamkeit so scharf, und einfache Leute haben nicht mehr die Zeit, für ihre Seelen zu sorgen wie früher, wissen Sie.« Er lächelte. »In den alten Tagen hatten Sie ruhige Sabbathe und das Land. Obgleich ich irgendwo von Sonntag-Nachmittagen gelesen habe, die –«

»Aber, *das*,« sagte Graham, indem er auf das schwindende Blau und Weiß zurückblickte. »Das ist doch nicht die einzige –«

»Es gibt hundert verschiedene Arten. Aber natürlich, wenn eine Sekte nicht auffällt, macht sie sich nicht bezahlt. Der Gottesdienst ist mit der Zeit gegangen. Es gibt Sekten für die oberen Klassen mit stillerem Gebaren – teurem Weihrauch und persönlichen Aufmerksamkeiten und all dem. Diese Leute sind riesig populär, und sie blühen. Sie zahlen für diese Räume dem Rat mehrere Dutzen Löwen – Ihnen, sollte ich sagen.«

Graham machte die Münze immer noch Schwierigkeiten, und diese Erwähnung von einem Dutzend Löwen brachte ihn unvermittelt auf dies Thema. Im Nu waren die schreienden Tempel und ihre wimmelnden Reklamen in diesem neuen Interesse vergessen. Eine Redewendung deutete an, und eine Antwort bestätigte, daß Gold und Silber beide entmünzt waren, daß das geprägte Gold, das seine Herrschaft unter den Kaufleuten von Phönizien begonnen hatte, endlich entthront war. Die Wandlung war allmählich, aber schnell gegangen, herbeigeführt durch eine Erweiterung des Schecksystems, das schon in seinem früheren Leben in allen größeren Geschäftsbewegungen das Gold verdrängt hatte. Der gewöhnliche Verkehr der Stadt, ja, der gewöhnliche Geldverkehr der ganzen Welt geschah mit Hilfe der kleinen, braunen, grünen und rosa Ratsschecks für niedere Beträge, die mit Blanko-Präsentanten gedruckt waren. Asano hatte mehrere bei sich, und bei der ersten Gelegenheit füllte er die Lücken in seinem Satz aus. Sie waren nicht auf zerreißbares Papier gedruckt, sondern auf ein halbdurchsichtiges Gewebe von seidiger Biegsamkeit, das mit Seide durchwebt war. Über alle spreizte sich ein Faksimile von Grahams Unterschrift – seit zweihundertunddrei Jahren seine erste Begegnung mit diesem vertrauten Autogramm.

Einige dazwischentretende Erlebnisse machten keinen genügend lebhaften Eindruck, um das Thema der Entwaffnung daran zu hindern, daß es seine Gedanken wieder in Anspruch nahm; ein wirres Bild auf einem Theosophistentempel, das *Wunder* versprach, wurde vielleicht am wenigsten unterdrückt, aber dann kam der Anblick der Speisehalle in der Northumberland Avenue. Das interessierte ihn sehr.

Durch die Energie und Überlegung Asanos konnte er sich diesen Bau von einer kleinen verkleideten Galerie aus ansehen, die für die Tischaufwärter reserviert war. Das Gebäude dröhnte von fernem, gedämpftem Schreien, Pfeifen und Rufen, dessen Bedeutung er erst nicht verstand, das ihn aber an eine gewisse ledrige Stimme erinnerte, die er in der Nacht seiner einsamen Wanderung nach der Wiederkehr des Lichtes gehört hatte.

Er war jetzt an Geräumigkeit und große Volksmassen gewöhnt, aber dieses Schauspiel hielt ihn doch lange Zeit fest. Als er den Tafeldienst unten unmittelbarer beobachtete und viele Fragen und Antworten über Einzelheiten hin und her gingen, da ging ihm auf, was die Speisung mehrerer tausend Menschen bedeutete.

Er fand mit beständiger Überraschung, daß Punkte, von denen man hatte erwarten können, daß sie von Anbeginn lebhaft auffallen müßten, ihm nie ins Auge sprangen, bis sich nicht irgendeine triviale Einzelheit plötzlich als ein Rätsel gestaltete und auf das Handgreifliche hinwies, was er übersehen hatte. Hierin zum Beispiel war es ihm nicht eingefallen, daß diese Kontinuität der Stadt, diese Ausschließung des Wetters, diese großen Hallen und Straßen das Verschwinden des Haushalts bedingten; daß das typische Viktorianische »Heim«, die kleine Backsteinzelle, die Küche und Waschraum, Wohn- und Schlafzimmer einschloß, abgesehen von den Ruinen, die das Land durchzogen, so sicher verschwunden war wie die Lattenhütte. Aber jetzt erst sah er, was freilich von Anfang an klar gewesen war, daß London, als Wohnort betrachtet, nicht mehr eine Anhäufung von Häusern war, sondern ein ungeheures Hotel, ein Hotel mit tausend Klassen der Unterkunft, mit Tausenden von Speisesälen, Kapellen,

Theatern, Märkten und Versammlungsorten, eine Synthesis von Unternehmungen, deren Haupteigentümer er war. Die Leute hatten ihr Schlafzimmer, vielleicht mit Vorzimmern, Zimmern, die wenigstens stets sanitär waren, welches auch ihr Grad von Behaglichkeit und Abgeschlossenheit war, und im übrigen lebten sie so ziemlich, wie viele Leute in den neuen Riesenhotels der Viktorianischen Tage gelebt hatten, aßen, lasen, dachten, spielten, plauderten an öffentlichen Orten, gingen in den Industriequartieren der Stadt an ihre Arbeit oder machten ihre Geschäfte in ihren Bureaus im Handelsquartier ab.

Er sah sofort, wie notwendig sich dieser Stand der Dinge aus der Viktorianischen Zeit entwickelt hatte. Die fundamentale Ursache der modernen Stadt war von je die Ersparnis durch Zusammenarbeit gewesen. Was in seiner eigenen Generation hauptsächlich die Verschmelzung der getrennten Haushalte gehindert hatte, das war einfach die noch unvollkommene Zivilisation des Volkes gewesen, der starke Barbarenstolz, Leidenschaften und Vorurteile, die Eifersucht, das Rivalentum und die Gewalttätigkeit der mittleren und unteren Klassen, all das hatte die völlige Trennung der Haushalte notwendig gemacht. Aber die Wandlung, die Zähmung des Volkes war schon damals in raschem Fortgang begriffen gewesen. In seinen kurzen dreißig Jahren des früheren Lebens hatte er das ungeheure Wachsen der Sitte gesehen, die Mahlzeiten außerhalb des Hauses einzunehmen; das gelegentlich begünstigte Pferdestallkaffee war zum Beispiel dem offenen und vollen Kohlensauer-Brot-Laden gewichen, Frauenklubs erlebten ihre Anfänge, und eine ungeheure Entwicklung von Lesezimmern, Spaziergängen und Bibliotheken hatte das Wachstum sozialen Vertrauens bezeugt. Diese Versprechungen hatten mittlerweile ihre volle Erfüllung erreicht. Der verschlossene und versperrte Haushalt war verschwunden.

Diese Leute unter ihm, hörte er, gehörten der unteren Mittelklasse an, der Klasse gerade über den blauen Arbeitern, einer Klasse, die in der Viktorianischen Periode so gewohnt war, mit jeder Vorsichtsmaßregel der Heimlichkeit zu essen, daß ihre Mitglieder, wenn eine Gelegenheit sie zu einem öffentlichen Mahle führte, ihre Verlegenheit meist unter groben Scherzen oder einem ausgesprochen kriegerischen Benehmen verbargen. Aber diese heiter, wenn auch leicht gekleideten Leute da unten waren zwar lebhaft, eilig und unmitteilsam, aber von gewandten Manieren und sicherlich gegeneinander ganz unbefangen.

Ihm fiel eine bedeutsame Kleinigkeit auf; der Tisch war und blieb, soweit er sehen konnte, entzückend sauber, nichts entsprach der Verwirrung, den ausgestreuten Krumen, den Fleisch- und Zutatenspritzern, dem umgestoßenen Getränk und den verschobenen Ornamenten, die den stürmischen Verlauf einer Viktorianischen Mahlzeit gekennzeichnet hätten. Das Tafelgeschirr war sehr anders. Er sah keinen Schmuck, keine Blumen, und der Tisch hatte kein Tuch, sondern war, wie er erfuhr, aus einem festen Stoff hergestellt, der die Textur und das Aussehen von Damast hatte. Er erkannte, daß diese Damastsubstanz mit hübschgezeichneten Handelsannoncen gemustert war.

In einer Art Nische stand vor jedem Speisenden ein komplizierter Porzellan- und Metallapparat. Es war nur *ein* Teller aus weißem Porzellan vorhanden, und mit Hilfe von Hähnen für heiße und kalte flüchtige Flüssigkeiten wusch der Gast ihn selber zwischen den Gängen; er wusch sich auch sein elegantes Weißmetallmesser und Gabel und Löffel, wie die Gelegenheit es erforderte.

Die Suppe und der chemische Wein, der das gewöhnliche Getränk bildete, wurden aus ähnlichen Hähnen verabreicht, und die übrigen Gänge liefen in geschmackvoll arrangierten Schüsseln auf Silberschienen automatisch den Tisch hinunter. Der Speisegast hielt sie an und nahm sich nach Belieben. Sie erschienen aus einer kleinen Tür am einen Ende des Tisches und verschwanden am andern. Jene Eigenheit verfallenden demokratischen Gefühls, der häßliche Stolz knechtischer Seelen, der Gleichberechtigte abgeneigt macht, sich gegenseitig zu bedienen, war, fand er, unter diesen Leuten sehr stark. Er war so mit diesen Einzelheiten beschäftigt, daß er erst gerade, als sie gehen wollten, die riesigen Reklamedioramen sah, die die oberen Wände Majestätisch entlang liefen und die erstaunlichsten Dinge verkündeten.

Nach diesem Saal kamen sie in eine volle Halle, und er entdeckte die Ursache des Lärms, der ihm zu schaffen gemacht hatte. Sie blieben an einer Drehpforte stehen, an der eine Zahlung geleistet wurde.

Grahams Aufmerksamkeit wurde sofort durch einen heftigen lauten Schrei gefesselt, dem eine mächtige ledrige Stimme folgte. »Der Herr schläft ruhig,« rief sie. »Er befindet sich vortrefflich. Er will den Rest seines Lebens der Luftschiffahrt widmen. Er sagt, die Frauen seien schöner als je. Halooo! Hoh! Unsere wundervolle Zivilisation erstaunt ihn über die Maßen. Über alle Maßen. Halooo! Er setzt großes Vertrauen auf Meister Ostrog. Ostrog soll sein erster Minister sein; ist ermächtigt, öffentliche Beamte ab- und einzusetzen – alle Beförderung wird in seinen Händen liegen. Alle Beförderung in Meister Ostrogs Händen! Die Räte sind in ihr eigenes Gefängnis über dem Rathaus geschickt.«

Graham blieb beim ersten Satz stehen, blickte auf und sah ein albernes Trompetengesicht, das all dies brüllte. Das war die Allgemeine-Nachrichten-Maschine. Eine Zeitlang schien sie Atem zu holen, und man hörte ein regelmäßiges Pochen aus ihrem zylindrischen Körper. Dann trompetete sie: »Halooo, Halooo,« und begann von neuem.

»Paris ist jetzt beruhigt. Aller Widerstand ist vorbei. Halooo! Die schwarze Polizei hält jeden Platz von Bedeutung in der Stadt besetzt. Sie hat mit großer Tapferkeit gekämpft und Lieder zum Preis ihrer Vorfahren gesungen, die von dem Dichter Kipling geschrieben sind. Ein- oder zweimal brachen sie aus und folterten und verstümmelten verwundete und gefangene Aufständische, Männer und Frauen. Moral – man rebelliere nicht. Haha! Halooo, Halooo! Es sind lebendige Kerle. Lebendige, tapfere Kerle. Dies sei der unruhigen Verschwörerbande in dieser Stadt eine Warnung. Pah! Verschwörerbande! Unrat der Erde! Halooo, Halooo!«

Die Stimme hörte auf. Es folgte ein wirres Murmeln der Mißbilligung unter der Menge. »Die verdammten Nigger.« Ein

Mann neben ihnen begann zu reden. »Ist dies des Herren Tun, Brüder? Ist dies des Herren Tun?«

»Schwarze Polizei!« sagte Graham. »Was ist das? Sie wollen doch nicht sagen —«

Asano berührte ihn am Arm und gab ihm einen warnenden Wink, und alsbald schrie eine andere dieser Maschinen betäubend los und redete mit schriller Stimme: »Jahaha, jaha, Tap! Hört ein lebendiges Blatt schreien! Lebendiges Blatt. Jaha! Schreckliche Ausschreitung in Paris. Jahaha! Die Pariser von der schwarzen Polizei bis zum Mord aufgebracht. Schreckliche Repressalien. Wilde Zeiten kommen wieder. Blut! Blut! Jaha!« Die nähere Schwätzmaschine schrie betäubend »Hallooo, Hallooo!« und ertränkte den Schluß des Satzes und fuhr mit einer etwas weicheren Stimme als vorher fort und gab neue Bemerkungen über die Greuel des Aufruhrs. »Gesetz und Ordnung müssen aufrecht erhalten bleiben,« sagte die nähere Schwätzmaschine.

»Aber,« begann Graham.

»Nicht fragen, hier,« sagte Asano, »sonst werden Sie in einen Streit gezogen.«

»Dann lassen Sie uns weitergehen,« sagte Graham, »denn hiervon will ich mehr erfahren.«

Als er und sein Begleiter sich durch die aufgeregte Menge drängten, die unter diesen Stimmen wimmelte, auf den Ausgang zu, da sah Graham die Verhältnisse und Züge dieses Raumes deutlicher. Im ganzen mußten große und kleine, nahezu tausend von diesen Figuren in dem großen Raum vorhanden sein, pfeifend, schreiend, brüllend und schwätzend, jede mit ihrer Volksmenge aufgeregter Zuhörer, deren Majorität Leute in blauer Leinwand bildeten. Alle Größen von Maschinen waren vertreten, vom kleinen Schwatzmechanismus an, der in den Winkeln mechanische Sarkasmen hervorkicherte, durch eine Anzahl von Graden hindurch, bis zu solchen Fünfzig-Fuß-Riesen, gleich dem, der zuerst über Graham geschrien hatte.

Dieser Raum war ungewöhnlich voll, weil das Interesse des Volks am Verlauf der Dinge in Paris sehr intensiv war. Offenbar war der Kampf viel wilder gewesen, als Ostrog ihn dargestellt hatte. All die Maschinen redeten über dieses Thema, und die Wiederholungen des Volkes ließen den ganzen Raum von solchen Phrasen summen, wie: »Gelynchte Polizisten«, »Lebendig verbrannte Frauen«, »Paperlapapp«. »Aber erlaubt der Herr solche Dinge?« sagte ein Mann neben ihm. »Ist *dies* der Anfang der Herrschaft des Herrn?«

Ist *dies* der Anfang der Herrschaft des Herrn? Noch lange, nachdem er den Ort verlassen hatte, verfolgte ihn das Rufen und Schreien und Pfeifen der Maschinen: »Halloo, Halloo!« »Jahaha, Jaha, Jap! Iaha!« »Ist *dies* der Anfang der Herrschaft des Herrn?«

Sowie sie draußen auf den Straßen waren, begann er Asano genau über die Natur des Pariser Kampfes auszufragen. »Diese Entwaffnung! Worin besteht ihre Unruhe? Was heißt das alles?« Asano schien hauptsächlich besorgt, ihn zu beruhigen, daß alles »in Ordnung« sei. »Aber diese Ausschreitungen!« »Sie können kein Omelett haben,« sagte Asano, »ohne Eier zu zerbrechen. Es ist nur das rohe Volk. Nur in einem Teil der Stadt. Sonst ist alles in Ordnung. Die Pariser Arbeiter sind nach unseren die wildesten von der Welt.«

»Was! nach den Londoner?«

»Nein, den japanischen. Sie müssen in Zucht gehalten werden.«

»Aber Frauen lebendig verbrennen!«

»Eine Kommune!« sagte Asano. »Sie möchten Sie Ihres Besitzes berauben. Sie möchten das Eigentum abschaffen und die Welt dem Pöbel zur Herrschaft geben. Sie sind Herr, die Welt gehört Ihnen. Aber hier wird keine Kommune kommen. Hier ist keine schwarze Polizei nötig. – Und es ist jede Rücksicht gezeigt. Es sind ihre eigenen Neger – französisch sprechende Neger. Senegalregimenter und vom Niger und aus Timbuktu.«

»Regimenter?« sagte Graham. »Ich dachte, es wäre nur eins –«

»Nein,« sagte Asano und sah ihn an. »Es sind mehr da als eins.«

Graham fühlte sich unangenehm hilflos.

»Ich dachte nicht,« begann er und hielt plötzlich inne. Er schweifte unvermittelt ab und bat um Auskunft über diese Schwätzmaschinen. Zum größten Teil war das anwesende Volk schäbig und zerlumpt gekleidet gewesen, und Graham erfuhr, soweit die wohlhabenderen Klassen in Frage kämen, seien in allen besser eingerichteten Privatwohnungen der Stadt feste Schwätzmaschinen vorhanden, die redeten, sowie man einen Hebel zog. Der Bewohner der Wohnung verband sie mit den Kabeln eines der großen Nachrichtensyndikate, dem er den Vorzug gab. Als er das erfahren hatte, fragte er nach dem Grund, warum sie in seinen Gemächern fehlten. Asano machte die Augen auf. »Daran hab ich noch gar nicht gedacht,« sagte er. »Ostrog muß sie haben entfernen lassen.«

Graham machte die Augen auf. »Wie konnte ich wissen!« rief er.

»Vielleicht dachte er, sie würden Sie langweilen,« sagte Asano.

»Sie müssen sofort wieder aufgestellt werden, wenn ich nach Hause komme,« sagte Graham nach einer Pause.

Es wurde ihm schwer, zu begreifen, daß dieses Nachrichtenzimmer und der Speisesaal keine großen zentralen Orte waren, daß solche Einrichtungen sich fast unzählbar über die ganze Stadt wiederholten. Aber immer wieder fing sein Ohr während der nächtlichen Expedition in neuen Quartieren durch den Tumult der Straßen hindurch das eigenartige Schreien des Organs Meister Ostrogs auf: »Hallooo, Halloooo!« oder das schrille »Jahaha, Jaha, Jap! – Hört ein lebendiges Blatt schreien!« seines Hauptrivalen.

Auch solche *crèches* wie die, in die er nun trat, wiederholten sich überall. Man erreichte sie mit einem Lift und über eine Glasbrücke, die über die Speisehalle führte und die Straßen in leichter Steigung querte. Um die erste Sektion dieses Ortes zu betreten, mußte er unter Asanos Anweisung seine solvente Unterschrift verwenden. Sofort wurden sie von einem Mann in violettem Kleid mit Goldschnalle geführt, den Insignien eines Arztes. Er merkte am Wesen dieses Mannes, daß seine Identität bekannt war und begann ohne Reserve Fragen über die seltsamen Einrichtungen des Ortes zu stellen.

Auf beiden Seiten des Ganges, der still und gepolstert war, wie um den Schritt zu dämpfen, sah er schmale, kleine Türen, deren Größe und Anordnung an die Zellen eines Viktorianischen Gefängnisses erinnerte. Aber der obere Teil jeder Tür war aus demselben grünlichen Material, das ihn bei seinem Erwachen eingeschlossen hatte, und drinnen lag, dunkel zu sehen, in jedem Raum ein sehr junges Baby in einem Wattenest. Komplizierte Apparate wachten über der Atmosphäre, ließen weit weg bei der geringsten Abweichung vom Optimum der Temperatur und Feuchtigkeit im Zentralamt eine Glocke ertönen. Ein System solcher *crèches* hatte die gewagten abenteuerlichen Zufälle des Säugens in der alten Welt fast völlig verdrängt. Der Führer machte Graham bald darauf auf die Milchammen aufmerksam, eine Reihe mechanischer Figuren mit Armen, Schultern und Büsten von erstaunlich realistischer Modellierung, Gelenkigkeit und Textur, die aber unten nichts waren als Messingdreifüße und statt der Gesichter eine platte Scheibe zeigten, die Annoncen trug, wie sie Mütter interessieren mußten.

Von all den fremdartigen Dingen, denen Graham in dieser Nacht begegnete, stimmte keines weniger zu seinen Denkgewohnheiten als dieser Ort. Das Schauspiel der kleinen rosigen Geschöpfe, deren schwache Glieder ungewiß in vagen, ersten Bewegungen schwankten, allein gelassen, ohne Umarmung und Liebkosung – das widerstand ihm völlig. Der führende Arzt war anderer Meinung. Sein statistisches Material zeigte unbestreitbar, daß in Viktorianischen Zeiten die gefährlichsten Lebensmonate die in den Armen der Mutter gewesen waren, daß da die Sterblichkeit von je am furchtbarsten war. Andererseits verlor diese *Crèche*-Gesellschaft, das Internationale *Crèche*-Syndikat noch kein halbes Prozent von der Million Babys oder so, die seine besondere Sorge bildete. Aber Grahams Vorurteil war selbst für diese Ziffern zu stark.

In einem der vielen Gänge dieses Ortes trafen sie auf ein junges Paar in der gewöhnlichen blauen Leinwand, das durch das Transparent blickte und hysterisch über den kahlen Kopf ihres Erstgeborenen lachte. Grahams Gesicht muß seine Meinung über sie gezeigt haben, denn ihre Lustigkeit hörte auf, und sie sahen verlegen aus. Aber dieser kleine Zwischenfall unterstrich seine plötzliche Empfindung von dem Abgrund zwischen seinen Denkgewohnheiten und den Sitten der neuen Zeit. Er ging weiter zu den Kriechräumen und dem Kindergarten; er war erstaunt und betrübt. Die endlosen, langen Spielräume fand er leer! Die modernen Kinder wenigstens verbrachten ihre Nächte noch im Schlaf. Als sie hindurch gingen, erklärte der Beamte die Art der Spielsachen, Entwicklungen derer, die jener inspirierte Sentimentalist Fröbel erfunden hatte. Hier gab es Ammen, aber vieles geschah durch Maschinen, die sangen, tanzten und schaukelten.

Graham war sich über viele Punkte immer noch nicht klar. »Aber so viele Waisen!« sagte er verblüfft, indem er auf ein erstes Mißverständnis zurückkam, und man sagte ihm nochmals, es seien keine Waisen.

Sobald sie die *crèche* verlassen hatten, begann er von dem Grauen zu sprechen, das die Babys in ihren Brutzellen ihm eingeflößt hatten. »Ist das Muttertum vorbei?« sagte er. »War es nur Gerede? Sicher war es ein Instinkt. Dies scheint so unnatürlich – fast abscheulich.«

»Hier entlang kommen wir zum Tanzplatz,« sagte Asano statt der Antwort. »Er wird sicher voll sein. Trotz der politischen Unruhe wird er voll sein. Die Frauen interessieren sich nicht für Politik – abgesehen von hier und dort einer. Sie werden die Mütter sehen – die meisten jungen Frauen in London sind Mütter. In jener Klasse gilt es als rühmlich, ein Kind zu haben – als ein Beweis der Lebenskraft. Wenig Leute aus dem Mittelstand haben mehr als eins. Bei der Arbeitsgesellschaft ist es anders. Was das Muttertum angeht! Sie sind noch immer ungeheuer stolz auf die Kinder. Sie kommen recht oft her, sie anzusehen.«

»So wollen Sie sagen, die Bevölkerung der Welt –« »Sinkt? Ja. Außer unter dem Volk der Arbeitsgesellschaft. Das ist unbesonnen –«

Die Luft tanzte plötzlich vor Musik, und einen Weg hinunter, auf den sie schräg zukamen, der mit prunkvollen Pfeilern, wie es schien, aus klarem Amethyst besetzt war, strömte ein Flut lustiger Leute und ein Tumult von heiterem Rufen und Lachen. Er sah krause Köpfe, bekränzte Stirnen, und ein glückliches, verschlungenes Gummiguttiwallen triumphierend über das Bild hinstreifen.

»Sie werden sehen,« sagte Asano mit leichtem Lächeln. »Die Welt hat sich verändert. Im Moment werden Sie die Mütter der neuen Zeit sehen. Kommen Sie hier entlang. Die da hinten werden wir sehr bald wiedersehen.«

Sie stiegen in einem raschen Lift bis zu einer gewissen Höhe und vertauschten ihn dann mit einem langsameren. Je weiter sie gingen, um so lauter wurde die Musik, bis sie ganz nah und voll und prächtig war, und mit ihren glorreichen Windungen konnten sie den Takt unzähliger tanzender Füße erkennen. Sie zahlten an einem Drehtor und traten auf die breite Galerie hinaus, die den Tanzsaal überblickte, und in den vollen Zauber von Klang und Anblick.

»Das«, sagte Asano, »sind die Väter und Mütter der Kleinen, die Sie gesehen haben.«

Die Halle war nicht so reich geschmückt wie die des Atlas, aber sonst war sie, der Größe nach, das glänzendste, was Graham noch gesehen hatte. Die schönen, weißgliedrigen Figuren, die die Galerien trugen, erinnerten ihn nochmals an die erneute Pracht der Skulptur; sie schienen sich in gefälligen Haltungen zu winden, ihre Gesichter lachten. Die Quelle der Musik, die den Raum erfüllte, war verborgen, und der ganze, weite, glänzende Boden war gedrängt voll von tanzenden Paaren. »Sehen Sie sie an,« sagte der kleine Beamte, »sehen Sie, wieviel sie vom Muttertum zeigen.«

Die Galerie, auf der sie standen, lief den oberen Rand eines riesigen Schirms entlang, der die Tanzhalle auf der einen Seite von einer Art äußerer Halle abschnitt, die durch breite Bogen den unaufhörlichen Strom der Stadtwege zeigte. In dieser äußeren Halle war eine große Menge weniger glänzend gekleideter Leute, fast ebenso zahlreich wie die, die drinnen tanzten, und die große Majorität trug die blaue Leinwand der Arbeitsgesellschaft, die Graham jetzt so vertraut war. Zu arm, um die Drehtüren zum Fest zu passieren, waren sie doch nicht imstande, dem Klang seiner Verlockungen fern zu bleiben. Einige hatten sogar Stellen klar gemacht und tanzten gleichfalls, indem sie ihre Lumpen in der Luft flattern ließen. Einige riefen beim Tanzen Scherze und sonderbare Anspielungen, die Graham nicht verstand. Einmal fing einer an, den Refrain des Revolutionsliedes zu pfeifen, aber es schien, dieser Anfang wurde sofort unterdrückt. Der Winkel war dunkel, und Graham konnte nichts sehen. Er wandte sich wieder zur Halle. Über den Karyatiden standen Marmorbüsten von Männern, die diese Zeit als große moralische Befreier und Pioniere achtete; zum größten Teil waren Graham ihre Namen fremd, obgleich er Grant Allen, Le Gallienne, Nietzsche, Shelley und Goodwin erkannte. Große, schwarze Gewinde und beredte Sprüche verstärkten die riesige Inschrift, die das obere Ende des Tanzsaals zum Teil verunzierte und behauptete, es herrsche »Das Fest des Erwachens«.

»Myriaden machen deshalb Festtag und bleiben von der Arbeit fort, ganz abgesehen von den Arbeitern, die sich weigern, zurückzukehren,« sagte Asano. »Diese Leute sind zu Feiertagen stets bereit.«

Graham trat an die Brustwehr, lehnte sich hinüber und blickte auf die Tänzer hinunter. Abgesehen von zwei oder drei fernen, flüsternden Paaren, die sich abseits gestohlen hatten, hatte er mit seinem Führer die Galerie für sich. Ein warmer Hauch von Duft und Lebenskraft drang zu ihm herauf. Sowohl Männer wie Frauen da unten waren leicht gekleidet, mit nackten Armen und offenem Hals, wie es die allgemeine Wärme der Stadt erlaubte. Das Haar der Männer war oft eine Masse weibischer Locken, ihr Kinn war stets rasiert, und viele von ihnen zeigten gerötete oder gefärbte Backen. Viele von den Frauen waren sehr hübsch, und alle waren mit ausgesuchter Koketterie gekleidet. Wenn sie unten vorüberfegten, sah er ekstatische Gesichter mit vor Vergnügen halb geschlossenen Augen.

»Was für Leute sind das?« fragte er plötzlich.

»Arbeiter – wohlhabende Arbeiter. Was Sie den Mittelstand genannt hätten. Unabhängige Händler mit getrennten Geschäften sind längst verschwunden, aber es gibt Lagerdiener, Aufseher, Ingenieure von hundert Arten. Heut abend ist natürlich frei, und jeder Tanzsaal in der Stadt wird voll sein, ebenso wie jeder Ort des Gottesdienstes.«

»Aber – die Frauen?«

»Ebenso. Es gibt heute tausend Formen der Frauenarbeit. Aber Sie haben ja den Anfang der unabhängigen Arbeitsfrau schon in Ihrer Zeit gehabt. Die meisten Frauen heute sind unabhängig. Die meisten von diesen sind mehr oder minder verheiratet – es gibt eine Menge Kontraktsmethoden und das gibt ihnen mehr Geld und setzt sie in den Stand, sich zu amüsieren.«

»Ich verstehe,« sagte Graham und blickte auf die geröteten Gesichter, auf das Blitzen und Wirbeln der Bewegung, und dachte noch immer an den Nachtmahr rosiger, hilfloser Glieder. »Und dies sind – Mütter.«

»Die meisten.«

»Je mehr ich von diesen Dingen sehe, um so komplizierter finde ich ihre Probleme. Dies zum Beispiel ist eine Überraschung. Jene Nachricht aus Paris war eine Überraschung.«

Nach einer kleinen Weile begann er wieder:

»Das sind Mütter. Ich denke mir, ich werde mir bald die moderne Art, die Dinge zu sehen, angewöhnen. Es hängen alte Denkgewohnheiten an mir – Gewohnheiten, glaube ich, die sich auf Bedürfnisse gründen, die vergangen und abgetan sind. In unserer Zeit verlangte man natürlich von einer Frau nicht nur, daß sie Kinder gebar, sondern, daß sie sie liebte, sich ihnen widmete, sie aufzog – alles wesentliche seiner moralischen und geistigen Erziehung verdankte ein Kind seiner Mutter. Oder es mußte sie entbehren. Eine ganze Zahl, das gebe ich zu, mußte sie entbehren. Heute ist solche Sorge offenbar nicht nötiger, als wenn sie Schmetterlinge wären. Ich sehe das ein! Nur gab es ein Ideal – jene Gestalt einer ernsten, geduldigen Frau, still und heiter, Herrin eines Hauses, Mutter und Schöpferin von Menschen – sie zu lieben war eine Art Anbetung –«

Er hielt inne und wiederholte: »Eine Art Anbetung.«

»Ideale wechseln,« sagte der kleine Mann, »wie Bedürfnisse wechseln.«

Graham erwachte aus einer momentanen Träumerei, und Asano wiederholte seine Worte. Grahams Geist kehrte zu den Dingen vor ihm zurück.

»Natürlich sehe ich die völlige Vernünftigkeit ein. Beschränkung, Nüchternheit, reifes Denken, selbstloses Handeln, das sind Notwendigkeiten des barbarischen Zustands, des Lebens der Gefahren. Herbheit ist des Menschen Tribut an die unbesiegte Natur. Aber jetzt hat der Mensch die Natur für alle praktischen Zwecke unterworfen – seine Politik wird von Ostrog mit einer schwarzen Polizei geordnet – und das Leben ist freudig.«

Er blickte wieder auf die Tänzer. »Freudig,« sagte er.

»Es gibt müde Momente,« sagte der kleine Beamte nachdenklich.

»Sie sehen alle jung aus. Da unten wäre ich sichtlich der älteste. Und in meiner Zeit gelte ich als in den mittleren Jahren.«

»Sie sind jung. Es gibt in dieser Klasse in den Arbeitsstudien wenig alte Leute.«

»Wie kommt das?«

»Das Leben alter Leute ist nicht mehr so angenehm wie früher, es sei denn, sie sind reich, um sich Liebe und Hilfe zu kaufen. Und wir haben eine Institution, die die Euthanasie heißt.«

»Ah! die Euthanasie!« sagte Graham. »Der leichte Tod?«

»Der leichte Tod. Es ist das letzte Vergnügen. Die Euthanasiegesellschaft macht es gut. Die Leute zahlen die Summe – es ist eine kostspielige Summe – lange im voraus, gehen in eine Freudenstadt und kommen arm und müde zurück – sehr müde.«

»Ich habe noch eine Menge zu verstehen,« sagte Graham nach einer Pause. »Aber ich sehe die Logik in dem allen. Unser Aufzug von wütenden Tugenden und sauren Beschränkungen war die Folge der Gefahr und Unsicherheit. Der Stoiker, der Puritaner waren selbst zu meiner Zeit schon verschwindende Typen. In den alten Tagen war der Mensch gegen den Schmerz bewaffnet, heute sucht er nach Genuß. Da liegt der Unterschied. Die Zivilisation hat Schmerz und

Gefahr so weit fortgetrieben – für reiche Leute. Und nur auf reiche Leute kommt es noch an. Ich habe zweihundert Jahre geschlafen.«

Eine Minute lehnten sie auf der Balustrade und folgten der verschlungenen Entwicklung des Tanzes. Die Szene war wirklich sehr schön.

»Bei Gott!« sagte Graham plötzlich. »Ich wollte lieber als verwundeter Posten im Schnee erfrieren als einer von diesen gemalten Narren sein.«

»Im Schnee«, sagte Asano, »könnte man anders denken.«

»Ich bin unzivilisiert,« sagte Graham, ohne auf ihn zu achten. »Das ist die Schwierigkeit. Ich bin primitiv – paläolithisch. *Ihr* Quell der Wut und Furcht und des Zorns ist versiegelt und geschlossen, die Gewohnheiten eines Lebens machen sie heiter und leicht und freudig. Sie müssen mit der Entrüstung und dem Abscheu meines neunzehnten Jahrhunderts Geduld haben. Diese Leute, sagen Sie, sind geschickte Arbeiter und so weiter. Und während sie tanzen, kämpfen Menschen – sterben Menschen in Paris, um die Welt zu bewahren – damit sie tanzen können.«

Asano lächelte leicht. »Was das angeht, so sterben Menschen in London,« sagte er.

Einen Moment herrschte Schweigen.

»Wo schlafen die?« fragte Graham.

»Oben und unten – ein kompliziertes Gehege.«

»Und wo arbeiten sie? Dies ist – das häusliche Leben.«

»Sie werden heute Nacht wenig Arbeit sehen. Die Hälfte der Arbeiter sind aus oder stehen unter Waffen. Die Hälfte dieser Leute machen Feiertag. Aber wir wollen zu den Arbeitsstellen gehen, wenn Sie wollen.«

Eine Zeitlang beobachtete Graham die Tänzer, dann wandte er sich plötzlich ab. »Ich will die Arbeiter sehen. Von diesen habe ich genug gesehen,« sagte er.

Asano führte durch die Tanzhalle die Galerie entlang. Dann kamen sie zu einem Quergang, der einen Hauch frischerer, kälterer Luft brachte.

Asano warf einen Blick in diesen Gang, als sie vorbeigingen, blieb stehen, ging zu ihm zurück und wandte sich mit

einem Lächeln zu Graham. »Hier, Sire,« sagte er, »ist etwas —
was Ihnen wenigstens vertraut sein wird — und doch — — Aber
ich will es Ihnen nicht verraten. Kommen Sie!«

Er führte durch einen geschlossenen Gang, der schnell
kalt wurde. Der Widerhall ihrer Füße sagte ihnen, daß dieser
Gang eine Brücke war. Sie kamen auf eine kreisrunde Galerie,
die gegen das äußere Wetter eingeglast war, und erreichten so
ein rundes Gemach, das ihm bekannt vorkam, obgleich Graham sich nicht deutlich besinnen konnte, wann er es schon
betreten hatte. Darin war eine Leiter — die erste Leiter, die er
seit seinem Erwachen gesehen hatte — die sie hinaufstiegen,
und so kamen sie in einen hohen, dunklen, kalten Raum, in
dem eine zweite, fast senkrechte Leiter stand. Die stiegen sie
empor, Graham noch immer im unklaren.

Aber oben begriff er und erkannte die Metallstangen, an
denen er sich hielt. Er war in dem Käfig unter der Kugel von
St. Paul. Die Kuppel erhob sich nur wenig über den allgemeinen Konturen der Stadt in das stille Zwielicht und senkte sich,
unter ein paar fernen Lichtern fettig glänzend in eine runde
Grube des Dunkels.

Zwischen den Stangen blickte er hinaus auf den windgefegten nördlichen Himmel und sah die Sternbilder alle unver-
ändert. Capella hing im Westen, Vega ging auf, und die sieben
glitzernden Punkte des großen Bären fegten zu Häupten in
ihrem stattlichen Kreis um den Pol.

Er sah diese Sterne in einer klaren Himmelslücke. Nach
Osten und Süden verdeckten die großen, runden Gestalten
klagender Windräder den Himmel, so daß der Schein um das
Rathaus verborgen war. Nach Südwesten hing Orion und
blickte wie ein Geist durch ein Maßwerk von Eisen und verschlungenen Gestalten über einem blendenden Lichter-
schimmer. Ein Heulen und Sirenenschreien, das von den
Flugbühnen kam, sagte der Welt, daß eine der Aeroplanen zur
Abfahrt bereit sei. Er blieb eine Zeitlang stehen und blickte
nach der hellen Bühne hin. Dann schweifte sein Blick wieder
auf die nördlichen Sternbilder zurück.

Lange Zeit schwieg er. »Dies«, sagte er schließlich, im
Schatten lächelnd, »scheint das seltsamste von allem. Auf der

Kuppel von Sankt Paul zu stehen und noch einmal nach diesen vertrauten stillen Sternen auszuschauen!«

Von dort wurde Graham von Asano gewundene Wege hin zu den großen Spiel- und Geschäftsquartieren geführt, wo die Masse der Vermögen in der Stadt verloren und gewonnen wurde. Es machte ihm den Eindruck einer nahezu endlosen Reihe von sehr hohen Hallen, umgeben von Reihen über Reihen von Galerien, auf die sich Tausende von Bureaus öffneten, und durchquert von einer komplizierten Masse von Brücken, Fußwegen, Luftmotorschienen, Trapez- und Kabelgehängen. Und hier erhob sich die Note heftiger Lebenskraft, unbezwinglicher, eiliger Aktivität höher als irgendwo. Überall herrschte heftige Reklame, bis ihm der Kopf schwamm vor dem Tumult von Licht und Farbe. Und Schwätzmaschinen von einem eigentümlich ranzigen Ton waren in Menge vorhanden und füllten die Luft mit eifrigem Schreien und mit idiotischem Kauderwelsch.

Die Gegend schien ihm gedrängt voller Leute zu sein, die entweder tief erregt waren oder von finsterer List schwollen, doch er erfuhr, daß sie relativ leer sei, da die große politische Umwälzung der letzten paar Tage die Geschäfte auf ein unerhörtes Minimum herabgedrückt hatte. In einem riesigen Raum standen lange Reihen von Roulettetischen, jeder umgeben von einer aufgeregten, würdelosen Menge; in einem andern kaufte und verkaufte ein schreiendes Babel von weißgesichtigen Weibern und rothalsigen Lederlungen die Aktien eines absolut fingierten Geschäftsunternehmens, das alle fünf Minuten eine Dividende von zehn Prozent zahlte und mittels eines Lotterierades einen bestimmten Teil seiner Aktien tilgte.

Diese Geschäftätigkeiten wurden mit einer Energie verfolgt, die bereitwilligst in Gewalttat überging, und als Graham sich einer dichten Menge näherte, fand er im Mittelpunkt ein paar hervorragender Kaufleute in heftigem Kampf mit Zähnen und Nägeln über irgendeinen delikaten Punkt der Geschäftsetikette. Es blieb noch etwas im Leben, wofür man kämpfen konnte. Weiter war er empört über eine heftige Ankündigung in phonetischen Buchstaben aus Scharlachflammen, von denen jeder doppelte Manneshöhe hatte: »Wir besichern den Eigentümer. Wir besichern den Eigentümer.«

»Wer ist der Eigentümer?« fragte er.

»Sie.«

»Aber was besichern sie?« fragte er. »Was heißt besichern?«

»Hatten Sie noch keine Besicherung?«

Graham dachte nach. »Versicherung?«

»Ja – Versicherung. Jetzt fällt mir's ein, das war das ältere Wort. Sie versichern Ihr Leben. Dutzende von Leuten nehmen Polizen, Myriaden von Löwen werden auf Sie gesetzt. Und weiterhin kaufen andere Leute Jahrgelder. Das tun sie mit jedem irgendwie Hervorragenden. Sehen Sie da!«

Eine Volksmasse brandete und brüllte, und Graham sah einen riesigen schwarzen Schirm plötzlich in noch größeren Buchstaben aus brennendem Purpur beleuchtet. »Jahrgeller auf 'n Ei' entümer – X 5 pr. G.« Da begann das Volk zu schreien und zu brüllen, eine Anzahl schwer atmender, wildäugiger Menschen kam vorbeigelaufen und griff mit gekrümmten Fingern in die Luft. Um eine kleine Tür gab es ein wütendes Gedränge.

Asano stellte eine kurze Berechnung an. »Siebzehn Prozent pro Jahr ist ihr Jahrgeld auf Sie. Sie würden nicht so hohe Prozente zahlen, wenn sie Sie jetzt sehen könnten, Sire. Aber sie wissen es nicht. Ihre alten Jahrgelder pflegten eine sehr sichere Anlage zu sein, aber jetzt sind Sie natürlich das reine Spiel. Dies ist wahrscheinlich ein verzweifeltes Gebot. Ich zweifle, ob die Leute zu ihrem Geld kommen werden.«

Die Menge derer, die die Jahrgelder kaufen wollten, wurde so dicht um sie, daß sie sich eine Zeitlang weder vorwärts noch rückwärts bewegen konnten. Graham sah unter den Spekulanten einen Bruchteil von Frauen, der ihm hoch erschien, und das erinnerte ihn von neuem an die wirtschaftliche Unabhängigkeit ihres Geschlechtes. Sie schienen merkwürdig gut imstande, in der Menge für sich zu sorgen, und benutzten ihre Ellbogen, wie er auf eigene Kosten erfuhr, mit besonderem Geschick. Eine lockenköpfige Person, die eine Zeitlang im Gedränge fest saß, sah ihn mehrere Male fest an, fast, als habe sie ihn erkannt, und dann drängte sie sich mühsam zu ihm durch, berührte seine Hand auf kaum zufällige Art mit dem Arm und gab durch einen Blick, der so alt ist wie Chaldäa, zu erkennen, daß er vor ihren Augen Gnade gefunden hatte. Und dann warf sich ein hagerer Graubart, der in edler Leidenschaft der Selbsthilfe reichlich schwitzte, blind gegen alle irdischen Dinge außer jenen grellen Köder, in einem sündflutartigen Sturm auf jenes lockende » X 5 pr. G.« zwischen sie.

»Hier möchte ich fort,« sagte Graham zu Asano. »Dies wollte ich nicht sehen. Zeigen Sie mir die Arbeiter. Ich will die Leute in Blau sehen. Diese parasitischen Irren —«

Er sah sich in einer ringenden Volksmasse eingekeilt, und dieser hoffnungsvolle Satz blieb unvollendet.

21.
Unten

Vom Geschäftsviertel fuhren sie nun auf den Gleitwegen in ein sehr entlegenes Stadtviertel, wo die große Masse der Fabriken lag. Unterwegs führten die Plattformen zweimal über die Thames und sie liefen auf einem breiten Viadukt über eine der großen Straßen, die von Norden her in die Stadt traten. In beiden Fällen war sein Eindruck rasch, und in beiden sehr lebhaft. Der Fluß war ein breites, runzliges Glitzern schwarzen Meerwassers, überwölbt von Gebäuden und auf beiden Seiten sich verlierend in ein Schwarz, das mit sich entfernenden Lichtern gestirnt war. Ein Streif schwarzer Barken zog sich seewärts, bemannt mit blaugekleideten Leuten. Die Straße war ein langer und sehr breiter und hoher Tunnel, den großrädrige Maschinen geräuschlos und schnell entlangfuhren. Auch hier wog das charakteristische Blau der Arbeitsgesellschaft vor. Die Glätte der doppelten Straße, die Größe und Leichtigkeit der dicken pneumatischen Räder im Verhältnis zum Rumpf des Gefährts fielen Graham aufs lebhafteste auf. Ein schlanker und sehr hoher Wagen mit längseits befestigten Metallstangen, an denen die tropfenden Leichen vieler hundert Schafe hingen, fesselte seine Aufmerksamkeit ungebührlich. Plötzlich schnitt die Kante des Bogens dies Bild ab.

Dann verließen sie den Weg und fuhren in einem Lift abwärts und gingen durch einen Gang, der sich abwärts neigte und kamen so wieder zu einem abwärtsführenden Lift. Die Erscheinung der Dinge änderte sich. Selbst der Schein der Architekturornamentik verschwand, die Lichter nahmen an Zahl und Größe ab, die Architektur wurde immer massiver im Vergleich zu den Räumen, als sie die Fabriksquartiere erreichten. Und in dem staubigen Tonmassenraum der Töpfer, unter den Feldspatmühlen, in den Schmelzofenräumen der Metallarbeiter, zwischen den glühenden Seen rohen Eadhamits trug Mann und Frau und Kind die blaue Leinwand.

Viele von diesen großen und staubigen Galerien waren stille Maschinengassen, endlose, ausgescharrte, aschige Öfen bezeugten die revolutionäre Störung, aber wo immer gearbeitet wurde, geschah es von langsamen Arbeitern in blauer Leinwand. Die einzigen Leute nicht in blauer Leinwand waren die Aufseher der Arbeitsplätze und die orangefarben gekleidete Arbeitspolizei. Und frisch von den geröteten Gesichtern der Tanzhallen, der Willenskraft des Geschäftsquartiers kommend, konnte Graham die eingefallenen Gesichter, die schwachen Muskeln und müden Augen vieler der modernen Arbeiter beobachten. Die, die er an der Arbeit sah, waren physisch den wenigen buntgekleideten Leitern und Aufsichtsfrauen, die ihnen die Arbeit anwiesen, sichtlich unterlegen. Die kräftigen Arbeiter der alten Viktorianischen Zeiten waren dem Karrengaul und all solchen lebenden Kraftproduzenten in das Erlöschen gefolgt; den Platz seiner kostspieligen Muskeln nahm eine geschickte Maschine ein. Der moderne Arbeiter, der männliche wie der weibliche, war vorwiegend Maschinenaufseher und Heizer, ein Diener und Beiwerk, oder ein Künstler unter Anleitung.

Die Frauen waren im Vergleich mit denen, die Graham im Gedächtnis hatte, als Klasse ausgesprochen häßlich und flachbrüstig. Zweihundert Jahre der Emanzipation von den moralischen Fesseln einer puritanischen Religion, zweihundert Jahre des Stadtlebens hatten ihr Werk getan und den Stamm weiblicher Schönheit und Kraft aus den Myriaden der blauen Leinwand ausgeschaltet. Physischer oder geistiger Glanz, irgendwelcher Reiz oder irgendwelche Ausnahmeeigenschaft war stets ein sicheres Mittel der Emanzipation von der Arbeit gewesen und war es noch, war eine Fluchtlinie zur Freudenstadt und ihrer Pracht und Lust, und schließlich zur Euthanasie und zum Frieden. Solchen Verlockungen zu widerstehen, war von niedrig ernährten Seelen kaum zu erwarten. In den jungen Städten von Grahams früherem Leben waren die neu gesammelten arbeitenden Massen eine mannigfache Menge gewesen, immer noch bewegt von der Tradition persönlicher Ehre und von einer hohen Moralität; jetzt differentiierte sie sich zu einer getrennten Klasse von eigenem moralischem und physischem Typus – sogar mit einem eigenen Dialekt.

Sie drangen weiter nach unten, immer tiefer, nach den Arbeitsplätzen hin. Plötzlich kamen sie unter einer der Straßen mit den gleitenden Wegen durch und sahen hoch zu Häupten die Plattform auf ihren Schienen laufen und die Spalte weißen Lichts zwischen den Querschlitzen. Die Fabriken, die nicht arbeiteten, waren nur spärlich erleuchtet; Graham schienen sie und ihre verhangenen Flügel riesiger Maschinen in Düster getaucht, und selbst, wo Arbeit geschah, war die Beleuchtung weit weniger glänzend als auf den öffentlichen Wegen.

Hinter den blendenden Seen von Eadhamit kam er in den Bezirk der Goldschmiede, und mit einigen Schwierigkeiten und durch den Gebrauch seiner Unterschrift erhielt er Zutritt zu diesen Galerien. Sie waren hoch und dunkel und ziemlich kalt. In der ersten machten ein paar Leute Ornamente aus Goldfiligran, jeder Mann saß an einem kleinen Arbeitstisch für sich mit einem kleinen Licht unter einem Lichtschirm. Die lange Perspektive von Lichtflecken mit den hellerleuchteten behenden Fingern, die sich zwischen den glitzernden gelben Fäden bewegten, und mit dem angespannten Gesicht wie dem Gesicht eines Geistes in jedem Schatten wirkte wunderlich.

Die Arbeit wurde wundervoll ausgeführt, aber ohne Kraft der Modellierung oder Zeichnung, zum größten Teil verschlungene Grotesken oder Variationen über ein geometrisches Motiv. Diese Arbeiter trugen eine besondere weiße Uniform ohne Taschen und Ärmel. Die zogen sie an, wenn sie zur Arbeit kamen, aber abends wurden sie ausgezogen und untersucht, ehe sie die Grundstücke der Gesellschaft verließen. Trotz aller Vorsichtsmaßregeln, sagte ihnen der Arbeitspolizist in gedrücktem Ton, wurde die Gesellschaft nicht selten bestohlen.

Dahinter kam eine Galerie von Frauen, die damit beschäftigt waren, Platten künstlicher Rubine zu schneiden und zu fassen, und hinter denen waren Männer und Frauen mit den Kupfergitterplatten beschäftigt, die die Basis für *cloisonné*-Ziegel bildeten. Viele von diesen Arbeitern hatten Lippen und Nasen von fahlem Weiß; das war infolge einer Krankheit, die ein gerade sehr beliebtes Purpuremail verursachte. Asano entschuldigte sich Graham gegenüber wegen dieser anstößigen Gesichter, aber der Weg läge gerade bequem für sie. »Dies wollte ich ja sehen,« sagte Graham, »gerade dies wollte ich sehen,« und er versuchte, bei einer besonders auffallenden Entstellung, die ihm plötzlich ins Gesicht starrte, ein Zusammenfahren zu vermeiden.

»Die hätte Besseres mit sich anfangen können,« sagte Asano.

Graham machte ein paar entrüstete Bemerkungen.

»Aber, Sire, wir könnten das Zeug wirklich nicht ohne Purpur aushalten,« sagte Asano. »In Ihren Tagen konnte man solche groben Dinge vertragen, man war der Barbarei um zweihundert Jahre näher.«

Sie gingen eine der niedrigeren Galerien dieser *cloisonné*-Fabrik entlang und kamen zu einer kleinen Brücke, die ein Gewölbe überspannte. Als er über die Brüstung blickte, sah Graham, daß unten unter erstaunlicheren Bogen, als er noch gesehen hatte, eine Werft lag. Drei Barken, erstickt unter mehligem Staub, wurden von einer Schar hustender Leute, von denen jeder einen kleinen Karren schob, ihrer Ladung zerpulverten Feldspats entledigt; der Staub erfüllte den Raum mit erstickendem Nebel und machte das elektrische Licht gelb. Die unbestimmten Schatten dieser Arbeiter gestikulierten ihnen zu Füßen und eilten vor einer langen Strecke weißgetünchter Mauer hin und her. Aber hin und wieder stand einer still, um zu husten.

Eine schattenhafte riesige Masse von Mauerwerk, die aus dem tintigen Wasser aufstieg, erinnerte Graham an die Menge von Wegen und Galerien und Lifts, die sich Stockwerk über Stockwerk zwischen ihm und dem Himmel erhoben. Die Leute arbeiteten schweigend unter der Aufsicht zweier Arbeitspolizisten; ihre Füße weckten einen hohlen Donner auf den Planken, auf denen sie hin und her gingen. Und als er auf diese Szene blickte, begann eine verborgene Stimme im Dunkel zu singen.

»Still da!« schrie einer der Polizisten, aber dem Befehl wurde nicht gehorcht, und erst einer, dann all die weißbestaubten Leute, die da unten arbeiteten, hatten den pochenden Refrain aufgenommen und sangen es herausfordernd, das

Aufstandslied. Die Füße auf den Planken donnerten jetzt zum Rhythmus des Liedes, eins, zwei; eins, zwei. Der Polizist, der gerufen hatte, warf einen Blick auf seinen Kollegen, und Graham sah ihn die Achseln zucken. Er machte weiter keinen Versuch, dem Singen Einhalt zu tun.

Und so gingen sie durch diese Fabriken und Arbeitsplätze und sahen viele schmerzliche und grimmige Dinge. Aber warum soll ich den freundlichen Leser bedrücken. Ist doch unsere gegenwärtige Welt für eine verfeinerte Natur betrübend genug, auch ohne daß wir uns um dieses kommende Elend quälen. Wir werden auf jeden Fall nicht leiden. Unsere Kinder vielleicht, aber was geht das uns an? Dieser Gang hinterließ in Grahams Geist ein Labyrinth von Erinnerungen, schwankenden Bildern von umschränkten Hallen und vollen Gewölben, gesehen durch Staubwolken, von komplizierten Maschinen, den laufenden Fäden von Webstühlen, den schweren Schlägen stampfender Maschinerie, dem Brüllen und Rasseln von Riemen und Rüstzeug, von schlecht erleuchteten, unterirdischen Flügeln schlafender Bauten, von unbegrenzten Perspektiven winziger Lichter. Und hier der Geruch des Gerbens, und hier der Dunst der Brauerei, und hier nie dagewesene Dünste. Und überall standen Pfeiler und Kreuzbogen von solcher Massivität, wie Graham sie noch nie gesehen hatte, dicke Titanen fettigen, glänzenden Backsteinwerks, zerdrückt unter dem ungeheuren Gewicht jener komplizierten Stadtwelt, wie diese anämischen Millionen von ihrer Kompliziertheit erdrückt waren. Und überall sah man blasse Züge, hagere Glieder, Entstellung und Erniedrigung.

Einmal und noch einmal und noch ein drittes Mal hörte Graham auf seiner langen unerfreulichen Suche an diesen Orten das Aufstandslied, und einmal sah er unten in einem Gang einen wirren Kampf, und er erfuhr, daß ein Dutzend dieser Sklaven nach ihrem Brot gegriffen hatten, ehe ihre Arbeit getan war. Graham war auf dem Rückweg nach oben, als er eine Anzahl blaugekleideter Kinder einen Quergang hinunterlaufen sah, und plötzlich bemerkte er den Grund ihrer Panik in einer Schar Arbeitspolizisten, die, mit Keulen bewaffnet, auf eine unbekannte Störung zutrabten. Und dann kam ein ferner Aufruhr. Aber zum größten Teil hatte dieser Rest gearbeitet, hoffnungslos gearbeitet. Alles, was der gefallenen Menschheit an Mut geblieben war, war oben auf den Straßen und rief nach dem Herrn und behielt seine Waffen geräuschvoll und tapfer zurück.

Sie tauchten von diesen Wanderungen empor und standen blinzelnd wieder im hellen Licht des Mittelgangs der Plattformen. Sie hörten das ferne Schreien und Brüllen der Maschinen eines der Allgemeinen Nachrichtenbureaus, und plötzlich kamen Leute gelaufen, und die Plattformen entlang und auf den Wegen überall herrschte Rufen und Schreien. Dann eine Frau mit einem Gesicht stummen, weißen Schrecks, und eine andere, die im Laufen keuchte und kreischte.

»Was ist geschehen?« sagte Graham verwirrt, denn er konnte ihre schwere Sprache nicht verstehen. Dann hörte er es auf Englisch und hörte, was jedermann rief, was die Leute einander zugellten, was Frauen zu schreien begannen, was wie der erste Wind vor einem Gewitter vorüberflog, kalt und plötzlich hin durch die Stadt, das war dies: »Ostrog hat die schwarze Polizei nach London befohlen. Die schwarze Polizei kommt aus Südafrika ... Die schwarze Polizei. Die schwarze Polizei.«

Asanos Gesicht war weiß und erstaunt; er zögerte, blickte Graham aufs Gesicht und sagte ihm, was er schon wußte.

»Aber woher können sie es wissen?« fragte Asano.

Graham hörte jemanden rufen. »Alle Arbeit einstellen. Alle Arbeit einstellen,« und ein schwarzer Buckliger, lächerlich bunt in Grün und Gold, kam die Plattformen hinunter auf ihn zugesprungen und schrie immer wieder in gutem Englisch: »Das ist Ostrogs Werk. Ostrog, der Schurke! Der Herr ist verraten.« Seine Stimme war heiser, und ein dünner Schaum tropfte ihm aus dem häßlichen, schreienden Mund. Er schrie von einem unsäglichen Greuel, den die schwarze Polizei in Paris vollbracht hatte und lief so weiter, indem er rief: »Ostrog, der Schurke!«

Einen Moment blieb Graham stehen, denn es hatte sich ihm noch einmal aufgedrängt, daß diese Dinge ein Traum waren. Er blickte zu der hohen Gebäudeklippe auf beiden Seiten empor, die schließlich über den Lichtern in blauen Dunst verschwand, und die brüllenden Reihen der Plattform entlang, und auf die schreienden, laufenden Leute, die vorbei gestikulierten. »Der Herr ist verraten!« riefen sie. »Der Herr ist verraten!«

Plötzlich nahm die Situation in seinem Geist wirkliche und dringende Gestalt an. Das Herz begann ihm rasch und stark zu schlagen.

»Es ist gekommen,« sagte er. »Ich hätte es wissen können. Die Stunde ist gekommen.«

Er überlegte schnell. »Was soll ich tun?«

»Gehen Sie zum Rathaus zurück,« sagte Asano.

»Warum sollte ich mich nicht –? Das Volk ist hier.«

»Sie werden Zeit verlieren. Sie werden zweifeln, ob Sie es sind. Aber sie werden sich um das Rathaus versammeln. Da werden Sie ihre Führer finden. Da liegt Ihre Kraft – bei ihnen.«

»Wenn es nur ein Gerücht wäre.«

»Es klingt wahr,« sagte Asano.

»Wir wollen die Tatsachen erfahren,« sagte Graham.

Asano zuckte die Achseln. »Wir gingen besser zum Rathaus zurück,« rief er. »Da werden sie zusammenlaufen. Schon jetzt sind die Ruinen vielleicht unpassierbar.«

Graham sah ihn zweifelnd an und folgte.

Sie liefen die abgestuften Plattformen bis zur schnellsten hinauf, und dort sprach Asano einen Arbeiter an. Die Antworten auf seine Fragen erfolgten in der schweren Vulgärsprache.

»Was hat er gesagt?« fragte Graham.

»Er weiß wenig, aber er sagte mir, die schwarze Polizei wäre gekommen, ohne daß das Volk es wußte – hätte es nicht jemand im Windfahnenamt erfahren. Er sagte, ein Mädchen.«

»Ein Mädchen? Doch nicht –?«

»Er sagte, ein Mädchen – er wußte nicht, wer es war. Wer aus dem Rathaus herausgekommen war und laut gerufen hatte und es den Leuten erzählt, die in den Ruinen arbeiten.«

Und dann wurde noch etwas gerufen, etwas, was einen ziellosen Aufruhr in entschiedene Bewegungen verwandelte. Es kam wie ein Wind die Straße entlang. »Auf eure Posten, auf eure Posten. Jedermann hole Waffen. Jedermann auf seinen Posten!«

22.
Der Kampf im Rathaus

Als Asano und Graham zu den Ruinen um das Rathaus dahineilten, sahen sie überall die Aufregung des Volkes sich erheben. »In eure Bezirke! In eure Bezirke!« Überall eilten Männer und Frauen in Blau von unbekannten, unterirdischen Beschäftigungen die Treppen des Mittelwegs herauf; an einer Stelle sah Graham ein Arsenal des Revolutionskomitees von einer Menge schreiender Leute belagert; an einer anderen ein paar Männer in der verhaßten gelben Uniform der Arbeitspolizei, von einem wachsenden Haufen verfolgt, jäh den schnellen Weg entlangfliehen, der in der entgegengesetzten Richtung lief.

Die Rufe: »Auf eure Posten!« wurden schließlich zu einem kontinuierlichen Schreien, als sie sich dem Regierungsquartier näherten. Viele von den Rufen waren unverständlich. »Ostrog hat uns verraten,« brüllte einer immer und immer wieder mit heiserer Stimme und donnerte Graham diesen Refrain ins Ohr, bis er ihn verfolgte. Dieser Mensch blieb auf dem schnellen Weg dicht neben Graham und Asano und rief den Leuten zu, die auf den unteren Plattformen wimmelten, an denen er vorbeistürmte. Sein Ruf über Ostrog wechselte mit unverständlichen Befehlen ab. Schließlich lief er springend hinunter und verschwand.

Grahams Geist war von dem Getöse erfüllt. Seine Pläne waren unbestimmt und ungeformt. Er hatte ein Bild von einer beherrschenden Stellung vor Augen, von der aus er die Massen anreden konnte, ein anderes, wie er Ostrog gegenübertrat. Er war voller Wut, und von gespannter Muskelaufregung; seine Hände waren geballt, seine Lippen zusammengepreßt.

Der Weg zum Rathaus durch die Trümmer war unpassierbar, aber Asano wußte dieser Schwierigkeit zu begegnen und nahm Graham auf das Grundstück des Zentralpostamts. Das Postamt arbeitete nominell, aber die blaugekleideten Austräger bewegten sich schläfrig oder waren stehen geblieben, um durch die Bögen ihrer Galerien auf die rufenden Leute zu blicken, die draußen vorüberliefen. »Jedermann auf seinen Posten! Jedermann auf. seinen Posten!« Hier gab Graham sich auf Asanos Rat zu erkennen.

Sie fuhren auf einer Kabelwiege zum Rathaus hinüber. Schon in der kurzen Zwischenzeit seit der Kapitulation des Rats war im Aussehen der Trümmer eine große Veränderung bewirkt. Die speienden Kaskaden der gebrochenen Seewasserleitungen waren eingefangen und bezwungen, und riesige provisorische Röhren liefen oben auf einem gebrechlich aussehenden Stützbau hin. Der Himmel war durchschnitten von wiederhergestellten Kabeln und Drähten, die dem Rathaus dienten, und links von dem weißen Bau sprang eine Masse neuen Bauwerks mit Kranen und anderen Baumaschinen in voller Tätigkeit hervor.

Die Gleitwege, die sich über dies Gebiet zogen, waren restauriert, obgleich sie unter offenem Himmel liefen. Dies waren die Wege, die Graham in der Stunde seines Erwachens vor noch nicht neun Tagen von dem kleinen Balkon aus gesehen hatte, und die Halle seines Starrkrampfs lag auf der ferneren Seite, wo jetzt formlose Haufen zertrümmerten und zerschmetterten Mauerwerks aufgetürmt lagen.

Es war schon heller Tag, und die Sonne schien strahlend. Aus ihren großen Höhlen blauen elektrischen Lichtes kamen die schnellen Wege voller Volksmassen herangestürmt, die von ihnen niederströmten und sich immer dichter über dem Trümmer-Wirrwarr der Ruinen sammelten. Die Luft war voll von ihrem Rufen, und sie drängten und schoben auf den zentralen Bau zu. Zum größten Teil bestand diese schreiende Masse aus formlosen Schwärmen, aber hier und dort konnte Graham sehen, daß sich eine grobe Zucht zu behaupten strebte. Und jede Stimme schrie in dem Chaos nach Ordnung. »Auf eure Posten! Jedermann auf seinen Posten!«

Das Kabel trug sie in eine Halle, die Graham als das Vorzimmer der Halle des Atlas erkannte, um dessen Galerie er vor Tagen mit Howard gegangen war, um sich eine Stunde nach seinem Erwachen dem verschwundenen Rat zu zeigen. Jetzt war der Raum, abgesehen von zwei Kabeldienern, leer. Diese Leute schienen ungeheuer erstaunt, als sie in dem

Mann, der sich vom Kreuzsitz herabschwang, den Schläfer erkannten.

»Wo ist Helene Wotton?« fragte er. »Wo ist Helene Wotton?«

Sie wußten es nicht.

»Dann, wo ist Ostrog? Ich muß Ostrog sofort sprechen. Er hat mir nicht gehorcht. Ich bin zurückgekommen, um ihm die Dinge aus der Hand zu nehmen.« Ohne auf Asano zu warten, ging er quer durch einen Raum, stieg am anderen Ende die Stufen empor, zog den Vorhang beiseite und sah sich vor dem ewig ringenden Titanen.

Die Halle war leer. Ihre Erscheinung war sehr verändert, seit er sie zuerst gesehen hatte. Sie hatte in dem heftigen Kampf des ersten Ausbruchs schwer gelitten. Auf der rechten Seite der großen Figur war die obere Mauerhälfte fast zweihundert Fuß weit fortgerissen, und über die Lücke hatte man ein Stück von demselben glasigen Häutchen gezogen, das ihn bei seinem Erwachen umgeben hatte. Das dämpfte das Brüllen des Volkes draußen, wenn es auch nicht völlig ausschloß. »Posten! Posten! Posten!« schienen sie zu sagen. Dahinter sah man die Balken und Stützen der Metallgerüste, die sich je nach den Erfordernissen einer großen Schar von Werkleuten hoben und senkten. Eine träge Baumaschine mit hageren Armen aus rot angestrichenem Metall, die die noch bildsamen Blöcke mineralischen Teigs faßte und sauber an ihre Stelle schwang, erstreckte sich schlank über dieses grüngetönte Bild. Von ihr herab starrten noch ein paar Arbeiter auf die Menge unten. Einen Moment stand er still und sah diese Dinge an. Asano holte ihn ein.

»Ostrog«, sagte Asano, »wird in den kleinen Büros da hinten sein.« Der kleine Mann sah setzt fahl aus und seine Augen forschten in Grahams Gesicht.

Sie waren kaum zehn Schritt weit von dem Vorhang gegangen, als ein kleines Panel links vom Atlas aufrollte, und Ostrog, von Lincoln begleitet, gefolgt von zwei schwarz und gelb gekleideten Negern, erschien und ging quer durch den entfernten Winkel der Halle auf ein zweites Panel zu, das gehoben und offen war. »Ostrog,« rief Graham, und beim

238

Klang seiner Stimme drehte sich die kleine Gesellschaft erstaunt um.

Ostrog sagte etwas zu Lincoln und kam allein herbei.

Graham war der erste, der sprach. Seine Stimme war laut und diktatorisch. »Was ist dies, was ich höre?« fragte er. »Holen Sie die Neger herbei – um das Volk niederzuhalten?

»Es ist nicht zu früh,« sagte Ostrog. »Sie sind seit dem Aufstand immer unbändiger geworden. Ich unterschätzte – –«

»Wollen Sie sagen, diese verdammten Neger sind unterwegs?«

»Unterwegs. Schon so – Sie haben das Volk gesehen – draußen?«

»Kein Wunder! Aber – nach dem, was gesagt war. Sie haben zuviel auf sich genommen, Ostrog.«

Ostrog sagte nichts, sondern kam näher.

»Diese Neger dürfen nicht nach London kommen,« sagte Graham. »Ich bin Herr, und sie sollen nicht kommen.«

Ostrog warf einen Blick auf Lincoln, der mit seinen zwei Begleitern dicht hinter sich sofort auf sie zukam. »Warum nicht?« fragte Ostrog.

»Weiße Menschen müssen von weißen Menschen bewältigt werden. Außerdem –«

»Die Neger sind nur ein Werkzeug.«

»Aber das ist nicht die Frage. Ich bin der Herr. Ich gedenke, Herr zu sein. Und ich sage Ihnen, die Neger sollen nicht kommen.«

»Das Volk –«

»Ich glaube ans Volk.«

»Weil Sie ein Anachronismus sind. Sie sind ein Mann aus der Vergangenheit – ein Zufall. Sie sind vielleicht Eigentümer des halben Besitzes der Welt. Aber Sie sind kein Herr. Sie wissen nicht genug, um Herr zu sein.«

Er warf wieder einen Blick auf Lincoln. »Ich weiß jetzt, wie Sie denken – ich kann einiges von dem erraten, was Sie zu tun gedenken. Noch ist es nicht zu spät, Sie zu warnen. Sie träumen von menschlicher Gleichheit – von einer sozialistischen Ordnung – Sie haben all die abgebrauchten Träume des neunzehnten Jahrhunderts frisch und lebendig im Geist, und Sie möchten diese Zeit regieren, die Sie nicht verstehen!«

»Hören Sie!« sagte Graham. »Sie können es hören – ein Geräusch wie das Meer. Keine Stimmen, sondern eine Stimme. Verstehen *Sie* sie ganz?«

»Das haben wir sie gelehrt,« sagte Ostrog.

»Vielleicht. Können Sie sie lehren, es zu vergessen? Aber genug davon! Diese Neger dürfen nicht kommen.«

Es folgte eine Pause, und Ostrog sah ihm ins Auge.

»Sie kommen,« sagte er.

»Ich verbiete es,« sagte Graham.

»Sie sind unterwegs.«

»Ich will es nicht haben.«

»Nein,« sagte Ostrog. »So leid es mir tut, der Methode des Rates folgen zu müssen – Zu ihrem eigenen Wohl – Sie dürfen sich nicht mit – dem Aufruhr verbünden. Und jetzt, da Sie hier sind – Es war freundlich von Ihnen, hierherzukommen.«

Lincoln legte Graham die Hand auf die Schulter. Plötzlich wurde Graham klar, welchen ungeheuren Fehler er begangen hatte, daß er ins Rathaus gekommen war. Er wandte sich zu den Vorhängen, die die Halle vom Vorzimmer trennten. Die packende Hand Asanos hinderte ihn. Im nächsten Moment hatte Lincoln Grahams Mantel gefaßt.

Er drehte sich um, schlug Lincoln ins Gesicht, und sofort hatte ihn ein Neger an Kragen und Arm. Er rang sich los, sein Ärmel riß geräuschvoll auf, und er taumelte zurück, um von dem anderen Diener geworfen zu werden. Er fiel schwer auf den Boden und starrte auf die ferne Decke der Halle.

Er rief, wand sich herum, rang wild, packte einen der Diener am Bein, warf ihn hin und sprang auf die Füße.

Lincoln tauchte vor ihm auf und flog mit einem Schlag unter die Kieferspitze wieder hin und blieb liegen. Graham tat zwei Sätze und stolperte. Und dann lag Ostrogs Arm ihm um den Hals, er wurde nach hinten gerissen, fiel schwer hin, und seine Arme waren auf den Boden geheftet. Nach ein paar heftigen Anstrengungen hörte er zu ringen auf und blieb liegen und starrte auf Ostrogs schwer arbeitende Kehle.

»Sie – sind – ein Gefangener,« keuchte Ostrog frohlockend. »Sie – waren ein ziemlicher Narr – zurückzukommen.«

Graham wandte den Kopf und sah durch das unregelmäßige grüne Fenster in der Wand der Halle die Leute, die an den Baukrahnen gearbeitet hatten, aufgeregt gegen das Volk unter ihnen gestikulieren. Sie hatten es gesehen!

Ostrog folgte seinem Blick und fuhr zusammen. Er rief Lincoln etwas zu, aber Lincoln rührte sich nicht. Eine Kugel zerschmetterte die Stuckskulpturen über dem Atlas. Die beiden Flächen durchsichtigen Stoffs, die sich über die Lücke erstreckt hatten, zerrissen, die Ränder der gerissenen Öffnung wurden dunkel, krümmten sich, liefen rasch auf das Rahmenwerk zu, und im Nu stand das Ratszimmer der Luft offen. Ein kalter Windstoß blies durch die Lücke herein und brachte einen Tumult von Stimmen aus den Trümmerräumen draußen mit, ein wildes Schreien: »Rettet den Herrn!« »Was tun sie dem Herrn?« »Der Herr ist verraten!«

Und dann wurde ihm klar, daß Ostrogs Aufmerksamkeit abgelenkt war, daß Ostrogs Griff nachließ, und indem er die Arme losriß, arbeitete er sich auf die Knie. Im nächsten Moment hatte er Ostrog zurückgeworfen, und er stand auf einem Fuß, seine Hand um Ostrogs Hals, und Ostrogs Hand in der Seite um seinen Nacken.

Aber setzt kamen vom Podium her Leute auf sie zu – Leute, deren Absichten er mißverstand. Er sah jemanden in der Ferne auf die Vorhänge des Vorzimmers zulaufen, und dann war Ostrog ihm entschlüpft, und diese Neugekommenen waren über ihm. Zu seinem unendlichen Erstaunen packten sie ihn. Sie gehorchten Ostrogs Rufen.

Er war schon ein Dutzend Meter weit geschleppt, ehe ihm klar war, daß es keine Freunde waren – daß sie ihn zu dem offenen Panel hinzerrten. Als er das sah, ruckte er zurück, er versuchte sich niederzuwerfen, er rief mit aller Kraft nach Hilfe. Und diesmal kamen Antwortrufe.

Der Griff an seinem Nacken ließ locker, und siehe! in der unteren Ecke des Risses der Mauer erschien erst eine, dann eine ganze Zahl kleiner, schwarzer Gestalten, die riefen und die Arme schwenkten. Sie kamen aus dem Riß in die leichte

Galerie herabgesprungen, die in die stillen Zimmer führte. Sie liefen sie entlang, sie waren so nah, daß Graham die Waffen in ihren Händen sehen konnte. Dann schrie Ostrog dicht vor seinem Ohr den Leuten zu, die ihn hielten, und noch einmal rang er mit allen Kräften gegen ihre Bemühungen, ihn auf die Öffnung zuzuschleppen, die ihn aufzunehmen gähnte. »Sie können nicht herunter,« keuchte Ostrog. »Sie wagen nicht zu schießen. Es ist alles in Ordnung.« »Wir wollen ihn noch vor ihnen retten.«

Lange Minuten hindurch schien es Graham, dauerte dieser ruhmlose Kampf noch. Seine Kleider waren an einem Dutzend Stellen zerrissen, er war vom Staub bedeckt, auf seine eine Hand hatte man ihm getreten. Er konnte die Rufe seiner Helfer hören, und einmal hörte er Schüsse. Er konnte seine Kraft versagen fühlen, fühlte, daß seine Anstrengungen wild und ziellos waren. Aber es kam keine Hilfe, und sicher; unvermeidlich kam jene schwarze, gähnende Öffnung näher.

Der Druck auf ihm ließ nach und er arbeitete sich hoch. Er sah Ostrogs grauen Kopf zurückweichen und merkte, daß man ihn nicht mehr hielt. Er drehte sich um und prallte auf einen Mann in Schwarz. Eine der grünen Waffen krachte dicht neben ihm, ein Strahl stechenden Rauchs strich ihm übers Gesicht, und eine Stahlklinge blitzte auf. Der riesige Saal drehte sich um ihn.

Er sah keine drei Meter weit von seinem Gesicht einen Mann in Blaßblau einen der schwarz und gelben Diener erstechen. Dann lagen wieder Hände auf ihm.

Jetzt wurde er in zwei Richtungen gezogen. Es schien, die Leute riefen ihm zu. Er wollte verstehen und konnte nicht. Irgend jemand faßte ihn um die Schenkel, er wurde trotz seines kräftigen Widerstands gehoben. Plötzlich verstand er und rang nicht mehr. Er wurde auf die Schultern genommen und von der gähnenden Tür fortgetragen. Zehntausend Kehlen jubelten.

Er sah Leute in Blau und Schwarz hinter den fliehenden Ostrogiten herlaufen und feuern. Emporgehoben, sah er nun über die ganze Saalfläche unter dem Atlasbild, sah, daß er auf die Estrade in der Mitte des Raumes zugetragen wurde. Das ferne Ende der Halle war schon voller Leute, die auf ihn zuliefen. Sie sahen ihn an und jubelten.

Er merkte, daß ihn eine Art Leibwache umgab. Eifrige Leute um ihn riefen unbestimmte Befehle. Ganz nah sah er den Mann in Gelb mit dem schwarzen Schnurrbart, der ihn in dem großen Theater begrüßt hatte; er rief Anweisungen. Die Halle war schon gedrängt voll Volk, die kleine Galerie senkte sich unter einer schreienden Last, die Vorhänge am Ende waren fortgezogen, und das Vorzimmer war gedrängt voll zu sehen. Er konnte sich dem Mann neben ihm durch den Tumult ringsum kaum verständlich machen. »Wohin ist Ostrog?« fragte er.

Der Mann zeigte über die Köpfe auf die ferneren Panele auf der Seite gegenüber dem Riß. Sie standen offen, und bewaffnete Leute in blauen Kleidern mit schwarzen Schärpen liefen durch sie hindurch und verschwanden in die Gemächer und Gänge dahinter. Es schien Graham, als dringe ein Feuerlärm durch den Aufruhr. Er wurde in schwankender Kurve durch die große Halle zu einer Öffnung unter dem Riß getragen.

Er sah Leute mit einer Art roher Disziplin an der Arbeit, um die Menge von ihm abzuhalten, um rings um ihn einen offenen Raum zu schaffen. Er kam aus der Halle heraus und sah eine rohe, neue Mauer leer vor sich aufsteigen, überwölbt vom blauen Himmel. Er wurde auf seine Füße gesetzt; jemand faßte ihn am Arm und führte ihn. Er sah den Mann in Gelb dicht neben sich. Man führte ihn eine schmale Treppe aus Backsteinen hinauf, und dicht neben ihm erhoben sich die großen, rot angestrichenen Massen, die Krahne und Hebel und die leisen Motore der großen Baumaschine.

Er stand am Kopf der Treppe. Er wurde einen schmalen vergitterten Fußpfad entlang gezogen, und plötzlich öffnete sich vor ihm mit ungeheurem Schreien das riesige Ruinenamphitheater. »Der Herr ist mit uns! Der Herr! Der Herr!« Der Ruf fegte wie eine Welle über das Meer von Gesichtern vor ihm, brach sich an den fernen Ruinenklippen und kam in schreiender Brandung zu ihm zurück. »Der Herr ist auf unserer Seite!«

Graham sah, daß er nicht mehr von Leuten umgeben war, daß er auf einer kleinen, improvisierten Plattform aus weißem Metall stand, einem Teil der scheinbar gebrechlichen Gerüste, die die große Maste des Rathauses umgaben. Über der ganzen riesigen Ruinenfläche drängte und wirbelte das rufende Volk; und hier und dort tauchten und wirbelten die schwarzen Banner der Revolutionsgesellschaften und bildeten vereinzelte Kerne der Organisation im Chaos. Die steilen Mauer- und Gerüsttreppen hinauf, auf denen seine Befreier die Öffnung des Atlassaales erreicht hatten, hing eine feste Volksmenge, und kleine energische schwarze Figuren, die sich an Pfeiler und Vorsprünge klammerten, waren emsig bemüht, diese gedrängten Masten zur Bewegung zu bringen. Hinter ihm rang sich an einem höheren Punkt des Gerüstes eine Anzahl von Leuten mit den schlagenden Falten einer riesigen schwarzen Standarte empor. Durch den gähnenden Riß in den Mauern unter sich konnte er auf die gedrängten, aufmerksamen Mengen in der Atlashalle niederblicken. Die fernen Flugbühnen im Süden traten hell und lebhaft hervor, näher gebracht, wie es schien, durch eine ungewöhnliche Durchsichtigkeit der Luft. Von der mittleren Bühne stieg ein einzelner Aeropil empor, als wolle er den kommenden Aeroplanen entgegen.

»Was war aus Ostrog geworden?« fragte Graham; und während er noch sprach, sah er, daß aller Augen sich von ihm zum First des Ratsgebäudes hoben. Auch er blickte in der Richtung der allgemeinen Aufmerksamkeit empor. Einen Moment sah er nichts als die zackige Kante einer Mauer, die hart und klar vor dem Himmel stand. Dann erkannte er im Schatten das Innere eines Zimmers und erkannte mit einem Schreck die grüne und weiße Dekoration seines früheren Gefängnisses. Und sehr schnell durch diesen offenen Raum kam bis hart an den Rand der Trümmerklippe eine kleine weißgekleidete Gestalt, der zwei andere scheinbar kleinere Gestalten in Schwarz und Gelb folgten. Er hörte den Namen neben sich »Ostrog« rufen und wandte sich um, um eine Frage zu stellen. Aber er tat es nicht, denn ein anderer von denen, die bei ihm waren, tat einen erschreckten Ausruf, und ein hagerer Finger zeigte plötzlich. Er blickte hin, und siehe, der Aeropil, der von der Flugbühne aufgestiegen war, als er zuletzt in die Richtung geblickt hatte, flog auf sie zu. Der rasche, stetige Flug war ihm noch neu genug, um seine Aufmerksamkeit zu fesseln.

Näher kam er und wurde rasch größer und größer, bis er über den weiteren Rand der Ruinen hinweggefegt war, und für die dichten Mengen unten in Sicht kam. Er senkte sich über den Raum und stieg wieder und flog zu Häupten hin, steigend, um von der Masse des Rathauses klar zu bleiben – eine wolkig durchscheinende Gestalt, durch deren Rippen der einsame Aeronaut herabsah. Er verschwand über der Himmelslinie der Ruinen.

Graham wandte seine Aufmerksamkeit wieder Ostrog zu. Er machte Zeichen mit den Händen, und seine Diener brachen geschäftig die Mauer neben ihm ab. Im nächsten Moment kam der Aeropil wieder in Sicht, ein kleines Ding in weiter Ferne, und er kam in einer weiten Kurve herum und flog langsamer.

Dann plötzlich rief der Mann in Gelb: »Was machen sie? Was tun die Leute? Warum läßt man Ostrog da? Warum ist er nicht gefangen? Sie werden ihn aufnehmen – der Aeropil wird ihn aufnehmen! Ah!«

Dem Ausruf tönte ein Schrei aus den Trümmern Echo. Der rasselnde Laut der grünen Waffen trieb über den Abgrund zu Graham herauf, und als er hinabsah, sah er eine Anzahl schwarz und gelber Uniformen eine der Galerien entlang laufen, die unter dem Vorsprung, auf dem Ostrog stand, der Luft offen lagen. Sie feuerten im Laufen auf unsichtbare Leute, und dann tauchten ein paar blaßblaue Gestalten auf der Verfolgung auf. Diese winzigen, kämpfenden Gestalten machten den wunderlichsten Eindruck; sie sahen in ihrem Lauf aus wie kleine Modellsoldaten aus Blei. Dieser wunderliche Anblick eines aufgeschnittenen Hauses gab jenem Kampf zwischen Möbeln und Gängen ein Ansehen der Unwirklichkeit. Er war vielleicht zweihundert Meter von ihm entfernt, und ziemlich fünfzig über den Köpfen in den Ruinen unten. Die schwarz und gelben Leute liefen in einen offenen Bogen hinein, machten kehrt und feuerten eine Salve.

Einer von der blauen Verfolgung, der hart auf den Rand vorschritt, warf die Arme in die Höhe, taumelte zur Seite, schien für Grahams Empfindung mehrere Sekunden lang über dem Rand zu hängen und stürzte kopfüber hinab, Graham sah ihn auf eine vorspringende Ecke aufschlagen, herausprallen, sich überschlagen und zwischen den roten Armen der Baumaschine verschwinden.

Und dann trat zwischen Graham und die Sonne ein Schatten. Er blickte auf, und der Himmel war klar, aber er wußte, der Aeropil war durchgeflogen. Ostrog war verschwunden. Der Mann in Gelb vor ihm sprang auf, eifrig und schweißbedeckt, zeigte und schrie.

»Sie landen!« rief der Mann in Gelb, »sie landen! Sagt den Leuten, auf ihn zu schießen. Sagt ihnen, auf ihn zu schießen!«

Graham verstand nichts. Er hörte laute Stimmen diese rätselhaften Befehle wiederholen.

Plötzlich sah er über den Rand der Ruinen den Bug des Aeropils herübergeglitten kommen und mit einem Ruck stille stehen. Im Nu verstand Graham, daß das Ding gelandet war, damit Ostrog darauf fliehen konnte. Er sah einen blauen Nebel aus der Tiefe emporsteigen und merkte, daß die Leute unter ihm jetzt auf den vorspringenden Steven feuerten.

Ein Mann neben ihm jubelte heiser auf, und er sah, daß die blauen Rebellen den Torweg genommen hatten, der noch einen Moment vorher von den Leuten in Schwarz und Gelb verteidigt war, und nun liefen sie in ununterbrochenem Strom den offenen Gang entlang.

Und plötzlich schlüpfte der Aeropil über den Rand des Rathauses und fiel. Er sank, indem er im Winkel von fünfundvierzig Grad überkippte, und sank so steil, daß es Graham schien, daß es vielleicht den meisten unten schien, als könne er sich unmöglich wieder erheben.

Er jagte so nah an ihm vorbei, daß er Ostrog sehen konnte, wie er, sein graues Haar im Winde, die Führstangen seines Sitzes gepackt hielt; daß er den weißen Aeronauten sehen konnte, wie er den Hebel herüberriß, der die Maschine ihre Führstangen entlangtrieb. Er hörte den unbestimmten Angstschrei unzähliger Menschen unten.

Graham packte das Gitter vor sich und keuchte. Die Sekunde schien eine Ewigkeit. Der untere Fächer des Aeropils ging um ein Haar an den Leuten vorbei, die unten schrien und kreischten und einander niedertraten.

Und dann hob er sich.

Einen Moment sah es aus, als könne er unmöglich von der Klippe gegenüber klar kommen, und dann, als könne er unmöglich vom Windrad klar kommen, das dahinter rotierte.

Und siehe! er war klar und schwang sich auf, noch seitlich gekippt, höher und höher in den windgefegten Himmel.

Die schwebende Angst des Moments machte einer Wut der Erbitterung Platz, als das wimmelnde Volk einsah, daß Ostrog ihm entgangen war. Mit verspätetem Eifer erneuerten sie ihr Feuern, bis sich das Rasseln zu einem Gebrüll verwob, bis das ganze Gebiet dunkel und blau wurde, und die Luft stechend vom dünnen Rauch ihrer Waffen.

Zu spät! Der Aeropil wurde kleiner und wendete sich und fegte anmutig zu der Flugbühne nieder, von der er erst so kurz aufgestiegen war. Ostrog war entkommen.

Eine Weile stieg aus den Ruinen ein wirres Gerede empor, und dann kehrte die allgemeine Aufmerksamkeit wieder zu Graham zurück, der hoch oben im Gerüst stand. Er sah die Gesichter des Volkes sich zugewandt und hörte ihren Jubel über seine Rettung. Aus dem Schlund der Wege herauf ertönte das Revolutionslied und breitete sich wie eine Brise über das wogende Meer von Menschen aus.

Die kleine Gruppe von Männern rings rief ihm Glückwünsche zu seiner Rettung zu. Der Mann in Gelb stand dicht neben ihm, mit gefaßtem Gesicht und leuchtenden Augen. Und das Lied stieg, lauter und lauter: eins, zwei; eins, zwei; eins, zwei.

Langsam nur ging ihm die volle Bedeutung dieser Dinge für ihn auf, erkannte er den schnellen Wandel in seiner Stellung. Ostrog, der neben ihm gestanden hatte, so oft er bisher vor diese rufende Menge getreten war, war jetzt da hinten – als Gegner. Jetzt herrschte niemand mehr für ihn. Selbst das Volk ringsum, die Führer und Organisatoren der Menge blickten empor, was er tun würde, warteten, daß er handelte, erwarteten seine Befehle. Er war wirklich König. Seine Marionettenherrschaft war zu Ende.

Er war sehr bereit, zu tun, was man von ihm erwartete. Seine Nerven und Muskeln zitterten, sein Geist war vielleicht ein wenig wirr, aber er fühlte weder Furcht noch Zorn. Die Hand, auf die man getreten hatte, war heiß und pochte. Er war ein wenig nervös inbetreff seiner Haltung. Er wußte, er hatte keine Angst, aber ihn verlangte, nicht ängstlich auszusehen. In seinem früheren Leben war er oft bei bloßen Geschicklichkeitsspielen aufgeregter gewesen. Ihn verlangte nach sofortigem Handeln, er wußte, er durfte nicht zu sehr im einzelnen an die ungeheure Kompliziertheit des Kampfes denken, um nicht eben durch die Empfindung von seiner Kompliziertheit gelähmt zu werden. Da drüben jene viereckigen, blauen Formen, die Flugbühnen – das hieß Ostrog; gegen Ostrog kämpfte er für die Welt.

23.
Während die Aeroplanen heranzogen

Eine Zeitlang war der Herr der Erde nicht einmal seines eigenen Geistes Herr. Selbst sein Wille schien ein Wille, der nicht ihm gehörte, seine eigenen Handlungen überraschten ihn und waren nur ein Teil des Wirrsals seltsamer Erfahrungen, die ihm über sein Sein hinströmten. Diese Dinge waren sicher, die Aeroplanen kamen, Helene Wotton hatte dem Volk ihr Kommen verraten, und er war Herr der Erde. Jede dieser Tatsachen schien danach zu ringen, seine Gedanken ganz in Besitz zu nehmen. Sie sprangen aus einem Hintergrund wimmelnder Hallen, hoher Gänge, von Bezirksführern erfüllter Räume, mit Kinematographen und Telephonen versehener Säle und solcher Fenster, die auf ein siedendes Meer marschierender Leute hinaussahen, hervor. Der Mann in Gelb und Leute, die, wie er glaubte, Bezirksführer hießen, drängten ihn entweder vorwärts oder folgten ihm gehorsam; es war schwer zu sagen. Vielleicht taten sie von beidem ein wenig. Vielleicht trieb sie alle eine unsichtbare und ungeahnte Macht. Er war sich bewußt, daß er im Begriff stand, eine Proklamation ans Volk der Erde zu richten, bewußt gewisser grandioser Phrasen, die ihm als das durch den Sinn schwebten, was er zu sagen gedachte. Viele Kleinigkeiten geschahen, und dann sah er, wie er mit dem Mann in Gelb in ein kleines Zimmer trat, wo diese seine Proklamation verfaßt werden sollte.

Dieses Zimmer war in seiner Einrichtung grotesk modern. In der Mitte befand sich ein Helles Oval, das von verhangenen elektrischen Lampen von oben her beleuchtet war. Alles andere lag im Schatten, und die doppelten, feinschließenden Türen, durch die er aus der wimmelnden Atlashalle kam, machten den Ort sehr still. Ihr schwerer Schlag, als sie sich hinter ihm schlossen, das plötzliche Aufhören des Tumults, in dem er seit Stunden gelebt hatte, der zitternde Lichtkreis, das Flüstern und die schnellen, geräuschlosen Bewegungen undeutlich sichtbarer Begleiter im Schatten, das alles machte seltsamen Eindruck auf Graham. Die riesigen Ohren phonographischer Kammern harrten seines Beginnens; dahinter glitzerten Metallstangen und Rollen, und etwas wirbelte mit brummendem Summen herum. Er trat ins Lichtzentrum, und sein Schatten zog sich schwarz und scharf in einen kleinen Fleck zu seinen Füßen zusammen.

Der unbestimmte Umriß dessen, was er zu sagen dachte, lag ihm schon im Geist. Aber diese Stille, diese Isolation, der plötzliche Rückzug aus jener ansteckenden Volksmenge, dies schweigende Auditorium von gähnenden, starrenden Maschinen, daran hatte er nicht gedacht. All seine Stützen schienen ihm zugleich genommen; es war, als sei er plötzlich hier hineingefallen, als habe er sich plötzlich entdeckt. Im Nu war er verwandelt. Er fühlte, daß er jetzt fürchtete, nicht auf der Höhe zu stehen, er fürchtete, theatralisch zu werden, er fürchtete den Klang seiner Stimme, den Ton seines Witzes, erstaunt wendete er sich mit einer bittenden Geste an den Mann in Gelb. »Einen Moment,« sagte er. »Ich muß warten. Ich hatte es mir nicht so gedacht. Ich muß über das Nachdenken, was ich zu sagen habe.«

Während er noch zögerte, kam ein aufgeregter Bote mit der Nachricht, die ersten Aeroplanen passierten über Arawan.

»Arawan?« sagte er. »Wo ist das? Aber einerlei, sie kommen. Sie werden hier sein. Wann?«

»Mit dem Dunkelwerden.«

»Großer Gott! In nur ein paar Stunden. Welche Nachricht von den Flugbühnen?« fragte er.

»Das Volk von den Südwestbezirken ist bereit.«

»Bereit!«

Er wandte sich ungeduldig wieder zu den schwarzen Kreisen der Linsen.

»Ich vermute, es muß eine Art Rede sein. Wollte zu Gott, ich wüßte genau, was gesagt werden sollte! Aeroplanen in Arawan! Sie müssen vor der Hauptflotte aufgebrochen sein. Und das Volk nur bereit! Sicherlich ...«

»O! was kommt darauf an, ob ich gut oder schlecht spreche?« sagte er und fühlte das Licht heller werden.

Er hatte einen unbestimmten Satz demokratischer Empfindung geformt, als ihn plötzlich Zweifel übermannten. Sein Glaube an seinen heroischen Sinn und Beruf, fand er, hatte seine sichere Überzeugung ganz verloren. Das Bild einer kleinen sich spreizenden Nichtigkeit in einer windigen Wüste unverständlicher Schicksale verdrängte ihn. Plötzlich war ihm völlig klar, daß dieser Aufstand gegen Ostrog frühreif war, zum Mißlingen vorausbestimmt, daß er der Impuls leidenschaftlicher Unfähigkeit gegen unvermeidliche Dinge war. Er dachte an jenen schnellen Flug der Aeroplanen wie an den Sturz des Schicksals auf ihn zu. Er war erstaunt, daß er die Dinge je hatte in anderem Lichte sehen können. In dieser letzten Not überlegte er, warf die Überlegung resolut beiseite und beschloß, auf jeden Preis durchzuführen, was er unternommen hatte. Und er konnte kein Wort zum Anfang finden. Noch während er da stand, verlegen, zögernd, mit einer indiskreten Entschuldigung wegen seiner Unfähigkeit schon auf den Lippen, drang der Lärm vieler Menschen, die riefen, das Hin- und Herrennen von Füßen zu ihm. »Wartet,« rief einer, und eine Tür ging auf. »Sie kommt,« sagten die Stimmen. Graham drehte sich um, und die wachenden Lichter verblaßten.

Durch die offene Tür sah er eine schlanke graue Gestalt durch eine geräumige Halle nahen. Ihm sprang das Herz. Es war Helene Wotton. Hinter ihr her und um sie zog ein Aufruhr des Beifalls. Der Mann in Gelb kam aus den näheren Schatten in den Lichtkreis.

»Das ist das Mädchen, das uns sagte, was Ostrog getan hatte,« sagte er.

Ihr Gesicht flammte, und die schweren Locken ihres schwarzen Haares fielen ihr um die Schultern. Die Falten des weichen Seidengewandes, das sie trug, strömten von ihr fort und flatterten im Rhythmus ihres Schrittes. Sie kam näher und näher, und das Herz schlug ihm schnell. All seine Zweifel waren vergangen. Der Schatten der Tür fiel über ihr Gesicht und sie war ihm nahe. »Sie haben uns nicht verraten?« rief sie. »Sie sind mit uns?«

»Wo sind Sie gewesen?« sagte Graham.

»Auf dem Amt der Südwestbezirke. Bis vor zehn Minuten wußte ich nicht, daß Sie zurückgekehrt waren. Ich ging aufs

Amt der Südwestbezirke, um die Bezirksführer zu treffen, damit Sie es dem Volk sagen sollten.«

»Ich kam zurück, sowie ich hörte —«

»Ich wußte es,« rief sie, »wußte, daß Sie mit uns sein würden. Und ich war es – ich habe es ihnen gesagt. Sie haben sich erhoben. Die ganze Welt erhebt sich. Das Volk ist erwacht. Gott sei Dank, daß ich nicht vergebens gehandelt habe. Sie sind noch Herr.«

»Sie haben es ihnen gesagt,« sagte er langsam, und er sah, daß ihr trotz ihrer festen Augen die Lippen zitterten und die Brust sich hob und senkte.

»Ich habe es ihnen gesagt. Ich wußte von dem Befehl. Ich war hier. Ich hörte, die Neger sollten nach London kommen, um Sie zu bewachen und das Volk niederzuhalten – um Sie gefangen zu halten. Und ich habe es gehindert. Ich bin hinausgegangen und habe es dem Volk gesagt. Und Sie sind noch Herr.«

Graham warf einen Blick auf die schwarzen Linsen der Kameras, die großen, lauschenden Ohren, und zurück auf ihr Gesicht. »Ich bin noch Herr,« sagte er langsam, und der schnelle Sturm einer Aeroplanenflotte flog ihm durch die Gedanken.

»Und Sie haben dies getan? Sie, Ostrogs Nichte.«

»Für Sie,« rief sie. »Für Sie! Damit Sie, auf den die Welt gewartet hat, nicht um Ihre Macht betrogen würden.«

Graham stand eine Zeitlang wortlos da und sah sie an. Seine Zweifel und Fragen waren vor ihrer Gegenwart geflohen. Ihm fielen die Dinge ein, die er hatte sagen wollen. Er wandte sich noch einmal zu den Kameras, und das Licht um ihn wurde heller. Er drehte sich ihr wieder zu.

»Sie haben mich gerettet,« sagte er; »Sie haben meine Macht gerettet. Und die Schlacht beginnt. Gott weiß, was diese Nacht sehen wird – aber meine Schande nicht!«

Er hielt inne. Er wandte sich an die unsichtbaren Mengen, die ihn durch diese grotesken, schwarzen Augen ansahn. Erst sprach er langsam.

»Männer und Frauen der neuen Zeit,« sagte er; »ihr habt euch erhoben, für euer Geschlecht zu kämpfen! ... Kein leichter Sieg liegt vor uns.«

Er hielt inne, um Worte zu sammeln. Die Gedanken, die ihm im Geist gelegen hatten, ehe sie kam, kehrten zurück, aber verwandelt, nicht mehr von dem Schatten möglicher Sinnlosigkeit berührt. »Diese Nacht ist ein Anfang,« rief er. »Diese Schlacht, die kommt, diese Schlacht, die heute abend gegen uns einherstürmt, ist nur ein Anfang. Euer ganzes Leben lang werdet ihr vielleicht kämpfen müssen. Bedenkt euch nicht, wenn ich auch geschlagen werde, wenn ich auch völlig überwunden werde.«

Er fand, was ihm im Sinn lag, für Worte zu unbestimmt. Er zögerte einen Moment, brach in unbestimmte Ermahnungen aus, und dann überkam ihn ein Sturm der Rede. Vieles, was er sagte, war nichts als der humanitäre Gemeinplatz einer verschwundenen Zeit, aber die Überzeugung seiner Stimme lieh ihm Lebenskraft. Er legte den Fall der alten Tage dem Volk der neuen Zeit, der Frau an seiner Seite dar. »Ich komme zu euch aus der Vergangenheit,« sagte er, »mit der Erinnerung einer Zeit, die hoffte. Meine Zeit war eine Zeit der Träume – der Anfänge, eine Zeit edler Hoffnungen; in der ganzen Welt hatten wir der Sklaverei ein Ende gemacht, in der ganzen Welt hatten wir den Wunsch und die Ahnung verbreitet, daß der Krieg aufhören möchte, daß Männer und Frauen adlig leben möchten in Freiheit und Frieden ... So hofften wir in den Tagen, die vergangen sind. Und diese Hoffnungen! Wie steht es nach zweihundert Jahren mit den Menschen?

»Große Städte, ungeheure Mächte, eine Gesamtgröße über alle unsere Träume. Dafür arbeiteten wir nicht, und das ist gekommen. Aber wie steht es mit den kleinen Leben, die dieses größere Leben ausmachen? Wie steht es mit den gewöhnlichen Leben? Wie es immer gewesen ist – Kummer und Arbeit, gehemmtes und unerfülltes Leben, Leben, versucht von der Macht, versucht vom Reichtum, verloren in Verschwendung und Narrheit. Der alte Glaube ist verblaßt und verwandelt, der neue Glaube – gibt es einen neuen Glauben?«

Dinge, die zu glauben er lange gewünscht hatte – er fand, daß er sie glaube. Er tauchte nach dem Glauben und faßte ihn und klammerte sich eine Zeitlang auf seiner Höhe an. Er sprach stoßweise, in gebrochenen, unvollständigen Sätzen, aber mit seinem ganzen Herzen und all seiner Kraft, von diesem neuen Glauben in ihm. Er sprach von der Größe der Selbstentsagung, von seinem Glauben an ein unsterbliches Leben der Menschheit, in dem wir leben und uns bewegen und unser Dasein haben. Seine Stimme hob sich und senkte sich, und die aufzeichnenden Maschinen summten ihren eiligen Beifall; undeutliche Diener beobachteten ihn aus dem Schatten heraus. Durch all jene zweifelhaften Stellen hindurch unterhielt seine Empfindung von der stillen Zuschauerin neben ihm seine Aufrichtigkeit. Ein paar glorreiche Momente wurde er fortgerissen; er fühlte keinen Zweifel an seiner heroischen Natur, keinen Zweifel an seinen heroischen Worten, alles war gerade und einfach. Seine Beredsamkeit lahmte nicht mehr. Und schließlich schloß er seine Rede. »Hier und jetzt«, rief er, »mache ich mein Testament. Und alles, was mein ist in der Welt, gebe ich dem Volk der Welt. Ich gebe es euch, wie ich euch mich selber gebe. Und wie Gott beschließt, so will ich für euch leben, oder ich will sterben.«

Er schloß mit einer schwungvollen Geste und drehte sich um. Er sah das Licht seiner momentanen Begeisterung im Gesicht des Mädchens gespiegelt. Ihre Augen trafen sich; ihr schwammen die Augen von Tränen der Begeisterung. Sie schienen zueinander gedrängt zu werden. Sie faßten ihre Hände und standen sich so in beredtem Schweigen gegenüber. Sie flüsterte. »Ich wußte es,« flüsterte sie. »Ich wußte es.« Er konnte nicht reden, er preßte ihre Hand in seiner. Sein Geist war der Schauplatz gigantischer Leidenschaften.

Der Mann in Gelb stand neben ihnen. Sie beide hatten sein Kommen nicht bemerkt. Er sagte, die Südwestbezirke seien auf dem Marsch. »Ich hätte es nie so schnell erwartet,« rief er. »Sie haben Wunder getan. Sie müssen ihnen ein Wort schicken, um ihnen auf dem Wege zu helfen.«

Graham ließ Helenes Hand fallen und starrte ihn geistesabwesend an. Dann kehrte er mit einem Ruck zu seinem vorherigen Gedanken an die Flugbühnen zurück.

»Ja,« sagte er. »Das ist gut, das ist gut.« Er erwog eine Botschaft. »Sagen Sie ihnen: – Bravo, Südwest.«

Er wandte die Augen wieder auf Helene Wotton. Sein Gesicht zeigte den Kampf zwischen widerstreitenden Ideen. »Wir müssen die Flugbühnen nehmen,« erklärte er. »Wenn wir das nicht können, landen die Neger. Das müssen wir um jeden Preis hindern.«

Er fühlte noch, während er sprach, dies war nicht, was ihm vor der Unterbrechung im Geist gelegen hatte. Er sah eine Spur von Überraschung in ihren Augen. Sie schien sprechen zu wollen, und eine schrille Glocke ertränkte ihre Stimme.

Graham kam der Gedanke, sie erwarte, er werde dies Volk auf dem Marsch führen, und das sei, was er tun müsse. Er erbot sich unvermittelt. Er redete den Mann in Gelb an, aber er sprach zu ihr. Er sah ihr Gesicht antworten. »Hier tue ich nichts,« sagte er.

»Es ist unmöglich,« protestierte der Mann in Gelb. »Es ist ein Kampf in einem Kaninchenbau. Ihr Platz ist hier.«

Er setzte es umständlich auseinander. Er zeigte nach dem Raum, wo Graham warten müsse, er bestand darauf, ein anderer Weg sei unmöglich. »Wir müssen wissen, wo Sie sind,« sagte er. »Jeden Moment kann eine Krisis eintreten, die Ihre Gegenwart und Entscheidung erfordert.« Das Zimmer war ein luxuriöses kleines Gemach mit Nachrichtenmaschinen und einem zerbrochenen Spiegel, der einmal mit den Specula am Krähennest *en rapport* gewesen war. Es schien Graham selbstverständlich, daß Helene bei ihm bleiben mußte.

Ihm hatte das Bild eines so ungeheuren dramatischen Ringens vorgeschwebt, wie es die Massen in den Ruinen angeregt hatten. Aber hier gab es kein theatralisches Schlachtfeld, wie er es sich dachte. Statt dessen kam Abschließung – und Ungewißheit. Erst als der Nachmittag vorrückte, stückte er sich ein wahreres Bild von dem Kampf zusammen, der unhörbar und unsichtbar keine vier Meilen weit von ihm unter der Roehampton-Bühne raste. Ein seltsames und unerhörtes Ringen war es, eine Schlacht, die aus hunderttausend kleinen Schlachten bestand, eine Schlacht in einem Schwamm von Wegen und Kanälen, gekämpft fern von Himmel und Sonne unter dem elektrischen Schein, geschlagen im riesigen Wirrwarr von Mengen, die in den Waffen ungeübt, hauptsächlich vom Zuruf geleitet waren, Mengen, die durch geistlose Arbeit abgestumpft waren, entnervt durch die Tradition zweier Jahrhunderte serviler Sicherheit, gegen Mengen, die ein Leben erlaubter Vorrechte und sinnlicher Ausschweifung demoralisiert hatte. Sie hatten keine Artillerie, keine Differenzierung in diese Streitkraft oder jene; die einzige Waffe auf beiden Seiten war der kleine, grüne Metallkarabiner, dessen geheime Fabrikation und plötzliche Verteilung in ungeheuren Mengen einer von Ostrogs entscheidenden Schachzügen gegen den Rat gewesen war. Wenige nur hatten Übung in dieser Waffe, viele, die sie trugen, kamen ohne Munition, viele hatten niemals eine abgefeuert; nie hat es in der Geschichte des Krieges ein wilderes Feuern gegeben. Es war eine Schlacht von Dilettanten, ein häßlicher, experimentierender Krieg, bewaffnete Meuterer kämpften gegen bewaffnete Meuterer, vorwärts gefegt von den Worten und der Wut eines Liedes, von der stampfenden Sympathie ihrer Zahlen, strömten in zahllosen Myriaden zu den kleinen Wegen, den untauglich gemachten Lifts, den von Blut schlüpfrigen Galerien, den Hallen und Gängen, die vor Rauch erstickten, unter den Flugbühnen, um dort, wenn der Rückzug hoffnungslos war, die alten Geheimnisse des Krieges zu lernen. Und zu Häupten war, abgesehen von ein paar Scharfschützen auf den Dachräumen und von ein paar Dunstbändern und Fäden, die sich gegen Abend mehrten und dunkel wurden, der Tag eine klare Heiterkeit. Ostrog, scheint es, hatte keine Bomben zur Verfügung, und in all den ersten Phasen der Schlacht spielten die Aeropilen keine Rolle. Nicht die kleinste Wolke brach den leeren Glanz des Himmels. Es schien, er hielt sich frei, bis die Aeroplanen kämen.

Immer kamen von Zeit zu Zeit Nachrichten von ihnen, erst aus diesem Hafen des Mittelmeers, und dann aus jenem, und dann aus Südfrankreich. Aber von den neuen Kanonen, die Ostrog gebaut hatte, und von denen man wußte, daß sie in der Stadt waren, kam trotz Grahams Drängen keine Nachricht, noch auch kamen Berichte von Erfolgen aus dem dichten Kampfgürtel um die Flugbühnen. Sektion nach Sektion der Arbeitervereinigungen meldete sich versammelt, meldete sich auf dem Marsch und entschwand der Kenntnis im Labyrinth jenes Kampfes. Was geschah dort? Selbst die geschäftigen Bezirksführer wußten es nicht. Trotz des Öffnens und Schließens der Türen, trotz der eiligen Boten, des Glockenläutens und des beständigen Geklirrs und Geklappers berichtender Maschinen fühlte Graham sich isoliert, seltsam untätig, unwirksam.

Ihre Isolation erschien bisweilen als das seltsamste, das unerwartetste von allem, was seit seinem Erwachen geschehen war. Sie hatte etwas von jener Inaktivität, die in Träumen kommt. Ein Aufruhr, die betäubende Empfindung eines Weltenkampfes zwischen Ostrog und ihm, und dann dieses begrenzte, ruhige kleine Zimmer mit seinen Mundstücken und Glocken und dem gebrochenen Spiegel.

Dann wurde die Tür geschlossen, und sie waren zusammen allein; sie schienen scharf von dem ganzen unerhörten Weltsturm abgeschlossen, der draußen zusammenprallte, lebhaft der eine des andern bewußt, nur miteinander beschäftigt. Dann ging die Tür wieder auf, Boten traten ein; oder eine scharfe Glocke erstach ihre ruhige Heimlichkeit, und sie war wie ein Fenster in einem gutgebauten, hellerleuchteten Hause, das plötzlich von einem Wirbelsturm aufgeworfen wird. Dies dunkle Eilen und der Aufruhr, der Nachdruck und die Heftigkeit der Schlacht, das stürzte herein und übermannte sie. Sie waren keine Personen mehr, nur noch Zuschauer, nur noch Eindrücke von einer riesigen Umwälzung. Sie wurden sich selber unwirklich, wurden Miniaturen von Persönlichkeiten, unbeschreiblich klein, und die zwei widerstreitenden Wirklichkeiten, die einzigen Wirklichkeiten, die vorhanden waren, waren erstens die Stadt, die dort in verspätetem Verteidigungswahnsinn pochte und brüllte, und zweitens die

Aeroplanen, die über die runde Schulter der Welt her unerbittlich auf sie zu jagten.

Erst war ihre Stimme die begeisterten Vertrauens gewesen, ein großer Stolz hatte sie besessen, ein Stolz aufeinander wegen der Größe der Ereignisse, die sie herausgefordert hatten. Erst war er im Zimmer auf und ab gegangen, beredt vor der flüchtigen Überzeugung von seinem ungeheuren Schicksal. Aber langsam rührten unruhige Ahnungen von ihrer kommenden Niederlage an seinen Geist. Es kam eine lange Zeit, in der sie allein blieben. Er wechselte sein Thema, wurde egoistisch, sprach von dem Wunder seines Schlafs, vom kleinen Leben seiner Erinnerung, dem fernen und doch winzig klaren, einem Dinge gleich, das man durch ein umgekehrtes Opernglas sieht, und von dem ganzen kurzen Spiel von Wünschen und Irrtümern, das sein früheres Leben ausgemacht hatte. Sie sagte wenig, aber die Erregung in ihrem Gesicht folgte dem Ton in seiner Stimme, und ihm schien, er fand endlich vollständiges Verständnis. Er kam von der reinen Erinnerung auf jenes Gefühl der Größe zurück, das sie ihm auferlegte. »Und während all der Zeit stand dies Geschick vor mir,« sagte er; »dies ungeheure Erbe, von dem ich mir nicht träumen ließ.«

Unmerklich ging ihre heroische Beschäftigung mit dem Ringen der Revolution auf die Frage ihrer Beziehungen über. Er begann, ihr Fragen zu stellen. Sie erzählte ihm von den Tagen vor seinem Erwachen, sprach mit kurzer Lebhaftigkeit von den Mädchenträumen, die ihrem Leben den Ausschlag gegeben hatten, von den ungläubigen Empfindungen, die sein Erwachen geweckt hatte. Sie erzählte ihm auch von einem tragischen Umstand ihrer Kindheit, der ihr Leben verdunkelt, ihre Empfindung für die Ungerechtigkeit belebt und ihr Herz frühzeitig den weiteren Schmerzen der Welt geöffnet hatte. Kurze Zeit war, wenigstens für ihn, der große Kampf um sie her nur der ungeheure veredelnde Hintergrund für diese persönlichen Dinge.

In einem Moment wurden diese persönlichen Beziehungen untergetaucht. Es kamen Boten, daß eine große Aeroplanenflotte zwischen dem Himmel und Avignon hinjage. Er trat zur kristallenen Scheibe im Winkel und überzeugte sich, daß es so war. Er ging ins Kartenzimmer und sah eine Karte nach, um die Entfernungen zwischen Avignon, Neu-Arawan und London zu messen. Er stellte schnelle Berechnungen an. Er ging ins Zimmer der Bezirksführer, um nach Nachrichten über den Kampf um die Bühnen zu fragen – und niemand war da. Nach einiger Zeit kam er zu ihr zurück.

Sein Gesicht war verwandelt. Ihm war aufgedämmert, daß der Kampf vielleicht mehr als halb vorbei sei, daß Ostrog seinen Boden behauptete, daß die Ankunft der Aeroplanen eine Panik bedeuten würde, die ihn hilflos machen konnte. Eine zufällige Phrase in der Botschaft hatte ihm die Wirklichkeit gezeigt, die gekommen war. Jeder dieser schwebenden Riesen trug seine tausend halbwilden Neger in den Todeskampf der Stadt. Plötzlich zerbrach seine Humanitätsbegeisterung. Nur zwei von den Bezirksführern waren in ihrem Zimmer, als er sich dann dorthin begab; die Atlashalle schien leer. Er meinte eine Veränderung in der Haltung der Diener in den äußeren Zimmern zu sehen. Eine düstere Enttäuschung verdunkelte ihm den Sinn. Sie sah ihn besorgt an, als er zu ihr zurückkehrte.

»Keine Nachricht,« sagte er mit angenommener Sorglosigkeit als Antwort auf ihren Blick.

Dann trieb es ihn zur Offenheit. »Oder vielmehr – schlechte Nachricht. Wir verlieren. Wir gewinnen keinen Boden, und die Aeroplanen kommen immer näher.«

Er ging ganz durchs Zimmer und machte kehrt.

»Wenn wir diese Flugbühnen nicht in der nächsten Stunde nehmen – werden furchtbare Dinge geschehen. Wir werden geschlagen.«

»Nein!« sagte sie. »Wir haben das Recht – wir haben das Volk. Wir haben Gott auf unserer Seite.«

»Ostrog hat die Disziplin – er hat Pläne. Wissen Sie, da draußen eben hatte ich ein Gefühl – Als ich hörte, daß diese Aeroplanen eine Etappe näher sind. Ich hatte das Gefühl, als kämpfe ich gegen die Maschinerie des Schicksals.«

Sie gab eine Weile keine Antwort. »Wir haben recht gehandelt,« sagte sie schließlich.

Er sah sie zweifelnd an. »Wir haben getan, was wir haben tun können. Aber hängt dies von uns ab? Ist es nicht eine ältere Sünde, eine weitere Sünde?«

»Was meinen Sie?« fragte sie.

»Die Schwarzen sind Wilde, von der Gewalt regiert, als Gewalt gebraucht. Und sie haben zweihundert Jahre lang unter der Herrschaft der Weißen gestanden. Ist es nicht ein Rassenkampf? Die Rasse hat gesündigt – die Rasse zahlt.«

»Aber diese Arbeiter, diese armen Leute in London –!«

»Stellvertretende Sühne. Unrecht dulden heißt, die Schuld teilen.«

Sie sah ihn scharf an, erstaunt über die neue Seite, die er ihr zeigte.

Draußen ertönte das schrille Läuten einer Glocke, das Geräusch von Füßen und das Reden einer phonographischen Botschaft. Der Mann in Gelb erschien. »Ja?« sagte Graham.

»Sie sind über Vichy.«

»Wo sind die Leute, die in der großen Atlashalle waren?« fragte Graham unvermittelt.

Dann schellte die Schwätzmaschine von neuem. »Wir können noch gewinnen,« sagte der Mann in Gelb, als er hinausging. »Wenn wir nur herausfinden, wo Ostrog seine Kanonen versteckt hat. Davon hängt alles ab. Vielleicht ist dies – «

Graham folgte ihm. Aber die Nachricht galt den Aeroplanen. Sie hatten Orleans erreicht.

Graham kehrte zu Helene zurück. »Nichts Neues,« sagte er. »Nichts Neues!«

»Und wir können nichts tun?«

»Nichts.«

Er ging ungeduldig hin und her. Plötzlich fegte der rasche Zorn, der seine Natur war, über ihn hin. »Diese verfluchte komplizierte Welt!« rief er, »und all die Erfindungen der Menschen! Daß ein Mensch wie eine Ratte in einer Falle sterben muß, ohne auch nur seinen Feind zu sehen! O, nur ein Hieb! ...«

Er drehte sich mit plötzlichem Wechsel im Wesen um. »Das ist Unsinn,« sagte er. »Ich bin ein Wilder.«

Er ging und blieb stehen. »Schließlich sind London und Paris nur zwei Städte. Die ganze gemäßigte Zone hat sich erhoben. Wie, wenn London auch gerichtet ist und Paris zerstört? Das sind nur Zufälle.« Wieder kam der Hohn der Nachrichten und rief ihn zu frischen Fragen. Er kehrte mit ernsterem Gesicht zurück und setzte sich neben sie.

»Das Ende muß nahe sein,« sagte er. »Das Volk, so scheint es, hat gekämpft und ist zu Zehntausenden gefallen, die Wege um Roehampton müssen wie ein ausgeräucherter Bienenkorb sein. Und sie sind vergeblich gestorben. Sie sind immer erst auf der Unterbühne. Die Aeroplanen sind dicht bei Paris. Selbst, sollte jetzt ein Strahl des Erfolges kommen, es wäre nichts zu machen, man könnte nichts mehr tun, bevor sie über uns sind. Die Kanonen, die uns hätten retten können, sind verlegt. Verlegt! Denken Sie sich diese Unordnung! Denken Sie sich diesen törichten Aufruhr, der nicht einmal seine Waffen finden kann. O, um einen Aeropil – nur einen! Weil der fehlt, werde ich geschlagen. Die Menschheit wird geschlagen und unsere Sache ist verloren! Mein Königtum, mein jähes, törichtes Königtum wird keine Nacht lang dauern. Und ich habe das Volk zum Kampf angereizt –«

»Sie hätten auf jeden Fall gekämpft.«

»Ich zweifle. Ich bin unter sie gekommen –«

»Nein,« rief sie, »nicht das. Wenn die Niederlage kommt – wenn Sie sterben – aber selbst das kann nicht sein, es kann nicht sein, nach all den Jahren.«

»Ah! Wir haben es gut gemeint. Aber – glauben Sie wirklich –?«

»Wenn man Sie schlägt,« rief sie, »haben Sie gesprochen. Ihr Wort ist wie ein großer Wind durch die Welt gegangen und hat die Freiheit zur Flamme entfacht. Wenn auch die Flamme ein wenig spritzt! Nichts kann das gesprochene Wort ändern. Ihre Botschaft wird hinausgehen ...«

»Zu welchem Ende? Vielleicht. Vielleicht. Sie wissen, ich sagte, als Sie mir von diesen Dingen erzählten – guter Gott! aber das war kaum vor ein paar Stunden! – ich sagte, ich habe nicht Ihren Glauben. Nun – auf jeden Fall ist jetzt nichts zu tun ...«

»Sie haben nicht meinen Glauben? Wollen Sie sagen –? *Sie bereuen?*«

»Nein,« sagte er eilig, »nein! Vor Gott – *nein!*« Seine Stimme wurde anders. » *Aber* – Ich glaube – ich bin unvorsichtig gewesen. Ich wußte wenig – ich griff zu hastig – ...«

Er hielt inne. Er schämte sich seines Geständnisses. »Eins entschädigt für alles. Ich habe Sie gekannt. Über diesen Abgrund der Zeit bin ich zu Ihnen gekommen. Das übrige ist abgetan. Und mit Ihnen ist es etwas mehr – oder etwas weniger –«

Er hielt inne, und sein Gesicht suchte in ihrem, und draußen lärmte die ungeheure Botschaft, daß die Aeroplanen zu Amiens in den Himmel stiegen.

Sie legte die Hand an den Hals, und ihre Lippen waren weiß. Sie starrte vor sich hin, als sähe sie eine furchtbare Möglichkeit. Plötzlich veränderten sich ihre Züge. »O, aber ich bin ehrlich gewesen!« rief sie, und dann: »Bin ich ehrlich gewesen? Ich habe die Welt und die Freiheit geliebt, ich habe die Grausamkeit und Bedrückung gehaßt. Sicher ist es das gewesen.«

»Ja,« sagte er, »ja. Und wir haben getan, was zu tun uns gegeben war. Wir haben unsere Botschaft gegeben, unsere Botschaft! Aber jetzt – Jetzt, da wir vielleicht unsere letzte Stunde zusammen sind, jetzt, da all jene größeren Dinge geschehen sind ...«

Er hielt inne. Sie saß schweigend da. Ihr Gesicht war ein weißes Rätsel.

Einen Moment achteten sie eines plötzlichen Lärmens draußen nicht, eines Hin- und Herrennens und Rufens. Dann fuhr Helene in eine Haltung gespannter Aufmerksamkeit empor. »Es ist –« rief sie und stand auf, sprachlos, ungläubig, triumphierend. Und auch Graham hörte. Metallische Stimmen riefen: »Sieg!« Ja, es hieß: »Sieg!« Auch er stand auf, in den Augen das Licht einer verzweifelten Hoffnung.

Durch die Vorhänge kam der Mann in Gelb hereingestürzt, vor Aufregung verstört und zerzaust. »Sieg!« rief er. »Sieg! Das Volk gewinnt. Ostrogs Leute sind zusammengebrochen.«

Sie stand auf. »Sieg?« Und ihre Stimme war heiser und matt.

»Was meinen Sie?« fragte Graham. »Sagen Sie mir! *Was?*«

»Wir haben sie zu Norwood aus den unteren Galerien vertrieben, Streatham steht in Flammen und brennt wild, und Roehampton ist unser. *Unser!* – und wir haben den Aeropil genommen, der darauf lag.«

Einen Moment standen Graham und Helene schweigend da, das Herz schlug ihnen rasch, sie blickten einander an. Noch *einen* letzten Moment blitzte in Graham sein Traum von Kaisertum, von Königtum mit Helene an seiner Seite auf. Er blitzte auf und schwand.

Eine schrille Glocke schellte. Ein aufgeregter Graukopf erschien aus dem Zimmer der Bezirksführer. »Es ist alles vorbei,« rief er.

»Was tut es jetzt, daß wir Roehampton haben? Die Aeroplanen sind in Boulogne gesichtet.«

»Der Kanal,« sagte der Mann in Gelb. Er rechnete schnell. »Eine halbe Stunde.«

»Sie haben noch drei von den Flugbühnen,« sagte der Alte.

»Die Kanonen?« rief Graham.

»Wir können sie nicht aufstellen – in einer halben Stunde.«

»Wollen Sie sagen, sie sind gefunden?«

»Zu spät!« sagte der Alte.

»Wenn wir sie noch eine Stunde aufhalten könnten!« rief der Mann in Gelb.

»Nichts kann sie mehr aufhalten,« sagte der Alte. »Sie haben fast hundert Aeroplanen in der ersten Flotte.«

»Noch eine Stunde?« sagte Graham.

»So nah zu sein!« sagte der Bezirksführer. »Jetzt, wo wir die Kanonen gefunden haben. So nah zu sein. – Wenn wir sie einmal auf die Dachräume hinauf hätten!«

»Wie lange würde das dauern?« fragte Graham plötzlich.

»Eine Stunde – gewiß.«

»Zu spät!« rief der Bezirksführer. »Zu spät.«

» *Ist* es zu spät?« sagte Graham. »Noch jetzt – eine Stunde!«

Er hatte plötzlich eine Möglichkeit erkannt. Er versuchte ruhig zu sprechen, aber sein Gesicht war weiß. »Es gibt eine Möglichkeit. Sie sagten, es läge ein Aeropil –?«

»Auf der Roehampton-Bühne, Sire.«

»Zerschmettert?«

»Nein. Er liegt quer über dem Träger. Er wäre leicht auf die Stangen zu bringen. Aber wir haben keinen Aeronauten –«

Graham warf einen Blick auf die beiden Männer und dann auf Helene. Er sprach nach einer langen Pause.» *Wir* haben keine Aeronauten?«

»Keine.«

»Die Aeroplanen sind plump,« sagte er nachdenklich, »im Vergleich mit den Aeropilen.«

Er wandte sich plötzlich zu Helene. Seine Entscheidung war getroffen. »Ich muß es tun.«

»Was tun?«

»Zu dieser Flugbühne gehn – zu diesem Aeropil.«

»Was meinen Sie?«

»Ich bin ein Aeronaut. Schließlich – jene Tage, die Sie mir vorwarfen, waren doch nicht ganz verschwendet.«

Er wandte sich zu dem Alten in Gelb. »Sagen Sie ihnen, sie sollen den Aeropil auf die Stangen bringen.«

Der Mann in Gelb zögerte.

»Was wollen Sie tun?« rief Helene.

»Dieser Aeropil – es ist eine Möglichkeit –«

»Sie wollen doch nicht sagen –?«

»Zu kämpfen – ja. In der Luft zu kämpfen. Ich habe schon daran gedacht. – Die Aeroplanen sind plump. Ein entschlossener Mann –!«

»Aber – nie solange man fliegt –«, rief der Mann in Gelb.

»Es ist nie nötig gewesen. Aber jetzt ist die Zeit gekommen. Sagen Sie ihnen jetzt – schicken Sie ihnen meinen Befehl – ihn auf die Stangen zu bringen.«

Der Alte befragte stumm den Mann in Gelb, nickte und eilte fort.

Helene tat einen Schritt auf Graham zu. Ihr Gesicht war weiß. »Aber – wie kann man kämpfen? Sie werden getötet werden.«

»Vielleicht. Und doch, es nicht tun – oder es jemand anders versuchen lassen –«

Er hielt inne, er konnte nicht mehr reden, er fegte die Alternative mit einer Geste beiseite, und sie standen da und sahen einander an.

»Sie haben recht,« sagte sie zuletzt mit leiser Stimme. »Sie haben recht. Wenn es zu tun ist ... Sie müssen gehn.«

Er ging einen Schritt auf sie zu, und sie trat zurück, ihr weißes Gesicht rang gegen ihn und widerstand ihm. »Nein,« keuchte sie. »Ich kann es nicht ertragen – gehn Sie jetzt.«

Er streckte stumpf die Hände aus. Sie ballte die Fäuste. »Gehn Sie,« rief sie. »Gehn Sie jetzt.«

Er zögerte und verstand. Er hob die Hände mit einer wunderlichen, halb theatralischen Geste. Er hatte kein Wort mehr. Er wandte sich von ihr.

Der Mann in Gelb ging mit plumpem, verspätetem Takt zur Tür. Aber Graham schritt an ihm vorbei. Er eilte mit großen Sätzen durch das Zimmer, wo der Bezirksführer in ein Telephon schrie und befahl, daß der Aeropil auf die Stangen gebracht würde.

Der Mann in Gelb warf einen Blick auf Helenes ruhige Gestalt, zögerte und eilte ihm nach. Graham blickte kein einziges Mal zurück, er sprach nicht eher, als bis der Vorhang des Vorzimmers der großen Halle hinter ihm gefallen war. Dann wandte er den Kopf mit kurzen, schnellen Befehlen auf den blutlosen Lippen.

24.
Die Ankunft der Aeroplanen

Zwei Leute in Blaßblau lagen in der unregelmäßigen Linie, die sich am Rand der genommenen Bühne Roehampton von einem Ende bis zum andern erstreckte, und spähten, die Karabiner in den Händen, in die Schatten der Wimbledon Park genannten Bühne nieder. Hin und wider sprachen sie miteinander. Sie sprachen das verstümmelte Englisch ihrer Klasse und Zeit. Das Feuer der Ostrogiten hatte sich verzogen und aufgehört, und seit einiger Zeit hatte man nur noch wenige vom Feind gesehen. Aber das Echo des Kampfes, der weit unten in den unteren Galerien jener Bühne tobte, hallte immer wieder in das Staccato der Schüsse auf der Seite des Volkes. Einer von diesen Leuten schilderte dem andern, wie er einen Mann sich da unten habe hinter einen Pfeiler ducken sehen, und er hatte aufs Geratewohl gezielt und ihn genau getroffen, als er sich zu weit duckte. »Er liegt noch da unten,« sagte er Treffer. »Sieh den kleinen Fleck da. Ja. Zwischen den Stangen da.« Ein paar Meter hinter ihnen lag ein toter Fremder, das Gesicht zum Himmel aufgewandt, dem die blaue Leinwand seiner Jacke in einem Kreis um das scharfe Kugelloch in der Brust herum glomm. Dicht neben ihm saß ein Verwundeter mit einem umwickelten Bein ausdruckslosen Gesichtes da und beobachtete diesen Brennprozeß. Gigantisch lag hinter ihnen, quer über dem Träger, der genommene Aeropil.

»Ich kann ihn nicht mehr sehen,« sagte der Zweite im Ton der Herausforderung.

Der Treffer begann in seinem ernsten Bemühen, die Dinge klar zu machen, zu schimpfen und zu schreien. Und plötzlich unterbrach ihn ein lärmendes Rufen aus der Unterbühne.

»Was ist jetzt los?« sagte er und hob sich auf einen Arm, um nach den Treppen in der Mittelrinne der Bühne zu blicken. Eine Anzahl blauer Gestalten kamen da heraufgeschwärmt und über die Bühne zum Aeropil.

»Wir brauchen all die Narren nicht,« sagte sein Freund. »Die drängen sich bloß und verderben einem den Schuß. Was wollen sie?«

»Sch! – sie rufen etwas.«

Die beiden lauschten. Die wimmelnden Ankömmlinge hatten sich dicht um den Aeropil gedrängt. Drei Bezirksführer, die durch ihre schwarzen Mäntel und Abzeichen auffielen, kletterten in den Rumpf hinein und erschienen darüber. Die ganze Reihe schwang sich auf die Flügel, indem sie die Kanten faßten, bis der ganze Umriß des Dinges bemannt war, stellenweise drei Mann tief. Einer der Treffer kniete auf. »Sie bringen ihn auf den Träger – das wollen sie.«

Er sprang auf die Füße, sein Freund gleichfalls. »Was soll's nützen?« sagte sein Freund. »Wir haben keine Aeronauten.«

»Auf jeden Fall tun sie's.« Er sah nach seinem Gewehr, sah auf die wimmelnde Menge und wandte sich plötzlich an den Verwundeten. »Hebt mir das auf, Maat,« sagte er und gab ihm Karabiner und Patronengürtel; und im Nu lief er zum Aeropil. Eine Viertelstunde lang war er ein schwitzender Titane, schleppte, schob, rief, hörte auf Rufe, und dann war es getan, und er stand mit einer Menge von anderen da, die ihrer eigenen Leistung ein Hurra riefen. Mittlerweile wußte er, was überhaupt in der Stadt jedermann wußte, daß der Herr, ein so ungeübter Lehrling er auch war, diese Maschine selber zu lenken gedachte, ja, daß er schon komme, sie in die Hand zu nehmen, und es keinen anderen versuchen lassen wollte. »Wer die größte Gefahr auf sich nimmt, wer die schwerste Bürde trägt, der ist König,« so, berichtete man, hatte der Herr gesprochen. Und während dieser Mann noch Hurra schrie, und während sich die Schweißtropfen noch aus dem Wirrwarr seines Haares herjagten, hörte er den Donner eines größeren Aufruhrs und in mutwilligen Fetzen den Rhythmus und Drang des Revolutionsliedes. Er sah durch eine Lücke im Volk, daß noch immer ein dichter Strom von Köpfen die Treppe heraufkam. »Der Herr kommt,« riefen Stimmen, »der Herr kommt,« und die Menge um ihn wurde dichter und dichter. Er begann sich zur Mittelrinne zu drängen. »Der Herr kommt!« »Der Schläfer, der Herr!« »Gott und der Herr!« So brüllten die Stimmen.

Und plötzlich sah er ganz nah vor sich die schwarzen Uniformen der Revolutionswache, und zum ersten- und letztenmal in seinem Leben sah er Graham, sah ihn ganz aus der Nähe. Einen großen, dunklen Mann in wallendem, schwarzem Gewand mit weißem, entschlossenem Gesicht und fest vor sich hin gerichteten Augen; einen Mann, der für all die kleinen Dinge um ihn her weder Ohren noch Augen noch Gedanken hatte ... All seine Tage lang vergaß dieser Mann nicht, wie Grahams blutloses Gesicht an ihm vorbeigezogen war. Im Nu war es vorbei, und er kämpfte in der schwankenden Menge. Ein Bursche, der vor Schreck weinte, prallte gegen ihn, indem er nach den Treppen drängte und schrie: »Klar für den Aeropilen!« Die Glocke, die die Flugbühne klar macht, wurde zu einem lauten, unmelodischen Dröhnen.

Mit diesem Dröhnen im Ohr trat Graham zum Aeropilen und in den Schatten seines kippenden Flügels. Er merkte, daß sich eine Anzahl von Leuten rings um ihn erboten, ihn zu begleiten, und winkte ihnen ab. Er wollte Nachdenken, wie man die Maschine startete. Die Glocke dröhnte schneller und schneller, und die Füße des davonlaufenden Volkes brüllten schneller und lauter. Der Mann in Gelb half ihm durch die Rippen des Rumpfes zu steigen. Er kletterte auf den Aeronautenplatz und setzte sich sehr sorgfältig und überlegt fest. Was gab es? Der Mann in Gelb zeigte auf zwei Aeropilen, die im südlichen Himmel emporstiegen. Ohne Zweifel schauten sie nach den kommenden Aeroplanen aus. Das – sofort – was sofort geschehen mußte, war der Start. Man rief ihm allerlei zu, Fragen, Warnungen. Sie belästigten ihn. Er wollte an den Aeropilen denken, sich jeden Punkt seiner früheren Erfahrung ins Gedächtnis zurückrufen. Er winkte das Volk fort, sah den Mann in Gelb von den Rippen niederspringen, sah die Menge die Schützenlinie hinunter durch seine Geste gespalten.

Einen Moment saß er regungslos, starrte auf die Hebel, das Rad, durch das der Motor hin und her rückte, und all die feinen Vorrichtungen, von denen er so wenig wußte. Sein

Auge fiel auf eine Spirituswage mit der Luftblase auf ihn zugerichtet und er verbrachte ein Dutzend Sekunden damit, den Motor nach vorn zu schwingen, bis die Blase in der Mitte des Rohrs schwamm. Er merkte, daß das Volk nicht mehr schrie, wußte, die beobachteten seine Überlegung. Eine Kugel schlug auf die Stange über seinem Kopf. Wer hatte gefeuert? War die Linie klar vom Volk? Er stand auf, um nachzusehen, und setzte sich wieder.

In der nächsten Sekunde wirbelte der Propeller und er jagte die Schienen hinunter. Er faßte das Rad und schwang den Motor zurück, um den Steven zu heben. Da jubelte das Volk. Im nächsten Moment pochte er im Stoßen des Motors, und das Rufen schwand schnell nach hinten, stürzte in die Stille hinab. Der Wind pfiff über die Ränder des Schirms, und die Welt versank sehr schnell unter ihm.

Eins, zwei, drei – ein, zwei, drei; aufwärts stieg er. Er glaubte von jeder Aufregung frei zu sein, fühlte sich kühl und überlegt. Er hob den Steven noch mehr, öffnete eine Klappe auf seinem linken Flügel und fegte herum und empor. Er blickte ruhigen Kopfes hinab und empor. Einer der Ostrogitischen Aeropile flog quer durch seinen Kurs, so daß er schräg darauf zuflog und in steilem Winkel unter ihm passieren mußte. Die kleinen Aeronauten spähten auf ihn herab. Was wollen sie? Sein Geist wurde aktiv. Einer, sah er, hielt eine Waffe und zielte, schien zu feuern bereit. Im Nu verstand er ihre Taktik, und sein Entschluß war gefaßt. Seine momentane Lethargie war vergangen. Er öffnete noch zwei Klappen nach links, drehte sich, richtete das Ende auf diese feindliche Maschine, schloß seine Klappen und schoß gerade darauf los; Steven und Windschirm schützten ihn vor dem Schuß. Sie kippten ein wenig, als wollten sie über ihm weg. Er warf seinen Steven in die Höhe.

»Ein, zwei, drei – Pause – ein, zwei – er kniff die Zähne zusammen, zog eine unwillkürliche Grimasse – und krach! Er schlug auf! Er stieß unter dem näheren Flügel auf.

Sehr langsam schien der Flügel seines Gegners breiter zu werden, als der Anprall seines Stoßes ihn hob. Er sah seine volle Breite, und dann glitt er abwärts außer Sicht.

Er fühlte, daß sein Steven abwärts ging, seine Hände griffen die Hebel fester, wirbelten und schoben die Maschine zurück. Er fühlte den Ruck eines Sprunges, die Nase der Maschine ruckte steil in die Höhe, und einen Moment war ihm, als läge er auf dem Rücken. Die Maschine wankte und taumelte, sie schien auf ihrer Schraube zu tanzen. Er machte eine gewaltige Anstrengung, hing einen Moment an den Hebeln, und langsam kam die Maschine wieder nach vorn. Er flog nach oben, aber nicht mehr so steil. Er keuchte einen Moment und warf sich wieder auf die Hebel. Der Wind pfiff um ihn. Noch eine Anstrengung und er lag fast wagerecht. Er konnte atmen. Zum erstenmal wandte er den Kopf, um zu sehen, was aus seinen Gegnern geworden war. Wandte sich noch einen Moment wieder zu den Hebeln und sah sich dann wieder um. Einen Moment hätte er glauben können, sie seien vernichtet. Und dann sah er, zwischen den beiden Bühnen nach Osten war ein Abgrund, und dahinter fiel etwas, eine schmale Kante, und verschwand schnell, wie ein Groschen einen Spalt hinabfällt.

Erst begriff er nicht, und dann erfaßte ihn ein wilde Freude. Er jubelte laut auf, einen unartikulierten Ruf, und höher und höher flog er zum Himmel auf. Eins, zwei, drei – Pause – ein, zwei, drei. »Wo blieb der andere Aeropil?« dachte er. »Auch die –« Als er sich im leeren Himmel umsah, kam ihn eine momentane Angst an, diese Maschine könne über ihn gestiegen sein, und dann sah er sie auf der Norwood-Bühne landen. Sie hatten schießen wollen. Die Gefahr, zweitausend Fuß hoch vom Boden jäh in den Grund gebohrt zu werden, überstieg jedoch ihren modernen Mut. Der Kampf war abgelehnt.

Eine kleine Weile kreiste er, dann stieß er in steilem Abstieg auf die westliche Bühne hinab.

Eins, zwei, drei – eins, zwei, drei. Das Zwielicht kam rasch heraufgeschlichen, der Rauch von der Streatham-Bühne her, der so dicht und dunkel gewesen war, war jetzt eine Feuersäule, und all die verschlungenen Kurven der Gleitwege, und die durchsichtigen Dächer und Kuppeln und die Abgründe zwischen den Gebäuden glühten jetzt weich, erleuchtet vom gemilderten Strahlen des elektrischen Lichtes, das der Tagesglanz überwältigte. Die drei brauchbaren Bühnen, die die Ostrogiten noch behaupteten – denn Wimbledon Park war wegen des Feuers von Roehampton aus nutzlos, und Streatham stand in Flammen – glühten vor Führerlichtern für die kommenden Aeroplanen. Als er über die Roehampton-Bühne fegte, sah er die dunklen Volksmassen darauf. Er hörte den Donner wahnsinnigen Jubels, hörte eine Kugel von der Wimbledon Park-Bühne durch die Luft pfeifen und stieg über Surrey empor. Er fühlte einen Windhauch von Südwesten her und hob den westlichen Flügel, wie er es gelernt hatte, und fuhr so schräg in die dünne, rasche höhere Luft empor. Eins, zwei, drei – eins, zwei, drei.

Aufwärts fuhr er und aufwärts mit jenem Rhythmus, bis das Land unten blau und undeutlich wurde und London sich wie eine kleine lichtgezeichnete Landkarte dehnte, wie das bloße Modell einer Stadt am Rande des Horizonts. Der Südwesten war ein Himmel von Saphiren über dem schattigen Rand der Welt, und während er emporfuhr, mehrten sich die Mengen der Sterne.

Und siehe! Im Süden tief unten, und rasch näher glitzernd, erschienen zwei kleine Flecken nebligen Lichtes. Und dann noch zwei, und dann ein Nebelschein schnell fliegender Gestalten. Dann konnte er sie zählen. Es waren vierundzwanzig. Die erste Aeroplanenflotte war gekommen! Dahinter erschien ein noch größerer Schein.

Er fegte in einem Halbkreis herum und starrte auf die sich nahende Flotte. Sie flog in keilförmigem Zug, ein dreieckiger Flug riesenhafter, phosphoreszierender Gestalten, die durch die untere Luft heranfegten. Er stellte eine schnelle Berechnung ihrer Geschwindigkeit an und drehte das kleine Rad, das die Maschine nach vorne brachte. Er berührte einen Hebel, und die pochende Anstrengung des Motors hörte auf. Er begann zu fallen, fiel immer schneller. Er zielte auf den Kopf des Keils. Er schoß wie ein Stein durch die pfeifende Luft. Es schien kaum eine Sekunde seit dem Aufschwung vergangen, als er den ersten der Aeroplanen traf.

Keiner aus der ganzen schwarzen Menge sah sein Schicksal kommen, keiner von ihnen träumte von dem Falken, der aus dem Himmel auf ihn niederschoß. Die, die nicht von der Luftkrankheit lahm waren, reckten ihre schwarzen Hälse, um die neblige Stadt zu sehen, die aus dem Nebel stieg, die reiche und glänzende Stadt, in die »Massa Ostrog« ihre gehorsamen Muskel gerufen hatte. Glänzende Zähne blitzten, und die glatten Gesichter leuchteten. Sie hatten von Paris gehört. Sie wußten, sie würden herrliche Zeiten haben unter der »armen weißen« Spreu. Und plötzlich traf Graham sie.

Er hatte auf den Rumpf des Aeroplans gezielt, aber im letzten Augenblick war ihm ein besserer Gedanke aufgeblitzt. Er wand sich herum und traf mit all seinem gesteigerten Gewicht nahe am Rand des Steuerbordflügels. Er prallte zurück, als er auftraf. Sein Steven glitt über die glatte Fläche bis zum Rand. Er fühlte, wie der Schwung des Riesenbaus ihn und seinen Aeropil mitriß, und einen Moment, der eine Ewigkeit schien, konnte er nicht sagen, was vorging. Er hörte tausend Kehlen gellen und sah, daß die Maschine auf dem Rand des gigantischen Floßes balanzierte und abwärts, abwärts flog; er blickte über die Schulter und sah die Wirbelsäule des Aeroplans und den gegenüberliegenden Flügel emporkippen. Er sah durch die Rippen gleitende Stühle, starrende Gesichter und Hände, die nach den kippenden Führstangen griffen. Die Fenster im andern Flügel blitzten auf, als der Aeronaut das Gleichgewicht wieder herzustellen suchte. Dahinter sah er das zweite der Aeroplane steil aufspringen, um dem Wirbel des kippenden ersten auszuweichen. Die breite Fläche stürmender Flügel schien emporzurucken. Er fühlte, sein Aeropil war klar gekommen und der ungeheure Bau hing, glatt umgekippt, wie eine hängende Mauer über ihm.

Ihm war nicht ganz klar, daß er den Seitenflügel des Aeroplans getroffen und abgerutscht war, aber er sah, daß er frei abwärtsgleitend flog und sich rasch der Erde näherte. Was hatte er getan? Ihm pochte das Herz wie eine geräuschvolle Maschine in der Kehle, und einen gefährlichen Moment hindurch konnte er wegen der Lähmung seiner Hände die Hebel nicht bewegen. Er rang an den Hebeln, um seinen Motor zurückzuwerfen, kämpfte zwei Sekunden lang gegen sein Gewicht, fühlte, wie er zurecht kam, horizontal flog, und setzte den Motor wieder in Gang.

Er blickte empor und sah zwei Aeroplanen weit zu Häupten schreiend dahingleiten, blickte zurück und sah die Hauptmasse der Flotte sich öffnen und empor und nach außen stürmen; sah die Maschine, die er getroffen hatte, über die Kante stürzen und wie eine riesige Messerklinge an den Windrädern darunter entlang schneiden.

Er senkte seinen Stern und blickte wieder hin. Er fuhr aufwärts, ohne auf seine Richtung zu achten, während er beobachtete. Er sah die Windflügel nachgeben, sah den Riesenbau auf die Erde schlagen, sah seine unteren Flügel unter dem Gewicht des Sturzes zerknittern und dann die ganze Masse Umschlagen und umgekehrt auf den kreisenden Rädern zerschmettern. Eins, zwei, drei, Pause. Plötzlich flackerte von den schwellenden Trümmern eine dünne Zunge weißen Feuers zum Zenith empor. Und dann wurde er sich einer riesigen Masse bewußt, die durch die Luft auf ihn zuschoß, und wandte sich gerade noch rechtzeitig empor, um dem Angriff – denn es war ein Angriff – eines zweiten Aeroplans auszuweichen. Es wirbelte unten vorbei, zog ihn einen Faden hinab und stürzte ihn im Sturm seines nahen Fluges fast um.

Er sah, wie drei weitere auf ihn zustürzten, sah die dringende Notwendigkeit, über sie zu kommen. Überall rings um ihn waren Aeroplanen und kreisten wild, um ihm auszuweichen, wie es schien. Sie flogen an ihm vorbei, über ihm, unter ihm, nach Osten und Westen. Weit nach Westen hörte er den Donner einer Kollision, und sah er zwei stürzende Flammenscheine. Weit im Süden kam eine zweite Schwadron. Stetig stieg er empor. Plötzlich waren all die Aeroplanen unter ihm, aber einen Moment war er über seine Höhe über ihnen im Zweifel und fegte nicht wieder hinab. Und dann stürzte er auf ein zweites Opfer, und die ganze Soldatenladung sah ihn kommen. Die große Maschine kippte und schwankte, als die vor Furcht wahnsinnigen Menschen nach ihren Waffen in den Stern kletterten. Ein Dutzend Kugeln sangen durch die Luft, und in dem dicken, gläsernen Windschirm, der ihn schützte, blitzte ein Stern auf. Der Aeroplan flog langsamer und senkte sich, um einen Stoß auszugleichen, und senkte sich zu tief. Gerade noch rechtzeitig sah er die Windräder von Bromley Hill gegen sich emporstürmen und schwenkte herum und empor, als der Aeroplan, den er gejagt hatte, zwischen ihnen zerschmetterte. All die Stimmen verwoben sich zu einem Filz des Gellens. Der große Bau schien eine Sekunde lang zwischen den kreisenden und splitternden Flügeln auf der Kante zu stehen, und dann zerschmetterte er in Stücke. Riesensplitter kamen durch die Luft geflogen, seine Maschinen platzten wie Eierschalen. Ein heißer Flammenstrom schoß oben in den dunklen Himmel.

» *Zwei*!« rief er, und eine Bombe von oben zerplatzte im Sturz, und er pochte wieder aufwärts. Jetzt hatte ihn eine glorreiche Heiterkeit erfaßt, eine Riesenaktivität. Seine Bedenken um die Menschlichkeit, um seine Untüchtigkeit waren auf ewig vergangen. Er war ein Mann in der Schlacht, der sich seiner Kraft freut. In jeder Richtung schienen Aeroplanen von ihm auszustrahlen, bemüht, ihn zu meiden, und das Schreien ihrer gedrängten Passagiere drang in kurzen Schauern zu ihm, wenn sie vorüberfegten. Er wählte ein drittes Wild und kippte es nur auf die Kante. Es entkam ihm, um an der großen Klippe der Mauer von London zu zerschmettern. Als er vor diesem Anprall floh, schoß er so nah am Boden hin, daß er ein erschrecktes Kaninchen einen Hang konnte emporhüpfen sehen. Er sprang steil auf und sah, wie er, rings um sich freie Luft, über Südlondon hinschoß. Rechts von ihm dröhnte ein wilder Aufruhr von Signalraketen der Ostrogiten wirr in der Luft. Im Süden flammten die Wracks von einem halben Dutzend Luftschiffen, und im Osten, Westen und Norden flohen die Luftschiffe vor ihm. Sie fuhren nach Osten und Norden davon und flogen im Süden hin und her, denn sie konnten in der Luft nicht anhalten. In ihrer gegenwärtigen Verwirrung hätte jeder Versuch zur Schwenkung unheilvolle Kollisionen bedeutet. Er konnte sich kaum klar machen, was er getan hatte. Auf allen Seiten flohen die Aeroplane. Sie flohen. Sie wurden immer kleiner. Sie waren in die Flucht geschlagen!

Er flog etwa zweihundert Fuß über der Roehampton-Bühne hin. Sie stand schwarz voll Volk und dröhnte von wahnsinnigem Jubeln. Aber warum war auch die Wimbledon Park-Bühne schwarz und jubelte auch? Der Rauch und die Flammen von Streatham verbargen jetzt die drei weiteren Bühnen. Er schlug einen Bogen und bekam sie und die nördlichen Quartiere in Sicht. Zuerst tauchten hinter dem Rauch die viereckigen Massen von Shooters Hill auf, erleuchtet und regelrecht mit dem gelandeten Aeroplan und seinen sich ausschiffenden Negern. Dann kam Blackheath und dann unter der Ecke des Dunstes die Norwood-Bühne. Auf Blackheath war kein Aeroplan gelandet, aber ein Aeropil lag offen auf den Führstangen. Norwood war von einem Schwarm kleiner Gestalten bedeckt, die in leidenschaftlicher Verwirrung hin und her liefen. Warum? Plötzlich verstand er. Die hartnäckige Verteidigung der Flugbühnen war vorbei, das Volk strömte in die unteren Wege dieser letzten Festungen von Ostrogs Usurpation hinein. Und dann kam von fern am nördlichen Rand der Stadt, voll glorreichen Klanges für ihn, ein Ton herüber, eine Note des Triumphs, der bleierne Knall einer Kanone. Die Lippen trennten sich ihm, sein Gesicht zuckte vor Erregung.

Er holte gewaltig Atem. »Sie gewinnen,« rief er der leeren Luft zu; »das Volk gewinnt!« Der Knall einer zweiten Kanone kam wie eine Antwort. Und dann sah er den Aeropilen auf Blackheath seine Schienen niederlaufen, um sich aufzuschwingen. Er hob sich und stieg. Er schoß in die Luft empor und flog grad nach Süden und von ihm fort.

Im Nu war ihm klar, was das bedeutete. Das mußte Ostrog auf der Flucht sein. Er schrie auf und schoß darauf zu. Er hatte die bewegende Kraft seiner Höhe und fiel schräg durch die Luft und sehr schnell. Als er nahte, stieg der andere steil empor. Er rechnete mit seiner Geschwindigkeit und schoß genau drauf los.

Plötzlich wurde der andere zur bloßen flachen Kante, und siehe! er war an ihm vorbei und schoß mit aller Kraft seines nichtigen Stoßes wahnsinnig abwärts.

Er war rasend vor Wut. Er riß die Maschine an ihrem Schaft zurück und kreiste in die Höhe. Er sah Ostrogs Maschine vor sich eine Spirale schlagen. Er stieg senkrecht auf sie los, holte sie kraft des Schwunges seines Abstiegs und kraft des Vorteils, daß er einen Mann weniger trug, ein, schoß jäh hinab – schoß hinab und fehlte noch einmal. Als er vorbeijagte, sah er das Gesicht von Ostrogs Aeronauten zuversichtlich und kühl und in Ostrogs Haltung eine zuckende Entschlossenheit. Ostrog blickte fest von ihm fort – nach Süden. Ihm wurde mit einem Blitz der Wut klar, wie stümperhaft sein Flug sein mußte. Unten sah er die Croydon Hügel. Er ruckte in die Höhe, und noch einmal kam er über seinen Feind.

Er blickte über die Schulter, und seine Aufmerksamkeit wurde von etwas Seltsamem gefesselt. Die östliche Bühne, die auf Shooters Hill, schien sich zu heben; ein Blitz wurde zu einer hohen, grauen Gestalt, eine verkappte Figur aus Rauch und Staub sprang in die Luft. Einen Moment blieb diese Figur regungslos stehen, indem sie riesige Metallmassen von den Schultern fallen ließ, und dann begann sie einen dichten Rauchkopf aufzuwirbeln. Das Volk hatte sie in die Luft gesprengt, die Bühne mitsamt dem Aeroplan! Ebenso plötzlich sprang ein zweiter Blitz und eine graue Gestalt von der Norwood-Bühne auf. Und als er noch dahin starrte, kam ein stumpfer Knall, und die Luftwelle der ersten Explosion traf ihn. Er wurde empor und zur Seite geschleudert.

Einen Moment stürzte der Aeropil fast auf der Kante mit der Nase nach unten nieder; er schien zu zögern, ob er ganz umschlagen sollte. Graham stand auf seinem Windschirm und riß an dem Rad, das ihm über den Kopf emporschlug. Und dann faßte der Stoß der zweiten Explosion seine Maschine von der Seite.

Er fand, daß er an einer der Rippen seiner Maschine hing, und die Luft blies an ihm vorbei und *nach oben!* Er schien in der Luft ganz still zu hängen, und der Wind zu ihm emporzublasen. Ihm kam der Gedanke, er falle. Dann war er sicher, daß er fiel. Er konnte nicht niederblicken.

Er fühlte, wie er mit unglaublicher Geschwindigkeit alles rekapitulierte, was seit seinem Erwachen geschehen war, die Tage des Zweifels, die Tage der Herrschaft, und schließlich die stürmische Entdeckung von Ostrogs berechnetem Verrat. Er war geschlagen, aber London war gerettet! London war gerettet!

Der Gedanke hatte etwas absolut Unwirkliches. Wer war er? Warum hielt er sich so mit den Händen fest? Warum konnte er nicht loslassen? Mit einem solchen Sturz haben zahllose Träume geendet. Aber in einem Moment mußte er erwachen ...

Seine Gedanken liefen immer schneller. Er fragte sich, ob er Helene wiedersehen werde. Es schien so unvernünftig, daß er sie nicht wiedersehen sollte. Es mußte ein Traum sein! Sicher mußte er ihr noch begegnen. Sie wenigstens war wirklich. Sie war wirklich. Er mußte erwachen und sie Wiedersehen.

Obgleich er nicht hinsah, war er sich plötzlich bewußt, daß die Erde sehr nahe war.